RHENA WEISS

Gottes rechte Hand

GOLDMANN
Lesen erleben

Buch

Michaela Baltzer, Ermittlerin beim Wiener LKA, wird zu einer männlichen Leiche gerufen. Das Gesicht des Opfers ist stark zugeschwollen, und dem Rechtsmediziner ist die Todesursache schnell klar: anaphylaktischer Schock, ausgelöst durch zahlreiche Wespenstiche. Da das Opfer Fesselspuren aufweist und es zudem mit einem Wespenlockmittel eingerieben wurde, handelt es sich offensichtlich um ein raffiniertes Tötungsdelikt. Anhand seiner DNA wird der Mann als Lothar Ferstl identifiziert. Er wurde bereits erkennungsdienstlich erfasst, da er seine Frau misshandelt hatte. Hat Daniela Ferstl ihren Mann getötet? Zweimal war sie in ein Frauenhaus geflüchtet, kehrte aber beide Male wieder zurück. Wollte sie sich diesmal endgültig von ihrem gewalttätigen Ehemann befreien und sah keinen anderen Ausweg? Der forensischen Abteilung gelingt es, die Fasern des Seiles, mit dem Ferstl gefesselt worden war, einer bestimmten Marke zuzuordnen. Und ein Baumarkt, der diese Marke vertreibt, liegt in der Nähe des Frauenhauses. Umso mehr ist Michaela von Daniela Ferstls Schuld überzeugt. Doch dann kommen Michaela böse Zweifel an ihrer Theorie. Aber da ist es vielleicht schon zu spät…

Informationen zu Rhena Weiss sowie lieferbaren Titeln der Autorin finden Sie am Ende des Buches.

Rhena Weiss

Gottes rechte Hand

Psychothriller

GOLDMANN

Der Goldmann Verlag weist ausdrücklich darauf hin, dass im Text enthaltene externe Links vom Verlag nur bis zum Zeitpunkt der Buchveröffentlichung eingesehen werden konnten. Auf spätere Veränderungen hat der Verlag keinerlei Einfluss. Eine Haftung des Verlags ist daher ausgeschlossen.

Dieses Buch ist auch als E-Book erhältlich.

MIX
Papier aus verantwortungsvollen Quellen
FSC® C014496

Verlagsgruppe Random House FSC® N001967

2. Auflage
Originalausgabe September 2017

Dieses Werk wurde vermittelt durch die Literarische Agentur Thomas Schlück GmbH, 30827 Garbsen.
Gestaltung des Umschlags: UNO Werbeagentur München
Umschlagfoto: plainpicture/Harald Braun
FinePic®, München
Redaktion: Christina Riemann
BH · Herstellung: kw
Satz: Uhl+Massopust, Aalen
Druck und Einband: GGP Media GmbH, Pößneck
Printed in Germany
ISBN: 978-3-442-48578-9
www.goldmann-verlag.de

Besuchen Sie den Goldmann Verlag im Netz

Dieses Buch ist allen Opfern häuslicher Gewalt gewidmet.
Es ist NIE eure Schuld.

PROLOG

Mit einem Krachen schloss sich das Tor. Alex wirbelte herum und runzelte die Stirn. Wie zum Teufel hatte das passieren können? Er hatte es doch offen stehen lassen. Immer für einen Rückzugsweg sorgen, lautete seine Devise, sonst war man im Arsch.

Mit drei ausholenden Schritten war er am Gitter und wollte die Tür aufmachen. Vielleicht sollte er einen Ziegelstein oder ein Brett in den Spalt legen, damit sie kein zweites Mal zufallen konnte. Doch die Tür ging nicht auf. Er rüttelte, auch das half nicht. Mist, verdammter!

»Suchst du den hier?«, hörte er eine Stimme. Erst da bemerkte er den Schatten hinter dem Gitterzaun, in der Hand einen Gegenstand, der im Lichtschein kurz aufblitzte und den Alex als Schlüsselbund erkannte.

»Was soll das? Gib den …«, begann er.

»Weißt du, was Kangals sind? Sie werden auch Bärentöter genannt.«

Alex schüttelte den Kopf. Was für eine durchgeknallte Person! Und wovon schwafelte sie? Bärentöter, waren das nicht …? Hitze schoss durch seinen Körper.

Ehe er seine Gedanken zu Ende bringen konnte, wurde er unterbrochen. »Sie sind echte Riesen und die perfekten Wachhunde.«

Unwillkürlich drehte sich Alex um, doch alles, was er im Dunkeln erkennen konnte, waren die Silhouetten verschiedener Automodelle. Neu- und Gebrauchtwagen, wie das Schild über dem Tor ihm verraten hatte. Wobei er sich nicht vorstellen konnte, dass hier Autos verkauft wurden, die mehr als fünf-, sechstausend Euro kosteten. Alles wirkte schmuddelig. Vielleicht hatte der Autohändler aber auch einen anderen Bereich, wo die neuwertigen, teureren Wagen angeboten wurden. Hier, wo Alex stand, ähnelte der Platz mehr einem Schrottplatz denn einer Autohandlung. Unter seinen Schuhen hatte er vorhin Glassplitter knirschen gehört. Wäre er nicht so dämlich gewesen... Als er diesen Anruf erhalten hatte, er könne auf die Schnelle ein paar Hunderter verdienen, hatte er nicht lange darüber nachgedacht. Ganz ohne Risiko – und nun?

»Lass mich sofort raus!«, forderte er mit leichter Panik in der Stimme. Wenn es hier tatsächlich Wachhunde gab...

Die Gestalt lachte bloß leise. »Ich denke, du bist nicht in der Position, Befehle zu erteilen.«

Der belustigte Ton machte ihn noch wütender, als er angesichts des verlorenen Deals ohnehin schon war. Er trat mit dem Fuß mehrmals gegen das Gitter und nahm mit Genugtuung wahr, dass die Person einen Schritt zurückwich. Aber dann kam sie wieder näher und sah demonstrativ auf die Armbanduhr. »Du willst raus? Hier!« Mit Schwung warf sie den Schlüsselbund über den Zaun.

Fassungslos starrte Alex in die Richtung, aus der das Klirren der Schlüssel auf dem Boden kam. Beinahe hätte er die leisen Worte überhört. »Ich würde mich an deiner Stelle beeilen. In genau acht Minuten werden die Hunde rausgelassen. Und sie sind böse. Richtig böse.«

Alex hatte noch keine Kangals aus der Nähe gesehen,

aber er kannte Bilder von Hundekämpfen und er hatte von ihnen gehört. Sie waren intelligent, gingen strategisch vor. Und sie gaben nicht auf, nie. Sie kämpften bis zum letzten Atemzug.

Alex drehte sich zum Zaun um, doch da war niemand mehr. Er schluckte mehrmals, um den sauren Geschmack in seinem Mund loszuwerden. Tausend Fragen tauchten in seinem Kopf auf, die drängendsten setzten sich durch: Wer zum Teufel war die Person? Und warum hatte sie ihn hier eingesperrt? Er kannte sie nicht einmal, da war er sich ziemlich sicher. Außerdem glaubte er, dass sie log, was die Hunde betraf. Allerdings wäre es trotzdem kein Fehler, möglichst schnell abzuhauen.

Der Schlüsselbund musste dort drüben irgendwo in den Büschen sein. Fluchend ging er hinüber und suchte mit Blicken den Boden ab. Nichts. Er holte sein Handy aus der Hosentasche und schaltete die Taschenlampenfunktion ein. Der Akku war schon schwach, und bereits nach dreißig Sekunden wurde der Lichtschein weniger. Bevor er nicht einmal mehr würde telefonieren können, schaltete er das Smartphone aus. Vielleicht wäre es gut, solange er Saft hatte, Hilfe zu holen. Doch wen sollte er anrufen? Die Polizei etwa? Wenn man ihn auf dem Gelände fand, war er geliefert. Man würde wissen wollen, was er hier suchte, und er konnte kaum erzählen, er hätte sich um diese Uhrzeit bloß Autos angesehen.

Alex steckte das Handy wieder ein und ging in die Hocke, um besser unter die Büsche sehen zu können, schließlich ließ er sich auf alle viere fallen und tastete hektisch die Erde mit beiden Händen nach dem Schlüssel ab. Verflucht, war das dunkel. Ein Kiesel bohrte sich schmerzhaft in seinen Ballen. Verdammt!

Er krabbelte wie ein Kleinkind von Busch zu Busch. Je länger er in dieser entwürdigenden Stellung verbrachte, desto mehr wurde seine Furcht von Wut verdrängt. Lena! Wer sonst sollte hinter dieser Aktion stecken, wenn nicht seine Exfrau? Wenn er sie in die Finger bekam, dann würde sie diesmal mehr als nur ein paar blaue Flecken davontragen, schwor er sich. Überhaupt war sie an allem schuld. Wer bekam denn nie den Schlund voll, wollte ständig mehr Unterhalt und brachte ihn an den Rand des finanziellen Ruins? Es blieb ihm gar nichts anderes übrig, als Geld aufzutreiben, egal wie.

Wo war dieser blöde Schlüssel? Er war schon viel zu weit von der Stelle entfernt, wo er hingefallen sein musste. Wieso fand er ihn dann nicht?

Alex machte sich daran, wieder zurückzukriechen, um die ganze Strecke ein zweites Mal abzusuchen, als er in seinem rechten Knie einen plötzlichen Schmerz fühlte. Er hatte sich auf eine Schraube gekniet. Fluchend wischte er mit einer Hand über den Boden vor sich, um weitere unangenehme Überraschungen tunlichst zu vermeiden. Wer wusste schon, was hier noch an Zeugs herumlag.

Er streckte seinen Arm aus und schob ihn ächzend, so weit er konnte, unter den Strauch, als sich unvermittelt seine Nackenhaare aufstellten. Mit angehaltenem Atem lauschte Alex in die Finsternis und zog ganz langsam den Arm zurück.

Ein dunkles Grollen drang an sein Ohr. Beinahe körperlich fühlte er die Anwesenheit von Gefahr. Sein Mund wurde trocken, er schluckte, der Hals kratzte. In seinem Gaumen breitete sich ein Geschmack nach Essig und Eisen aus und nahm ihm beinahe die Luft zum Atmen.

Er brauchte einen Moment, bis er ihn zuordnen konnte. So schmeckte Angst.

Aus dem Grollen war ein tiefes Knurren geworden, das bereits viel näher klang als eben noch. Alex merkte, wie sich unwillkürlich seine Blase entleerte, warm rann der Urin seine Beine hinunter. Doch das war ihm egal, denn das Einzige, was sein Denken einnahm, waren zwei Augenpaare, die ihn aus der Dunkelheit anstarrten.

Hätte er bloß vorhin jemand angerufen, sogar die Polizei wäre ihm jetzt willkommen gewesen.

Als die Kangals ihn von zwei Seiten angriffen, blitzte die Erkenntnis in ihm auf, dass er keine Chance hatte. Er würde sterben. Er hörte einen lang gezogenen Schrei durch die Nacht gellen und merkte erst den Bruchteil einer Sekunde später, dass er selbst ihn ausgestoßen hatte. Dann ging jeder weitere Gedanke im Knurren der Hunde, dem Geruch nach Blut und seinen Hilferufen unter, bis gar nichts mehr war, außer der Frage nach dem Warum – und der Kälte, die seinen ganzen Leib erfasst hatte.

KAPITEL 1

Andächtig lauschte Michaela Baltzer den Klängen von Mozarts Klaviersonate in D-Dur. Auf dem Podium saßen ihre Nichte Valerie und deren Klavierlehrerin Anna Sannatoli. Beide gingen völlig in der Musik auf und schienen rundherum sämtliche Geräusche im Saal ausgeblendet zu haben.

Das rote, bodenlange Abendkleid, das Michaela ihrer Nichte extra für diesen Abend gekauft hatte, ließ Valerie beinahe erwachsen aussehen. Ihr schwarzes Haar trug sie dem Anlass entsprechend hochgesteckt. Nur im Nacken kringelten sich vorwitzig ein paar Löckchen.

Sie selbst hatte auf ein neues Kleid verzichtet, sich stattdessen für das dunkelgrüne entschieden, das Valerie ihr vor Monaten aufgedrängt hatte. Michaela hatte es seither bloß einmal getragen. »Es bringt deine Augen zum Strahlen und die Farbe bildet einen tollen Kontrast zu deinem Haar. Harald wird hin und weg sein«, hatte ihre Nichte beim Anprobieren versichert und jeglichen Protest beiseitegewischt, sodass Michaela gar keine andere Wahl gehabt hatte, als es mitzunehmen.

Vor lauter Aufregung hatte Valerie die ganze letzte Woche kaum gegessen und nur wenig geschlafen. Sie war täglich nach der Schule zu Anna gefahren, um zu üben. Da sie jedes Mal erst nach neun daheim gewesen war, hatte Michaela nicht viel Gelegenheit gehabt, sich mit ihrer Nichte zu unterhalten, geschweige denn etwas mit ihr zu unternehmen.

Anfangs genoss Michaela die unerwartete Freizeit. Die war spärlich geworden, seit Valerie bei ihr lebte. Aber bereits am dritten Tag merkte sie, wie sehr ihr die gemeinsamen Gespräche fehlten. Sie wollte gar nicht wissen, wie es wäre, wenn Valeries Eltern wieder aus Afrika zurückkämen. Thomas und Angelika, beide Mediziner, hatten sich dazu entschlossen, ein Jahr lang für Ärzte ohne Grenzen zu arbeiten. Valerie wollte nicht mit, also blieb sie bei Michaela. Die ersten Wochen waren für beide, Michaela und Valerie, schwierig gewesen. Und dann... egal, sie wollte jetzt nicht daran denken.

Es gelang mühelos, sich von der Klaviermusik davontragen zu lassen. Am liebsten hätte Michaela stolz jedem im Saal verkündet, dass ihre Nichte dort oben saß. Wahrscheinlich hatte sie das sogar dem einen oder anderen Konzertbesucher tatsächlich erzählt. Es war unglaublich, mit welcher Leichtigkeit und Brillanz Valerie spielte.

Der letzte Ton verklang, für einen Moment herrschte Stille, dann brandete tosender Applaus auf. Valerie und Anna erhoben sich gleichzeitig und verneigten sich vor dem Publikum. Valeries Blick suchte den ihren, und Michaela formte mit den Lippen lautlos »Bravo!«, während sie klatschte, bis ihr die Hände wehtaten.

»Wie war ich?«, fragte Valerie später in der Pause.

»Großartig!«, gab Michaela zurück. »Man hat deine Aufregung überhaupt nicht gemerkt.«

»Das Lampenfieber war weg, sobald ich den ersten Ton gespielt hatte. Und jetzt hab ich Hunger.«

Michaela lächelte. Gott sei Dank, Valerie war wieder

ganz die Alte. »Wir könnten uns vom Buffet ein paar Sandwiches holen, was meinst du?«

Nach dem Konzert würden sie gemeinsam mit Anna im Weinzierl, dem Restaurant im Konzerthaus, nobel essen, um Valeries ersten großen Auftritt gebührend zu feiern. Doch bis dahin würde ein kleiner Snack bestimmt nicht schaden.

Valerie schüttelte den Kopf. »Nein, ich warte bis nachher. Kommt Bernd auch?«

Bernd war Michaelas Nachbar und ein Freund der Familie, wenn man das so nennen konnte. Seit sieben Monaten arbeiteten sie auch zusammen. Sie als Kriminalbeamtin, er als Kriminalpsychologe.

»Er weiß nicht, ob er es noch rechtzeitig schafft«, antwortete Michaela. Bernd war als Gutachter nach Innsbruck gebeten worden, ausgerechnet an Valeries großem Tag. Vor einer Stunde hatte er eine SMS geschrieben, dass er im Stau steckte. Irgendeine Massenkarambolage auf der A1.

Für die Dauer des Konzerts hatte Michaela ihr Handy abgeschaltet, doch nun holte sie es aus der Handtasche und drückte den Einschaltknopf, in der Hoffnung, eine weitere Nachricht von Bernd erhalten zu haben. Tatsächlich wurde der Eingang einer Nachricht angezeigt. Doch sie war nicht von Bernd, wie Michaela gleich darauf erkannte, sondern von Harald Kammerer, dem Leiter der forensischen Abteilung.

Harald und sie hatten eine Beziehung, die über das rein Dienstliche hinausging. Freundschaft, Respekt, gegenseitige Zuneigung … Zu mehr konnte sich Michaela nicht durchringen, während Harald bloß auf ein Zeichen von ihr wartete.

In der Erwartung, wieder eine Einladung von Harald ablehnen zu müssen, öffnete Michaela die SMS. Im gleichen Moment begann ihre Narbe auf der Braue zu ziehen, wie immer, wenn sich etwas Unangenehmes anbahnte. Sie reichte vom Ende der linken Braue bis fast zur Mitte der Schläfe. Der Arzt im Krankenhaus hatte sich große Mühe beim Nähen gegeben, trotzdem war sie nicht zu übersehen. Meist verdeckte Michaela ihre Verletzung unter einer dicken Schicht Make-up. Die Narbe zu überschminken gelang ihr ganz gut, doch die innerlichen Wunden hielten sie bis heute, Jahre danach, nachts manchmal wach. Sie sprach nicht über die Herkunft ihrer Verletzung. Selbst Valerie, die nicht aufgehört hatte, sie wegen dieser Geschichte zu löchern, kannte bloß die Kurzversion, eine beschönigte, harmlose Fassung des Geschehens. Der Einzige, dem sie die ganze Wahrheit erzählt hatte, war ihr Vertrauen nicht wert gewesen, und an den wollte sie jetzt am allerwenigsten erinnert werden. Sie schüttelte jeden Gedanken an den Kerl ab und widmete sich Haralds Nachricht:

Bin gerade zu einem Tatort unterwegs. Was weißt du über Wespen? LG Harald

Sie las den kurzen Text zweimal. Wespen? War das ernst gemeint?

Sie sind gelb-schwarz gestreift und stechen. Tut mir leid, ich habe keine Ahnung. Wie kommst du darauf, dass ich mich mit Wespen auskenne?

Haralds Antwort kam schnell:

Weil du die Einzige mit einem Garten bist. Ich melde mich später. LG Harald

Michaela lebte in einer Doppelhaushälfte am Rande Wiens. Der Garten, den Harald erwähnt hatte, war klein, fast schon winzig und zugleich ihr ganzer Stolz. Sie hatte beim Kauf des Hauses niemals gedacht, dass ihr Gartenarbeit Spaß machen würde. Sie wollte bloß ein Fleckchen Wiese haben, auf den sie den Liegestuhl stellen konnte. Doch dann hatte sie der Ehrgeiz gepackt und sie hatte Blumen, Sträucher, sogar Gemüse angepflanzt. Nicht einmal die mickrige Ernte ihrer ersten Anbauversuche hielt sie vom Gärtnern ab, und mittlerweile hatte sie den Dreh heraus, zumindest was die zwei Tomaten- und Paprikastauden anging, die sie unlängst im Baumarkt gekauft hatte. Immerhin waren noch alle Blätter dran, und bei ihrem heutigen Rundgang hatte sie bereits die ersten Blüten an den Tomatenpflanzen entdeckt. Über die Insekten hatte sie sich allerdings noch nie den Kopf zerbrochen. Wenn man einen Garten hatte, war es normal, dass hin und wieder Ameisen den Weg ins Haus fanden. Ebenso Spinnen. Über Schmetterlinge und Bienen freute sie sich, und sie hatte sogar einige Male Libellen gesichtet. Klar, Wespen hatte sie im Garten ebenfalls. Sie waren oft lästig, besonders im Hochsommer, aber nicht halb so sehr wie Stechmücken, die aufgrund der Niederschläge letzten Sommer dermaßen zahlreich gewesen waren, dass sie ohne Insektenschutzmittel den Garten gar nicht nutzen konnte.

Während sie noch über Haralds Frage grübelte, ging eine weitere SMS ein. Diesmal kam sie von Bernd, der immer noch im Verkehr feststeckte. Sie solle Valerie grüßen und ihr sagen, wie leid es ihm täte, ihren Auftritt versäumt zu haben und nun wohl auch zum Abendessen nicht kommen zu können.

Michaela spürte dem leisen Bedauern nach, das sie bei Bernds Worten erfasste. Auch sie hätte ihn gerne dabeigehabt. Und Valerie würde zwar Verständnis zeigen, aber enttäuscht wäre sie trotzdem, zumal sie Bernd als eine Art Vaterersatz betrachtete.

Wie sie erwartet hatte, erklärte Valerie, es sei kein Problem, dann würden sie sich eben zu dritt amüsieren. Doch das Lächeln, das sie ihren Sätzen hinterherschickte, geriet ein wenig schief, und als sie später im Restaurant an ihrem Tisch saßen, sah Valerie jedes Mal zur Tür, wenn sie aufging. So lässig, wie ihre Nichte manchmal tat, war sie also doch nicht.

Gegen zehn waren sie mit dem Essen fertig, und Michaela fand, es wäre der richtige Zeitpunkt, um Valerie die Überraschung zu präsentieren, die sie sich überlegt hatte. Sie griff in ihre Tasche und legte ein weißes Kuvert vor Valerie hin.

»Was ist das?«

»Mach es auf und schau rein.« Bis eben war sie noch überzeugt gewesen, dass sich Valerie über das Geschenk freuen würde, doch nun war sie sich nicht mehr so sicher.

Mit angehaltenem Atem beobachtete sie, wie das Mädchen den Umschlag aufriss und die zwei Flugtickets herausnahm.

Einen Moment lang sagte Valerie gar nichts, sie starrte nur auf die Tickets in ihrer Hand, und Michaela fürchtete schon, sie hätte wieder mal etwas komplett falsch gemacht. Doch dann drückte Valerie die Flugtickets an ihre Brust.

»Danke, Tante Mika«, brachte sie schließlich hervor,

und Michaela merkte, dass Valeries Augen feucht geworden waren.

Sie hatte lange hin und her überlegt, was sie ihrer Nichte zu diesem ganz besonderen Abend schenken könnte. Bernd hatte sie auf die Idee gebracht. »Flieg mit ihr nach Lesotho, um ihre Eltern zu besuchen.« Michaela war sofort begeistert gewesen.

Den ersten Dämpfer erhielt ihr Enthusiasmus, als sie die Preise sah. Den zweiten dann, als sie herausfand, dass sie zweimal umsteigen und allein für den Hinflug zwischen fünfzehn und neunzehn Stunden Wegzeit einplanen mussten.

Andererseits, überlegte sie, hatte Valerie ihre Eltern und sie ihren Bruder über ein halbes Jahr nicht gesehen. Und irgendwo wollte sie mit Valerie ohnehin Urlaub machen. Ein Luxushotel mit Flug würde mehr kosten – und sie war sowieso nicht der Typ für teure Hotels und Wellnesspakete, sondern mehr für Abenteuerreisen und wilde Naturlandschaften. Deshalb hatte sie schließlich die Reise gebucht, gleich für den Anfang der Sommerferien. Mit Thomas, ihrem Bruder, hatte sie das ebenfalls abgesprochen und ihm das Versprechen abgenommen, Valerie bei ihren Telefonaten nichts zu verraten.

»Und du begleitest mich?«, fragte Valerie ungläubig, und zu Anna gewandt erklärte sie: »Ich geh meine Eltern besuchen. Das sind zwei Flugtickets nach Maseru, der Hauptstadt von Lesotho.« Sie klang jetzt total aufgeregt. Michaela schickte in Gedanken ein Dankgebet an Bernd. Er hatte wieder einmal den richtigen Riecher bewiesen, was ihre Nichte anging.

»Ja, denkst du, ich lasse mir solch ein Abenteuer entgehen?«

»Das ist so was von cool!« Nun strahlte sie vor Freude und brachte damit Michaela zum Lächeln.

Etwas später beglich Michaela die Rechnung. »Sollen wir Sie mitnehmen?«, fragte sie Anna.

»Nur wenn es keine großen Umstände macht. Ich kann auch mit der U-Bahn fahren«, gab diese zurück.

Es war bloß ein kleiner Umweg, den Michaela gerne in Kauf nahm, zumal der Verkehr sich um diese Zeit weitgehend beruhigt hatte und sie zügig vorankamen.

Anna stieg an einer roten Ampel aus und winkte ihr und Valerie zum Abschied noch einmal zu.

Die Ampel schaltete auf Grün, und Michaela fuhr an. Im Rückspiegel sah sie gerade noch, wie Anna durch die Eingangstür ging.

»Du bist so ruhig«, sagte sie zu Valerie, die großzügig Anna den Beifahrersitz überlassen hatte und nun hinten auf der Rückbank saß.

»Ich bin bloß müde.«

»Kann ich mir vorstellen. Die ganze Anspannung der letzten Tage ... und wie war es denn nun, vor einem großen Publikum zu spielen?«

»Voll cool. Tante Mika?«

»Mhm?«

»Die Flugtickets waren bestimmt sehr teuer, oder?«

Michaela zuckte mit den Schultern. »Sie haben weniger gekostet als ein Klavier, aber ja, billig waren sie nicht.«

»Dann brauch ich nichts mehr zum Geburtstag. Mein größter Wunsch hat sich jetzt eh schon erfüllt.«

In Michaelas Hals entstand vor Rührung ein Kloß. Sie räusperte sich. »Aber eine selbst gebackene Torte darf ich dir schon schenken.«

Michaela sah im Rückspiegel Valeries gespielt entsetztes Gesicht. »Lieber nicht. Oder du übst noch vorher.«

Sie lachten beide.

»Apropos Üben: Jetzt musst du weiterhin bei dir zu Hause Klavier spielen. Die Reise und ein Klavier hätten mein Budget gesprengt«, sagte Michaela.

»Ist halb so wild, ich fahre ja nicht jeden Tag hin.«

Da Michaela kein Klavier besaß, übte Valerie zwei-, dreimal in der Woche in der Wohnung ihrer Eltern, von der sie für diesen Zweck die Schlüssel behalten hatte.

Michaela hatte sich ernsthaft überlegt, selbst ein Klavier anzuschaffen, hauptsächlich wegen Valerie – und in zweiter Linie, um ihre eigenen, verkümmerten Kenntnisse aufzufrischen. Doch als sie mit Bernd darüber gesprochen hatte, meinte er, es wäre vielleicht ganz gut, wenn Valerie einen Grund hätte, weiterhin in die elterliche Wohnung zu fahren. So würde sie sich ein Stück von ihrem Zuhause bewahren können.

»Müssen angehende Konzertpianistinnen denn nicht jeden Tag üben?«, warf Michaela ein.

Valerie grinste sie an. »Wenn ich solche Ambitionen hätte, schon. Aber ich glaube, ich schlage doch lieber eine Polizistenlaufbahn ein.«

Innerlich seufzte Michaela. Was war es, das ihre Nichte an Verbrechen so faszinierend fand? Mehr noch, als auf der Bühne zu stehen? Michaela hatte Valerie sogar mit zur Dienststelle genommen, um die romantische Vorstellung vom Job als Kriminalpolizistin geradezurücken – vergebens. Dieser Tag hatte Valerie in ihrem Berufswunsch nur noch bestärkt.

Hätte Michaela Valeries Talent besessen... wäre sie wahrscheinlich trotzdem Polizistin geworden, gestand sie sich ein. Manchmal war es mühsam und kräfteraubend. Oft war der Job frustrierend, weil sie das Gefühl hatte, in einem zähen Sumpf zu waten. Trotz aller Bemühungen kamen sie und ihr Team nur schleppend oder gar nicht in den Ermittlungen weiter. Doch wenn sie es wieder geschafft hatten, einen Mörder zu finden, ihn zu überführen und zu verhaften, war Michaelas Ordnung in der Welt wiederhergestellt. Die Guten siegten über das Böse. Das waren die Momente, in denen sie mit niemand hätte tauschen wollen. Dass ihre Arbeit gefährlich war, hatte sie bereits mehrmals am eigenen Leib erfahren müssen. Die Narbe auf ihrer Braue erinnerte sie jeden Tag daran. Die Narben in ihrem Inneren sah man hingegen nicht. Doch auch die waren da, kleine und größere. Manche bereits verheilt, andere noch so frisch, dass sie Gefahr liefen, aufzureißen, wenn sie nicht aufpasste. Dennoch konnte sie sich keine andere Arbeit vorstellen. Sie wünschte bloß, Valerie wäre nicht so versessen darauf, in ihre Fußstapfen zu treten.

KAPITEL 2

Keuchend fuhr sie aus dem Schlaf hoch. Es war wieder der gleiche Traum: Sie lief. Wurde gehetzt, gejagt, wie Treibwild. Noch während sie sich vor ihrem Häscher versteckte, wusste sie, dass sie keine Chance hatte, ihm zu entkommen. Und doch war da jedes Mal die Hoffnung, er würde sie dieses eine Mal übersehen. Ihr Peiniger krallte seine Finger in ihr Haar und riss sie aus der Mulde, in der sie Zuflucht gefunden und sich klein zusammengerollt hatte wie ein Feldhase.

Ihr Wimmern wurde von seinem Stöhnen begleitet, als er auf ihr lag und sich in ihr bewegte. Sie hingegen verharrte still. Stellte sich tot, fühlte sich auch so. Als er mit ihr fertig war und ihr mit einem zufriedenen Grinsen über das Gesicht strich, begann sie zu schreien – und wachte dadurch jedes Mal auf.

Es ist bloß ein Traum, ein Traum, ein Traum, sagte sie sich vor und versuchte, langsamer zu atmen. Doch erst durch das Beten des Vaterunser schaffte sie es, sich zu beruhigen.

Sie wusste sehr genau, wo diese Träume herkamen. Tagsüber hatte sie ihr Leben im Griff. Die Panikattacken, die Atemnot, die Angst vor jedem lauten Wort, das alles hatte sie überwunden – zumindest solange sie wach war.

Aber nachts hatte sie keine Kontrolle über ihre Gedanken und Gefühle. Die Schatten ihrer Erinnerungen lauerten in ihrem Gedächtnis darauf, dass sie sich schlafen legte und ihre Wachsamkeit abebbte.

Sie stand auf und holte sich ein Glas Wasser. Danach ging es ihr besser. Sie schaltete das Licht ein und legte sich wieder ins Bett. Schlaf würde sie nicht mehr finden, aber zumindest ein wenig Erholung und Ruhe im Gespräch mit Gott. Das war die Zeit, in der sie zuhörte, wenn er zu ihr sprach. Zuhören war das Wichtigste, fand sie. Das größte Übel der Welt war die Oberflächlichkeit. Niemand hörte je zu. Nicht den Mitmenschen, nicht Gott, ja nicht einmal sich selbst. Zuhören hieß, nicht bloß die Worte zu verstehen. Es bedeutete, auch den Sinn hinter den Worten zu erfassen und das, was zwischen ihnen Platz fand. »Es geht mir gut«, war zum Beispiel bloß eine Phrase. Sie hatte sie bestimmt schon Hunderte Male gehört – doch sie enthielt ganz unterschiedliche Botschaften: »Lass mich in Ruhe«, »Ich will nicht darüber reden« oder »Ich bin zwar misshandelt worden, aber ich lebe, was will ich mehr?«

Der Tag brach an, es wurde Zeit, aufzustehen und sich den Herausforderungen zu stellen, die sie erwarteten. Zuhören. Helfen. Still beten für die, die das Beten verlernt, für die, die den Glauben verloren hatten. Sie konnte sich noch sehr genau daran erinnern, wie es war, kein Licht mehr zu sehen. Noch vor zwei Jahren wäre sie am liebsten gestorben. Doch nun wusste sie, dass alles, was sie durchmachen, der Schmerz, den sie erdulden musste, ihr den Weg zum Herrn geebnet hatte.

Sie griff zu dem silbernen Kreuz, das an einer Kette um ihren Hals hing, und küsste es.

Lautlos formten ihre Lippen ein Gebet, das aus ihrem Kopf in ihr Herz strömte. »Herr, ich bin dein Werkzeug. Du bist mein Hirte. Was du bestimmst, wird geschehen.« Danach horchte sie in sich hinein. Spürte sie Schuld? Nein, sie hatte bloß getan, was getan werden musste. Alles Weitere lag nicht in ihrer Hand.

KAPITEL 3

»Guten Morgen«, grüßte Werner Steurer, Direktor des Kriminalamtes und Michaelas Chef, in die Runde. Er hatte, wie üblich, eines seiner furchtbaren Karohemden an. Michaela fragte sich – nicht zum ersten Mal –, wie viele er davon besaß. Dieses hässliche orange-grüne war eine regelrechte Farbexplosion für die Sehnerven. Steurer hingegen schien sich in seiner Haut wohlzufühlen und kein Gespür dafür zu haben, wie sein Outfit auf andere wirkte.

Trotz seiner Modeentgleisungen hätte sich Michaela keinen anderen Chef gewünscht. Steurer ließ ihr viel Freiraum und mischte sich normalerweise nicht in ihre Arbeit ein. Ein anderer Vorgesetzter hätte sie wahrscheinlich versetzt oder ihr gar ein Disziplinarverfahren angehängt, nachdem sie bei ihrem letzten großen Fall Dinge verschwiegen hatte, die sie hätte melden müssen. Steurer hatte Verständnis für ihre Situation gezeigt, es bei einer mündlichen Verwarnung belassen und die Angelegenheit nicht weiter verfolgt. Allerdings musste Michaela ihm schwören, dass sie sich an ihn wenden würde, wenn sie je wieder in solch eine Lage geraten sollte.

Dankbar und erleichtert hatte sie ihm ihr Wort darauf gegeben. Allein schon deshalb würde sie niemals mehr über Steurers Modegeschmack lästern – zumindest nicht anderen gegenüber.

Die etwa dreißig Leute im Konferenzraum erwiderten Steurers Gruß, dann ging er zur Tagesordnung über.

»Ihr werdet euch vielleicht fragen, weshalb uns heute Herr Kammerer mit seiner Anwesenheit beehrt. Aber das erzählt er euch am besten selbst. Bitte«, gab Steurer das Wort an den Leiter der forensischen Abteilung weiter.

Harald räusperte sich, ehe er zu sprechen begann: »Gestern Abend wurden wir zu einem Tatort beordert. Was anfangs wie ein harmloses Setting aussah, stellte sich als raffinierte Inszenierung heraus. Wir sind ziemlich sicher, dass es sich um ein Morddelikt handelt.« Er blickte in die Runde und schien auf Fragen zu warten. Als ihn niemand unterbrach, fuhr er fort: »Bei dem Toten handelt es sich um einen Mann. Name und Alter unbekannt.«

Gut, das war nichts Ungewöhnliches bei Mordfällen. Häufig mussten Opfer erst identifiziert werden. Das gehörte mit zu den ersten Aufgaben des Ermittlungsteams und stellte manchmal eine echte Herausforderung dar. Allein seit Michaelas Dienstantritt in der Abteilung hatte sie ein halbes Dutzend Mordfälle bearbeitet, bei denen es nicht möglich gewesen war, den Opfern Namen zuzuordnen. Vier dieser Fälle, die ungelöst zu den Akten gewandert waren, gehörten zu denen, die immer wieder in ihrem Kopf herumspukten, als wollten sie sich Michaela in Erinnerung rufen, um ja nicht in Vergessenheit zu geraten.

»Und woran ist der Mann gestorben?«, fragte einer der Beamten.

»Wir werden die rechtsmedizinische Untersuchung abwarten müssen, aber ich denke, es lag an den Wespenstichen«, antwortete Harald.

»Wespenstiche? Ernsthaft? Das würde ich nun nicht als Mord einstufen«, gab der Beamte zu bedenken.

»Sollte man glauben. Aber dieses Wespennest wurde mit voller Absicht über der Terrassentür deponiert. Und zwar so, dass es unweigerlich hinunterfallen musste, sobald der Mann den Raum verlassen wollte.«

Doris, Michaelas junge Mitarbeiterin, meldete sich mit einem Handzeichen. Harald nickte ihr zu.

»Alles schön und gut, so ein Wespenstich ist zwar schmerzhaft, aber normalerweise nicht tödlich. Nicht mal mehrere.«

»In dem Fall waren es ziemlich viele. Das Gesicht des Opfers ist total zugeschwollen, deshalb nehme ich an, dass er eine allergische Reaktion gezeigt hat. Näheres wird euch bestimmt Dr. Ferreira sagen können. Er wollte die Obduktion heute Vormittag durchführen. In der Zwischenzeit gibt es noch einige Spuren, die wir sichergestellt haben und die jetzt ausgewertet werden. Unter anderem haben wir eine Substanz auf der Haut des Opfers gefunden, von der wir noch nicht wissen, worum es sich handelt. Sie wird gerade analysiert.«

Harald holte eine kleine, durchsichtige Plastikbox aus seiner Hosentasche und reichte sie seinem Tischnachbarn, der einen Blick darauf warf und sie dann weitergab. Gespannt wartete Michaela, bis sie die Dose in Händen hielt. Sie hatte alles Mögliche erwartet, doch als sie den Inhalt der Box erkannte, machte sich Enttäuschung in ihr breit. Eine Wespe. Nicht einmal eine besondere. Solche hatte sie bereits hundertmal gesehen, auch in ihrem eigenen Garten.

Sie schob die Schachtel Doris hinüber, die nur einen kurzen Blick auf das Insekt warf, die rot geschminkten Lippen verzog und meinte: »Na, wie es aussieht, haben wir den Täter bereits gefasst.«

So einfach, wie Michaelas Kollegin festgestellt hatte, war es natürlich nicht. Steurer hatte ihnen den Fall offiziell übertragen, und so fuhren sie nach der Besprechung ins rechtsmedizinische Institut.

Ferreira, Michaelas Meinung nach Wiens bester Gerichtsmediziner, reichte ihnen die Hand und sagte: »Ein äußerst faszinierender Fall, dieser Wespentote.« Michaela nickte bloß. Der Gerichtsmediziner fand alles am Tod faszinierend. Wahrscheinlich gehörte diese morbide Begeisterung zu seinem Job. Und eine große Portion Neugier, wie bei Michaela, die auch davon getrieben war, den Dingen auf den Grund gehen zu wollen.

»Nur herein in die gute Stube«, witzelte Ferreira und hielt ihnen die Tür zum Obduktionssaal auf. Michaela fing Doris' irritierten Blick auf und zuckte mit den Schultern, ehe sie den Raum betraten, der offenkundig das Gegenteil einer »guten Stube« darstellte. Alles war kalt und steril, von den Wänden bis zum Mobiliar, und hatte Ähnlichkeit mit einem Operationssaal. In der Mitte stand ein Tisch aus Stahl, auf dem der Tote lag. Er war bereits entkleidet worden. Am Fußende befanden sich Papiertüten, in denen Michaela die Kleidungsstücke des Opfers vermutete.

Sie trat näher und betrachtete den Körper des Mannes. Neben ihr sog Doris scharf die Luft ein. »Gütiger Himmel«, entfuhr es ihrer Kollegin. »Dafür sind Wespenstiche verantwortlich?«

Auch Michaela konnte es beinahe nicht glauben. Das Gesicht des Mannes war dermaßen geschwollen, dass sie nicht einmal mehr die Augen ausmachen konnte. Die Unterarme hatten den Umfang eines Oberschenkels. Die Haut spannte sich rot, beinahe schon violett gefärbt, über die Muskeln. Sogar der Brustkorb und der Bauch waren mit Beulen in Tennisballgröße übersät. Kein Wunder, dass Harald ihnen das Alter des Opfers nicht hatte sagen können. Es war unmöglich festzustellen, ob es sich um einen Zwanzigjährigen oder um einen Fünfzigjährigen handelte. Aber dafür hatten sie ja Ferreira, der das Alter des Opfers bestimmt eingrenzen konnte.

»Wie alt schätzen Sie ihn?«, fragte da bereits Doris, als hätte sie Michaelas Gedanken gelesen.

»Ende zwanzig, Anfang dreißig, den Abnützungserscheinungen der Zähne nach zu schließen. Aber das ist bloß eine vorläufige, grobe Einschätzung. Wir testen gerade ein neues Verfahren, mit dem wir das Alter plus/minus weniger Monate genau errechnen können.«

Michaela horchte auf. »Ehrlich? Das wäre ein riesiger Erfolg für die Identifizierung von unbekannten Toten. Wie funktioniert das?«

»Ähnlich wie mit den Jahresringen bei Bäumen«, erklärte Ferreira und fügte hinzu, er habe zwei Jahre darum kämpfen müssen, die Mittel für diese neue Technik bewilligt zu bekommen. »Das Innenministerium meint wahrscheinlich, die Toten wären eh schon tot, für die bräuchte man kein großes Budget mehr bereitzustellen.«

Doris schnaubte. »Als ob unsere Arbeit nicht schwer genug wäre.«

Da musste Michaela ihr recht geben. Oft genug scheiterten Erfolg versprechende Ermittlungen bereits im Ansatz, weil sie schlicht aus Budgetgründen abgelehnt wurden. Selbst Steurer konnte da nichts tun und musste sich der Hierarchie beugen.

Ferreira wandte sich erneut dem Leichnam zu und deutete auf mehrere Stellen am Körper. »Hier, sehen Sie? Und hier?«

Michaela beugte sich über die Leiche und versuchte zu erkennen, was der Gerichtsmediziner ihr zeigen wollte. Beim näheren Hinsehen fielen ihr die kleinen Stichstellen auf.

»Ich habe sie gezählt. Er hat mindestens dreißig Stiche abbekommen, bei einem Allergiker, wie er es war, hätten ein, zwei schon ausgereicht, um ihn zu töten.«

»Durch die Wespenstiche ist sein Hals zugeschwollen und er ist erstickt. Das heißt, eigentlich ist er eines natürlichen Todes gestorben, oder?«, spekulierte Doris.

»Genau genommen starb er an einem anaphylaktischen Schock. Durch den Auslöser, in dem Fall das Wespengift, wurde Histamin in großen Mengen sehr schnell freigesetzt. Sie können sich das wie bei einer Explosion vorstellen. Dadurch erweitern sich die Gefäße, was Schwindel, Übelkeit, Erbrechen, Herzjagen und Atemnot zur Folge hat. Wird nicht sofort gehandelt, kommt es zum Kreislaufversagen und schließlich zum Tod. Der Mann hier hätte nur noch gerettet werden können, wenn ihm unmittelbar nach den Stichen Antihistamin oder Kortison verabreicht worden wäre. Aber ich bezweifle, ob ein Notarzt es rechtzeitig geschafft hätte, bei ihm zu sein. Die Reaktion, gerade bei Insektenstichen, setzt innerhalb von Minuten ein.«

Michaela lauschte gespannt Ferreiras Ausführungen. »Hatte er kein Notfallmedikament bei sich?«, überlegte sie laut. Das wäre doch nur natürlich gewesen. Eine Schulfreundin von ihr war Epileptikerin und hatte neben einer Karte, die auf ihre Krankheit hinwies, immer Tabletten dabei, die man ihr bei einem Anfall verabreichen sollte.

Ferreira schüttelte den Kopf. »Wir haben keine gefunden. Er hatte ja nicht mal eine Geldtasche bei sich.«

»Das ist allerdings eigenartig«, stimmte Michaela zu.

»Vielleicht hat er gar nichts von seiner Allergie gewusst«, meinte Doris und zog den Laborkittel, mit dem sie ausgestattet worden waren, enger um ihren schlanken Körper. Offenbar ließ die Vorstellung, man könne an einer unentdeckten Allergie sterben, sie frösteln.

»Alles ist möglich. Allerdings könnte er die Tabletten auch in seiner Geldtasche aufbewahrt haben, die jemand gestohlen hat. Oder…«, gab der Gerichtsmediziner zu bedenken.

»…oder er war schlicht und einfach dumm und hatte keine dabei«, beendete Michaela den Satz seufzend.

»Oder das«, sagte Ferreira lächelnd. »Die menschliche Natur ist manchmal schwer zu verstehen. Zumindest solange es sich um lebende Individuen handelt. Deshalb beschäftige ich mich auch lieber mit toten.«

Michaela unterdrückte ein Grinsen. Von der Warte hatte sie es noch nie betrachtet, musste ihm aber beipflichten. Kompliziert war der Tod immer nur für die Lebenden: für die Angehörigen, die Ermittler und schließlich auch für den Täter, wenn man ihm auf die Schliche kam.

»Ich sehe immer noch nicht, warum wir uns mit diesem Fall überhaupt beschäftigen sollen. Ein ana…, also dieser Schock ist Ihren Erklärungen nach eine Folge der Wespenstiche«, sagte Doris an Ferreira gewandt.

»An sich ja. Doch in diesem Fall hat jemand nachgeholfen.« Ferreira deutete auf die Handgelenke des Mannes. »Sehen Sie hier diese Striemen?«

»Ich dachte, die kämen von der Schwellung«, sagte Doris.

Michaela waren die Striemen schon vorher aufgefallen, sie hatte sie aber als Hautfalten abgetan.

»Nein, das sind Abschürfungen. Der Mann war offenbar gefesselt gewesen. Ich habe sogar in den Schürfwunden Fasern gefunden, die ich mit den anderen Beweisgegenständen an die Spurensicherung schicken werde.«

»Mit einem Seil?«

Ferreira zuckte die Achseln. »Vermutlich ja, genau wissen wir es nicht. Die Spurensicherung hat kein Seil sichergestellt.«

Michaela versuchte, sich das Szenario vorzustellen.

Jemand fesselt das Opfer, um es in das Gartenhaus zu bringen. Dann befestigt der Täter das Wespennest über der Tür, damit es herunterfällt, sobald die Tür sich öffnet. Doch weshalb hatte der Mörder die Fesseln wieder abgenommen? Und warum das Wespennest an der Tür? Es wäre doch viel einfacher gewesen, die Wespen einfach im Raum herumschwirren zu lassen. Vor allem hätte es dann viel eher wie ein Unfall ausgesehen. Die perfektesten Morde waren die, die gar nicht erst als solche erkannt wurden. Harald hatte von einer raffinierten Inszenierung gesprochen, und je länger sie darüber nachdachte, desto mehr kam sie zu dem gleichen Schluss wie er. Für einen Moment hatte sie das Gefühl, einen winzigen Teil des großen Ganzen vor sich zu sehen. Von etwas, das sie nicht einordnen konnte. »Doris, ich möchte jetzt zum Tatort fahren«, sagte sie.

»Aber ich habe mit der Sektion noch gar nicht richtig angefangen!«, protestierte Ferreira.

»Ich ruf Sie am Nachmittag an«, versprach sie.

Das Gefühl, im Obduktionssaal nichts Neues mehr zu erfahren, hatte sich ganz unvermittelt eingestellt, doch eines war ihr klar: Die Antworten, die sie suchte, würde sie nicht hier finden, sondern dort, wo das Verbrechen stattgefunden hatte: in einer kleinen Gartenhaussiedlung am Rande von Wien.

KAPITEL 4

»Frau Karinovic, bitte«, rief Raphaela die nächste Patientin auf und blickte sich im Warteraum um. Welche der vier Frauen, die dort auf den Plastikstühlen saßen, war

Aga Karinovic? Die mit dem Gipsfuß vielleicht? Oder doch eher das Mädchen mit der Kühlpackung auf dem rechten Knie?

Wie sich herausstellte, war es keine von beiden. Eine sehr kleine, sehr runde Frau stemmte sich schwerfällig aus dem Stuhl des Wartebereiches hoch und kam langsam auf sie zu. Offensichtlich hatte die Patientin Schmerzen, dennoch lächelte sie tapfer.

Raphaela hielt ihr die Tür zum Behandlungsraum auf. »Nehmen Sie bitte Platz«, deutete sie auf die Untersuchungsliege. »Was fehlt Ihnen denn?«, fragte sie, nachdem die Frau sich auf den Rand der Liege gesetzt hatte.

»Es tut ... weh«, antwortete die Frau und deutete auf ihren umfangreichen Brustkorb, »beim ... Atmen.«

»Wir schauen uns das an, machen Sie sich bitte frei. Der Arzt wird gleich bei Ihnen sein.« Raphaela schrieb einen Vermerk in das Behandlungsblatt.

Wie in Zeitlupe begann die Frau, ihre schwarze Weste aufzuknöpfen. Schon allein diese simple Tätigkeit trieb ihr den Schweiß auf die Stirn.

»Brauchen Sie Hilfe?«, fragte Raphaela nach. Auch das gehörte mit zu ihren Aufgaben als Krankenschwester. Doch die Frau biss die Zähne zusammen. »Das geht schon«, brachte sie keuchend hervor. »Können nicht Sie ... ich möchte nicht, dass ein Mann ...«

»Ich bin kein Arzt.«

Die Frau sah sie flehend an. Raphaela seufzte. »Na schön, ich schau es mir mal an, okay? Aber ich entscheide, ob wir einen Arzt hinzuziehen oder nicht.«

Die Frau nickte dankbar und zog nun die Bluse bis zum Brustansatz hoch. Raphaela stockte beim Anblick der Hämatome der Atem. Manche verblassten bereits und hatten sich gelblich verfärbt, andere waren grün, die frischeren dunkelviolett.

»Wie ist das passiert?«, fragte sie.

»Ich bin ausgerutscht«, antwortete die Frau und blickte zu Boden.

Raphaela ballte die Hände zu Fäusten. Die Treppe runtergefallen, ausgerutscht, gegen die Tür gerannt... wie oft hatte sie diese Lügen schon gehört?

Sie blies die Luft aus ihren Wangen. »Hören Sie, ich weiß, was los ist. Wer war es? Ihr Mann? Wie es aussieht, nicht das erste Mal. Einige der blauen Flecken sind schon älter. Sie können ihn anzeigen.«

»Geben Sie mir nur etwas gegen die Schmerzen. Ich bin manchmal etwas ungeschickt.«

Klar, was sonst. Auch das hatte Raphaela schon häufig gehört. »Sie müssen hoch zum Röntgen. Ich vermute, dass eine oder mehrere Rippen gebrochen sind.«

Dr. Berthold kam aus dem Nebenraum geflitzt. »Was haben wir?«

»Vermutlich Rippenfraktur nach...« Raphaela bemerkte den flehenden Blick von Frau Karinovic, »... nach einem Sturz.«

»Danke, Frau Moosbacher. Schicken Sie die Patientin zum Röntgen, dann sehen wir weiter.« Er schrieb einen Vermerk auf das Krankenblatt und lief schon wieder in den anliegenden Behandlungsraum.

»Wie lange wird das dauern?«, fragte die Frau, während sie sich wieder in ihre Weste mühte.

»Eine Stunde etwa. Ich lass Sie mit dem Rollstuhl von einem Pfleger hochbringen. Sie können ja kaum gehen.« Sie drückte die Kurzwahltaste am Telefon und bat um einen Begleiter für ihre Patientin.

»Danke«, sagte die Frau und drückte Raphaelas Hand, nachdem sie ihr in den Rollstuhl geholfen hatte.

»Hören Sie«, sie schrieb eine Telefonnummer auf einen kleinen Zettel, »das ist die Nummer von einem Frauenhaus. Wenn es nötig ist, werden Sie von einer Mitarbeiterin abgeholt.«

Die Frau steckte den Zettel achtlos in die Tasche ihrer Weste.

»Glauben Sie mir, er wird nicht damit aufhören. Wollen Sie darauf warten, dass er Sie das nächste Mal totprügelt?«, appellierte sie.

Die Frau presste die Lippen zusammen und sagte nichts.

»Haben Sie Kinder, Frau Karinovic?«

Für einen kurzen Moment legte sich ein Lächeln über ihr Gesicht. »Zwei. Ein Junge und ein Mädchen.«

»Dann sollten Sie sie da möglichst schnell rausholen. Tun Sie es für die beiden, wenn schon nicht für sich selbst. Rufen Sie an. Lassen Sie sich helfen.«

In diesem Moment ging die Tür auf und einer der Pfleger trat ein, um Frau Karinovic in die Radiologie zu bringen.

Eine kurze Weile sah Raphaela der Patientin nach. Es war immer das Gleiche. Sie gaben es nicht zu, leugneten, manche nahmen die Täter sogar in Schutz und suchten die Schuld bei sich. Frau Karinovic war bloß eine von vielen, die Raphaela kennengelernt hatte. Jede von ihnen hatte ihre eigene Geschichte, und trotzdem waren alle ähnlich. Sie wusste, dass diese Frau noch nicht so weit war. Sie würde sich nicht an die Polizei oder ans Frauenhaus wenden, würde keine Hilfe annehmen. Sie würde leiden, sich weiter prügeln lassen und weiterhin lügen. Dieses Mal waren es bloß ein paar angeknackste Rippen, doch es würde schlimmer werden, wenn dem Mistkerl niemand Einhalt gebot. Ein Teufelskreis, nein, eine Spirale, die sich immer weiter nach unten drehte.

Die Frauen waren für ihre Peiniger leichte Beute, wehrlos und schwach. Sie hatten keine Chance auf ein Entkommen.

Raphaela schüttelte alle Gedanken ab. Sie hatte getan, was sie tun konnte. Hoffentlich war das genug. Sie hätte gern mehr Zeit gehabt, vielleicht hätte sich Frau Karinovic ihr dann anvertraut. Doch da draußen warteten etliche Patienten darauf, behandelt zu werden. Seufzend nahm sie den obersten Anmeldebogen vom Stapel, ging zur Tür und rief den Namen des nächsten Patienten auf.

Um kurz nach sechzehn Uhr hielt Raphaela vor einem Eisentor und steckte die Berechtigungskarte in den dafür vorgesehenen Schlitz. Das Tor glitt langsam zur Seite und schloss sich wieder, sobald ihr Wagen durchgefahren war.

Diese Sicherheitsmaßnahmen wirkten für Außenstehende übertrieben, doch die Erfahrung hatte gezeigt, dass sie notwendig waren, um die Bewohnerinnen des Hauses zu schützen. Alle hatten schreckliche Erlebnisse hinter sich, jede einzelne war Opfer von Gewalt. Die meisten konnten seit Monaten, wenn nicht sogar seit Jahren hier wieder angstfrei leben und zur Ruhe kommen. Viele der Frauen schliefen erst jetzt wieder durch, da sie in Sicherheit waren, doch in manchen saß die Angst so tief, dass sie sogar nun, wo sie nicht mehr um ihr Leben oder um das ihrer Kinder fürchten mussten, immer noch jede Nacht schreiend aus Albträumen aufwachten.

Raphaela schloss das Auto ab und winkte ein paar spielenden Kindern zu, ehe sie das Gebäude betrat. Aus der Küche hörte sie Stimmen und das Röcheln einer Kaffeemaschine. Der Duft von frisch aufgebrühtem Kaffee drang an ihre Nase. Ein Kaffee war jetzt genau das, was sie brauchte. Aber er musste warten, zuerst musste sie dringend mit Heidi reden.

Raphaela bog in die entgegengesetzte Richtung ab und stand gleich darauf vor der offenen Tür von Heidelinde Aumanns Büro. Heidi blickte hoch, und ein Lächeln stahl sich auf ihre Lippen, als sie Raphaela erblickte. Sie stand auf, kam ihr entgegen und schloss sie in die Arme. Für einen kurzen Moment genoss Raphaela ein Gefühl des Nachhausekommens. Es gab nicht viele Menschen, die sie so nahe an sich heranließ, sowohl emotional als auch körperlich. Heidelinde gehörte zu den wenigen, die das durften. Sie war für Raphaela gleichzeitig Mutter, Freundin und Familie.

Es war allein Heidis Fürsorge und ihrem unermüdlichen Einsatz zu verdanken, dass Raphaela ein normales Leben führte. Dass sie die Ausbildung zur Krankenschwester hatte machen können. Deshalb verbrachte Raphaela nahezu jeden Tag ein paar Stunden in der Einrichtung und half, wo immer sie konnte. Sie untersuchte und verarztete die Frauen, sprach mit ihnen, machte ihnen Mut, beriet und begleitete sie bei Amtsgängen. Manchmal spielte sie mit den Kindern oder erledigte den Großeinkauf. Und wenn es notwendig war, griff sie auch zu Farbe und Pinsel und strich eines der Zimmer neu an oder putzte den Gemeinschaftsraum. Zu tun gab es immer genug. Die meisten Mitarbeiterinnen halfen ehrenamtlich, denn der Verein konnte sich keine Gehälter leisten. Lediglich eine Psychologin und Heidelinde als Leiterin waren fest angestellt.

»Wie war es in der Arbeit?«, fragte die Ältere, nachdem sie Raphaela aus der Umarmung wieder entlassen hatte.

»Ich habe heute unsere Telefonnummer weitergegeben«, antwortete Raphaela, »aber ich glaube nicht, dass sie anruft.«

Heidi seufzte. »Ist ja nichts Neues. Im Moment sind wir ohnehin voll.«

Aber Raphaela wusste, dass Heidelinde Aumann noch nie eine Schutzbedürftige abgewiesen hatte – freie Plätze hin oder her –, und wenn es bloß ein Matratzenlager im Keller war, das sie zur Verfügung stellen konnte.

»Sie hat zwei Kinder«, murmelte sie. »Du hättest sie sehen sollen. Laut Ambulanzkarte war sie erst achtundzwanzig, aber sie wirkte wie eine Fünfzigjährige.«

In diesem Moment erschien eine junge Frau im Türrahmen. Schüchtern blieb sie stehen und wartete, bis Heidi sie näher winkte. »Alisha, was gibt es denn?«, fragte sie freundlich.

Die junge Frau senkte den Kopf. »Ich werde wieder nach Hause gehen.«

Raphaela hätte Alisha am liebsten durchgeschüttelt, um sie zur Vernunft zu bringen. In ihrer Brust flackerte Zorn auf, doch sie ließ sich nichts anmerken. Gewaltausbrüche waren hier absolut fehl am Platz und würden die junge Frau erst recht in ihrem Entschluss bestärken. Also atmete sie tief durch und ballte die Hand zu einer Faust.

»Ich nehme an, du hast dir das gut überlegt«, sagte Heidi. Genau das bezweifelte Raphaela. Wer wählte schon freiwillig Angst und Terror?

»Mein Mann hat sich entschuldigt. Er möchte, dass ich wieder zu ihm zurückkomme. Und er hat versprochen, mich nie wieder zu schlagen. Ich habe ihm verziehen und will uns noch eine Chance geben.«

Raphaela biss sich auf die Zunge. Sie kannte die Leidensgeschichte dieser Frau. Alisha hatte schon mit siebzehn geheiratet – es war eine arrangierte Ehe gewesen, wie es in ihrem Kulturkreis üblich war. Sie hatte bei ihrem ersten Gespräch erzählt, dass sie sich glücklich geschätzt hatte, weil ihr Bräutigam ein attraktiver, zwanzigjähriger Mann gewesen war. Andere hätten alte, hässliche Knacker heiraten müssen. In den ersten sechs Monaten lief tatsächlich alles wunderbar, doch dann wurde sie schwanger. Auf diese Nachricht reagierte Hassan alles andere als erfreut. Er schlug sie zum ersten Mal. »Er wollte nicht, dass jemand anders meine Liebe bekommt. Nicht einmal unser Kind«, versuchte Alisha die Tat zu erklären. Je weiter die Schwangerschaft voranschritt, desto brutaler wurde Hassan. Sie war Anfang des sechsten Monats, als sie schließlich das Kind verlor. »Er hat mich in den Bauch getreten, danach hatte ich Blutungen und musste ins Krankenhaus. Mein Baby … es ist gestorben. Ich war traurig, aber gleichzeitig auch froh. Was hätte es für ein Leben gehabt?«

Und nun wollte Alisha wieder zurück zu dem Mann, der ihr Kind und beinahe auch sie umgebracht hatte?

»Du hast ihm bereits viel zu viele Chancen gegeben. Wie oft hat er dir versprochen, dass er sich ändert?« Raphaela konnte es nicht fassen, dass Alisha den Beteuerungen ihres Ehemannes glaubte. Sie hatte erzählt, dass er im Krankenhaus geschworen hatte, sie nie wieder anzugreifen. Nur zwei Monate später hatte er sein Versprechen und Alishas Nase gebrochen. Danach hatte Alisha die Pille genommen. Sie wollte nicht riskieren, erneut schwanger zu werden.

»Aber jetzt meint er es ernst, er ist damit einverstanden, dass wir ein Kind haben.« Sie strahlte, und Raphaela merkte, dass Alisha überzeugt von dem war, was sie sagte. Innerlich krampfte sich ihr Magen wie nach einem Boxhieb zusammen. Alisha war kein Einzelfall. Viele der Frauen, die ins Frauenhaus kamen, blieben nur wenige Tage. Die meisten von ihnen sah Raphaela wieder – und dann meist in einem schlimmeren Zustand als bei ihrem ersten Besuch.

»Ich wollte mich bloß für alles bedanken«, sagte Alisha und reichte zuerst Heidelinde und danach Raphaela die Hand. Sie hatte sogar schon ihre Tasche gepackt. Ohne sich noch einmal umzudrehen, schulterte sie die Reisetasche und ging.

Hilflos blickte Raphaela der jungen Frau nach. »Er wird ihr wieder wehtun«, sagte sie leise.

»Ja, aber wir können sie nicht aufhalten. Die Frauen sind freiwillig hier und dürfen jederzeit gehen, wenn sie wollen«, gab Heidelinde zur Antwort. »Das Einzige, was wir tun können, ist, für Alisha zu beten.«

Raphaela schluckte den Kloß in ihrem Hals hinunter. »Alisha ist Muslimin. Ob das hilft?«

»Natürlich«, antwortete Heidelinde mit Überzeugung. Es war dieser unerschütterliche Glaube, den Heidi trotz der vielen schrecklichen Dinge, die sie Tag für Tag anhören musste, nie verloren hatte. Dafür, und für vieles mehr, bewunderte Raphaela sie sehr.

KAPITEL 5

Die Schrebergartensiedlung befand sich im vierzehnten Gemeindebezirk, nahe am Stadtrand. Doris saß, wie meistens, am Steuer des Dienstwagens, während Michaela sich in die Unterlagen vertiefte, die sie von Harald bekommen hatte. Viel mehr, als sie bereits durch die Morgenbesprechung und von Ferreira wusste, stand allerdings auch nicht in der dünnen Mappe. Sie würde sich ein eigenes Bild machen müssen. Die erste Tatortbegehung stellte für Michaela die wichtigste Informationsbeschaffung dar. Sie versuchte, sich in den Kopf des Täters zu versetzen, alles mit seinen Augen zu sehen, die Empfindungen nachzufühlen, die in ihm vorgegangen waren. Das klang gruselig, und für Michaela war es das auch. Aber auf diese Weise hatte sie bereits einige Male Hinweise und Spuren entdeckt, die anderen entgangen waren oder denen keine oder zu wenig Bedeutung beigemessen wurden. Anschließend machte sie das Gleiche aus der Sicht des Opfers. Sie konnte nicht sagen, welche der beiden Methoden emotional belastender war. Jedes Mal fühlte sie sich danach ausgelaugt und brauchte ein, zwei Stunden, um sich wieder zu fangen. Sie hätte gerne darauf verzichtet, wenn sie eine andere Möglichkeit gekannt hätte, mit der sie die gleichen Ergebnisse erzielen konnte. Aber sie wusste keine, also blieb ihr bloß die bewährte Methode.

Doris bremste abrupt ab, Michaelas Gurt straffte sich.

»Verdammter Idiot«, schimpfte Doris, schaltete einen Gang zurück und gab Gas, um das Auto, das sich eben knapp vor sie reingedrängt hatte, wieder zu überholen.

»Hast du das gesehen? Der glaubt, wir wären hier bei einer Rallye«, ereiferte sich ihre Kollegin. Michaela lag auf der Zunge, dass Doris sich ebenfalls oft so verhielt, als würde sie ein Rennen bestreiten, sprach es aber nicht laut aus. Stattdessen blickte sie nach draußen, um sich zu orientieren. Sie befanden sich auf der Thaliastraße. In etwa dreizehn Minuten würden sie ihr Ziel erreichen, oder eher in zehn, wenn man Doris' Fahrstil mit einrechnete.

Doris hielt an einer roten Ampel, und Michaela nahm wieder ihre Lektüre auf. Fünf Seiten, das meiste davon Listen mit Laborwerten, die sie sich sparen würde. Für sie handelte es sich dabei ohnehin um Fachchinesisch, das sie nicht verstand, sodass sie die Seiten bloß überflog. Harald würde ihr alles später genau erklären müssen. Sie war eben bei der letzten Seite angelangt, als Doris den Motor abstellte.

»Oh, sind wir schon da?« Michaela blickte auf. Das war schneller gegangen, als sie erwartet hatte.

»Irgendwie ja.«

Ehe sie nachfragen konnte, was Doris damit sagen wollte, fiel ihr auf, dass sie sich auf einem Parkplatz befanden, der dem Kundenparkplatz eines Shoppingcenters ähnelte. Nur vereinzelte Stellflächen waren noch frei.

Michaela stieg aus und schlug die Wagentür zu. Sie wartete, bis Doris das Fahrzeug verriegelt hatte. Dann gingen sie gemeinsam auf das Tor zu. Über dem Eingang stand: Kleingartenverein Rosenstolz, gegr. 1924. Auf dem Stahltor selbst hing ein Schild mit Öffnungszeiten und eines mit dem Hinweis, der Durchgang sei bis auf Widerruf gestattet. Michaela drückte das Tor auf und kam sich vor wie Alice im Wunderland. Eine ganz neue Welt tat sich vor ihr auf. Die Gärten waren gar nicht so klein, wie der Name vermuten ließ. Die meisten Besitzer hatten Hecken gepflanzt, sodass sie nicht hineinsehen konnte.

Auf einem großen Platz in der Mitte des Weges standen mehrere Müllcontainer. Es roch nach frisch gemähtem Gras und Rosen.

»Wir müssen nach dem Weg fragen«, sagte Michaela und drehte sich einmal um ihre eigene Achse, auf der Suche nach jemandem, der ihnen weiterhelfen konnte.

»Ich habe mir das alles irgendwie anders vorgestellt«, meinte Doris.

»Wie denn?«

Die junge Kripobeamtin zuckte die Schultern. »Ich weiß nicht. Kleiner, überschaubarer. Schließlich heißt es doch *Klein*garten.«

Michaela grinste. »Dann müsste meiner *Miniatur*garten heißen. Komm, dort drüben befindet sich das Vereinshaus«, deutete sie mit dem Kopf auf das Gebäude rechts von ihnen. Am Eingang stießen sie auf einen Mann in einer zu weiten Trainingshose und einem weißen Unterhemd, der gerade mit einer Gießkanne die Blumentröge wässerte.

»Guten Tag«, sprach Michaela den Mann an, der überrascht hochblickte. Er hatte sie wohl nicht kommen hören. Erst jetzt bemerkte sie, dass er ein Hörgerät trug.

Sein Gesicht verschloss sich, und er kniff die Lippen zusammen. Unfreundlicher ging es wohl kaum. Trotzdem setzte Michaela ein Lächeln auf, als sie sich und Doris vorstellte.

»Wir sind vom LKA Wien und untersuchen den Todesfall, der sich hier gestern ereignet hat.« Sie zückte ihren Dienstausweis und zeigte ihn dem Mann, der ihn sich genau ansah und das Foto mit ihr verglich, als wäre er beim Grenzschutz.

»Eine unerfreuliche Geschichte«, brummte er schließlich, reichte ihr den Ausweis zurück und stellte die Gießkanne ab.

»Für das Opfer in jedem Fall«, antwortete Michaela.

»Ja, natürlich. Es ist nur... wissen Sie, wir mögen es hier ruhig und beschaulich. Und seit gestern Nacht ist die Hölle los. Man kommt ja kaum zum Luftholen. Zuerst die Polizei mit Blaulicht, dann die Spurensicherung, die in ihren weißen Anzügen wie Aliens ausgesehen haben. Ohne Rücksicht haben die hier überall herumgetrampelt und Proben von was weiß ich alles genommen – dann der Leichenwagen... und nun auch noch Sie.«

»Das ist nicht so unterhaltsam wie im Fernsehen, nicht wahr?«, meinte Doris und zwinkerte dem Mann zu. »Ich versteh' Ihre Aufregung, aber wir machen alle bloß unsere Arbeit. Sie wollen bestimmt auch, dass wir herausfinden, was geschehen ist. So ein Mord in Ihrer Kleingartensiedlung ist schließlich nicht gerade ohne.«

»Mord?«, stammelte der Mann. »Hier bei uns? Das... also, das... ich dachte, das wäre ein tragischer Unfall gewesen«, rang er nach Worten.

»Gut, nachdem Sie jetzt wissen, warum wir wirklich hier sind, können Sie uns sicher weiterhelfen, Herr...«

»Holzbauer. Friedrich Holzbauer. Ich bin der Obmann.«

»Sehr schön, Herr Holzbauer. Da haben wir gerade den Richtigen angesprochen. Sie kennen die Leute hier alle, nicht wahr?«, fuhr Doris fort.

So impulsiv Michaelas junge Kollegin in vielerlei Hinsicht auch war, sie hatte die Gabe, Leute für sich einzunehmen, sei es durch Schmeichelei wie eben oder durch ihr Erscheinungsbild. Sie wirkte nicht wie eine Polizistin, schon gar nicht wie eine von der Mordkommission. Sie sah eher aus wie eine Schauspielerin. Stets perfekt gestylt, immer geschminkt, aber nie zu aufdringlich. Sie hatte manikürte Nägel und langes, blondes Haar, das sie meist zu einem Zopf geflochten trug. Offen reichte es ihr bis zur Hüfte. Während Michaela eher burschikos wirkte, sah Doris wie eine Elfe aus. Doch ihr Äußeres täuschte. Wenn es darauf ankam, legte sie auch doppelt so schwere Männer auf die Matte, wie manche zu ihrem Leidwesen am eigenen Körper hatten erfahren müssen.

Herrn Holzbauer hatte sie auf jeden Fall schon um den kleinen Finger gewickelt. Eifrig redete er auf sie ein, während sie ihn über die Bewohner in der Siedlung befragte und sich von ihm zu dem Garten führen ließ, wo der Tote gefunden worden war. Michaela folgte ihnen mit ein paar Schritten Abstand. Einerseits wollte sie Doris nicht bei ihrer Befragung stören, andererseits nutzte sie die Gelegenheit, sich die Umgebung näher anzusehen. Sie vermutete, dass das Eingangstor nachts versperrt wurde. Sie würde später den Obmann danach fragen, wenn es Doris nicht ohnehin schon in Erfahrung gebracht hatte. Opfer und Täter mussten bereits vor dem Abschließen hereingekommen sein, oder es gab einen zweiten Weg. Viellcicht gab es Zeugen, die etwas beobachtet hatten. Sie würden bei den Befragungen Unterstützung benötigen. Noch mehr Polizei. Herr Holzbauer würde nicht erfreut darüber sein.

Mittlerweile waren sie am Tatort angekommen, wie Michaela unschwer am Absperrband erkennen konnte.

»Schrecklich«, sagte Herr Holzbauer und schüttelte dabei den Kopf.

»Wem gehört der Garten?«, wollte Michaela wissen.

»Jochen und Melanie Grabherr«, antwortete der Vereinsobmann wie aus der Pistole geschossen. Er kannte hier wohl wirklich alle Einwohner persönlich.

»Die leben aber nicht ständig hier. Genau genommen habe ich Jochen schon seit Monaten nicht mehr gesehen. Melanie war vor rund drei Wochen da. Sie hat ein bisschen Unkraut gejätet und den Rasen gemäht. War auch höchste Zeit. Wir legen hier viel Wert auf Ordnung, wissen Sie?«

Doris lächelte ihn weiterhin an. »Ja, das sieht man gleich, wenn man reinkommt. Sie sagten, die Grabherrs würden nicht ständig hier wohnen. Gibt es denn welche, die das ganze Jahr über da sind?«

»Natürlich. Wir sind eine der wenigen Siedlungen, die den Winter über nicht zusperren. Manche der Häuschen sind winterfest gebaut, und rund ein Drittel der Mitglieder haben ihren Hauptwohnsitz hier.« Der Stolz in seiner Stimme war nicht zu überhören.

»Gehören Sie zu denen?«, fragte Michaela.

»Nein, leider.« Herr Holzbauer schüttelte bedauernd den Kopf. »Aber in zwei Jahren, sobald ich in Pension gehen kann. Ist ja auch sinnvoll. Warum sollte ich zusätzlich Miete für die Wohnung zahlen? Außerdem gefällt es mir hier. Man trifft immer Gleichgesinnte, hat Freunde ...«

... und es ist ruhig und alles hat seine Ordnung, beendete Michaela in Gedanken den Satz.

»Haben Sie die Adresse der Eigentümer?«, wollte Doris von Herrn Holzbauer wissen.

»Ja, natürlich. Wir haben im Büro des Vereinshauses Unterlagen von allen Mitgliedern. Das ist Vorschrift.«

»Dann kommen wir später noch mal zu Ihnen«, sagte Doris und gab ihm dadurch zu verstehen, dass seine Anwesenheit nicht länger nötig war. Er murmelte etwas, das wie »bis später« klang, drehte sich um und ging den Weg zurück, den sie eben gekommen waren.

»Du und Herr Holzbauer habt euch ja ziemlich gut unterhalten«, stellte Michaela fest.

Doris grinste. »Eher interessant und informativ. Ich habe erfahren, dass er verheiratet ist, einen Kreditberater zum Sohn und den Garten vor fünfundzwanzig Jahren gekauft hat. Damals war das noch möglich, heute wird nur mehr verpachtet.«

»Hast du ihn gefragt, ob es noch weitere Eingänge gibt?«

»Ja.«

»Und?«

»Ach so! Ja, eine Art Hintereingang. Doch der ist angeblich immer abgesperrt. Allerdings hat jedes Mitglied des Kleingartenvereins einen Schlüssel – sowohl für das Haupttor als auch für das hintere.«

Wie Michaela bei einem Rundgang um das Grundstück bemerkte, war das zweite Tor nur wenige Meter entfernt – und es war tatsächlich abgesperrt.

»Im Dunkeln hätte der Täter hier unbemerkt zum Haus gelangen können«, spekulierte Doris.

»Falls er einen Schlüssel hatte, ja.«

»Wie soll er sonst hereingekommen sein? Geflogen ist er wohl kaum.«

»Jemand könnte ihn hereingelassen haben. Das Gleiche gilt übrigens auch für das Opfer.« Michaela trat an das Gitter und blickte nach draußen. Ein weiterer Abstellplatz, aber im Gegensatz zum Parkplatz am Haupteingang war diese Fläche kleiner, und kein einziges Fahrzeug stand hier. Hatte Harald daran gedacht, auch diesen Parkplatz nach Spuren abzusuchen? Weder im Dossier noch bei der Morgenbesprechung hatte er es erwähnt. Sie würde ihn fragen müssen. Ein weiterer Punkt, den es zu erledigen galt.

Sie wandte sich ab und ging wieder zum Gartenhaus zurück. Sie achtete auf mögliche Spuren, doch nicht einmal ein weggeworfener Kaugummi oder ein zerknülltes Taschentuch fielen ihr auf. Entweder hatten die Kollegen von der Spurensicherung alles aufgesammelt – oder es gab nichts. Michaela hätte unter anderen Umständen auf ihre Kollegen getippt. Aber in diesem Fall war sie nicht sicher. Wie hatte Herr Holzbauer gesagt? Hier herrschte Ordnung. Dazu zählten bestimmt nicht bloß ein gemähter Rasen und ein unkrautfreies Rosenbeet.

»Kommst du?« Doris stand vor dem Absperrband und hielt es mit einer Hand hoch, damit sie unten durchschlüpfen konnten.

Michaela ging als Erste und drehte sich noch einmal um. Das Band war an einem Spalier festgemacht worden. Im Vorgarten hatten die Grabherrs rechts und links entlang der Einfriedung zu den Nachbarn Blumenbeete angelegt. Michaela vermutete, dass sie automatisch bewässert wurden. Obwohl es in den letzten zwei Wochen kein einziges Mal geregnet hatte, war die Erde feucht und die Pflanzen sahen nicht vertrocknet aus. Zwischen den Waschbetonplatten, die den Weg bis zum Haus bildeten, sprießte Unkraut.

»Die Tür ist vollkommen intakt«, sagte Doris mitten in Michaelas Überlegungen hinein.

»Ja, das hat Harald schon festgestellt. Keine Einbruchsspuren. Es sieht tatsächlich danach aus, als hätte der Täter einen Schlüssel gehabt. Ich überlege gerade, wie er das Opfer hier reinbringen konnte, ohne dass jemand was bemerkt hat.«

»Es war dunkel, vielleicht war der Mann betäubt, aber auf jeden Fall gefesselt. Das wissen wir von Ferreira«, gab Doris zurück.

Michaela dachte über die Worte ihrer Kollegin nach und schüttelte langsam den Kopf. »Glaub ich nicht. Das würde bedeuten, dass der Täter den Mann vom Parkplatz bis hierher getragen hat. Selbst in der Dunkelheit wäre das Risiko hoch, entdeckt zu werden.«

»Dann war das Opfer gefesselt und geknebelt, und der Täter hat es gezwungen, selbst zu gehen«, überlegte Doris weiter.

»Wäre möglich, aber Ferreira hat nichts von Knebelspuren erwähnt. Da hätten Fasern oder Klebstoffreste sein müssen.«

»Könnte er die übersehen haben?«

Michaela lachte laut auf. »Der und etwas übersehen? Niemals! Wenn der Mann geknebelt gewesen wäre, hätte Ferreira das herausgefunden.«

Doris zuckte die Schultern. »Dann hab ich auch keine Idee. Vielleicht finden wir drinnen einen Anhaltspunkt.«

»Gleich. Zuerst möchte ich ums Haus gehen.« Michaela wollte sich mit dem Gelände vertraut machen und sich einen groben Überblick verschaffen.

Ein schmaler Pfad führte neben dem Häuschen in den hinteren Teil des Gartens, zu eng, um einen leblosen Körper zu tragen. Schleifen wäre möglich gewesen, hätte aber abgebrochene Zweige an den Sträuchern oder platt gedrückte Grashalme hinterlassen. Davon war allerdings nichts zu bemerken.

Langsam setzte sie einen Fuß vor den anderen. Obwohl die Spurensicherung bereits hier gewesen war und alles durchkämmt hatte, wollte sie auf Nummer sicher gehen.

Dann hatte sie endlich den Garten erreicht. Er war mehr als doppelt so groß wie Michaelas. Rundherum wuchsen Smaragdthujen entlang der Grundstücksgrenze. Sie waren bestimmt zweieinhalb Meter hoch und so dicht gesetzt, dass sie keine Sicht in die Nachbargärten erlaubten. An der rechten Seite stand ein blau-weiß gestreifter Strandkorb. Ein einsamer Fußball lag davor. In der Ecke befand sich ein Geräteschuppen aus grünem Plastik – ein Ding, das durchaus praktisch, an Hässlichkeit aber kaum zu überbieten war. Entlang der Stirnseite hatten die Grabherrs ein Kompostiergerät aus dem gleichen grünen Plastik aufgestellt. Ein Schwimmbecken – eines dieser Modelle, das sich beim Befüllen selbst aufstellte – nahm das ganze linke Eck ein. Das Wasser hatte sich bereits grün verfärbt. Ein Indiz dafür, dass sich wochenlang keiner um die Pflege gekümmert hatte.

Michaela ließ ihren Blick weiter schweifen. Auf der linken Seite gab es einen Steingarten und mehrere bepflanzte Holzfässer. Sie drehte sich zum Haus und machte vor Schreck einen Satz nach hinten. Die Gardine an der Terrassentür hatte sich bewegt.

Automatisch tastete sie nach ihrer Waffe, doch die lag wohlverwahrt im Waffenschrank ihrer Dienststelle. Michaelas Herz klopfte wild in ihrer Brust, das Blut rauschte in den Ohren. Da erschien Doris' Gesicht an der Scheibe. Sie grinste und winkte Michaela zu. Verdammt, was tat sie im Inneren des Hauses? Sie hätte an der Tür warten sollen.

Einen Moment stand Michaela unschlüssig da und überlegte, ob sie Doris eine Rüge erteilen sollte. Doch es drohte keine Gefahr, alle Spuren waren bereits gesichert worden. Daher entschied sie, ihren Rundgang fortzusetzen. Sie war damit ohnehin fast fertig.

An der Rückwand des Hauses schloss sich eine Terrasse an, von der man über fünf Stufen in den Garten gelangte. Rechts daneben befand sich ein Fenster.

Michaela ging zu dem Gerätehaus hinüber und lief einmal rundherum. Sie griff nach der Tür, um sich auch im Inneren umzusehen und stockte. Etwas Helles hob sich von dem Grün des Rasens ab. Sie bückte sich und schob die Grashalme beiseite. Dann kramte sie in ihrer Handtasche nach der Pinzette, die sie immer bei sich trug, so wie auch ein paar Tiefkühlbeutel zu ihrer Standardausrüstung gehörten. Schließlich wusste man nie, wann man beides brauchen konnte. Michaela ließ ihren Fund in einen der Plastikbeutel fallen und zog den Zipp zu. Keine Ahnung, ob sie etwas Bedeutsames entdeckt hatte oder nicht, aber im Labor würde sich das schnell herausstellen.

KAPITEL 6

Valerie saß am Küchentisch und blätterte in einem Kochbuch, das ihre Tante letzte Woche gekauft hatte. Sie wollten an einem der nächsten Wochenenden gemeinsam kochen und Bernd zum Essen einladen, um das Ende des Schuljahres und ihren baldigen Geburtstag zu feiern. Um die Vorspeise und das Dessert würde sich Valerie kümmern, Tante Mika die Hauptspeise übernehmen.

Gefüllte Tomaten oder doch lieber einen Waldorfsalat? Mit einem Post-it markierte sie die Seiten mit den Rezepten.

Der Hauptgang musste etwas sein, das viel hermachte, aber leicht nachzukochen war, sodass Tante Mika nicht daran verzweifelte. Geduld gehörte nicht unbedingt zu ihren Stärken. Hoffentlich endete das Essen – vielmehr schon dessen Zubereitung – nicht in einem Desaster.

Manchmal war es wirklich nicht leicht, mit Tante Mika auszukommen, doch Valerie hatte es keine Sekunde lang bereut, bei ihr geblieben zu sein. Klar, sie vermisste ihre Eltern, besonders ihren Vater, zu dem sie schon von klein auf eine sehr innige Beziehung hatte. Als ihre Eltern ihr mitgeteilt hatten, dass sie nach Afrika gehen und für Ärzte ohne Grenzen arbeiten wollten, war sie über diesen Entschluss ziemlich aufgebracht gewesen. Erst Wochen später hatte sie eingesehen, dass die Aufgabe im Kampf gegen Aids, der sich ihr Vater und ihre Mutter stellen wollten, wichtiger war als ihr kleinlicher Wunsch nach möglichst wenig Veränderung in ihrem bislang behüteten Leben. Ihre Tante hatte sich überraschend bereit erklärt, sie bei sich aufzunehmen. Überraschend deshalb, weil die Beziehung zu Tante Mika nicht besonders eng gewesen war. Dennoch brauchte Valerie nicht lange zu überlegen. Die Heimat, Freunde, ihre Schule – alles, was ihr vertraut und wichtig war, zu verlassen, kam für sie nicht infrage. Notfalls wäre sie sogar zu Oma und Opa gezogen, wenn es keine andere Möglichkeit gegeben hätte, obwohl ihre Großeltern sie behandelten, als wäre sie ein kleines Kind, und sie dort nur ein winziges Zimmer und einen viel weiteren Schulweg in Kauf hätte nehmen müssen.

Ihre Mutter war skeptisch gewesen, weil Tante Mika »einen Lebenswandel führt, der für die Entwicklung einer Jugendlichen nicht gerade förderlich ist«. Allerdings war sie überstimmt worden. Dass sie nicht ganz unrecht hatte, zeigte sich bereits am ersten Tag. Valerie war vor verschlossener Tür gestanden, weil Tante Mika sie vergessen hatte.

Seither war viel passiert. Gutes und auch Schlimmes. Mit Schaudern dachte sie an den Keller, in dem sie gefangen gewesen war. Doch niemals, keinen einzigen Moment während ihrer Gefangenschaft, hatte sie daran gezweifelt, dass Tante Mika kommen und sie retten würde.

Valeries Entschluss, Polizistin zu werden, war durch diese Ereignisse noch verstärkt worden. Ihre Eltern von dem Berufswunsch zu überzeugen, würde ein hartes Stück Arbeit bedeuten, zumal ihr Vater wollte, dass sie Ärztin wurde, und ihre Mutter davon überzeugt war, sie würde als Konzertpianistin Karriere machen. Doch sosehr Valerie ihren Auftritt genossen hatte und so viel die Musik ihr auch bedeutete, das Gefühl, etwas Wichtiges zu leisten, etwas Bedeutendes zu tun, hatte sie beim Klavierspielen nicht. In diesem Keller hingegen, da hatte sie das alles gespürt. Trotz der Angst und der Verzweiflung hatte sie sich nicht unterkriegen lassen. Sie hatte gekämpft und gewonnen und dabei nicht nur ihr eigenes Leben gerettet.

Wider Erwarten hatte ihr dieses Erlebnis keine Albträume beschert, was zu einem Großteil Bernds Verdienst war. Seines, und natürlich Tante Mikas. Beide hatten sie dazu ermuntert, über das Erlebte zu sprechen. Sie hatten ihr jede ihrer Fragen beantwortet und Stunden damit verbracht, ihr zuzuhören, wenn sie das Bedürfnis hatte zu reden. Es war, als hätte sie ein Stück Kindsein abgelegt. Zuvor war Tante Mika immer sehr darauf bedacht gewesen, alles, was mit ihrer Arbeit zu tun hatte, von Valerie fernzuhalten, bis sie geradezu hineinkatapultiert worden war. Seither ließ ihre Tante sie teilhaben und erzählte von ihren Fällen, auch wenn sie nicht allzu sehr ins Detail ging, was Valerie zwar schade fand, gleichzeitig aber froh war, überhaupt mit einbezogen zu werden. Seit Bernd den Job als Kriminalpsychologe beim LKA angenommen hatte, saßen sie manchmal zu dritt in der Küche und besprachen entweder Tante Mikas oder Bernds Fälle – gut, meist hörte Valerie bloß zu. Aber ein-, zweimal hatte sie den entscheidenden Impuls geliefert, um die Ermittlungen voranzutreiben.

Bernd meinte, sie würde die wichtigste Eigenschaft mitbringen, die ein guter Ermittler braucht: Querdenken. Überhaupt schien ihr, dass Bernd der Einzige war, der ihren Berufswunsch ernst nahm und nicht versuchte, sie davon abzubringen. Dass Tante Mika sie einige Male zum Schießstand mitgenommen hatte, lag weniger an Valeries Wunsch, Polizistin zu werden, sondern eher an Tante Mika selbst – und an dieser Narbe, von der Valerie immer noch nicht genau wusste, was es damit auf sich hatte. Die Geschichte mit dem Überfall, bei dem einer alten Frau die Handtasche geraubt wurde und der Täter ein Messer gezückt hatte, war bloß ein Teil der Wahrheit, das spürte sie genau.

Als sie einmal das Thema Bernd gegenüber erwähnte, in der Hoffnung, er könne ihr mehr darüber erzählen, schüttelte er den Kopf. »Du musst Geduld haben, dräng sie nicht. Sie wird mit dir darüber sprechen, wenn sie so weit ist.«

»Was, wenn das nie der Fall ist?«

Bernd zuckte mit den Achseln. »Dann wirst du dich damit abfinden müssen, dass du nicht alles erfährst.«

»Das fällt mir aber verdammt schwer.«

Da hatte er grinsend erwidert: »Ich weiß.«

Valerie erinnerte sich gut an diese Unterhaltung. Sie hatte Tante Mika seither nie wieder gefragt. Gewusst hätte sie aber immer noch gern, was damals passiert war.

Eine halbe Stunde später hatte Valerie mehrere Speisen rausgesucht, die selbst Tante Mika kochen konnte. Sie sah auf die Uhr. Zwanzig vor vier. Zeit, um sich schnell um die Hausaufgaben zu kümmern, ehe ihre Tante heimkam. Sie mussten unbedingt besprechen, welches Menü sie servieren wollten. Ob sie vorher vielleicht ein Testkochen veranstalten sollten? War vielleicht keine schlechte Idee. Nicht nur, damit nichts schieflief. Tante Mika war in allem immer so perfekt, so tough. Oft hatte Valerie das Gefühl, ihr nicht gerecht zu werden, sosehr sie sich auch bemühte, ihr nachzueifern. Ihrer Tante war gar nicht bewusst, welch großes Idol sie für Valerie darstellte.

Nur beim Kochen vertauschten sie die Rollen. Da war Valerie diejenige, die das Sagen hatte, die sich auskannte und wusste, worauf es ankam. Und es war echt cool, dass Tante Mika sich ihren Anweisungen fügte.

Valerie schlug das Kochbuch zu und holte seufzend ihre Hefte und Bücher hervor. An sich war sie eine gute Schülerin, aber im Moment drängten sich Klassenarbeiten und Tests, für die sie lernen sollte. Durch das Sozialprojekt und die anschließende Klassenfahrt wurde die Zeit knapp.

Von der Schule hatte sie eine ganze Liste mit verschiedenen Organisationen und Vereinen erhalten, doch sie hatte sich noch für keine der gemeinnützigen Einrichtungen entschieden. Am liebsten hätte sie ihr Praktikum wieder im LKA gemacht, aber Tante Mika war dagegen. »Ich glaube nicht, dass meine Arbeit unter ›etwas Soziales‹ fällt«, hatte sie argumentiert. Dabei wäre Valerie bestimmt eine Möglichkeit eingefallen, das ihren Lehrern zu verkaufen. Bestimmt diente Tante Mikas Einwand bloß dazu, um sie vom LKA fernzuhalten. Dabei konnte man, was passiert war, nicht ungeschehen machen, und Valerie weigerte sich, alles, was sie tat, ihrer Entführung unterzuordnen. Sie weigerte sich, Angst zu haben, klein zu sein und sich einzuschränken. Denn dann hätte *er* zum Schluss doch noch gesiegt.

KAPITEL 7

Bernd Dalisch blickte in die Runde. So verschieden die Lebensumstände und die Herkunft der acht Männer in der Gruppe waren, eines hatten sie alle gemeinsam. Sie waren hier, um zu lernen, mit ihren Aggressionen umzugehen. Keiner von ihnen war aus freien Stücken gekommen. Ein Einziger besuchte die Therapie ohne richterliche Anordnung, weil seine Freundin ihn vor ein Ultimatum gestellt hatte: Wenn er keine Hilfe annahm, würde sie ihn verlassen. Gernot war auch der Einzige, der die Gruppe besuchte, bevor etwas passiert war.

Alle anderen kamen einmal in der Woche her, weil es zu den Auflagen gehörte, die sie erfüllen mussten, um ihre Kinder sehen zu dürfen oder um nicht ins Gefängnis zu müssen. Die Sitzungen gehörten sozusagen zum Teil der Strafe. Und genau das machte die Arbeit für Bernd schwierig. Eine erzwungene Therapie zeigte nicht annähernd so viel Erfolg wie eine freiwillige, noch dazu, wenn sie als Bestrafung empfunden wurde. Trotzdem – und das machte Bernd stolz – gab es Fortschritte. Fünf der Männer waren immerhin so weit einzugestehen, dass die Sitzungen ihnen halfen, mit ihrer Wut besser fertigzuwerden. Bei zweien war es aber noch ein weiter Weg, denn ihnen fehlte die Einsicht, dass Schläge und Prügeleien Probleme nicht lösten, sondern im Gegenteil welche schufen. Und einer sprach so gut wie nie, den konnte Bernd nicht so recht einschätzen.

»Was hat Sie diese Woche richtig wütend gemacht?«, fragte Bernd in die Runde. Schweigen. Überraschenderweise kam die erste Meldung von Klaus, einem Manager, der den Druck, unter dem er mit seiner Arbeit stand, durch Alkoholkonsum kompensierte. Leider verlor er in angetrunkenem Zustand häufig die Beherrschung und schlug dann seine Frau. »Ein Mitarbeiter hat wichtige Unterlagen verschlampt. Dadurch wäre uns fast ein lukrativer Auftrag durch die Lappen gegangen.«

»Und wie haben Sie reagiert?«, fragte Bernd weiter.

»Ich habe ihn gefeuert und einen anderen beauftragt, die Unterlagen neu zusammenzustellen.«

»Wie sieht das aus, wenn Sie jemanden feuern?«, hakte Bernd nach.

Klaus zuckte die Schultern. »Kann man nicht so generalisieren.«

»Okay, dann ganz konkret: Wie haben Sie diesen Mitarbeiter gefeuert? Ihn am Kragen gepackt und auf die Straße gesetzt? Ihn gestoßen, getreten?«

»Natürlich nicht. Nur angebrüllt, dass er seine Sachen nehmen soll und fristlos entlassen ist.«

»Hat Sie diese Situation danach beschäftigt?«

»Ja, klar. Ich habe bis zum späten Nachmittag gezittert, ob ich die Unterlagen rechtzeitig vor dem Meeting bekomme.«

»Das heißt, Sie haben eine schwierige Situation gemeistert, ohne gewalttätig zu werden. Das ist gut. Waren Sie zu Hause immer noch wütend?«

»Und ob. Werde ich jetzt noch, wenn ich daran denke.«

»Was machen Sie mit dieser Wut?«, wollte Bernd wissen.

»Ich war auf dem Laufband, um mich abzureagieren.«

Bernd lächelte. »Sehr schön.« Sport war nur eine Methode, um Aggressionen in positive Energie umzuwandeln – aber eine effektive.

»Ich habe Gewichte gestemmt und den Boxsack bearbeitet«, meldete sich Dominik zu Wort. Der junge Mann war arbeitslos, hatte seine Kindheit in einer Pflegefamilie verbracht und war mit sechzehn wieder zu seiner leiblichen Mutter gezogen. Als sie ihm kein Geld geben wollte, hatte er sie zusammengeschlagen. Die Frau bekam bloß die Mindestrente und besaß selbst kaum genug, um über die Runden zu kommen, geschweige denn, ihren Sohn durchzufüttern und ihn finanziell auch noch zu unterstützen. Ob aus Hilflosigkeit oder aus schlechtem Gewissen heraus, weil sie für ihr Kind nicht da gewesen war, duldete Dominiks Mutter die Prügel und schwieg. Dann lernte er eine Frau kennen, er zog bei ihr ein und wiederholte die gleiche Geschichte wie bei seiner Mutter. Als sich seine Freundin weigerte, ihm Geld zu geben, schlug er auch sie. Doch die reagierte anders, als er erwartet hatte, floh zu einer Nachbarin und verständigte von dort aus die Polizei, die ihn der Wohnung verwies. Zu seiner Mutter konnte Dominik nicht zurück, denn die hatte mittlerweile das Schloss auswechseln lassen und verweigerte ihm den Zutritt in die Wohnung. So blieb ihm nur mehr eine Notunterkunft, wo er bis jetzt lebte. Dass er Bernds Gruppe besuchte, lag an der richterlichen Verfügung, laut der er sich entweder in Therapie begeben oder eine Haftstrafe von neun Monaten absitzen musste.

»Was hat Sie wütend gemacht?«, wandte sich Bernd an Dominik.

»So'n Wichser in der Unterkunft hat in meinen Sachen rumgewühlt. Hab selbst eh nichts, und da kommt ein Penner und will mir auch noch das wenige wegnehmen.«

»Dass Sie darüber in Wut geraten sind, ist nachvollziehbar. Und Sie haben ihn nicht geschlagen, sondern sind stattdessen in die Kraftkammer gegangen?«

»Kann sein, dass ich ihm einen Arschtritt verpasst habe.«

»Haben Sie oder haben Sie nicht?«, hakte Bernd nach.

»Weiß ich nicht mehr. Wenn ich auf hundertachtzig bin, klink ich mich aus und kann mich nicht mehr erinnern, was ich gerade tue. Das ist mein Problem, nur glaubt mir das keiner.«

Bernd beugte sich vor und blickte den jungen Mann an. »Das ist interessant. Hatten Sie damals, als Sie Ihre Mutter oder Ihre Freundin geschlagen haben, ebenfalls einen Blackout?«

»Ja. Genau das ist das richtige Wort. Ich habe das dem Richter gesagt, aber der hat gemeint, ich lüge, damit ich 'ne mildere Strafe bekomme. Dabei ist es die Wahrheit. Es ist ... so, als würde ich plötzlich in Wasser untertauchen und nicht mehr mitbekommen, was sich auf der Oberfläche abspielt.«

»Bei mir ist es Nebel«, sagte Andreas. Er war derjenige, der sich bisher kaum an den Gesprächen beteiligt hatte. Überrascht wandte Bernd sich ihm zu und nickte auffordernd. Das Treffen heute entwickelte sich richtig spannend.

Für Bernd war das mittlerweile die vierte Therapiegruppe hier in Wien, die er betreute. In Graz waren es wesentlich mehr gewesen.

Einigen seiner Mitmenschen fehlte das Verständnis dafür, dass er ausgerechnet Kerlen half, die ihre Frauen und Kinder schlugen. Sie waren der Meinung, die Männer gehörten weggesperrt. Nur war das Gefängnis ein denkbar schlechter Ort, um Aggressivität abzubauen. Bei allen Insassen, die Bernd kennengelernt hatte, war im Knast das Aggressionspotenzial gewachsen. Dort war sich jeder selbst der Nächste. Dazu kam Langeweile, und natürlich trafen höchstgradig gewalttätige Männer auf engem Raum aufeinander. Für Bernd grenzte es an ein Wunder, dass nicht mehr geschah. Bei seinen Gruppentherapien hatte er das Gefühl, eher etwas bewirken zu können. Deshalb – und weil er bereits in Graz so gute Ergebnisse erzielt hatte – saß er an zwei Tagen in der Woche mit gewalttätigen Männern zusammen. Die andere Gruppe, die er betreute, stand erst ganz am Anfang. Da ging es zunächst einmal darum, sich gegenseitig kennenzulernen und den Klienten zu vermitteln, dass es nicht seine Aufgabe war, sie für ihre Taten zu verurteilen, dass er ihnen vielmehr helfen wollte.

In dieser Gruppe hingegen kannten sich die Männer bereits seit drei Monaten. Es herrschte eine Art Vertrauensverhältnis unter ihnen, das zwar auf wackligen Beinen stand und jederzeit kippen konnte, aber dennoch die Basis darstellte, um mit ihnen arbeiten zu können.

»Andreas, erzählen Sie uns von diesem Nebel«, bat Bernd, nachdem der Mann auf sein Nicken nicht reagiert hatte. Es war offensichtlich, dass diesem die plötzliche Aufmerksamkeit unangenehm war. Er lehnte sich zurück und verschränkte die Arme vor der Brust.

Bernd sah ihn weiterhin abwartend an. So leicht wollte er es Andreas nicht machen, sich wieder in sein Schneckenhaus zu verkriechen.

»Wie Nebel halt, alles ist um einen verschwommen und man sieht nicht mehr, was rundherum ist.«

Das war der längste zusammenhängende Satz, den Andreas in Anwesenheit der anderen Gruppenmitglieder herausgebracht hatte. Nur im Vorgespräch unter vier Augen war er ein wenig gesprächiger gewesen. Er sei kein Gruppenmensch, hatte er Bernd anvertraut und ihn gefragt, ob er nicht Einzeltherapie machen könne. »Grundsätzlich ja. Allerdings habe ich keine Kapazitäten frei, Sie müssten sich einen anderen Therapeuten suchen«, hatte Bernd ihm geantwortet und damit gerechnet, dass Andreas aufstehen und gehen würde. Dass er zwei Wochen später zur ersten Gruppensitzung auftauchte, überraschte Bernd; dass er kaum etwas beitrug, weniger.

»Wann verzieht sich der Nebel?«, fragte er, um Andreas am Sprechen zu halten.

»Nachdem es vorbei ist.«

»Sie meinen, nachdem Sie zugeschlagen haben?«

Andreas deutete ein Nicken an. Seine zusammengepressten Lippen zeigten Bernd, dass es mit der Gesprächsbereitschaft wieder vorbei war. Trotzdem hoffte er, Andreas würde auf eine direkte Frage antworten. »Was hat Sie diese Woche wütend gemacht?«, wiederholte er deshalb.

»Ein falsches Geschenk«, brachte Andreas schließlich hervor.

Jemand lachte und wurde durch einen strengen Blick von Bernd zum Verstummen gebracht. Eine der Regeln, die sie gemeinsam zu Beginn der Therapiesitzungen erarbeitet hatten, lautete, dass sich keiner über den anderen lustig machen durfte.

»Was war an dem Geschenk falsch?«

»Meine Mutter mag keine Pralinen. Und was hat Jutta ihr zum Geburtstag besorgt?«

Jutta war Andreas' Lebensgefährtin, seit bald zwanzig Jahren. Seine Schläge nahm sie stoisch hin, und hätte er ihr nicht den Arm gebrochen, worauf sie im Krankenhaus behandelt werden musste, wäre er wohl auch dieses Mal ungeschoren davongekommen. Doch offenbar waren Prügel für Jutta so normal, dass sie nicht einmal auf die Idee gekommen war zu lügen, als sie nach dem Hergang ihrer Verletzung gefragt wurde. Das Krankenhaus war verpflichtet, bei Fremdverschulden Anzeige zu erstatten. So kam alles ans Tageslicht.

Andreas hatte eine beinahe schon symbiotische Beziehung zu seiner Mutter. Bernd vermutete, dass er all die unterdrückte Wut, die er ihr gegenüber empfand, auf Jutta übertrug und diese für alles büßen musste, was

Andreas an seiner Mutter missfiel, er ihr gegenüber aber nicht zu äußern wagte.

»Haben Sie Ihrer Mutter schon mal ein falsches Geschenk gemacht und hatte das schlimme Folgen für Sie?«, fragte er weiter.

»Sie hat mich wochenlang ignoriert.«

»Das auszuhalten muss Ihnen schwergefallen sein. Hat diese Reaktion in Ihnen etwas ausgelöst?«

»Ich war auf sie wütend. Schließlich habe ich es ja bloß gut gemeint.«

»Wie sind Sie mit dieser Wut umgegangen?«

Andreas blickte zu Boden und schwieg. Bernd erwartete auch keine Antwort mehr. Diesen Männern fiel es unheimlich schwer, über ihre Gefühle zu sprechen und ihr Tun zu hinterfragen. Andreas hatte heute bereits mehr von sich preisgegeben als in den letzten fünf Stunden zusammen.

Bernd sah in die Runde. »Okay, nehmen wir die Pralinen als Beispiel. Jeder von uns kennt solch eine Situation. Man bekommt etwas komplett Unpassendes oder man kauft jemandem ein Geschenk und die Freude ist darüber ... sagen wir mal ... bescheiden. Wie könnte man reagieren, ohne in Rage zu geraten?«

Es kamen einige brauchbare Vorschläge. Bald hatte sich eine rege Diskussion entwickelt. Bernd lehnte sich zurück und hörte zu, während die Männer gemeinsam berieten, welche Möglichkeiten es gab, auf ein unpassendes Geschenk zu reagieren. Zehn Minuten vor Ende der Stunde stoppte Bernd die Unterhaltung. »Da sind allerhand Tipps zusammengekommen. Das Wichtigste, was Sie aus dieser Sitzung mitnehmen können, ist, dass es eine Vielzahl von Lösungen ohne Gewalt gibt – und zwar nicht nur, was diese konkrete Situation betrifft. Ich möchte, dass Sie bis nächste Woche solche Lösungen ausprobieren, immer dann, wenn Sie über etwas in Wut geraten.«

Einer nach dem anderen verabschiedete sich, Bernd war der Letzte, der den Raum verließ. Während der Sitzungen machte er sich keine Notizen, weil er sich ganz auf die Therapie konzentrieren wollte und weil er die Erfahrung gemacht hatte, dass die Männer noch gehemmter waren als ohnehin schon, wenn er mitschrieb. Doch die Dokumentation der Therapiestunden war ein wesentlicher Bestandteil seiner Arbeit. Also setzte er sich jetzt an seinen Schreibtisch, fuhr den Laptop hoch und protokollierte aus dem Gedächtnis die eben beendete Sitzung.

Als er fertig war, sah er auf die Uhr seines Rechners. Kurz nach fünf. Zeit, endlich heimzufahren, eine Kleinigkeit zu essen und vielleicht ein paar Runden im Park zu joggen. Ob Michaela und Valerie ihn begleiten würden? Er hoffte es. Seit sie in sein Leben getreten waren, hatte er das erste Mal seit Jahren wieder das Gefühl, so etwas wie eine Familie zu haben. Carmen, seine Exfrau, hatte nie Kinder haben wollen. Nach der Trennung war er unter anderem deshalb von Graz nach Wien gezogen, um ihr nicht ständig über den Weg laufen zu müssen. Er hatte einen radikalen Schlussstrich für sich gezogen und hier einen Neuanfang gewagt. Was zunächst eine Flucht vor der schmerzhaften Trennung sein sollte, stellte sich bald als goldrichtige Entscheidung heraus. Er hatte nicht nur Freunde gefunden, sondern auch eine Arbeit als Kriminalpsychologe, die ihn erfüllte und glücklich machte. Diesen Posten hatte er in Graz ebenfalls innegehabt, bis dieser aufgrund von Sparmaßnahmen gestrichen worden war. Danach hatte er verschiedene Therapiegruppen geleitet, unter anderem solche wie diese. Außerdem hatte er in seiner Praxis Klienten behandelt. Leute mit Phobien oder Traumata, mit Ess- oder anderen Zwangsstörungen. An der Sinnhaftigkeit dieser Arbeit hatte er nie gezweifelt. Die Menschen, die zu ihm kamen, brauchten seine Hilfe. Aber das, was ihn faszinierte, war nun mal die Kriminalistik. Deshalb hatte er keine Sekunde gezögert, als Michaelas Chef ihm den Job im LKA anbot. Nun schien sein neues Leben beinahe perfekt zu sein. Bis auf… Michaela. Er wusste, dass sie ihn mochte und schätzte. Sie trafen sich beinahe täglich, tauschten sich aus, sie unternahmen häufig etwas zusammen mit Valerie. Das Mädchen war ihm ans Herz gewachsen. So tapfer, so klug und trotz aller schlimmen Erfahrungen immer noch so positiv. Michaela hingegen hatte länger gebraucht, um ihr Misstrauen ihm gegenüber abzulegen. Immer noch verschwieg sie mehr von sich, als sie preisgab.

Ihre Direktheit und ihr Kampfgeist hatten ihm schon bei ihrer ersten Begegnung imponiert. Dass er mehr für sie empfand, hatte er gemerkt, als sie gemeinsam nach ihrer Nichte gesucht hatten und sie vor Erschöpfung in seinem Auto eingeschlafen war. In diesem Moment hätte er alles dafür gegeben, ihr den Kummer über Valeries Verschwinden abnehmen zu können. Michaela ahnte nichts von seinen Gefühlen ihr gegenüber, und so sollte das auch bleiben. Alles andere hätte ihre Freundschaft und auch ihre Arbeitsbeziehung gefährdet. Und das wollte er auf keinen Fall riskieren.

KAPITEL 8

Der Acker ist die Welt. Der gute Same sind die Kinder des Reichs. Das Unkraut sind die Kinder des Bösen.

Matthäus, Kapitel 13, Vers 38

Sie legte die abgegriffene Bibel beiseite und dachte über das Zitat nach. Das war, was sie tat: das Unkraut aus dem Acker zu tilgen. Doch das reichte nicht, das Unkraut war wie die Hydra, dieses Ungeheuer mit dem Schlangenkopf aus der griechischen Mythologie. Schlug man einen ihrer Köpfe ab, wuchsen zwei neue nach.

Nur wie sollte sie diese Auswüchse eindämmen? Für einen Moment schwappte das Gefühl von Hilflosigkeit in ihr hoch. Automatisch wanderte ihre Hand zu dem Anhänger um ihren Hals. Allein schon die Berührung beruhigte sie und verlieh ihr die Kraft, aus dieser Welle der Ohnmacht herauszuschwimmen. Nie wieder, hatte sie sich geschworen. Nie wieder wollte sie sich klein und ausgeliefert fühlen.

Mit gerade mal sechzehn ging sie von zu Hause weg – im Grunde war es eine Flucht, denn sie hätte keinen Tag länger die Übergriffe ihres Stiefvaters ertragen, seinen Dunst nach Alkohol, sein hinterhältiges Grinsen, das Gefühl, ein Nichts zu sein.

Keine Ahnung, was ihre Mutter an ihm fand!

Alles erschien ihr besser, als zu bleiben. Also packte sie ein paar Sachen in eine Reisetasche, hob ihr Geld ab, das bei Weitem nicht genug war, um ein neues Leben anzufangen, und löste eine Fahrkarte nach Wien.

In ihren im Nachhinein ziemlich unrealistischen und viel zu romantischen Vorstellungen bekam sie eine gut bezahlte Arbeit, lebte in einer Dachgeschosswohnung und konnte sich vor Verabredungen kaum retten. Die Wahrheit sah ganz anders aus: Das Geld reichte für zwei Wochen, danach besaß sie weder ein Dach über dem Kopf noch einen einzigen Cent. Sie hatte keinen Job und keine Perspektive. Trotzdem zog sie kein einziges Mal in Erwägung, zurück nach Hause zu gehen.

Solange die Temperaturen es zuließen, schlief sie im Stadtpark im Freien. Das, was sie zum Überleben brauchte, schnorrte sie sich zusammen. Manchmal langte es, um sich eine ordentliche Mahlzeit zu kaufen, manchmal musste sie tagelang hungern, aber im Vergleich zu ihrem früheren Leben kam es ihr vor wie im Paradies, auch wenn es weit entfernt von dem war, was sie sich erträumt hatte.

Dann wurde es kalt, und ihr war klar, dass sie über kurz oder lang erfrieren würde, wenn sie auf der Straße blieb. Die Temperaturen fielen weiter, und der Druck, eine Bleibe zu finden, wuchs. Wahrscheinlich nahm sie deshalb das Angebot von diesem Typen an, mit zu ihm zu gehen. Dabei hätte sie es besser wissen müssen. Er sah aus wie eine jüngere Ausgabe ihres Stiefvaters.

Sie hatte noch nicht mal ihre Jacke abgelegt und sich die Schuhe ausgezogen, als er ihr von hinten den Mund zuhielt. Vielleicht hätte sie sich gegen ihn wehren können, wenn sie nicht so ausgemergelt und schwach vor Hunger und Kälte gewesen wäre, doch in ihrem Zustand hatte sie ihm nichts entgegenzusetzen. Er vergewaltigte sie gleich in der Diele – und später noch weitere drei Mal. Sie dachte, sie müsse sterben; er wahrscheinlich, sie sei bereits tot, als er fortging, vielleicht bloß, um ein paar Zigaretten oder den billigen Wein zu kaufen, nach dem er stank, und sie einfach zurückließ.

Sie raffte sich auf und nahm alles mit, was sie tragen konnte. Sie wünschte, es wäre mehr gewesen, denn nichts von seinen Habseligkeiten war genug Bezahlung für das Martyrium, das sie erlitten hatte. Danach stolperte sie durch die Straßen, ohne zu erkennen, in welchem Bezirk sie sich befand, als wäre sie nicht nur in einer fremden Stadt, sondern in einer anderen Welt gelandet.

Das war der Moment, an dem sie sich wünschte, wieder nach Hause zurückkehren zu können. Heim zu ihrer Mutter und dem verhassten Stiefvater. Sie lehnte sich an eine Hausmauer, ließ sich in die Hocke gleiten und nahm um sich herum nichts mehr wahr. Es war ihr alles egal. Sollte sie doch erfrieren oder verhungern, was machte das schon. Sie war am Ende.

Wie lange sie dort an der Ecke zusammengekauert gesessen hatte, wusste sie nicht. Irgendwann ertappte sie sich dabei, nach ihrem Peiniger Ausschau zu halten. Angst regte sich in ihr, tief in ihrem Inneren. Sie hatte gedacht, jedes Gefühl sei in ihr abgetötet worden, doch nun nahm sie erstaunt wahr, dass es ihr durchaus nicht egal war, ob sie lebte oder starb. Sie war aus der Hölle entkommen, zweimal sogar. Sie hatte überlebt!

Mit letzter Kraft rappelte sie sich auf. Eine Unterkunft für die Nacht zu suchen hatte oberste Priorität. Am Südbahnhof – in der Zwischenzeit war er in den Hauptbahnhof umbenannt worden – standen auf Abstellgleisen unbenutzte Waggons, in denen sie Zuflucht vor der Witterung finden konnte, zumindest vorübergehend. Doch so weit kam sie gar nicht.

Schwankend stolperte sie mehr, als sie ging, stützte sich an Hausmauern und Schaufenstern ab und rang nach Atem, weil schon die wenigen Meter, die sie zurückgelegt hatte, die reinste Tortur gewesen waren. Nur ein paar Minuten Pause wollte sie sich gönnen, ehe sie sich wieder auf den Weg machte, als sie unerwartet angesprochen wurde.

Sie hatte gedacht, Engel sähen anders aus.

»Sie brauchen Hilfe. Kommen Sie, ich bringe Sie an einen sicheren Ort.«

Sie konnte nur nicken, zu mehr war sie nicht in der Lage. Tränen der Dankbarkeit dieser Unbekannten gegenüber verengten ihre Kehle.

Die Entscheidung, der Fremden zu folgen, markierte den Wendepunkt ihres Lebens. An die ersten drei, vier Wochen konnte sie sich kaum erinnern, diese Zeit war wie in Watte gepackt. Sie nahm starke Schmerzmittel und einige andere Medikamente. Gegen die Angstzustände, gegen die Schlaflosigkeit. Und immer war ihr Engel da. Er betete an ihrem Bett, tröstete sie und nahm sie in den Arm, wenn sie Albträume hatte.

»Warum tust du das alles für mich?«, wollte sie einmal von ihrer Retterin wissen.

»Weil ich vom ersten Moment an wusste, dass du etwas Besonderes bist. Jemand, den Gott mir geschickt hat.«

Sie war bei diesen Worten in Lachen ausgebrochen. Was hatte sie mit Gott zu tun? Ihr Lebtag war sie immer nur an Weihnachten in der Kirche gewesen. Als Kind, als ihr leiblicher Vater noch da gewesen war. Später nicht einmal mehr dann.

»Du musst dich irren.«

»Dass ich mich irre, kann sein. Aber Gott irrt nicht.«

Heute wusste sie, dass sie auserwählt worden war, um Gottes Acker von dem Unkraut zu säubern.

»Wie werde ich Unkraut dauerhaft los«, tippte sie in das Suchfeld ihres Browserfensters ein. Gleich der erste Link gab ihr die Antwort. Und die war genauso einleuchtend wie simpel: Sie musste es mit der Wurzel ausrotten.

Sie griff zum Telefon und drückte die Kurzwahltaste. »Wie hieß noch mal dieser Anwalt?«, fragte sie, nachdem sich ihr Gesprächspartner gleich nach dem zweiten Klingeln gemeldet hatte.

»Was hast du vor?« Die Stimme am anderen Ende der Leitung vibrierte.

»Ich rotte die Wurzel des Übels aus.«

»Dir muss bewusst sein, dass er ein einflussreicher Mann ist. Einer, bei dem man genau hinschaut, wenn ihm etwas passiert.«

»Gott macht keine Unterschiede«, antwortete sie.

»Und was ist mit dem restlichen Ungeziefer? Der Anwalt ist bloß einer von vielen.«

Unwillkürlich nickte sie, auch wenn niemand sie sehen konnte. »Ich weiß, aber alles zu seiner Zeit.«

»Gott hätte sich keine bessere Helferin wählen können.«

Diese Worte wärmten sie und machten sie stolz, auch wenn sie wusste, dass Stolz eine Sünde war. Für einen Moment sonnte sie sich in dem Gefühl, dann senkte sie demütig den Kopf und murmelte: »Ich bin nur sein Werkzeug. Sein Wille geschehe.«

»Amen. Er segne dich, mein Kind.«

Als sie danach das Telefonat beendete, hallte »mein Kind« noch lange in ihr nach und erfüllte sie mit tiefer Liebe zu ihrer Retterin, die ihr mehr Mutter war als die Frau, die sie geboren hatte.

Den Rest des Abends schmiedete sie einen groben Plan, machte Zeichnungen und recherchierte im Internet nach geeigneten Gebäuden. Es tat gut, aktiv zu werden. Herumsitzen hatte ihr noch nie gelegen.

Beinahe hätte sie die Zeit übersehen, es war bereits kurz vor Mitternacht, als sie von ihren Notizen aufsah und beschloss, es für heute gut sein zu lassen. Sie hatte am nächsten Tag noch eine Menge vor.

Wie immer sprach sie ein Gebet, ehe sie ins Bett ging.

In dieser Nacht wachte sie weder schreiend auf noch hatte sie Albträume. Ihr Schlaf war ruhig und friedlich – hätte sie ein Zeichen gebraucht, wäre das eines gewesen.

KAPITEL 9

Als Michaela viel später als erhofft nach Hause kam, wartete Valerie mit verschiedenen Menüvorschlägen auf sie. Sie verabschiedete sich von dem Gedanken, nach einer heißen Dusche den Abend vor dem Fernseher herumzulümmeln, und ließ sich stattdessen haarklein von ihrer Nichte erklären, welche Speise am geeignetsten war, um Bernd zu beeindrucken. Die Idee, ihn zum Essen einzuladen, war eine spontane Entscheidung gewesen. Er hatte schon häufiger für sie und Valerie gekocht, und sie fand, es wäre an der Zeit, sich dafür einmal erkenntlich zu zeigen. Doch nun wünschte sie, sie hätte diese Einladung nicht ausgesprochen. Dieser eigenartige Todesfall spukte ständig in ihrem Kopf herum. Da hatte sie keine Lust, sich mit Rinderbraten oder Kalbsgulasch zu beschäftigen – nicht einmal in Gedanken.

»Tante Mika, du hörst ja gar nicht zu«, beschwerte sich Valerie.

Sie schob alle Überlegungen zu ihrem neuen Fall beiseite und lächelte ihre Nichte an. »Doch, natürlich. Du hast gemeint…«, sie versuchte, sich daran zu erinnern, was Valerie eben gesagt hatte. Diese sah sie abwartend an.

»Okay, ich bekenne mich schuldig. Tut mir leid.«

»Du arbeitest an einem neuen Fall«, stellte Valerie fest, und die Aufregung in ihrer Stimme war nicht zu überhören.

»Woher weißt du das?« Das Mädchen war ihr manchmal richtig unheimlich.

Valerie zuckte mit den Schultern. »Weil du immer so bist, wenn du an etwas Neuem dran bist.«

»Tatsächlich? Wie bin ich denn?«

»Na, so wie gerade. Es scheint, als hätte nichts anderes Platz. Du kommst erst spät nach Hause, bist abwesend, gibst einsilbige Antworten… Hat das was mit diesen Wespen zu tun?«

»Woher…?«, setzte Michaela an, da fiel ihr ein, dass sie gestern ihrer Nichte gegenüber Haralds SMS erwähnt hatte. Sie nickte. »Ich war heute in der Gerichtsmedizin und dann am Tatort. Das ist eine sehr komische Geschichte.«

Valeries Interesse war nun restlos geweckt. Sie schlug das Kochbuch zu. »Erzähl!«

Michaela fühlte sich nicht ganz wohl dabei, Valerie ihre Fälle zu schildern. Doch sie würde nicht wieder den gleichen Fehler begehen wie damals. In ihrem Bemühen, ihre Nichte von allem fernzuhalten, was ihre Arbeit betraf, hatte sie genau das Gegenteil bewirkt. Valerie hatte auf eigene Faust begonnen, Nachforschungen anzustellen, und diese Neugier beinahe mit dem Leben bezahlt. Michaela hätte alles Mögliche versprochen, wenn sie bloß ihre Nichte unversehrt wiederbekam. Valerie in Zukunft zu erzählen, woran sie gerade arbeitete, war eines der Dinge, die sie sich geschworen hatte.

Sie wollte eben anfangen, Valerie von dem Wespentoten zu berichten, als es an der Tür klingelte. Ihre Nichte sprang vom Stuhl hoch. »Ich mach auf!«

Gleich darauf kam sie zurück. »Das war Bernd. Er fragt, ob wir Lust haben, mit ihm eine Runde zu joggen. Willst du?«

Nein, eigentlich wollte Michaela immer noch eine Dusche und die Beine auf der Couch hochlegen. Andererseits würde ihr die Bewegung guttun. Und es war schon über eine Woche her, dass sie das letzte Mal gelaufen war.

»Okay«, stimmte sie daher zu und ging, um sich umzuziehen. Die Dusche und die Couch wären schließlich nachher auch noch da.

Zehn Minuten später trabten sie zu dritt in gemächlichem Tempo die Straße hinunter. Keiner sprach, nur ihr Atem und ihre Schritte waren zu hören. Erst als sie den Park, der zu ihren liebsten Laufstrecken gehörte, erreicht und zwei Runden schweigend hinter sich gebracht hatten, fragte Bernd nach Valeries Klavierkonzert. »Oh, das war total super! Ich war null aufgeregt, als ich auf der Bühne stand.«

»Ich wäre echt gern dabei gewesen.«

Valerie winkte ab. »Kann man eh nicht mehr ändern. Tante Mika, ich mach mal ein bisschen Tempo. Ihr seid mir zu lahm.« Kaum hatte sie das ausgesprochen, zog sie davon.

»Ihre Energie hätte ich jetzt auch gern«, sagte Michaela lächelnd.

»War's so anstrengend heute?«

»Geht so. Ich habe einen neuen Fall.«

»Hm, ist er interessant?«

»Ferreira findet ihn faszinierend«, antwortete sie.

»Das ist nichts Neues. Und du?«

Sie überlegte einen Moment. »Dieser Fall ist... irgendwie seltsam.« Dann fasste sie für Bernd die wichtigsten Fakten zusammen. Es wunderte sie immer wieder, wie einfach es ihr fiel, mit ihm zu reden. Sie musste nicht erst groß überlegen, was und wie sie etwas sagte, er verstand sie auch so. Und er stellte immer die richtigen Fragen.

Gerade als sie dabei war, den Tatort zu schildern, schloss Valerie wieder zu ihnen auf. Trotz des schnelleren Tempos war sie kaum außer Atem.

»Das Nest hatten die Wespen im Geräteschuppen gebaut. Jemand hat es von dort heruntergelöst und anschließend über der Terrassentür festgemacht«, erzählte Michaela von ihrer Entdeckung. Sie hatte es bereits vermutet, als sie es fand. Vom Labor kam dann schließlich die Bestätigung, dass es sich um ein Fragment des Nestes handelte, das die Kollegen sichergestellt hatten.

»Fies«, kommentierte Valerie.

»Ja, kann man wohl sagen. Und noch fieser war, dass das Opfer mit einem Wespenlockmittel beschmiert war.« Auch das hatten die Mitarbeiter im Labor mittlerweile herausgefunden.

»Und der Typ ist allergisch gewesen?«, fragte Bernd.

»Genau. Es hätte schon ein Stich gereicht, um ihn zu töten. Ferreira hat mindestens dreißig gezählt. Ihr hättet sehen müssen, wie er zugerichtet war. Der ganze Körper war total entstellt. Keine Chance, ihn zu identifizieren. Zumindest nicht auf die Schnelle.«

»DNA? Zahnabdrücke?«, schlug Valerie vor.

Michaela musste lächeln. Ihre Nichte hatte bei ihrem Schnuppertag im LKA die forensische Abteilung besucht und sich offensichtlich einiges gemerkt.

»Das sind die nächsten Schritte. Aber das kann dauern – und Zeit spielt nun mal eine große Rolle. Kannst du dir morgen die Akten durchsehen?«, wandte sie sich an Bernd. »Vielleicht fällt dir etwas auf, was wir noch nicht bedacht haben.«

»Klar, mach ich. Wir sollten langsam wieder zurück. Es ist schon nach acht und ich habe noch nichts zu Abend gegessen.«

Michaela hatte ebenfalls noch nichts gegessen. Normalerweise war sie mit einem gesunden Appetit gesegnet, wenn sie nicht die Mahlzeiten vergaß, weil sie in ihre Arbeit vertieft war. Doch allein bei dem Gedanken an die Leiche auf Ferreiras Seziertisch verging ihr die Lust auf Essen. Und dass der Tote immer noch namenlos war, lag ihr ebenfalls im Magen.

Zu Hause angekommen, flitzte Valerie mit den Worten »Ich beeil mich« ins Badezimmer. Michaela stieß einen tiefen Seufzer aus. Diesen Satz hörte sie jeden Morgen, und er bedeutete, dass sie frühestens in einer halben Stunde duschen gehen konnte. Teenager hatten wohl andere Zeitbegriffe als Erwachsene.

Um nicht untätig herumzusitzen, holte sie aus ihrer Tasche die Akte ihres neuen Falles und breitete die Fotos vom Tatort auf dem Küchentisch aus. Sie war die Fakten schon mehrmals durchgegangen, hatte die Bilder einige Male angesehen, doch bislang konnte sie sich beim besten Willen nicht vorstellen, wie jemand auf eine solche Tötungsmethode kam.

Sie war so vertieft in die Betrachtung der Fotos, dass sie Valerie erst bemerkte, als diese neben ihr stand.

»Krass.«

Michaelas erster Impuls war, alle Unterlagen zusammenzuraffen, in dem Bewusstsein, dass Valerie schon viel zu viel gesehen hatte. Doch sie hielt inne und dachte an ihren Vorsatz. Ihre Nichte war die Tochter zweier Ärzte und hatte Schreckliches gesehen und erlebt. Von diesen Bildern ging keine reale Gefahr aus, und – nicht zu vergessen – Valerie war kein Kind mehr, wie sie selbst immer gern betonte. Deshalb drehte sie sich zu ihrer Nichte um und sagte: »Du musst dir das nicht ansehen, wenn es dir zu viel ist.«

Allein schon der empörte Gesichtsausdruck war Antwort genug. »Natürlich seh ich mir die Fotos an. Wie soll ich denn jemals Kriminalpolizistin werden, wenn mir schon ein paar Bilder zu heftig sind? Was bedeuten diese Streifen hier?«

»Laut dem Gerichtsmediziner sind das Fesselungsspuren. Er hat Fasern gefunden.«

»Hm. Aber er war nicht mehr gefesselt, als er entdeckt wurde?«, fragte Valerie nach.

»Nein.«

Ihre Nichte nickte, und dabei wäre ihr fast das ums Haar gewickelte Handtuch hinuntergefallen. Schnell steckte sie es wieder fest. Dann sah sie Michaela an. »Saskia hat sich mal beim Volleyball einen Finger gebrochen. Sie trug einen Ring, und als ihr Finger anschwoll, bekam sie ihn nicht mehr runter. Im Krankenhaus mussten sie ihn abschneiden, da hatte sie auch solch eine Einkerbung.«

»Worauf willst du hinaus?«

»Na, ich glaube, wenn sie keinen Ring gehabt hätte, dann wäre im Finger keine Rille gewesen.«

Michaela nahm das Foto vom Tisch und betrachtete es nachdenklich. »Ich glaube, du hast recht!«, sagte sie schließlich. »Weißt du, was das heißt? Der Mann war noch gefesselt, als er von den Wespen gestochen wurde.«

Valerie nickte. »Ja, das war, was ich damit sagen wollte.«

Verdammt, wie blind war sie gewesen? Warum war sie nicht selbst darauf gekommen? Da musste ihre Nichte sie erst mit der Nase auf das Offensichtliche stoßen. »Ist dir klar, was das *bedeutet*?« Sie konnte ihre Aufregung kaum zügeln.

Valeries Miene zeigte zunächst Unverständnis, Michaela konnte förmlich sehen, wie die Rädchen sich im Hirn ihrer Nichte drehten, und dann hatte sie plötzlich die Zusammenhänge begriffen. »Jemand muss ihm die Fesseln nach seinem Tod abgenommen haben.«

»Bingo! Und ich wette, das war nicht irgendjemand, sondern der Täter. Entweder hat er dem Opfer beim Sterben zugesehen oder er ist später wiedergekommen, um sicherzugehen, dass der Mann wirklich tot ist.«

»Ich weiß nicht, was ich kranker finde. Ich geh jetzt ins Bett und höre mir noch ein paar Sonaten an, das beruhigt.«

»Gute Nacht«, wünschte Michaela abwesend. Sie war bereits dabei, sich Notizen zu machen. Valeries Entdeckung veränderte den gesamten Tathergang. Sie nahm sich noch einmal alle Fotos vor. Am liebsten hätte sie auf der Stelle Ferreira angerufen, doch um zweiundzwanzig Uhr war das keine gute Idee. So engagiert der Gerichtsmediziner auch war, die Freizeit mit seiner Familie war ihm heilig. Doris schied ebenfalls aus. Sie war wahrscheinlich schon im Bett. Ihr kleiner Sohn forderte sie ganz schön, deshalb war sie jeden Abend spätestens um neun erledigt.

Vincent, ihr zweiter Kollege, war in Urlaub – irgendwo in Nepal. Es hätte sie nicht gewundert, wenn er sich dort in ein Mönchskloster einquartiert hätte. Drei Wochen Schweigen – unvorstellbar für sie. Doch für Vincent musste das paradiesisch sein, so wortkarg, wie er sich immer gab.

Harald würde es sicher interessieren, was sie mit Valeries Hilfe herausgefunden hatte. Schließlich war sein Team für die Spurensicherung und -auswertung zuständig. Sie wählte seine Nummer, doch es lief nur die Sprachbox. Irritiert beendete sie den Anruf. Sonst war er für sie zu jeder Tages- und Nachtzeit erreichbar. Da fiel ihr ein, dass er wahrscheinlich im Kino saß. Ursprünglich hatte er sie gefragt, ob sie mitgehen wollte, doch sie hatte Nein gesagt, weil der Film von irgendeinem psychopathischen Serienmörder handelte – und von Morden hatte sie auch so genug. Kein Film kam an die Realität heran.

Ehe sie darüber nachdenken konnte, was sie tat, hatte sie schon Bernds Nummer gewählt.

»Michaela, alles in Ordnung?«

»Ja, entschuldige, dass ich um diese Uhrzeit anrufe, aber ich bin da auf etwas gestoßen, das heißt, eigentlich ist Valerie darauf gekommen und ...«

Kein »Kann das nicht bis morgen warten?« oder »Ich hatte einen langen Tag«. Stattdessen fragte er: »Soll ich rüberkommen?«

Für einen Moment wallte schlechtes Gewissen in Michaela hoch. Was gab ihr das Recht, ihn so spät herzubitten? Auch er hatte Anrecht auf Feierabend und Privatsphäre.

»Nein, das ist nicht nötig. Keine Ahnung, was mich geritten hat. Es ist … ich bin …«

Er lachte. »Du bist ein Workaholic – und ich gebe zu, ich bin auch einer. Stellst du Kaffee auf?«

Zehn Minuten später saß er bei ihr in der Küche und hörte sich ihre Ausführungen an. Die Kaffeemaschine gurgelte vor sich hin, und Michaela fühlte sich trotz der verschwitzten Joggingklamotten, die sie immer noch anhatte, voller Tatendrang. So war ihr Leben nun mal. Sie hätte mit niemand tauschen wollen.

KAPITEL 10

Wespen sirrten um ihren Kopf, während sie versuchte, sich nicht zu bewegen. Sie presste ihren Mund zusammen und musste alle Selbstbeherrschung aufbringen, um ruhig zu bleiben, wie es ihr die Eltern schon als Kind beigebracht hatten. »Nur wenn du herumfuchtelst, stechen sie«, hörte sie die Stimme ihrer Mutter. Aus dem Summen wurde ein Brummen, und erst nach und nach erfasste Michaela das lästige Geräusch als das Vibrieren ihres Handys – der Wecker!

Schlaftrunken tastete sie nach dem Telefon und stellte den Alarm ab. Verflucht, sie hätte gestern nicht bis weit nach Mitternacht mit Bernd den neuen Fall besprechen sollen, dann wäre sie halbwegs ausgeschlafen. Und vielleicht hätten die Wespen sie dann auch nicht bis in den Schlaf verfolgt.

Sie wankte in die Küche, stellte die Kaffeemaschine an und ging ins Bad. Sie duschte, zuerst heiß, dann kalt, danach weckte sie Valerie.

Sie waren beide Morgenmuffel, deshalb beschränkte sich ihre Kommunikation auf das Wesentlichste. Das war so am besten, hatten sie festgestellt, denn auf diese Weise vermieden sie unnötige Auseinandersetzungen.

»Du musst meine Schularbeit unterschreiben«, sagte Valerie kurz vor dem Gehen.

Michaela setzte schwungvoll ihren Namen unter die Zwei. »So etwas unterschreibe ich gern, aber noch lieber wäre es mir gewesen, wenn du mir das schon gestern gegeben hättest«, sagte sie.

»Hab nicht daran gedacht. Macht eh keinen Unterschied.«

»Doch, dann hätte ich mir die Zeit genommen, mir deinen Aufsatz durchzulesen.«

Valerie steckte das Heft in ihren Rucksack. »So interessant ist er nicht.« Dann winkte sie zum Abschied und war schon bei der Tür draußen, ehe Michaela ihr einen schönen Tag wünschen konnte.

Michaela machte sich ebenfalls für die Arbeit fertig. Schnell das kurze Haar mit Gel in Form bringen und die Narbe mit Make-up überdecken. Weil sie gerade Lust dazu hatte, trug sie auch noch einen Lippenstift auf, ein ziemlich knalliges Rot. Sie selbst wäre nie auf die Idee gekommen, solch einen auffälligen Ton zu tragen, doch Valerie meinte, er passe perfekt zu Michaelas weißblonden Haaren. Als Kind hatte sie ihre Haarfarbe gehasst, mittlerweile hatte sie sich damit ausgesöhnt. Mit Pink, der Pop-Ikone, verglichen zu werden, war nicht das schlechteste Kompliment.

Einigermaßen zufrieden mit ihrem Aussehen trank sie den Rest ihres Kaffees aus, der mittlerweile kalt geworden war, und machte sich auf den Weg ins LKA.

Sie begann normalerweise um acht, war aber meistens früher da. Das heißt, seit Valerie bei ihr wohnte, ging es sich – je nach Verkehrslage – gerade mal so aus, pünktlich im Büro zu sein. Das Mädchen hatte ihren Tagesablauf gründlich durcheinandergebracht. Klar, Valerie war kein kleines Kind, am dreizehnten Juli wurde sie siebzehn. Aber als Michaela den Vorschlag gemacht hatte, sich um ihre Nichte zu kümmern, hatte sie damit Verantwortung übernommen, und das hieß, für Valerie da zu sein – eine ziemliche Umstellung für jemanden, der seit bald fünfzehn Jahren allein lebte. Dabei hatte sie keineswegs vorgehabt, für immer Single zu bleiben. Mit Sascha, ihrer großen Liebe, hätte sie sich vorstellen können, eine Familie zu gründen. Doch anstatt mit einem Blumenstrauß oder einem Verlobungsring überraschte er sie ausgerechnet an ihrem dritten Jahrestag mit der Nachricht, dass er sich »neu orientieren« wolle. Ein paar Wochen später hatte sie herausgefunden, dass die Neuorientierung Patricia hieß und im Gegensatz zu ihr ein anschmiegsames Püppchen ohne eigene Meinung war.

Nach dieser Enttäuschung konzentrierte sie sich auf die Ausbildung und später auf ihren Job. Da kam es ihr ganz gelegen, ungebunden zu sein. Sie schob freiwillig Wochenendschichten. Es machte ihr nichts aus, die unbeliebten Dienste an Weihnachten oder an Feiertagen zu übernehmen. Auf sie wartete ja niemand. Überstunden? Kein Problem. So ließen die Beförderungen nicht lange auf sich warten. Nun war sie Ermittlungsleiterin des LKA in der Abteilung »Leib und Leben«, wie die korrekte Bezeichnung für die Mordkommission lautete. Sie hatte ihre Ziele erreicht. Sascha konnte sie nicht mal mehr böse sein. Wer wusste schon, wie sich alles entwickelt hätte, wenn sie ein Paar geblieben wären.

Michaela stellte ihren Wagen im Innenhof des LKA ab, betrat das Gebäude und ging die drei Stockwerke zu ihrem Büro zu Fuß hinauf. Seit sie einmal in einem Lift stecken geblieben war, mied sie Fahrstühle, wann immer möglich. Sie bekam zwar keine Panikattacken, hatte nicht mal richtig Angst, doch aufgrund dieser Erfahrung bekam sie zumindest ein flaues Gefühl in der Magengegend, wenn sie in einen Aufzug stieg. Außerdem hielt Treppensteigen fit, war ihre Argumentation, wenn sie erklären musste, warum sie auf die Annehmlichkeit eines Liftes verzichtete.

Normalerweise saß Vincent bereits an seinem Platz, wenn sie das Büro betrat. Er war immer der Erste, der kam, und meist der Letzte, der ging. Es war ein eigenartiges Gefühl, seinen Stuhl so verwaist zu sehen. Sie musste sich eingestehen, dass sie ihren wortkargen, brummigen Kollegen vermisste.

Sie hängte ihre Weste auf den Garderobenständer neben der Tür und befüllte die Kaffeemaschine. Dann fuhr sie den Computer hoch, um ihre Mails zu checken. Vielleicht hatte Ferreira ja seinen Bericht schon fertig.

In diesem Moment kam Doris herein.

»Guten Mo...«, wollte Michaela ihre Kollegin begrüßen,

doch den Rest des Satzes ließ sie unbeendet. Doris sah furchtbar aus. Alle Versuche, die rot geweinten Augen zu überschminken, waren fruchtlos geblieben. Sie schien über Nacht um zehn Jahre gealtert zu sein und wirkte noch schmaler, als sie ohnehin schon war.

»Was ist passiert?«, fragte Michaela.

»Wieso?«

Michaela seufzte. »Ich seh dir doch an, dass etwas los ist.«

Wortlos schenkte sich Doris einen Becher Kaffee ein und setzte sich an ihren Schreibtisch.

»Wenn du mit mir darüber nicht sprechen willst, ist das okay, ich möchte mich nicht aufdrängen. Aber wenn du das Bedürfnis hast zu reden – jetzt oder auch später, dann bin ich für dich da.« Damit wandte sich Michaela wieder ihren Mails zu und klickte Ferreiras Nachricht an. Der Gerichtsmediziner hatte tatsächlich den Obduktionsbericht geschickt. Das war einer der Gründe, warum sie so gern mit ihm zusammenarbeitete. Er war nicht nur der Beste in seinem Fach, sondern auch noch schnell. Und er hielt Wort.

»Clemens will sich scheiden lassen.« Die Worte ihrer Kollegin waren beinahe nur ein Flüstern, doch Michaela hatte sie dennoch gehört. Sie hob den Blick und sah Doris an.

»Scheiße«, mehr fiel ihr dazu nicht ein.

»Und ich dachte, mein Leben wäre perfekt«, schniefte Doris. Michaela stand auf, nahm die Kleenex-Box von ihrem Schreibtisch und ging zu ihrer Kollegin hinüber.

»Danke«, sagte die, nahm ein Taschentuch heraus und tupfte sich damit die Augenwinkel ab. »Das kommt so … unvermittelt. Es gab keine Anzeichen dafür. Nicht mal einen Streit. Gestern früh, als ich ging, war alles noch in Ordnung, und am Abend stehe ich plötzlich vor einem Meer aus Trümmern und ich weiß überhaupt nicht, wie das passiert ist. Wie kann er uns das antun? Denkt er gar nicht an Jonas?«

Michaelas Kehle schnürte sich vor Mitleid zusammen. Es tat ihr weh, Doris so verzweifelt zu sehen – und es erinnerte sie an ihre eigene Erfahrung mit Sascha. Für sie war sein Entschluss, sie zu verlassen, ebenfalls aus heiterem Himmel gekommen. Aber es stimmte nicht, zumindest bei ihr, dass es keine Anzeichen dafür gab. Sie hatte sie bloß nicht gesehen. Oder nicht sehen wollen. Es war viel einfacher, die Augen vor dem Unangenehmen zu verschließen, als sich damit auseinanderzusetzen.

Sie zog Vincents Bürostuhl neben Doris, setzte sich und legte die Hand auf den Arm ihrer Kollegin.

»Aber Clemens muss doch eine Begründung genannt haben.«

»Er meint, er hat es satt, immer zurückzustecken. Er sagt, er müsse mal an sich denken und dass er Karriere machen will.«

Sie putzte sich die Nase. »Weißt du, was mich am meisten stört?«

Michaela schüttelte den Kopf.

»Dass er meine Arbeit als nettes Hobby betrachtet. Er hat sie mich gönnerhaft tun lassen, solange es in seine Pläne gepasst hat. Frau soll sich ja selbst verwirklichen können. Aber nun wäre es an der Zeit, mit der Spielerei aufzuhören.«

»*Das* hat er gesagt?«

»Nicht wörtlich, aber sinngemäß. Als ob das hier«, sie machte eine umfassende Handbewegung, »ein Spiel wäre. Da lebe ich seit acht Jahren mit einem Chauvinisten zusammen und merk es nicht mal.«

Michaela wollte gerade etwas Tröstendes sagen, als das Telefon auf ihrem Schreibtisch klingelte.

»Steurer fragt nach euch«, sagte ein Kollege. Mist! Sie hatte über Doris' Problemen ganz die Morgenbesprechung vergessen.

»Danke, ich bin in fünf Minuten da«, sagte sie.

»Oh, shit!«, rief Doris und sprang von ihrem Stuhl hoch.

»Du musst nicht mitgehen, ich lass mir eine Entschuldigung einfallen«, bot Michaela an. »Oder wenn du lieber gleich nach Hause gehen möchtest …«

Doris reckte das Kinn hoch. »Nein. Jetzt erst recht.« Sie holte aus ihrer Tasche einen kleinen Spiegel, wischte sich die Mascaraspuren weg, dann sagte sie: »Gehen wir.«

Steurer hatte die Tür bereits geschlossen. Michaela öffnete sie einen Spalt, und sie und Doris schlichen sich leise in den Konferenzraum. Steurer quittierte ihr Kommen mit einem kurzen Nicken und fuhr mit seinen Ausführungen fort.

»Und was gibt es Neues im Wespenfall?«, richtete er schließlich seine Frage an Michaela.

»Das Opfer ist immer noch nicht identifiziert«, erläuterte sie, »aber Ferreira hat seinen Bericht geschickt. Er bestätigt, dass der Mann an einem anaphylaktischen Schock gestorben ist, wie schon vermutet. Bei der Tatortbegehung habe ich Fragmente eines Wespennestes gefunden, das ursprünglich im Geräteschuppen gebaut worden und von jemand abgelöst worden war, um es an der Terrassentür zu befestigen. Bei der Substanz auf der Haut des Opfers handelt es sich um ein handelsübliches Wespenlockmittel. Ferreira hat zudem Fesselspuren entdeckt. Die Fasern, die er auf der Haut gefunden hat, werden noch untersucht, aber feststeht, dass dem Mann nicht, wie zuerst angenommen, die Fesseln schon vor den Stichen abgenommen wurden, sondern erst danach. Das heißt, der Täter muss abgewartet haben oder er ist später noch einmal zum Tatort zurückgekehrt.«

»Oder jemand anders hat die Fesseln durchgeschnitten«, warf einer der Kollegen ein.

Michaela bedachte ihn mit einem kurzen Seitenblick. »Das erscheint mir nun sehr unwahrscheinlich, aber ja, auch das wäre möglich.«

»Wie werdet ihr weiter vorgehen?«, fragte Steurer.

»Wir sprechen heute mit den Eigentümern des Hauses. Außerdem möchte ich Bernd hinzuziehen. Aber an erster Stelle steht die Identifizierung des Toten.«

»Ihr habt die Besitzer noch nicht befragt?« Steurer runzelte missbilligend die Stirn.

Michaela lag eine unwirsche Erwiderung auf der Zunge, doch sie hielt sich zurück. »Wie du weißt, ist Vincent auf Urlaub. Aber wir nehmen gerne jede Art von Unterstützung an.«

»Dalisch ist eine gute Idee. Sonst kann ich dir im Moment niemanden zur Seite stellen, wir sind ohnehin zu wenig Leute.«

Das war allerdings nichts Neues. Zwei Beamte standen kurz vor der Rente und befanden sich im Dauerkrankenstand. Hinzu kamen normale Krankmeldungen und Urlaube, sodass nie alle Mitarbeiter da waren. Verbrechen geschahen dennoch, Michaela hatte das Gefühl, dass die Zahl der schweren Delikte wie Mord, Totschlag und Raubüberfälle in den letzten Jahren zugenommen hatte, während die Anzahl der Ermittler gleich geblieben oder sogar geringer geworden war, sodass man stets das Gefühl hatte, nicht mehr hinterherzukommen. Das ging nicht nur ihr so.

»Wir tun schon unser Möglichstes«, erwiderte sie. Steurer nickte. »Ich weiß. Na dann. An die Arbeit!« Mit diesen Worten beendete er die Morgensitzung.

Auf dem Weg zurück ins Büro schloss sich Doris Michaela beim Treppensteigen an. »Was wirst du nun wegen Clemens tun?«, fragte sie ihre Kollegin.

»Reisende soll man nicht halten, oder?«, gab diese zurück und kniff die Lippen zusammen. »Ich schaffe das auch ohne ihn. Schließlich habe ich meine Eltern, die sich um Jonas gerne kümmern, wenn ich arbeiten muss.«

»Das alles tut mir leid. Es wird trotz der Unterstützung nicht leicht werden. Wenn ich irgendetwas tun kann …«

»Danke, du könntest ihn für mich erschießen.« Doris' Bemerkung war spaßig gemeint, doch zwischen den Zeilen hörte Michaela, wie verletzt ihre Kollegin war.

Die einzige Möglichkeit, die ihr einfiel und die ihr selbst in schwierigen Situationen half, war Arbeit.

»Wir sollten endlich mit den Grabherrs reden, vielleicht kannten sie ja den Toten.«

Michaelas Taktik schien zu funktionieren. Doris nickte, und ihre verschlossene Miene wandelte sich zu einem interessierten, wachen Blick. »Glaubst du, jemand ist bei denen zu Hause?«

In Filmen wurde es immer so dargestellt, dass Kripobeamte an einer Tür klingelten, und der Zeuge oder Verdächtige machte ihnen, egal zu welcher Uhrzeit, auf. Die Realität sah anders aus. Michaela versuchte, nach Möglichkeit ihr Kommen telefonisch anzukündigen. Die wenigsten Menschen, die sie befragen wollte, saßen den ganzen Tag in der Wohnung. Sie hatten Termine, mussten auch mal einkaufen und gingen ihren Jobs nach. Oft bestellte sie Zeugen auch in die Dienststelle.

»Wir haben ihre Handynummern. Entweder sie reden jetzt mit uns oder sie sollen später herkommen.«

Doris nickte. »Ich ruf sie an.«

Kaum hatten sie ihr Büro erreicht, klingelte das Telefon auf Michaelas Schreibtisch. Es war Harald. So aufgeregt hatte Michaela ihn erst selten erlebt. »Wir haben einen DNA-Treffer«, sagte er.

»Ich bin gleich unten.«

Doris blickte sie fragend an.

»Harald hat Neuigkeiten. Eine DNA-Übereinstimmung.«

»Das ging aber schnell.«

»Scheint unser Glückstag zu sein«, antwortete Michaela.

Erst als sie auf dem Weg in die forensische Abteilung war, merkte sie, wie daneben sich ihre Worte für Doris angehört haben mussten. Von wegen Glückstag! Für ihre Kollegin war die kleine heile Welt zu Hause zusammengebrochen. Sie hielt sich mit Mühe gerade so aufrecht, versuchte, durch Trotz ihre Verletztheit zu überspielen und sich stärker zu geben, als sie sich fühlen musste. Michaela ärgerte sich über ihre unbedachte Äußerung. Manchmal war sie wirklich eine Idiotin, die ohne nachzudenken über die Gefühle der Mitmenschen hinwegtrampelte. Dabei passierte das völlig unabsichtlich. War diese Eigenschaft der Preis für ihr langjähriges Singleleben? Wurde man mit der Zeit so egozentrisch, wenn man auf niemanden Rücksicht nehmen musste?

Während sie die Treppe hinunterlief und ihre Sneakers bei jeder Kurve ein Quietschen von sich gaben, grübelte sie darüber nach. Doch sobald sie die Forensik betrat und Harald ihr mit einem Ausdruck in der Hand zuwinkte und über das ganze Gesicht grinste, verdrängte sie jeden Gedanken, der sie eben noch beschäftigt hatte.

»Wir haben seinen Namen!«

KAPITEL 11

Sie betrachtete den Mann vor ihr, der gefesselt auf dem Stuhl saß und sich nicht bewegte. Das Midazolam würde noch etwa eine halbe Stunde wirken. Dreißig Minuten, in denen sie die letzten Vorbereitungen treffen konnte.

Ihr Vorhaben barg gewisse Risiken. Trotz akribischer Planung gab es Unsicherheitsfaktoren, zum Beispiel, ob die Konstruktion, die sie sich überlegt und gebaut hatte, tatsächlich funktionieren würde. Sie überprüfte zum wiederholten Mal das Seil, das vom Stuhlbein hinauf zu dem Balken führte, und nickte zufrieden. Eigentlich sollte alles glattgehen, zumindest hatte es geklappt, als sie den Ablauf getestet hatte. Freilich ohne Feuer.

Am Boden des Feuerkorbes lagen zusammengeknülltes Zeitungspapier, Grillanzünder und Holzspäne. Darüber hatte sie ein paar Scheite gestapelt. Auch hier hatte sie experimentiert, welches Material sie verwenden sollte, um das bestmögliche Ergebnis zu erzielen. Grillkohle, mit der sie den ersten Versuch gestartet hatte, strahlte zwar die größte Hitze aus, brauchte aber zu lange, bis sie zu brennen begann. Außerdem bestand die Gefahr, dass sie nur glomm, sie hingegen brauchte Flammen.

Sie sah auf die Uhr. Der Zeitfaktor war ebenfalls wichtig. Sie musste das Feuer rechtzeitig anzünden. Es sollte brennen, wenn der Mann aus der Betäubung erwachte, und musste lange genug halten, um ihm ordentlich einzuheizen, sodass er das dringende Bedürfnis verspürte, von dem Feuerkorb abzurücken, damit das Seil sich straffen konnte.

Sie versuchte, möglichst viel über die Delinquenten, die sie Gottes Urteil anvertraute, in Erfahrung zu bringen. Die Typen sollten sich in ihren schlimmsten Albträumen wiederfinden. Nur wenn sie bereit waren, diese durchzustehen, hatten sie eine Chance zu überleben. Die Erfahrung hatte ihr allerdings gezeigt, dass gerade Kerle, die ihre Frauen und Kinder schlugen und sich hart gaben, am schwächsten waren, wenn es darum ging, wahre Stärke zu beweisen und sich den eigenen Ängsten zu stellen. Die Schreie und das Wimmern ihrer letzten Opfer klangen immer noch in ihren Ohren nach, und sie war davon überzeugt, dass dieser hier nicht den Mumm hatte, die Hitze so lange auszuhalten, bis das Feuer abgebrannt war. Nicht, nachdem er als Kind erleben musste, wie sein Elternhaus in Flammen aufging und seine Familie in letzter Sekunde gerettet werden konnte.

Weitere drei Minuten vergingen. Es wurde Zeit.

Sie strich mit dem Streichholz gegen die Reibfläche. Mit einem leichten Zischen fing es Feuer. Einen Moment lang schirmte sie die kleine Flamme mit ihrer Hand ab, ließ sie größer werden und hielt sie dann durch das Gitter des Feuerkorbes an das Zeitungspapier, das beinahe sofort zu brennen begann und seinerseits den Grillanzünder in Brand setzte.

Hitze stieg an ihr Gesicht, noch nicht unerträglich, eher eine Vorahnung von dem, wie es in Kürze sein würde.

Den Korb hatte sie so platziert, dass er unmittelbar vor dem Stuhl mit dem gefesselten Anwalt stand.

Die Holzspäne fingen Feuer, wurden schnell schwarz und verbogen sich zu grotesken Figuren, doch sie taten ihre Arbeit und gaben das Feuer an die Scheite weiter. An den Enden hatten diese schon zu brennen begonnen.

Sie trat ein paar Schritte zurück und sah zufrieden in die immer größer werdenden Flammen. Ah! Nun begann sich der Mann zu regen. Hatte ihn das Knistern des Feuers oder der Geruch nach verbranntem Holz aus seiner Bewusstlosigkeit geholt?

Mit einem Ruck setzte er sich gerade auf und starrte entsetzt in die Flammen, die zuckende Schatten auf den präparierten Kittel warfen. Das Wachs, in das sie ihn getaucht hatte, begann bereits zu schmelzen. Das Gesicht des Anwalts war von der sengenden Hitze gerötet. Selbst aus zwei Metern Entfernung konnte man sie fühlen. Wie heiß musste es erst in unmittelbarer Nähe des Metallkorbes sein?

Mit einem Ruck versuchte der Mann, vom Stuhl aufzustehen, doch die Fesseln hielten ihn zurück. Sie hatte gute Arbeit geleistet.

»Hilfe!«, rief er heiser.

Sie lächelte. »Mehr hast du nicht zu bieten? Ein Kätzchen kann lauter schreien.«

Sein Kopf fuhr zu ihr herum, seine Augen weiteten sich. »Helfen Sie mir«, krächzte er und begann zu husten. Hatte wohl etwas von dem Rauch eingeatmet.

»Und wer hilft den geschändeten Frauen? Den misshandelten, geprügelten?«

»Bitte, ich habe nichts getan.«

»Sie haben große Schuld auf sich geladen. Sie sorgen dafür, dass es immer wieder geschehen kann, weil die Täter freikommen.«

»Ich ...«, er wurde erneut von einem Hustenanfall geschüttelt, »... ich mach nur meinen Job. Jeder hat das Recht auf Verteidig...«

Sie unterbrach ihn mit einer wütenden Handbewegung. »Jeder hat das Recht auf ein gewaltfreies Leben. Ich gebe Ihnen einen Rat: Versuchen Sie nicht zu entkommen. Bleiben Sie ruhig. Wenn Sie tatsächlich unschuldig sind, werden Sie überleben.«

Sie drehte sich um und ließ ihn mit dem Feuer und seiner Angst allein.

Am Parkplatz der alten, aufgelassenen Werkstatt stand ihr Wagen. Sie hatte ihn in sicherem Abstand zum Rolltor abgestellt.

Ihr Instinkt riet zur Flucht, doch sie blieb.

Sie dachte, dass es einen Knall geben würde, doch tatsächlich glich das Geräusch eher einem »Pff«.

Sie lächelte und stieg nun endlich in ihr Auto. Ihre Konstruktion hatte funktioniert.

Das wilde Quietschen, das nichts Menschliches mehr an sich hatte, wurde beinahe vom Starten des Motors überdeckt.

Als sie das Tor passierte und ein letztes Mal durch den Rückspiegel das Gebäude betrachtete, sah sie, wie die Scheiben barsten und das Feuer, genährt durch den neuen Sauerstoff, durch die Fensteröffnungen schlug.

Aus der kleinen Mehlexplosion, die sie geplant hatte, war ein richtiges Inferno geworden.

So faszinierend sie es auch fand, sie musste weg. Wenigstens brauchte sie sich nun keine Gedanken mehr um eventuelle Spuren machen, die sie hinterlassen haben könnte. Dieser Brand würde sie alle zerstören.

Sie trat das Gaspedal durch, ihre Reifen warfen Kies hoch, der mit einem kurzen Pling gegen die Unterseite ihrer Karosserie schlug. Dann bog sie von dem Feldweg, der von der Werkstatt wegführte, auf die asphaltierte Straße und fuhr Richtung Wien zurück. Kurz darauf kamen ihr mit Blaulicht und Sirene mehrere Feuerwehrfahrzeuge entgegen. Sie setzte den Blinker, hielt am Straßenrand an, stieg aus und blickte den Einsatzwagen nach. Hinter dem Hügel sah sie eine dunkle Rauchwolke aufsteigen.

Beruhigt setzte sie sich wieder ins Auto und fuhr weiter. Die Feuerwehr würde den Sünder auch nicht mehr retten können.

KAPITEL 12

»Lothar Ferstl, dreiunddreißig Jahre alt, verheiratet, keine Kinder. Hat eine Investmentfirma«, fasste Michaela die Fakten für Doris zusammen. Harald hatte ihr erklärt, dass Ferstl vor zwei Jahren erkennungsdienstlich erfasst worden war, nachdem seine Frau ihn wegen Körperverletzung und sexueller Nötigung angezeigt hatte. Der Abgleich seiner DNA mit der bundesweiten Datensammlung hatte einen Treffer erzielt. Eine Suche im Melderegister und im Internet spuckte weitere Informationen aus.

»Er war verheiratet?«, fragte Doris nach.

»Ja. Es sagt schon einiges aus, dass seine Frau ihn nicht vermisst gemeldet hat.«

Doris schwieg. Michaela konnte sich gut vorstellen, was ihre Kollegin dachte. Wahrscheinlich hätte sie ihren Exehemann in spe ebenfalls nicht vermisst gemeldet, so, wie sich ihre häusliche Situation im Moment darstellte.

»Auf jeden Fall müssen wir Frau Ferstl einen Besuch abstatten.« Sie sah auf die Uhr und fügte hinzu: »Und zwar jetzt gleich.«

Mit einem tiefen Seufzer griff Doris zu ihrer Tasche. »Ich könnte mir gerade etwas Schöneres vorstellen, als der Ehefrau mitzuteilen, dass ihr Mann tot ist.«

Michaela konnte sie verstehen. Nichts war schwieriger, als jemanden zu informieren, dass ein Angehöriger gewaltsam gestorben war. Sie mussten auf alles gefasst sein, und im Laufe ihrer Dienstjahre hatte sie schon die ganze Palette an Reaktionen erlebt. Manche brachen zusammen, wenn sie vom Tod eines engen Verwandten erfuhren oder sie konnten die Nachricht nicht begreifen und leugneten sie beharrlich. Einmal war der Bruder eines Verstorbenen in Lachen ausgebrochen. Dieses Verhalten hatte Michaela ziemlich verunsichert und den Bruder an die erste Stelle auf der Liste der Verdächtigen katapultiert, allerdings stellte sich später heraus, dass er mit der Sache nichts zu tun hatte. Er war auch sonst ein ziemlich unsympathischer Zeitgenosse, doch die bloße Freude über die Ermordung von jemandem war nun mal keine Straftat. Wenigstens hatte er sich einem langen, unangenehmen Verhör unterziehen müssen, bei dem er ordentlich ins Schwitzen geraten war – eine kleine Genugtuung für Michaela, die den Mann nicht nur pietätlos, sondern dessen ganzes Verhalten widerlich gefunden hatte.

Und dann gab es noch Angehörige, die sich trotz der schrecklichen Nachricht erleichtert fühlten, denn schlimmer als der Tod eines geliebten Menschen war die Ungewissheit. Das Bangen und Warten, die immer wieder enttäuschten Hoffnungen, wenn jemand spurlos verschwand.

Sie fragte sich, zu welcher Kategorie wohl Frau Ferstl gehören würde.

Doris war nun nicht gerade für ihre defensive Fahrweise bekannt. Doch heute schien sie auf dem Weg zu der Ehefrau des Opfers die Aggressionen, die sie ihrem eigenen Mann gegenüber empfand, im Straßenverkehr auszuleben.

»Verdammt, Doris, willst du uns umbringen? Wenn du weiterhin mit dem Fuß auf dem Gaspedal klebst, kannst du mit der U-Bahn weiterfahren«, schimpfte Michaela, als sie bei einem waghalsigen Spurwechsel nur knapp einer Kollision entgangen waren. Ihr Herz pochte immer noch doppelt so schnell wie normal. Es war jetzt das zweite Mal innerhalb von zehn Minuten, dass sie Angst um ihr Leben haben musste.

»Lauter Idioten auf der Straße«, murmelte Doris, verringerte aber zu Michaelas Erleichterung das Tempo.

Aufatmend lehnte sich Michaela in ihren Sitz zurück und blickte ihre Kollegin von der Seite an. Wie konnte jemand, der so zart und elfengleich aussah, solch ein Geschwindigkeitsjunkie sein? Doris hatte ihr mal erzählt, sie wäre gern Ballerina geworden, ehe sie erkannt hatte, dass sie dafür nicht talentiert genug war. Vielleicht hätte sie es mal mit Rennfahrerin versuchen sollen. In diesem Beruf wäre sie bestimmt erfolgreich geworden.

Eine Viertelstunde später stellte Doris den Dienstwagen ab. Der neunzehnte Bezirk zählte zu einer der noblen Gegenden, zumindest entlang des Stadtrandes. In der Straße grenzte eine Villa an die nächste. Das war das Viertel der Reichen, der Prominenten und der Diplomaten. Doch dass Geld und ein riesiges Haus auch nicht glücklich machen, hatte Michaela erst bei ihrem letzten Fall gesehen. Da blieb sie doch lieber bei ihrer Doppelhaushälfte.

Doris war ausgestiegen und starrte auf das Gebäude vor ihnen. »Oha, da hat unser Toter gewohnt?«

Michaela schlug die Autotür zu und stellte sich neben ihre Kollegin. »Zumindest ist er unter dieser Adresse gemeldet.« Sie trat an das Tor und klingelte an der Gegensprechanlage.

»Ja, bitte?«, schnarrte eine blecherne Frauenstimme gleich darauf.

»Wir sind von der Kripo und möchten mit Frau Ferstl sprechen«, antwortete Michaela.

»Oh ... okay.« Ein Summen ertönte, und Michaela drückte das weiße Gittertor auf.

Steine in der Größe von Wassermelonen begrenzten den Gehweg, der Rasen rechts und links war akkurat gestutzt. Das ganze Anwesen wirkte mehr wie ein Hotel denn wie ein Wohnhaus.

Sie stiegen die großzügige Treppe bis zur Eingangstür hoch. Eben, als Michaela die Klingel betätigen wollte, ging die Tür auf, und eine dünne, schon fast magere Blondine Mitte zwanzig trat heraus. Trotz der angenehmen Temperatur trug sie einen weißen Kaschmirpullover, dazu einen wallenden moosgrünen Rock, der ihr bis zu den Knöcheln reichte. Sie war barfuß, die Zehennägel waren in einem dunklen Rot lackiert.

»Habe ich Sie richtig verstanden? Sie sind von der Kripo?«, fragte die Frau und überraschte Michaela mit ihrem leisen, angenehmen Ton. Sie wirkte neugierig und nicht beunruhigt.

»Ich nehme an, Sie sind Daniela Ferstl.« Michaela streckte ihre Hand der Frau entgegen. Die zögerte kurz, ehe sie sie ergriff und nickte.

Sie musterte das Gesicht der Ehefrau genauer. Eine kreisrunde Narbe prangte auf deren Stirn knapp unterhalb des Haaransatzes. Die Augen wanderten unstet von ihr zu Doris und straften ihre ruhige Begrüßung Lügen. Offenbar war sie doch nicht so entspannt, wie sie ihnen weismachen wollte. Ihr Blick hatte etwas Gehetztes. Michaela kannte diesen Blick, hatte ihn schon häufig gesehen. Diese Frau hatte Angst – aber sie wollte sie auf keinen Fall zeigen. Die Stimme hatte sie unter Kontrolle, nicht aber ihre Mimik.

»Dürfen wir einen Moment reinkommen?«

»Oh, wie dumm von mir. Natürlich.« Die Frau trat einen Schritt zurück und hielt ihnen die Tür auf.

Michaela und Doris traten ein. Neugierig sah sich Michaela um. Entree nannte man diese riesigen Vorräume wohl. An den Wänden standen dunkle Eichenholzschränke, in denen sie die Jacken und Mäntel vermutete. Der Boden bestand aus Naturstein. Und war das ein Fahrstuhl? Sie glaubte ihren Augen nicht zu trauen. Wer hatte schon in einem Einfamilienhaus einen verdammten Lift?

Frau Ferstl schien ihren verwunderten Gesichtsausdruck bemerkt zu haben, denn sie deutete mit der Hand auf die Aufzugstür. »Den haben die Eltern meines Mannes einbauen lassen. Ich benütze ihn nie.«

Sie drehte sich um und ging durch eine Doppelflügeltür in das Wohnzimmer. Auch hier war der Fußboden aus dem gleichen Material wie im Vorraum, allerdings bedeckte ein Perserteppich den größten Teil davon. Michaela hätte jeden Preis darauf gewettet, dass es sich um einen echten Perser handelte. Der schien ebenfalls ein Erbstück von den Schwiegereltern zu sein, so wie das ganze restliche Mobiliar. Überall dominierte dunkle, massive Eiche und schien einen trotz der hohen Fensterfront, die viel Licht in den Raum ließ, zu erdrücken. Selbst die Vorhänge wirkten wie aus dem vorigen Jahrzehnt. Brokat? Michaela kannte sich da nicht gut genug aus.

»Bitte nehmen Sie Platz. Kann ich Ihnen etwas anbieten?«, erinnerte sich Frau Ferstl an ihre Gastgeberpflichten.

»Nein, danke«, antworteten Michaela und Doris gleichzeitig. Michaela setzte sich auf einen Stuhl mit einem rotgrün gestreiften Bezug, der wahrscheinlich mehr gekostet hatte als ihre ganze Couch. Doris entschied sich für die Bank, die nur auf einer Seite eine Armlehne besaß. Ottomanen hießen die – gerade fiel Michaela der richtige Ausdruck für diese Möbelstücke ein.

Frau Ferstl blieb einen Moment unschlüssig stehen und ließ sich dann auf der Ledercouch nieder. Dabei wirkte sie, als wäre sie jederzeit bereit, aufzuspringen und zu fliehen. Ein Zeichen von Schuld oder schlechtem Gewissen? Vielleicht fühlte Frau Ferstl sich in Anwesenheit von Fremden aber auch einfach unwohl.

»Wohnt Lothar Ferstl ebenfalls hier?«, begann Michaela mit der ersten Frage.

»Theoretisch schon«, antwortete die Frau.

»Und praktisch?«

Frau Ferstl zuckte mit den Achseln. »Hab ihn schon seit Tagen nicht mehr gesehen. Unser Verhältnis ist im Moment eher... angespannt.« Sie blickte von Doris zu Michaela und wieder zurück. »Was ist los? Warum fragen Sie mich nach Lothar? Ist er in irgendwelche kriminellen Handlungen verwickelt?«

»Wie kommen Sie darauf?«, nahm Doris den Ball auf.

»Da braucht es nicht viel Fantasie. Lothar bewegt sich immer in irgendwelchen Graubereichen des Gesetzes. Und wenn dann plötzlich die Polizei vor der Tür steht und mit ihm reden will...« Sie tastete mit der linken Hand zu ihrem Hals, holte eine silberne Kette unter dem Pullover hervor und umklammerte den Anhänger, als würde er ihr Halt verleihen.

Michaela schüttelte den Kopf. »Nein, Frau Ferstl. Wir wollten nicht mit Ihrem Mann sprechen, sondern über ihn. Genau genommen sind wir hier, um Sie zu informieren, dass Ihr Mann eines gewaltsamen Todes gestorben ist. Es tut mir leid.«

Sie beobachtete sehr genau die Ehefrau des Opfers bei diesen Worten. Frau Ferstl öffnete den Mund, um etwas zu sagen, doch dann schüttelte sie bloß den Kopf, ließ den Anhänger in ihrer Hand los, und Michaela konnte nun erkennen, dass es sich um ein silbernes Kreuz handelte.

Die Frau schluckte trocken. »Sie sagten, er sei gewaltsam gestorben. Was heißt das genau?«

»Das heißt, er wurde ermordet.«

Daniela Ferstl blies die angestaute Luft aus ihren Wangen. »Von wem?«

»Das wollen wir herausfinden«, ergriff Doris das Wort. »Und dafür brauchen wir Ihre Hilfe.«

»Natürlich. Fragen Sie alles, was Sie wollen«, sagte die Frau mit einem Nicken.

Wie erwartet, war Daniela Ferstl überrascht, als Doris wissen wollte, wie und wo sie den vorgestrigen Tag und den Abend verbracht hatte.

»Hier natürlich.«

»Kann das jemand bezeugen?«

»Nein, es war ja außer mir niemand im Haus. Ich bin wegen meiner Kopfschmerzen früh zu Bett gegangen und habe geschlafen.«

Michaela und Doris erfuhren außerdem, dass Daniela und Lothar Ferstl acht Jahre und neun Monate verheiratet gewesen waren. Sie lernten sich in seiner Firma kennen. Bereits zwei Monate, nachdem sie angefangen hatte, als seine Sekretärin zu arbeiten, bat er sie, mit ihm auszugehen. Sie fühlte sich von seiner Aufmerksamkeit geschmeichelt. Es war wie im Märchen. Die kleine, unbedeutende Sekretärin und der Chef. Aschenputtel und der Prinz; Danielas Träume hatten sich erfüllt. Ein halbes Jahr später hielt er um ihre Hand an, und sie sagte freudig Ja. Weitere sechs Monate danach wurde ihr klar, dass aus ihrem Leben ein Albtraum geworden war. Lothar hatte sich verändert. Er war nicht mehr der aufmerksame, liebevolle Partner, den sie geheiratet hatte.

»Im Nachhinein denke ich, dass es an den Schwierigkeiten in der Firma lag. Er hatte Probleme, aber wenn ich nachfragte, wich er mir aus.«

»Und Sie haben gar nichts mitbekommen? Schließlich haben Sie bei ihm gearbeitet«, warf Doris ein.

»Nach unserer Hochzeit nicht mehr. Lothar meinte, im Haushalt gäbe es genug für mich zu tun. Und wir wollten irgendwann ja auch Kinder.«

»Probleme welcher Art?«, unterbrach Michaela.

»Finanzieller Natur. Aber dann ging es plötzlich wieder bergauf und die Geschäfte liefen besser als zuvor. Viel besser. Ich war froh und hoffte, dass sich unsere Beziehung einrenken würde, doch Lothar blieb verschlossen und geriet wegen jeder Kleinigkeit in Rage. Irgendwann sagte ich ihm, dass ich es nicht mehr aushielt. Da schlug er mich das erste Mal.« Bei diesen Worten nestelte Daniela Ferstl wieder an ihrem Anhänger herum. Er schien eine besondere Bedeutung für sie zu haben. Jedes Mal, wenn sie nervös wurde oder sich unwohl fühlte, tastete sie nach dem Kreuz.

»Danach entschuldigte er sich tränenreich, schwor, dass es nie wieder passieren würde und der Gedanke, ich könne ihn verlassen, ihn zu solch einer Wahnsinnsreaktion getrieben hätte. Zunächst war er wirklich bemüht. Es war fast wie zu Beginn unserer Ehe. Er warb um mich, brachte Blumen, machte mir Geschenke. Ich dachte wirklich, dass alles gut werden würde.«

»Aber die Veränderung zum Besseren hielt nicht lange an, oder?«, warf Doris ein.

Daniela Ferstl nickte und wischte sich eine Träne aus dem Augenwinkel. Allein darüber zu reden, schien verheilt geglaubte Wunden wieder aufzubrechen. Die Frau tat Michaela leid, aber sie durfte sich nicht von ihren persönlichen Empfindungen leiten lassen. Je mehr Daniela Ferstl erzählte, desto stärker wurde das Motiv, den Ehemann aus dem Weg räumen zu wollen. Und Michaela hätte es dieser Frau nicht einmal übel genommen. Ferstl war ein Arsch gewesen. Nun wunderte sie sich auch nicht mehr, dass Daniela Ferstl ihn nicht vermisst gemeldet hatte. Wie es aussah, war diese für jede Minute dankbar, in der er nicht im Haus war.

Zudem vermutete Daniela Ferstl, dass ihr Mann eine Affäre hatte, weil es in den letzten Wochen öfter vorgekommen war, dass er tage- und nächtelang daheim nicht auftauchte. »Andere Frauen hätten eine Szene gemacht. Ich war froh, dass ich meine Ruhe hatte. Mit der Zeit wird man bescheiden.« Sie versuchte ein Lächeln, doch es gelang ihr nicht recht.

»Sie haben ihn zweimal verlassen und sind beide Male wieder zurückgekehrt. Warum?«, wollte Doris wissen. Daniela Ferstl hatte vorhin erzählt, sie wäre im Frauenhaus gewesen, nachdem er ihr einmal den Arm gebrochen hatte. Dazu ein weiteres Mal, als er ihr eine Kopfverletzung zugefügt hatte.

»Und die Brandnarbe auf Ihrer Stirn?«, wagte Michaela die Frage.

Daniela Ferstl strich ihr Haar zurück. »Ach, die? Ja, das war auch er.«

»Warum haben Sie diesen Scheißkerl nicht endgültig verlassen?« Doris' Empörung war nicht zu überhören. Michaela schüttelte leicht den Kopf, um ihrer Kollegin zu signalisieren, dass sie sich zusammenreißen sollte. Emotionen hatten in solch einer Situation nichts zu suchen. Daniela Ferstl zuckte die Schultern – eine Geste, die typisch für sie zu sein schien.

»Ich weiß es nicht. Vielleicht bin ich einfach zu naiv. Er hatte auch seine guten Seiten zwischendurch. An denen habe ich festgehalten, an denen habe ich ihn gemessen. Und ich habe immer gehofft, dass es so wird wie früher.« Beim letzten Satz brach ihre Stimme.

Michaela gab Doris ein weiteres Zeichen, dass nun sie das Gespräch weiterführen wollte.

Sie wartete, bis Daniela Ferstl sich wieder gefangen hatte, dann wechselte sie das Thema. Sie fragte nach Ferstls Firma und nach etwaigen Feinden.

Die Antworten zeigten, dass Daniela nicht viel Ahnung davon hatte, welchen Geschäften ihr Mann nachgegangen war. Außerdem bezweifelte diese, dass Lothar Ferstl Feinde hatte, gab aber gleichzeitig an, dass er nicht sehr beliebt gewesen war.

Zum Schluss bat Michaela darum, sich Ferstls Arbeitszimmer ansehen zu dürfen.

Lothar Ferstls Büro brach komplett mit dem Stil der Einrichtung des restlichen Hauses. Michaela hätte einen massiven, wuchtigen Schreibtisch erwartet, stattdessen stand ein Ungetüm aus Chrom und Glas in der Mitte des Raumes. Rechts und links befanden sich mehrere Schränke entlang der Wände, die hintere Seite des Raumes wurde von der Terrassentür beinahe gänzlich eingenommen. Unwillkürlich stellte sich Michaela vor, wie es wohl wäre, in solch einem Büro zu arbeiten. Ferstl hatte sogar einen eigenen Kaffeeautomaten und einen Minikühlschrank.

»Wo führt die hin?«, fragte Doris und deutete auf eine schmale Tür neben dem Eingang.

»Das ist Lothars Badezimmer. Er arbeitete oft bis spät in der Nacht und wollte mich nicht wecken.«

»Hat er manchmal hier übernachtet?« Michaela zeigte auf die breite Bank aus schwarzem Leder mit Chromfüßen.

»Hin und wieder«, gab Daniela Ferstl zu.

Doris und Michaela verschafften sich einen groben Überblick, merkten aber schnell, dass sie Verstärkung von der Spurensicherung brauchten. Es existierten unzählige Aktenordner mit Geschäftsunterlagen und Rechnungen, ein Computer, den ein Spezialist untersuchen musste, und ein Safe, von dem Frau Ferstl glaubhaft versicherte, sie wüsste den Code nicht, weil dieser ausschließlich ihrem Mann vorbehalten gewesen war.

Michaela rief Harald an und bat ihn, ein Team in die Ferstl'sche Villa zu schicken.

»Ist sonst noch jemand im Haus?«, fragte Michaela Daniela Ferstl, nachdem sie ihr Telefonat mit Harald beendet hatte. Hätte jemand etwas verschwinden lassen wollen, wäre das wohl längst passiert. Dennoch wollte sie sichergehen, dass sich niemand mehr Zutritt zu Ferstls Büro verschaffte, während sie im Nebenraum mit der Ehefrau sprachen.

»Nein, Lothar und ich wohnen alleine. Seine Eltern sind vor fünf Jahren nach Mallorca gezogen.«

»Kein Personal, keine Gäste?«

Daniela Ferstl schüttelte den Kopf. »Niemand. Nur ich. Das Haus war schon für zwei Leute viel zu groß, und jetzt ...« Sie schlang die Arme um ihren Oberkörper, als würde sie frieren.

»Ich wollte hier nie wohnen. Mir war alles zu düster, zu ernst, zu alt, zu verstaubt.«

Michaela konnte das nachvollziehen, verstand aber nicht, warum Daniela in dem Haus geblieben war.

»Ich kann es nicht einmal verkaufen«, sprach Daniela weiter, »es gehört Lothars Eltern. Abgesehen davon ... ich wüsste nicht, wo ich sonst hinsollte. Wahrscheinlich kann ich dankbar sein, dass ich weiter hier leben darf, jetzt wo Lothar tot ist.«

Ein Summton erklang, und Daniela Ferstl ging und drückte auf die Gegensprechanlage. »Ihre Kollegen«, erklärte sie.

Michaela folgte ihr zur Tür. Harald und vier seiner Mitarbeiter kamen eben die Treppe zum Eingang herauf. Er lächelte, als er Michaela erblickte, und begrüßte zuerst Daniela Ferstl und dann sie.

»Stellt die Kisten einfach hier im Vorraum ab«, wies er seine Leute an.

Daniela sah den Forensikern zu, wie sie sich die Overalls, Schutzhauben und Überschuhe anzogen, schließlich wandte sie sich an Michaela. »Brauchen Sie mich noch? Ich möchte mich jetzt ein wenig ausruhen.«

»Nein, Ihre Anwesenheit ist nicht länger nötig. Ich verstehe, dass alles zu viel ist. Haben Sie jemanden, den Sie anrufen können und der bei Ihnen bleibt?«

Daniela schüttelte stumm den Kopf.

»Wir könnten jemanden von der Krisenintervention herbitten.«

»Nein, danke. Mir geht es gut, ich brauche bloß ein bisschen Ruhe. Also, wenn es Ihnen nichts ausmacht …«

»Schon in Ordnung. Doris, würdest du dafür sorgen, dass Frau Ferstl sich ein wenig hinlegen kann?«

So fürsorglich ihre Bitte auch klingen mochte, in Wahrheit wollte sie Daniela Ferstl nicht alleine lassen. Es wäre nicht das erste Mal, dass eine verdächtige Person flüchten oder Suizid begehen wollte. Und verdächtig war die Ehefrau des Opfers, so viel stand für Michaela fest.

KAPITEL 13

Es war zwar kurz vor Feierabend, als Michaela und Doris wieder im Auto saßen, doch sie waren sich einig, dass sie dennoch zu Ferstls Firma fahren wollten.

Harald und sein Team waren zehn Minuten zuvor abgezogen und hatten alle Unterlagen und den Computer eingepackt.

Daniela Ferstl war doch eine Person eingefallen, die sie schließlich angerufen hatte.

Michaela wusste, dass sie die Verdächtige nicht rund um die Uhr bewachen lassen konnte, dafür fehlte es ihr an Beweisen. Während der Ausbildung war ihnen als eine der ersten Lektionen eingebläut worden, dass jedes Verbrechen ein Motiv, eine Gelegenheit und die Mittel brauchte. Als Kriminalistin musste sie alle drei Aspekte durchleuchten. Ein Motiv konnte sie durchaus erkennen, doch was den Rest anging, bedurfte es noch eingehender Untersuchungen.

Ausnahmsweise war Michaela froh, dass Doris am Steuer saß. So konnte sie die Zeit nützen, um das Gespräch mit Daniela Ferstl aufzuschreiben – etwas, was sie sonst im Büro oder später zu Hause erledigt hätte.

Als Michaela das nächste Mal von ihren Notizen aufblickte, fuhr Doris gerade in die Tiefgarage eines mehrstöckigen Bürogebäudes.

»Du willst doch nicht hier auch zu Fuß raufgehen?«, sagte Doris entsetzt.

»Wieso? In welcher Etage liegt Ferstls Firma?«

»In der achten. Und wir sind im zweiten Kellergeschoss. Macht also zehn Stockwerke. Ohne mich.«

Michaela seufzte. »Na schön. Wo ist der nächste Fahrstuhl?«

Michaela war noch immer ein wenig mulmig in der Magengegend, als sie den Flur entlangging und vor einer Milchglastür hielt, auf der groß das Logo von Ferstls Firma eingeprägt war: Die Buchstaben F und L, ineinander verschlungen, darunter prangte eine Weltkugel. War Ferstls Firma so international aufgestellt? Was würde wohl jetzt mit ihr passieren? Michaela bezweifelte, dass Daniela das nötige Wissen oder den Biss hatte, das Unternehmen weiterzuführen. Aber womöglich irrte sie sich auch. Häufig wuchsen die Menschen mit den Aufgaben, die sie erfüllen mussten.

Sie atmete durch, blickte zu Doris, die abwartend neben ihr stand, und drückte die Tür auf.

Am Empfangspult saß eine Frau Mitte zwanzig. Sie hatte schwarze Locken und trug eine für ihr schmales Gesicht viel zu große Brille.

Mit einem einstudierten Lächeln begrüßte sie Michaela und Doris und fragte, was sie für die beiden tun könne.

»Wir würden gerne mit jemandem von der Leitung sprechen«, sagte Michaela.

»Oh, das tut mir leid. Herr Ferstl ist nicht im Haus und Herr Kaminsky hat gerade einen Kunden. Haben Sie einen Termin?«

Michaela zückte ihren Ausweis. »Nein, ich denke, wir brauchen auch keinen.«

Das Lächeln der jungen Frau gefror, und ihre Stimme wurde um eine Spur höher. »Landeskriminalamt?«

»Können wir jetzt mit Herrn Kaminsky reden?«

»Einen Moment, ich frage ihn, ob er Zeit für Sie hat.«

Die Empfangsdame hatte sich wieder gefangen, rutschte von ihrem Stuhl und stöckelte in High Heels den Flur entlang zu einem der hinteren Büros.

»Geile Schuhe«, kommentierte Doris. »Schade, dass wir nicht den ganzen Tag hinter einem Schreibtisch verbringen können.«

»Also, ich krieg schon vom Zusehen Schmerzen.«

»Es gibt Workshops, in denen man lernt, wie man mit solchen Schuhen geht, ohne lächerlich zu wirken. Ich finde sie sexy.«

»Vielleicht hätte die Dame solch einen Workshop besuchen sollen. Und für mich sind das keine Schuhe, sondern Waffen. Hast du die Absätze gesehen? Mit denen kann man glatt jemanden umbringen.«

Doris brach in Lachen aus. »Das wäre mal eine originelle Tatwaffe.«

In diesem Moment kam die Sekretärin wieder zurück. »Herr Kaminsky hat jetzt Zeit für Sie«, sagte sie huldvoll und glitt wieder zurück auf ihren Platz. »Die letzte Tür links«, setzte sie noch hinzu, dann widmete sie sich wieder dem Bildschirm vor ihr.

Die Bürotür stand offen. Das Schild am Türrahmen war mit dem Namen Ralf Kaminsky beschriftet.

Hinter einem Schreibtisch saß ein untersetzter Mann mit Glatze. Als Michaela den Kopf hineinstreckte, winkte er sie zu sich.

»Herr Kaminsky?«

Der Mann stand schwerfällig auf und schloss die Tür hinter Michaela und Doris. »Ja, der bin ich. Setzen Sie sich doch, bitte.«

Kaminsky wartete, bis sie und Doris Platz genommen hatten, dann ließ er sich auf seinen Drehstuhl plumpsen und verschränkte die Finger ineinander. »Was kann ich für die zwei hübschen Damen tun?«

»Zunächst möchte ich Ihnen mitteilen, dass Lothar Ferstl vorgestern gestorben ist.« Michaela hatte sich absichtlich dazu entschlossen, gleich mit der brutalen Wahrheit herauszurücken, um zu sehen, wie Kaminsky auf die Nachricht reagierte.

Sein Lächeln gefror. »Das ist ein Scherz«, sagte er und blickte sich um, als ob er jeden Moment damit rechnen würde, dass Michaela ihm eine versteckte Kamera zeigte.

Als nichts dergleichen geschah, wiederholte er: »Das kann doch nur ein Scherz sein, oder?«

»Nein, leider nicht. Wir untersuchen seinen Tod. Was können Sie uns über Ihren Chef erzählen?«

Kaminsky blinzelte ein paarmal, dann griff er nach dem Wasserglas und trank einen Schluck. »Was soll ich bloß den Angestellten sagen?«

»Wie viele Mitarbeiter und Mitarbeiterinnen gibt es denn?«, fragte Doris.

»Fünf. Lothar und mich nicht mit eingerechnet.«

Michaela lehnte sich zurück und schlug die Beine übereinander. »Und was genau wird hier gemacht?« Sie wusste bloß, dass es sich bei der Firma um ein Investment-Unternehmen handelte, doch sie konnte sich darunter nicht viel vorstellen.

Kaminsky lehnte sich entspannt zurück. Er schien sich bei Michaelas Frage zu fühlen, als befände er sich auf sicherem Boden. »Wir suchen Investoren für Projekte. Nehmen wir an, Sie haben eine tolle Erfindung gemacht, doch um die auf den Markt zu bringen, brauchen Sie Kapital.«

Michaela nickte. »Da würde ich zu jemandem wie

Ihnen gehen, Sie von meiner Erfindung überzeugen, und Sie würden Leute finden, die mir finanziell unter die Arme greifen, um meinen Traum zu verwirklichen?«

Kaminsky lächelte. »Sie haben es im Wesentlichen erfasst. Wenn Sie mal einen Job brauchen ...«

»Danke, ich bin mit meinem ganz glücklich«, gab Michaela zurück. »Ich hätte mir das Ganze komplizierter vorgestellt.«

»Ist es in Wahrheit auch. Das Problem ist, dass die meisten Leute auf ihrem Geld sitzen, als ob es sich dadurch vermehren würde. Aber nur wenn man bereit ist, Kapital zu investieren, es für einen arbeiten zu lassen, vermehrt es sich.«

»Oder es wird weniger, wenn was schiefgeht«, warf Doris ein, was ihr einen arroganten Blick von Kaminsky einbrachte.

»Ein gewisses Risiko kann man nie ausschließen.«

»Kennen Sie die Ehefrau Ihres Partners?«, wollte Michaela wissen.

»Flüchtig.«

»Erzählen Sie uns doch von Ferstl. Wie war er so?« Diese Frage hatte Doris gestellt.

»Er ist ... also war ... wie soll ich sagen? Man darf ja nicht schlecht über Tote reden.«

»Nur keine Scheu. Er kann Sie nicht mehr hören.« Es schien, als habe Kaminsky bloß auf diese Aufforderung gewartet.

Er seufzte tief. »Lothar war ein Hai, wenn Sie mir diese Bezeichnung erlauben. Er witterte kilometerweit ein gutes Geschäft. Und er kannte jedes verdammte Schlupfloch im Gesetzbuch.«

»Das klingt nach einem harten Verhandlungspartner.«

»Ja. Freunde hat er sich damit allerdings nicht gemacht.«

Michaela lächelte unverbindlich. »Das wäre jetzt meine nächste Frage gewesen. Heißt das, er hatte Feinde?«

»Sogar jede Menge. In diesem Geschäft läuft eben nicht immer alles nach Plan.«

»Ich versteh schon. Das Risiko, von dem Sie vorhin gesprochen haben. Wer?« Michaela wollte Namen.

Ralf Kaminsky zuckte vage mit den Achseln. »Leute, die eine Menge Geld verloren haben. Wie schon gesagt …«

Doris unterbrach ihn mit einer Handbewegung. »Das Risiko. Also, wer hätte Ferstl lieber tot als lebendig gesehen?«

Kaminsky rollte mit dem Stuhl zu einem Aktenschrank und holte mehrere Papiere heraus.

»Milan Orvic, zum Beispiel, hat fünfhunderttausend in ein Geschäft investiert und alles verloren.« Er schob die Akte zu Michaela hinüber und griff zur nächsten Mappe.

»Ist schon über zwei Jahre her: Valentin Supper. Dreihundertfünfzigtausend.«

Michaela pfiff leise durch die Zähne. »Das sind Größenordnungen, bei denen einem schwindlig werden kann. Arbeiten Sie immer mit solchen Summen?«

»Manchmal geht es bloß um vierstellige Beträge. Natürlich betreuen wir Kleininvestoren ebenfalls. Lothar pflegte zu sagen, Kleinvieh macht auch Mist. Aber meist bewegen wir uns in diesem Bereich. Hier geht es um Firmengründungen. Da kommt man mit ein paar Tausendern nicht weit.«

»Können wir Kopien dieser Unterlagen haben?«, fragte Doris.

Kaminsky zögerte.

»Sie würden uns eine Menge Zeit und Arbeit ersparen. Aber wenn es nötig ist, besorge ich eine richterliche Verfügung«, sagte Michaela.

»Ich weiß gar nicht, ob ich…«, fing Kaminsky an, doch offenbar fiel ihm dann ein, dass er nach Ferstls Tod, zumindest vorerst, das Recht hatte, solche Entscheidungen zu treffen.

Er nickte. »Ja, machen Sie nur. Amanda wird Ihnen zur Hand gehen.«

Amanda war die High-Heel-Sekretärin, die sich gerade anschickte zu gehen und sich nicht gerade erfreut zeigte, Überstunden machen zu müssen.

Doris begleitete Amanda zum Kopiergerät und verwickelte sie in ein Gespräch, wahrscheinlich über Schuhe, denn sie schaffte es tatsächlich, der Sekretärin trotz des Aufwandes, Kopien für sie anzufertigen, ein Lächeln zu entlocken.

Michaela fuhr in der Zwischenzeit mit Kaminskys Befragung fort.

Schließlich kam Doris mit einem Packen Unterlagen im Arm zurück. Michaela stand auf und verabschiedete sich. »Wir schicken morgen Kollegen vorbei, die mit den anderen Mitarbeitern reden. Es wäre gut, wenn Sie uns dafür einen Raum zur Verfügung stellen könnten. Sonst müssten wir jeden Einzelnen zu uns ins Präsidium einladen.«

Kaminsky reichte ihr die Hand, und Michaela musste sich zusammenreißen, um sie nicht sofort wieder loszulassen. Sie hasste es, wenn Menschen einem so schwammig die Hand drückten, dass man das Gefühl hatte, in einen nassen Lappen zu fassen.

»Lothars Büro würde sich anbieten. Das steht ja nun leer.«

»Können wir uns das kurz ansehen?«

Kaminsky nickte und stemmte sich aus seinem Stuhl.

Michaela hatte vorgehabt, die Kollegen von der Spurensicherung ebenfalls herzubitten. Doch als sie Ferstls Büro sah, entschied sie, dass es wohl nicht nötig sein würde. Hier gab es so gut wie nichts. Keine Aktenschränke, nicht mal einen Schreibtisch im herkömmlichen Sinne. Der einzige Tisch im Raum war eine riesige Glasplatte mit vier Füßen. Zwölf Stühle mit Lederbezug standen rundherum, ein Monitor hing an der Wand und diente wohl für Präsentationen und Videokonferenzen.

»Hier hat er gearbeitet?« Doris sprach aus, was Michaela dachte. »Es gibt ja nicht mal einen Computer!«

»Lothar hat viel von zu Hause aus gemacht. Er war die meiste Zeit unterwegs. Er hatte einen Laptop.«

Michaela tauschte mit Doris einen Blick. Hier war nirgendwo ein Laptop. Und in Ferstls Büro daheim hatten sie ebenfalls keinen gefunden.

»Haben Sie eine Idee, wo Ferstl den gelassen haben könnte?«

»Normalerweise nahm er ihn überallhin mit. Vielleicht in seinem Auto?«

Das war auch etwas, das Michaela erledigen musste: Ferstls silbernen BMW zur Fahndung ausschreiben lassen. Sie wünschte, Vincent wäre vom Urlaub wieder da. Solche Aufgaben fielen eigentlich in seine Zuständigkeit.

Als sie und Doris aus dem Gebäude traten, wurde ihr Blick von einer Digitalanzeige an der Hauswand auf der gegenüberliegenden Straßenseite angezogen. 26 °C stand mit roten Ziffern dort. Dann sprang die Anzeige auf die

Uhrzeit um: 18:15. Viertel nach sechs? Michaela wurde heiß. Valerie. Sie musste ihre Nichte anrufen und ihr Bescheid geben, dass es wieder einmal spät werden würde.

KAPITEL 14

Sie saß in einer der hintersten Bankreihen und starrte in die tanzenden Flammen der Kerzen. Kirchen hatten einen ganz eigenen Geruch, fand sie. Ein bisschen nach Wachs und Weihrauch – und auch ein bisschen nach Traurigkeit, denn die meisten Menschen besuchten solch einen Ort nur, wenn es ihnen schlecht ging, sie verzweifelt waren oder Hilfe brauchten. Dann zündeten sie Kerzen an, knieten nieder und taten so, als würden sie beten. Doch sie wettete, dass die wenigsten ein Gebet fehlerfrei aufsagen konnten.

Sie war wegen der Stille gekommen. Das klang vielleicht paradox, wenn man die Menschenströme betrachtete, die täglich durch den Stephansdom zogen, so wie auch jetzt. Doch Stille konnte unterschiedliche Formen annehmen. Manchmal erdrückte sie einen. Oder sie machte Angst. Sie schürte Erwartung oder aber umhüllte einen wie ein zartes Tuch. An Orten wie diesem war die Stille zu Hause. In Kirchen, auf Friedhöfen, in Krankenhäusern, überall dort wohnte sie und ließ sich auch nicht durch Gelächter und Gespräche vertreiben, nicht durch das Scharren von Füßen oder Handyklingeln. Dies waren lediglich kurze Unterbrechungen. Unangenehm, keine Frage, aber keine ernsthafte Bedrohung.

Ihre Stille kam normalerweise aus ihrem Innersten,

deshalb empfand sie die Menschen rundherum nicht als störend.

Nachdem sie ihren Auftrag erfüllt hatte, war sie zu aufgekratzt gewesen, um etwas Sinnvolles zu tun. Die Leere, die nach ihrem Herzen gegriffen hatte, erschreckte sie, denn eigentlich hätte sie Triumph oder zumindest Genugtuung empfinden müssen.

Deswegen war sie hierhergekommen, um aus dem unendlichen Vorrat der Stille zu schöpfen, um ihre innere Balance wiederzufinden.

Sie zweifelte nicht daran, das Richtige getan zu haben. Das war nicht, was sie beunruhigte. Vielmehr machte ihr das Gefühl zu schaffen, dass sie ein Fass ohne Boden vor sich zu haben schien. Es würde niemals aufhören. Es gab noch eine Menge Menschen wie diesen Anwalt. Leute, die das Leid um sich ignorierten oder sich ganz bewusst auf die Seite des Bösen schlugen. Jeder Einzelne von ihnen war ein Teufel, eine Ausgeburt des Satans. Es hätte eine ganze Armee gebraucht, um gegen sie vorzugehen. Wie sollte sie es ganz alleine schaffen?

Weißt du nicht, dass du niemals allein bist, spürte sie in ihrem Geist die Stimme Gottes. *Denk an David, der Goliath besiegte. Vertraue.*

Oh, wie wahr! Vertrauen war ihr großes Manko. Sie hatte es nie gelernt. Ihre Mutter hatte sie jeden einzelnen Tag ihres Lebens spüren lassen, dass sie nicht gewollt war. Ihr Vater hatte sie im Stich gelassen, der Stiefvater hatte ihr nachgestellt und sie betatscht; ihre Lehrer sahen in ihr bloß das schwierige Kind, dumm, frech und aggressiv. Niemand von ihnen hinterfragte je, warum sie sich so verhielt.

Und dann in Wien die Enttäuschung über ihre geplatzten Träume, der Hunger, die Kälte, die Vergewaltigung und dann... Wärme durchflutete sie, als sie daran dachte... dann hatte Gott ihr einen Engel geschickt.

Überleben war eins, ins Leben zurückzufinden etwas ganz anderes. Es hatte Wochen gebraucht, bis sie bereit war, über ihre Erlebnisse zu sprechen. Selbst dann hatte sie zuerst nur wenig über sich preisgegeben, Kleinigkeiten, unwichtige Dinge, Andeutungen. Trotzdem wurde sie verstanden. Einmal hatte sie in einem Anfall von Hilflosigkeit und Wut die ganze Zimmereinrichtung zertrümmert. Danach saß sie wie ein Häufchen Elend zusammengekauert in einer Ecke und war davon überzeugt, das einzig Gute, das ihr widerfahren war, zerstört zu haben.

Doch anstatt sie auf die Straße zu setzen, wie sie erwartet hatte, nahm ihr Engel sie in den Arm und sie ließ es zu. Sie schrie und weinte all den Schmerz, all das Leid und den Kummer an diesem Nachmittag heraus. Als sie keine Kraft und keine Stimme mehr hatte, hörte sie bloß: »Ich mache uns Tee, der wird dir guttun. Danach räumen wir hier auf. Und wenn wir fertig sind, beten wir.«

»Ich kann das nicht, ich kenne keine Gebete«, hatte sie krächzend protestiert.

Da hatte der Engel geantwortet: »Die Worte sind nicht bedeutsam. Hier«, er deutete auf ihr Herz, »das ist wichtig. Damit spricht man am besten zu Gott.«

»Und wenn er mir nicht zuhört?«

»Gott hört allen zu, nur umgekehrt ist es selten der Fall.«

Trotz aller guten Vorsätze hätte sie seine Botschaften beinahe ignoriert, sie als Einbildung abgetan. Kein Wunder. Seine Stimme war weder laut noch bestimmt – eher ein Wispern. Mehr eine Ahnung. Sie konnte sie anfangs nur in diesem Dämmerzustand zwischen Wachsein und Schlafen spüren. Doch jedes seiner Worte stärkte sie, schlug in ihr eine Saite an, brachte in ihr etwas zum Klingen, rief in ihr ein Gefühl hervor, das sie bisher nicht gekannt hatte: etwas Besonderes, etwas Wichtiges zu sein.

Mit der Zeit lernte sie, diesen Zustand des Dahindämmerns bewusst durch Atem- und Entspannungsübungen herbeizuführen. Heute reichte es, wenn sie, so wie jetzt gerade, eine Kirche besuchte.

Errette den, dem Gewalt geschieht, von dem, der ihm Unrecht tut; und sei unerschrocken, wenn du urteilen sollst, forderte die Stimme in ihrem Inneren. Sie kannte diesen Spruch. Er stammte aus den *Apokryphen von Sirach.*

Die Apokryphen waren verborgene Schriften, die im Gegensatz zur Bibel als irrelevant eingestuft und daher nicht verbreitet worden waren. Manche Theologen bezeichneten die Texte als Irrlehren, doch für sie waren die Apokryphen eine wahre Offenbarung, wenn es darum ging, Antworten auf Fragen zu finden, nach denen sie in der Heiligen Schrift vergeblich suchte.

Demütig senkte sie den Kopf und antwortete stumm: »Dein Wille geschehe.«

Dann küsste sie das Kreuz um ihren Hals, stand auf und verließ den Stephansdom. Sie wusste nun, was sie als Nächstes zu tun hatte.

Ihr Auto hatte sie in der Taborstraße abgestellt, weil es in der Innenstadt kaum Parkplätze gab und sie ohnehin das Bedürfnis gehabt hatte, einen Spaziergang zu machen. Über die Schwedenbrücke, die den ersten mit dem zweiten Bezirk verband, gelangte sie nach zwanzig Minuten zu ihrem Fahrzeug. Sie wollte eben einsteigen, als ihr Handy klingelte.

Sie nahm den Anruf entgegen.

»Ja, klar. Ich bin gleich bei dir«, versicherte sie der Anruferin, die sogar durchs Telefon ziemlich fertig klang. Eigentlich hätte sie sich auf ihren nächsten Auftrag vorbereiten sollen, aber das hier war wichtiger.

Michaela hatte Doris kurz vor sieben zu Hause abgesetzt und fuhr jetzt ins Kriminalamt zürück, um die Fahndung nach Ferstls Z4 rauszugeben. Irgendwo musste der Wagen doch stecken.

Nach einem kurzen Telefonat mit Valerie stellte sich heraus, dass sie ohne schlechtes Gewissen weiterarbeiten konnte, denn ihre Nichte hatte Klavierstunde und würde erst gegen neun heimkommen.

Eben hatte sie ihre Etage erreicht, als Bernd aus seinem Zimmer kam. »Du bist noch da?«, fragte sie überrascht.

»Ich wollte gerade gehen. Brauchst du etwas von mir?«

»Eigentlich hätte ich gern über den Wespentoten gesprochen, aber das kann bis morgen warten. Ich möchte dich nicht aufhalten.«

Bernd zuckte die Schultern. »Kein Problem. Ich habe nichts vor. Allerdings wollte ich gerade etwas essen. Wie wär's, begleitest du mich?«

Michaela knurrte schon beim Gedanken an eine warme Mahlzeit der Magen. Sie hatte kein ordentliches Mittagessen gehabt und sich nur schnell am Drive-in-Schalter eines Fast-Food-Restaurants einen Salat geholt, bevor sie und Doris zu Ferstls Firma gefahren waren. Doch dann dachte sie an die viele Arbeit, die auf sie wartete. So verlockend Bernds Angebot klang, sie hatte einfach keine Zeit dafür.

»Wir könnten uns eine Pizza bestellen«, bot er an.

Erleichtert nickte sie. »Klingt nach einem guten Plan.«

Michaela nahm den ersten Bissen und verdrehte genussvoll die Augen, als ihr Handy klingelte. Schnell wischte sie sich die Finger mit einem Papiertuch ab. Sie schluckte hastig hinunter. »Ja?«

»Michaela, wie schnell kannst du in Simmering sein?«

Der Anruf kam von Harald und seine Stimme klang dumpf, als würde er durch den Mundschutz sprechen.

»Keine Ahnung, zwanzig Minuten. Kann ich fertig essen oder ist es dringend?«

Harald lachte leise. »Davonlaufen wird hier keiner mehr. Aber ob essen eine gute Idee ist …«

»Gib mir eine halbe Stunde.« Sie blickte bedauernd auf das Pizzastück auf dem Karton. »Was ist passiert?«, fragte sie.

»Eine Brandleiche. Der Körper ist bis zur Unkenntlichkeit verkohlt. Der Geruch erinnert mich an …«

»Danke, das ist plastisch genug«, unterbrach Michaela ihn. Mit einer Handbewegung deutete sie auf den Karton und sagte zu Bernd: »Den Rest kannst du haben. Ich muss los.«

»Wohin denn?«

»Ein verbrannter Leichnam in Simmering. Harald ist mit seinem Team dort.«

»Ich begleite dich.« Bernd klappte den Pizzakarton zu. »Was machen wir jetzt damit?«

»Wie wäre es zur Abwechslung mit Pizza zum Frühstück?«

KAPITEL 15

Valerie hatte sich beeilt, nach Hause zu kommen. Doch schon als sie in die Sackgasse einbog, merkte sie, dass weder Tante Mikas noch Bernds Auto dastand. Enttäuschung machte sich in ihr breit. Anstatt etwas über den neuen Mordfall zu erfahren, würde sie mit dem Fernseher vorliebnehmen müssen.

Sie machte sich ein paar Brote und nahm sie mit ins Wohnzimmer. Es hatte auch etwas Gutes, dass ihre Tante nicht zu Hause war. Die hätte mit Sicherheit einen mittleren Anfall bekommen. Sie hasste es, wenn im Wohnzimmer gegessen wurde.

Valerie schaltete den Fernseher ein und zappte durch die Kanäle, bis sie einen Sender fand, der sich mit Serienmördern beschäftigte. Manchmal dachte sie von sich selbst, sie müsse komplett durchgeknallt sein, weil diese Menschen und ihre Taten sie faszinierten. Auf der anderen Seite waren die Hintergründe und Geschichten dieser Mörder unheimlich spannend. Was trieb sie zu solchen Grausamkeiten? Gerade wurde ein Bericht über den Green River Killer Gary Ridgway gezeigt, der mindestens achtundvierzig Frauen getötet hatte. Den Spitznamen hatte er verpasst bekommen, weil die ersten Leichenteile in der Nähe des Green River gefunden worden waren.

Valerie fragte sich, wie so ein Killer jahrelang unauffällig leben, einer Arbeit nachgehen, verheiratet sein konnte, ohne dass jemandem etwas auffiel.

Ridgway hatte ein Doppelleben geführt. Es hieß, er wäre schon im Visier der Ermittler gestanden, doch weder eine Hausdurchsuchung noch eine sonstige Überprüfung hätten etwas ergeben, sodass der Verdacht gegen ihn wieder fallen gelassen wurde.

Valerie nützte den Werbeblock, um ihren Teller in die Küche zu tragen und die Brösel zu beseitigen. Der Beitrag nach der Werbung widmete sich einem weiteren Serienmörder: Harvey Glatman.

Im Gegensatz zu Ridgway war Glatman schon als kleines Kind auffällig gewesen. Seine Eltern hatten sogar ärztliche Hilfe gesucht, doch der Psychiater erkannte keine Anzeichen eines abnormalen Verhaltens.

Wenn dieser Arzt frühzeitig eine Störung diagnostiziert hätte, wäre Glatman vielleicht kein Mörder geworden?, überlegte Valerie. Hätte man ihm helfen, hätten Menschenleben gerettet werden können?

Valerie beschloss, bei nächster Gelegenheit mit Bernd darüber zu sprechen. Wenn sich jemand mit dem Innenleben von Tätern auskannte, dann er. Aber das musste warten, denn jetzt würde sie zur Klavierstunde fahren. Sie war schon gespannt, an welchem Stück sie mit Anna arbeiten würde.

Um neun war sie wieder daheim. Anna hatte sie für ein Klavierkonzert von Mendelssohn begeistern wollen, doch das hatte ihr nicht gefallen. So waren sie schließlich – wieder einmal – bei Beethoven gelandet.

Valerie hatte gehofft, ihre Tante wenigstens nach dem Klavierunterricht zu sehen. Doch sie war immer noch nicht daheim. Es musste etwas ziemlich Spektakuläres passiert sein, wenn sie so lange unterwegs war – und Valerie wollte unbedingt wissen, was. Sie wartete bis Viertel nach elf, dann übermannte sie die Müdigkeit, und sie beschloss, ins Bett zu gehen. Hoffentlich bekam sie ihre Tante wenigstens in der Früh zu Gesicht.

Michaela zeigte ihren Dienstausweis dem Polizisten, der bei der Absperrung alle Leute kontrollierte, die den Tatort betreten wollten. Er nickte und bedeutete ihr weiterzugehen. Sie schlüpfte unter dem gelb-schwarzen Absperrband durch. Bernd folgte ihr, stellte sich neben sie und sagte: »Sieht nach einem ziemlich heftigen Brand aus.«

Durch die Scheinwerfer, die von den Kollegen der Spurensicherung aufgestellt worden waren und die Umgebung in grelles Licht tauchten, wirkte das verbrannte Gebäude wie aus einem Horrorfilm. Michaela fröstelte und schlang die Arme schützend um ihren Oberkörper. Sie wollte sich gar nicht vorstellen, welche Qualen das Opfer hatte erdulden müssen. Natürlich wusste sie, dass Brandopfer sehr schnell durch die Rauchgase das Bewusstsein verloren und daran starben, ehe sie verbrannten. Doch allein der Gedanke, vom Feuer eingeschlossen zu sein, nicht fliehen zu können ... die wenigen Minuten, bis man nichts mehr mitbekam, mussten die Hölle sein.

Ein Mann um die fünfzig in einem weißen Schutzanzug, ähnlich dem, wie die Forensiker ihn trugen, kam auf sie zu und stellte sich als Gerald Kemper vor. »Ich versuche, die Brandursache herauszufinden«, fügte er hinzu.

»Michaela Baltzer und Bernd Dalisch, LKA«, sagte Michaela und schüttelte Kemper die Hand. »Waren Sie schon drinnen?«

»Ja, gemeinsam mit der Spurensicherung. Hässlich. Aber das sind solche Tragödien immer.«

»Können Sie schon sagen, ob es sich um Brandstiftung handelt?«, wollte Michaela wissen.

»Nicht mit Sicherheit, aber gehen wir doch gemeinsam hinein. Dann kann ich Ihnen erklären, was sich meiner Meinung nach abgespielt hat.«

Michaela warf Bernd einen kurzen Seitenblick zu, da er bisher noch kein Wort mit Kemper gesprochen hatte. Der tippte auf seinem Smartphone herum.

»Kommst du?«, fragte sie ein wenig ungeduldig.

Kemper war ihnen ein paar Schritte voraus. Er drehte sich um und wartete, bis sie zu ihm aufschlossen, ehe er das Gebäude betrat.

Michaela stockte der Atem. Draußen war der Brandgeruch durch die leichte Brise erträglich gewesen. Doch hier raubte ihr der Gestank nach Rauch, Chemikalien und verkohltem Fleisch den Atem. Das war schlimmer als der Geruch nach Verwesung. An den war sie wenigstens gewöhnt.

Sie versuchte, durch den Mund einzuatmen. Das half, aber nur wenig. Offenbar hatten weder Kemper noch Bernd ein Problem mit dem Gestank. War bloß sie so empfindlich?

Der Boden war mit einem Matsch aus Asche und Löschwasser bedeckt, und sie bedauerte, keine Gummistiefel dabeizuhaben. Früher lagen immer welche im Kofferraum, bis Michaela sie irgendwann im Garten gebraucht hatte und danach vergessen hatte, sie wieder ins Auto zu stellen. Wenigstens trug sie ihre alten, ausgetretenen Sneakers.

Haralds Kollegen arbeiteten in der ganzen Werkstatt verstreut und nahmen von überall Proben, nur ihn selbst konnte sie nicht entdecken.

Ihr Blick blieb an dem umgekippten Stuhl haften,

neben dem ein großer, schwarzer Klumpen lag. Erst beim genaueren Hinsehen erkannte sie, dass es sich dabei um die Leiche handeln musste – oder vielmehr das, was von ihr übrig war. Die Gesichtszüge ließen unmöglich auf Geschlecht, Alter oder Aussehen des Opfers schließen. Michaela hatte bisher ein einziges Mal eine Brandleiche gesehen, eine neunundzwanzigjährige Frau, die sich in suizidaler Absicht mit Benzin übergossen und dann angezündet hatte. Kein schöner Anblick. Sie erinnerte sich, dass damals der Körper zwar deutliche Verbrennungen aufwies, aber bei Weitem nicht so starke wie der Schädel. Ferreira hatte ihr erklärt, dass immer jene Stellen, an denen der Körper Feuer fing, am meisten in Mitleidenschaft gezogen wurden.

Bei diesem Leichnam waren Gesicht und Extremitäten vorwiegend rot und warfen Blasen. An manchen Stellen war sogar die Haut aufgeplatzt, doch am meisten hatte der Oberkörper abbekommen. Er war regelrecht verkohlt.

Sie wies Bernd und Kemper auf ihre Entdeckung hin.

»Ja, das ist mir ebenfalls aufgefallen«, meinte Kemper und zeigte auf einen Behälter aus Metall. »Ein Feuerkorb. Vielleicht war's ein Obdachloser, der sich aufwärmen wollte. Er schläft ein, und ein Kleidungsstück fängt Feuer. Zack! Ehe er sichs versieht, steht er in Flammen.«

Michaela schüttelte den Kopf. »Im Winter könnte ich es verstehen, doch jetzt? Wir haben fast Sommer.«

»Vielleicht wollte jemand einfach ein paar Liebesbriefe verbrennen«, bot Kemper eine weitere Erklärung an.

»Ich will ja nicht kleinlich sein, aber würden Sie seelenruhig auf dem Stuhl sitzen bleiben, wenn Sie zu brennen anfingen?«, gab Michaela zu bedenken.

Kemper sah sie ernst an. »Nein, ich würde aufspringen, mich am Boden wälzen und versuchen, die Flammen zu ersticken.«

»Eben.«

Bernd hatte sich von Michaela und diesem Kemper, der ihm auf Anhieb unsympathisch war, entfernt und suchte den Raum auf eigene Faust ab. Er kannte sich mit Autowerkstätten aus, war er doch in einer groß geworden. Sein Vater hatte es ihm bis heute nicht verziehen, dass er Psychologe geworden war, anstatt die Werkstatt zu übernehmen. Dabei ließ er außer Acht, dass Bernd in handwerklichen Dingen einfach zwei linke Hände hatte und sich immer schon lieber in seine Bücher verkroch.

Überhaupt erfüllte Bernd die wenigsten Erwartungen, die sein Vater in ihn setzte. Er war geschieden, hatte keinen Enkel gezeugt, wohnte etwa zweihundert Kilometer entfernt und kam nur alle paar Wochen zu Besuch. Er war ein Intellektueller und somit kein richtiger Kerl. Dass die Scheidung nicht an Bernd, sondern an Carmen lag, ignorierte er. Ebenso, dass seine Schwiegertochter nie Kinder haben wollte. Aber das tat im Moment nichts zur Sache, wichtig war, dass Bernd Gegenstände erkannte, die in einer Werkstatt nicht fehlen durften. Und auch solche, die eigentlich nicht hier sein sollten, wie diese eigenartige Konstruktion über dem Stuhl. Eine Art Flaschenzug, freilich ohne Seil. Hatte es von vornherein keins gegeben oder war es dem Feuer zum Opfer gefallen?

»Michaela? Hast du mal einen Moment?«, rief er.

Sie kam zu ihm herüber und sah ihn fragend an. Sehr zu seinem Ärger folgte ihr Kemper ebenfalls.

»Irgendeine Idee, was man mit so etwas anfängt?«, fragte er und deutete auf die Stahlrollen.

»Dinge daran hochziehen?«, kam prompt Kempers nicht sehr hilfreiche Antwort.

»Darauf wäre ich von alleine nie gekommen«, gab Bernd schnippisch zurück, was ihm einen tadelnden Blick von Michaela einbrachte.

Er seufzte tief. »Eigentlich meinte ich, warum sich dieser Flaschenzug ausgerechnet dort befindet. Da macht es überhaupt keinen Sinn. Über der Montagegrube ja, aber nicht an dieser Stelle.«

Michaela nickte langsam und blickte angestrengt nach oben. Dann winkte sie einen Kollegen von der Spurensicherung zu sich. »Kannst du dir das da oben bitte näher ansehen?«

»Klar«, antwortete dieser.

»Wo steckt eigentlich Harald?«, fragte Michaela.

»Der ist mit Sven hinterm Haus. Sie suchen nach Einbruchspuren.«

»Ich schau, ob Harald was Neues für uns hat.«

Eher er antworten konnte, war sie weg und ließ ihn mit Kemper allein.

KAPITEL 16

Sie lag in dem fremden Bett und lauschte in die Dunkelheit. Es war ruhig hier, viel ruhiger als in ihren eigenen vier Wänden. Und größer. Aber sie hätte trotzdem nicht tauschen wollen.

Als der Hilferuf sie ereilt hatte, war es selbstverständlich gewesen, ihm zu folgen. Hinterher hatte sich herausgestellt, dass ihre Anwesenheit eigentlich gar nicht vonnöten war. Trotzdem blieb sie, wo sie schon mal da war. Sie hatte Tee gekocht, gut zugeredet und schließlich noch ein Beruhigungsmittel verabreicht – nur zur Sicherheit.

Sie spürte ihrem Atem nach, fühlte, wie ihr Brustkorb sich hob und senkte, wie ihr Körper sich entspannte, während ihr Geist hellwach auf Reisen in die Vergangenheit ging. Nicht allzu weit, bloß zu Lothar Ferstl. Auch ihm hatte sie Midazolam gegeben, wenn auch ungleich mehr. Sie schwor auf dieses Medikament, verwendete es gern, weil es schnell und zuverlässig wirkte.

Als sie ihn anrief und vorgab, Geld investieren zu wollen, erklärte er sich gleich bereit, sich mit ihr zu treffen. Um welche Summe es denn ginge?, wollte er wissen.

»Sechshunderttausend«, antwortete sie, weil ihr dieser Betrag als Erstes durch den Kopf schoss. Sie hätte genauso gut das Doppelte sagen können. Oder einen Bruchteil davon, schlussendlich war es egal, er würde ohnehin keinen Cent zu sehen bekommen.

»Ich bin gerade aus Hongkong angekommen. Wäre es sehr vermessen von mir zu fragen, ob Sie mir zu Hause einen Besuch abstatten können? Ich bin noch etwas müde von dem Flug«, log sie weiter. Hongkong war ihr Traum. Eines Tages würde sie dorthin fliegen, vielleicht, wenn sie ihre Aufgabe erfüllt hatte.

Er versicherte, dass das überhaupt keine Umstände machte. Bei der Aussicht auf solch ein lukratives Geschäft wäre er wahrscheinlich sogar bereit gewesen, quer durch ganz Österreich zu fahren, wenn sie ihn darum gebeten hätte.

»Wohin soll ich kommen? Und wann?«

Sie nannte ihm die Adresse der Gartenhaussiedlung.

Die Schlüssel hatte sie bereits vor zwei Wochen organisiert. Sie hatte natürlich nicht erzählt, wozu sie sie wirklich benötigte. »Nur mal ein paar Tage Entspannung im Grünen.«

Ein paar Tage später hatte sie den Schlüsselbund zurückgegeben und sich bedankt. Von den Zweitschlüsseln, die sie anfertigen ließ, hatte sie nichts verraten.

»Ich hoffe, zweiundzwanzig Uhr ist Ihnen nicht zu spät, aber vorher habe ich einen anderen wichtigen Termin.«

»Nein, kein Problem.«

»Gut, ich hole Sie am hinteren Parkplatz ab. Von dort ist es näher.«

Sie lächelte in sich hinein. Das war ja ziemlich leicht gewesen. Seine Geldgier kam ihrem Plan zugute.

Als er kurz vor zehn mit seinem BMW auf den Parkplatz einbog, wartete sie bereits am Tor auf ihn. Sie hatte sich Mühe mit ihrer Verkleidung gegeben: eine blonde Perücke, viel Make-up, greller Lippenstift und ein Kleid von Armani – das hieß, vielmehr ein Fake, denn ein echtes hätte sie sich nicht mal secondhand leisten können. Aber sie rechnete nicht damit, dass Ferstl sie so genau betrachten würde, schließlich war es dunkel, und in Modedingen kannten sich die meisten Männer ohnehin nicht aus. Hauptsache, es wirkte auf den ersten Blick teuer und nobel. Und zu einem zweiten Blick würde es, wenn alles gut ging, gar nicht kommen. Oder erst, wenn es zu spät für ihn war.

Sie tauschten ein paar Höflichkeitsfloskeln aus, und dann bat sie ihn, mit ihr ins Haus zu gehen.

»Wohnen Sie ständig hier?«

Sie gab ein affektiertes Lachen von sich. »Ach, nein,

das ist hier bloß ein Freizeitobjekt. Von früher. Aber irgendwie konnte ich mich noch nicht davon trennen. Erinnerungen, Sie verstehen?«

Sie ging den schmalen Weg voran und führte ihn schließlich in das Haus. Sie war schon zweimal zuvor auf Einladung der Besitzerin da gewesen, sodass sie die Raumaufteilung kannte.

Kaum hatte er die Tür hinter sich geschlossen, jagte sie ihm die Injektionsnadel in den Arm. »Was zum Teufel…?«, rief er mehr verwundert als wütend. Er konnte sich keinen Reim darauf machen, was mit ihm gerade geschah.

Lothar Ferstl wog etwa achtzig Kilo. Dieses Gewicht auf den Küchenstuhl zu hieven, war trotz der Übung, die sie darin besaß, nicht einfach, doch schließlich hatte sie es geschafft und fesselte ihn mit dem mitgebrachten Seil.

Das Wespennest außen an der Terrassentür zu befestigen, war eine knifflige Aufgabe gewesen, es hätte sie nicht gewundert, wenn sie von den Viechern gestochen worden wäre, aber die Wespen schwirrten bloß aufgebracht um sie herum. Das Sirren machte sie ein bisschen nervös, und sie zwang sich zu langsamen, ruhigen Bewegungen. Schließlich war sie zufrieden. Es war so ähnlich wie in den Filmen, wo Wassereimer über der Tür angebracht wurden. Sobald jemand sie öffnete, kippte der Kübel, und jeder, der darunter stand, wurde nass.

Sie konnte es kaum erwarten, dass sowohl Ferstl als auch die Wespen aus ihrem Schlaf erwachten und das Finale beginnen konnte.

Die knappe Stunde bis zur Dämmerung verbrachte sie betend, im Gespräch mit ihrem Herrn. Noch gab es ein Zurück, falls Gott mit ihrem Plan nicht einverstanden war. Sie brauchte bloß ein Zeichen von ihm. Doch es kam keines.

Als sich Ferstl zu rühren begann, bestrich sie ihn mit dem Lockmittel, vermutlich handelte es sich dabei eh nur um Zuckerwasser, und sie fand es eine Frechheit, was die im Baumarkt für die Flasche verlangten. Aber sie wollte sichergehen, dass es auch funktionierte, also zahlte sie den Preis. Der Verkäufer hatte ihr versichert, dass die Wespen darauf fliegen würden, und war über seinen Wortwitz in ein wieherndes Lachen ausgebrochen. Sie hoffte, er verstand etwas von seinen Produkten.

Mittlerweile hatte Ferstl vollends das Bewusstsein erlangt und starrte sie angsterfüllt an. Er saß wie versteinert, denn durch den Spalt in der Terrassentür waren einige der Insekten ins Innere des Hauses geflogen und summten um seinen Kopf herum. Zwei Wespen saßen bereits auf seinen Wangen. Sie hatte bewusst auf einen Knebel verzichtet und hoffte, dass Ferstl klug genug wäre, den Mund geschlossen zu halten.

»Was wollen Sie? Geld?«, quetschte er hervor. Dabei versuchte er, seine Lippen möglichst nicht zu bewegen.

Sie lachte leise. »Aber nein. Ich mache mir nichts aus irdischen Gütern. Sie haben sich gegen Gott und Ihre Frau versündigt.«

Erneut setzte sich eine Wespe auf sein Gesicht, dicht unter seine rechte Braue.

»Helfen Sie mir«, bettelte er.

Sie lächelte. »Das kann ich nicht. Es ist allein Gottes Entscheidung. Bewegen Sie sich nicht, bewahren Sie Ruhe, dann werden Sie nicht gestochen.«

»Ich bin allergisch!« Seine Augen bewegten sich hektisch hin und her. Das Lockmittel schien doch zu halten, was der Verkäufer versprochen hatte. Noch eine Wespe setzte sich auf ihn, diesmal direkt auf den Mund.

Sie antwortete lächelnd: »Ich weiß.«

Seinen flehenden Blick ignorierte sie und verließ das Haus durch die Vordertür. Sie sperrte ab, nur um sicherzugehen, dass er die Terrassentür nahm. Falls er überhaupt noch in der Lage sein würde zu fliehen.

Es war halb fünf Uhr morgens. Sie musste Ferstls Auto irgendwie loswerden, am besten ehe jemand auf das Fahrzeug aufmerksam wurde.

Als sie den kurzen Weg zum Parkplatz ging, hatte sie das Gefühl, Gott würde sie mit einem besonders schönen Sonnenaufgang belohnen.

Sie entriegelte Ferstls Wagen, setzte sich hinein, startete den Motor, löste die Handbremse und gab vorsichtig Gas. Sie hatte immer schon so einen Luxuswagen fahren wollen und dankte dem Herrn für diese einmalige Gelegenheit, auch wenn die Fahrt weniger als acht Minuten dauern würde.

Den BMW stellte sie im Parkverbot ab, an einer Stelle, wo sie sicher sein konnte, dass er in den nächsten Stunden abgeschleppt werden würde. Dann rief sie ein Taxi, um sich zurück in die Kleingartensiedlung bringen zu lassen, wobei sie bereits zwei Straßen früher ausstieg.

Wieder im Gartenhaus angelangt, konnte sie nur mehr Ferstls Tod feststellen. Dazu hätte sie weder seinen Puls zu fühlen noch die Atmung zu überprüfen brauchen, sein verrenkter, unförmig geschwollener Körper lag auf der Schwelle zur Terrasse. Wenn sie nicht gewusst hätte, dass es sich um Lothar Ferstl handelte, hätte sie ihn nicht erkannt. Wie dumm von ihm, nicht auf ihre Worte zu hören. Es war immer das Gleiche.

Sie bückte sich und wollte seine Fesseln lösen. Doch das Seil war durch die Schwellung seiner Handgelenke kaum mehr zu sehen. Sie war kurz davor, es nicht abzunehmen, doch es wäre leichtsinnig gewesen, Spuren zu hinterlassen. Nachdem sie das Seil so lange mit einer Nagelschere bearbeitet hatte, dass es sich in einzelne Fasern zerteilte, konnte sie es endlich abwickeln. Sie steckte die Reste ein und säuberte dann akribisch alle Flächen, auf denen sie Fingerabdrücke hinterlassen hatte.

Als sie die Gartensiedlung wieder verließ, diesmal endgültig, war es kurz nach sechs. Alles lag ruhig da, die Bewohner schliefen noch. Niemand von ihnen ahnte, was sich hier in den letzten Stunden abgespielt hatte. Keiner hatte sie kommen oder gehen gesehen. Mit ihrem eigenen Auto fuhr sie nach Hause, um zu duschen und um sich schnell umzuziehen.

Ihre Kollegin wunderte sich über ihre gute Laune und fragte, ob sie ein Date gehabt hätte.

»So was Ähnliches«, hatte sie lächelnd geantwortet.

»Und, wird mehr draus?«

»Das könnte durchaus sein.«

KAPITEL 17

Harald hockte neben der Hintertür und zeigte dem neuesten Mitglied der Spurensicherung, worauf er achten musste. Sven nickte eifrig. Michaela hatte ihn einmal ganz kurz im Labor gesehen. Er musste schon Mitte zwanzig sein, wirkte aber, als hätte er eben erst seinen

Schulabschluss gemacht. Was ihm an Körpergröße fehlte, machte er durch Einsatz wieder wett.

Sie trat ein wenig näher an die beiden heran. Als hätte Harald ihre Anwesenheit gespürt, blickte er hoch, und ein Lächeln huschte über seine Lippen. »Tut mir leid, dass ich dich beim Essen gestört habe.«

Michaela winkte ab. »Hast du ja nicht wissen können. Habt ihr irgendwas von Bedeutung gefunden?«

Harald schüttelte bedauernd den Kopf. »Der oder die Täter scheinen einfach beim Eingangstor reinspaziert zu sein. Keine Einbruchsspuren und auch sonst keine, die uns viel weiterbringen. Dafür hat der Brand gesorgt.«

»Meinst du, der Täter hat deshalb Feuer gelegt?«

Harald stand aus der Hocke auf und überragte seinen Kollegen um eineinhalb Kopflängen. Er sah müde aus. Es war für alle ein langer Tag gewesen.

»Finde ich wahrscheinlicher als Kempers Theorien«, antwortete Harald.

»Ist euch diese sonderbare Konstruktion aufgefallen?«, fragte Michaela. »Bernd hat sie entdeckt, so eine Art Flaschenzug.«

Harald verneinte. »Bei dem vielen Zeug, das da rumliegt, ist das kein Wunder. Es wird Tage brauchen, bis wir mit allem durch sind.«

Obwohl Michaela Harald versichert hatte, dass einer seiner Mitarbeiter sich bereits um den Flaschenzug kümmern würde, beharrte er darauf, es sich selbst anzusehen.

Gerade als sie um das Gebäude herumgegangen waren und das Rolltor erreicht hatten, kam Ferreira an. Er begrüßte Michaela mit einem Kopfnicken. »Ihr Fall?«, fragte er.

»Das wird sich noch klären. Und Sie haben heute Bereitschaft?«

»Aus Jux und Langeweile bin ich bestimmt nicht hier«, grummelte der Rechtsmediziner. »Ist sie da drinnen?«

Michaela nahm an, mit »sie« meinte er die Leiche, und nickte. »Viel ist ja nicht mehr von ihr übrig. Wir können nicht mal mit Sicherheit sagen, ob es sich um einen Mann oder eine Frau handelt.«

Ferreira bedachte sie mit einem Lächeln. »Na, dann lassen Sie mich mal einen Blick auf den Leichnam werfen.«

Ferreira hatte tatsächlich nicht länger als fünfzehn Minuten gebraucht, um festzustellen, dass er vor Ort gar nichts sagen konnte, außer dass er die Art der Verbrennungen faszinierend fand. Wie schon zuvor Michaela, war auch ihm aufgefallen, dass der Rumpf stärker verkohlt war als der Rest des Körpers, er wollte aber keine Spekulationen anstellen und lud Michaela für den nächsten Tag zur Obduktion ein. »Vierzehn Uhr«, sagte er, nun schon deutlich besser gelaunt als bei seiner Ankunft. »Und seien Sie bitte pünktlich, mein Terminkalender ist randvoll.«

Michaela versprach, rechtzeitig da zu sein.

Nachdem Ferreira den Bestattungsdienst verständigt hatte, der den Leichnam in das gerichtsmedizinische Institut bringen würde, fuhr er wieder.

Da es für Michaela und Bernd auch nichts mehr zu tun gab, verließen sie ebenfalls den Tatort.

Kurz vor Mitternacht schloss Michaela ihre Haustür auf, zog ihre Sneakers aus und ging auf Socken Richtung Bad. Sie hielt vor der Tür des Gästezimmers – Valeries Zimmer – inne und lauschte. Alles ruhig. Nur um sicher zu sein, dass alles in Ordnung war, drückte sie leise die Klinke hinunter und blickte auf das Bett, wo ihre Nichte schlief. Sie lag auf dem Bauch, das lange Haar verdeckte ihr Gesicht, ihr leiser Atem rührte Michaela. Dieses wunderbare Kind – sie erlaubte es sich nur in Gedanken, Valerie so zu nennen – war ihr so wichtig wie niemand sonst in ihrem Leben. Aus einem Impuls heraus ging sie hinein und gab ihrer Nichte einen Kuss aufs Haar.

Die regte sich und drehte sich auf den Rücken. »Tante Mika?«, murmelte sie schläfrig.

»Ja, schlaf weiter. Ich wollte nur Bescheid geben, dass ich da bin.«

Valerie setzte sich auf und rieb sich die Augen. »Du meine Güte, du solltest dringend duschen gehen«, sagte sie mit gerümpfter Nase.

Michaela lachte. »Ja, das mach ich jetzt, auch wenn ich am liebsten nur mehr ins Bett fallen würde. Gute Nacht!«

»Gute Nacht«, erwiderte Valerie ihren Gruß und ließ sich zurück auf ihr Kissen plumpsen.

Als Michaela schon die Tür hinter sich geschlossen hatte, rief Valerie sie zurück.

»Tante Mika, erzählst du mir, wo du warst?«

»Wenn du es unbedingt wissen willst …«

»Will ich.«

»Morgen. Schlaf jetzt.«

Zwanzig Minuten später lag auch Michaela im Bett. Obwohl sie erschöpft war und bei der Heimfahrt das Gefühl gehabt hatte, die Augen kaum offen halten zu können, fand sie keine Ruhe. Bernd hatte angeboten, das Steuer zu übernehmen, doch sie hatte abgewinkt. »Geht schon. Du musst mich eben wachhalten.«

Das hatte er dann nach Kräften versucht, indem er zuerst über das Brandopfer und den Tatort laut nachdachte und ihr ständig irgendwelche Fragen dazu stellte. Und als ihm dazu nichts mehr eingefallen war, hatte er die Lieder im Radio mitgesungen und sie aufgefordert mitzumachen.

Vielleicht war das der Grund, warum sie jetzt nicht einschlafen konnte. Sie war einfach zu aufgedreht. So viel Spaß wie an diesem Abend hatte sie schon lange nicht mehr gehabt – trotz der Leiche, bei der sie nicht einmal wusste, ob überhaupt ihr Team mit den dazugehörigen Ermittlungen beauftragt werden würde.

Als der Wecker um Viertel vor sieben klingelte, kam es Michaela vor, als wäre sie eben erst eingeschlummert. Die Versuchung, die Decke über den Kopf zu ziehen und einfach liegen zu bleiben, war groß. Nur noch zehn Minuten, sagte sie sich. Doch sie hatte sich noch nicht einmal umgedreht, als es an ihrer Tür klopfte. »Aufstehen!«, drang Valeries Stimme energisch durch die Schlafzimmertür.

Michaela seufzte ergeben. Hoffentlich war der Kaffee schon fertig.

Valerie hatte nicht nur bereits die Kaffeemaschine befüllt, sondern auch Brötchen aufgebacken.

»Ich dachte, du brauchst nach der anstrengenden Nacht ein ordentliches Frühstück. Kannst du mich nachher mitnehmen? Ich habe erst um neun Schule.«

Normalerweise nahm Valerie den Bus um zwanzig nach sieben, Michaela verließ zehn Minuten später das

Haus. Nachdem es gestern Abend so spät geworden war, hatten sie und Bernd beschlossen, erst zur Morgenbesprechung im Präsidium zu sein.

»Wir fahren um acht. Ich kann dich bei der Straßenbahnhaltestelle rauslassen.«

»Cool. Dann bleibt ja noch Zeit, dass du mir von gestern Abend erzählst.«

Während Michaela ihr Brötchen mit Butter bestrich und einen Klecks Marmelade darauf verteilte, dachte sie nach, was sie ihrer Nichte berichten sollte. Der Anblick der Leiche war wohl kein geeignetes Thema, schon gar nicht am Frühstückstisch.

Deshalb erwähnte sie nur nebenher das Brandopfer und beschrieb dafür umso genauer den Tatort.

»War's ein Mann oder eine Frau?«, wollte Valerie wissen. Michaela seufzte innerlich. So viel zu »kein geeignetes Thema«. Trotzdem antwortete sie: »Das wissen wir nicht. Wir müssen die gerichtsmedizinische Untersuchung abwarten.«

Valerie bekam große Augen. »Das heißt, die Leiche war total verkohlt. So richtig?«

Michaela nickte und biss von ihrem Brötchen ab. Valeries Appetit schien das Gespräch ebenfalls nicht zu verderben. Obwohl sie sonst in der Früh kaum etwas aß, nahm sie ein zweites Brötchen aus dem Korb. Sie waren eben doch ähnlicher gestrickt, als Michaela sich eingestehen wollte.

»Na, das erklärt deinen schrecklichen Geruch von gestern Abend. Gibst du mir mal die Butter?«

Valerie erzählte ihr von dem Sozialprojekt für die Schule. Sie überlege, ob sie bei Caritas mithelfen solle, wisse aber noch nicht, bei welcher der vielen Einrichtungen. Außerdem berichtete sie vom Klavierunterricht und dass Anna ihr geraten hatte, sich am Konservatorium zu bewerben.

»Klingt gut. Ich bin davon überzeugt, dass du aufgenommen wirst.«

Valerie sah sie durchdringend an. »Davon gehe ich aus. Aber möchte ich das überhaupt?«

»Ich weiß, was du möchtest, aber du kannst dir damit Zeit lassen. Ich finde achtzehn ohnehin zu jung, um mit der Ausbildung anzufangen.«

»Allein bis ich mit der Grundausbildung fertig bin, dauert das zwei Jahre, dann bin ich zwanzig!« So wie sie es betonte, klang es, als wäre mit zwanzig ihr halbes Leben vorbei.

Michaela legte das Brötchen auf den Teller. »Valerie, es wäre schade, wenn du aus deinem Talent nichts machst. Nicht jeder kann so wunderbar Klavier spielen wie du.«

»Und nicht jeder ist eine gute Kripobeamtin, das erfordert auch Talent. Bernd sagt, dass ich das Zeug dazu habe.«

Nun seufzte Michaela laut. »Ja, das will ich gar nicht bestreiten. Vor allem bist du hartnäckig und hältst an deinen Zielen fest.«

»Ist das schlecht?«

»Nein«, räumte sie ein. »Ich finde, dass diese Sache nicht allein unsere Entscheidung ist. Du solltest das mit deinen Eltern besprechen, wenn wir in Lesotho sind.«

»Das wird mir nicht erspart bleiben, aber es ist auch nicht deren Entscheidung, sondern meine. Ist ja schließlich mein Leben. Allerdings könnte ich ein wenig Unterstützung von dir brauchen – du kennst ja meine Eltern.«

»Was immer ich tun kann«, versprach Michaela. Dass Thomas und Angelika, Valeries Eltern, sie nicht gerade als Vorbild für ihre einzige Tochter sahen, stand auf einem anderen Blatt – und dass sie selbst von Valeries Wunsch nicht begeistert war, ebenfalls. Sie könnten sich gegen Valerie verbünden und gemeinsam auf sie einwirken, überlegte sie weiter. Aber so, wie sie ihre Nichte kannte, würde sie das schnell durchschauen und sie in ihrem Entschluss, Polizistin zu werden, noch mehr bestärken. Nein, wahrscheinlich würde gar nichts helfen. Wenn Valerie sich etwas in den Kopf gesetzt hatte, würde sie es durchziehen, mit oder ohne Michaelas Hilfe – und auch gegen den Wunsch der Eltern. Hartnäckig und zielorientiert hatte sie Valerie vorhin genannt. Das waren immerhin schon gute Eigenschaften für eine Laufbahn bei der Kripo, dazu Leidenschaft, Wissensdurst und die Fähigkeit, sich in andere hineinzuversetzen. All diese Charakterzüge erfüllte ihre Nichte mehr als ausreichend. Vielleicht war Kriminalpolizistin doch der richtige Beruf für sie. Jedes Präsidium würde sich über eine Mitarbeiterin wie Valerie glücklich schätzen. Die Kripo konnte dringend mehr Leute wie sie gebrauchen.

KAPITEL 18

Die letzte Nacht hatte Zeit gekostet und sie in ihrer Planung zurückgeworfen. Dabei gab es so viel zu tun, so viel zu bedenken. Die Auswahl an Gottesurteilen war begrenzt, und sie musste kreativ sein, um sie an die Gegebenheiten der Jetztzeit anzupassen, aber sie betrachtete es als Herausforderung. Offenbar machte sie ihre

Sache gut, denn bisher waren alle Sünder ihrer Schuld überführt und bestraft worden. Dabei hatte sie jedem Einzelnen die Möglichkeit eingeräumt, das Gottesurteil zu überstehen. Wagenmüller hätte bloß die Hitze aushalten müssen, bis das Feuer im Korb abgebrannt war. Dann wäre ihm nichts passiert. Oder Ferstl. Sie hatte ihm eingeschärft, er müsse ruhig bleiben, um nicht gestochen zu werden. Er hatte genauso wenig auf sie gehört wie der Typ vor ihm oder der davor. Beim nächsten würde sie härter vorgehen. Einer, der es sich zur Aufgabe gemacht hatte, Tätern anstatt Opfern zu helfen, dem es zu verdanken war, dass verurteilte Vergewaltiger und Schläger früher aus der Haft entlassen wurden, verdiente alles Schlechte, was ihm widerfuhr. Er verdiente den Tod. Es ist nicht deine Entscheidung, rief sie sich in Erinnerung. Nein, die lag allein bei Gott. Sie sank auf die Knie und betete. Wie konnte sie sich anmaßen, sein Urteil vorwegzunehmen? Sie war eine schlechte Dienerin. Die Verzweiflung rollte wie eine Welle heran. Sie kannte diesen Zustand. Es begann immer mit den Selbstzweifeln, zuerst nur als Gedanke, dann als bohrender Stachel in ihrem Herzen und in ihrem Kopf. Sie griff zum Telefon, ehe die Welle sie erreichte und sie mit sich forttrieb, doch niemand hob ab. *Sie möchte nicht mit dir reden*, stichelte die Stimme in ihrem Inneren. Sie hielt sich die Ohren zu, aber die Stimme wollte nicht verstummen. *Hat er sich von dir abgewandt?*, höhnte sie. *Will dein Gott von dir nichts mehr wissen? Warum bloß? Weil du ein Nichts bist.*

Sie rannte aus dem Zimmer, fort von der Stimme, doch es gab vor ihr kein Entkommen.

Nichtsnutz, Heuchlerin.

Wie sie ins Bad gelangt war, wusste sie nicht, ebenso wenig, wie die Rasierklinge in ihre Hand geraten war. Sie wollte es nicht tun, sie hatte es geschworen. Aber da war dieser Schmerz, der sie förmlich zu zerreißen drohte, der ihr die Luft zum Atmen nahm. Und sie wusste ganz genau, dass sie diesen einen Schmerz nur gegen einen anderen tauschen konnte.

Sie setzte die Klinge auf die Haut ihres Oberschenkels, mit sanftem Druck zog sie eine Linie, die sich sofort rot färbte. Ihr Blut mischte sich mit ihren Tränen. Sie begrüßte das Brennen wie einen alten Freund. Es waren Tränen der Erleichterung. Die Welle zog sich zurück, der Schnitt würde bleiben. Zwischen den anderen, die ihre Oberschenkel bereits überzogen, die meisten lange verblasst, war er ein weiteres Zeichen ihrer Schwäche. Und gleichzeitig auch für ihre Stärke, denn sie hatte sich nicht die Pulsadern aufgeschlitzt, hatte nicht die schlimmste Sünde von allen begangen.

In ihrem Kopf herrschte endlich wohltuende Ruhe. Sie tränkte ein Wundtuch mit Desinfektionsmittel und tupfte damit den Schnitt ab. Gut, er war nicht allzu tief. Sie hatte sich schon mal so heftig verletzt, dass sie die Wunde mit fünf Nähten heften musste.

Danach klebte sie ein steriles Pflaster drauf und wickelte zum Schluss eine Rolle Mullverband darüber. Wenn sie eine lockere Jeans oder einen weiten Rock anzog, würde keiner merken, dass sie darunter einen Verband trug. Sie hatte keine Lust, neugierige Fragen zu beantworten.

Eine Weile blieb sie sitzen und spürte mit geschlossenen Augen dem Pochen nach, das ihre Verletzung aussandte.

Ihr Telefon klingelte, und sie hob ab, ohne die Augen zu öffnen.

»Du hast versucht, mich zu erreichen?«

»Ja, es wäre dringend gewesen.«

»Das tut mir leid, ich war gerade in einem wichtigen Gespräch. Kann ich jetzt was für dich tun?«

»Nein, es ist zu spät.«

»Wofür? Du ... du hast doch nicht ...?«

Sie gab keine Antwort. Ihr Engel kannte sie ohnehin.

»Kannst du fahren?«

»Es ist nicht sehr schlimm«, antwortete sie. Wahrscheinlich würde es wehtun, wenn sie zwischen Gaspedal und Bremse wechseln musste, vielleicht würde die frische Wunde auch wieder aufreißen, aber das nahm sie in Kauf.

»Ja, Fahren ist kein Problem«, bestätigte sie. Sie würde das schaffen.

»Dann möchte ich, dass du herkommst. Du solltest lieber nicht allein sein.«

Kein Entsetzen, kein Vorwurf, nur Verständnis und Sorge.

»Ich mach mich auf den Weg.«

Sie stemmte sich vom Badezimmerboden hoch, schlüpfte in eine frische, großzügig geschnittene Hose und verließ die Wohnung. Um das Blut auf den Badezimmerfliesen konnte sie sich kümmern, wenn sie wieder zurück war.

»Hast du etwas gegessen?«

Hatte sie? Sie konnte sich nicht daran erinnern. Essen war etwas Nebensächliches, etwas, das sie einfach tat, um zu funktionieren. Ihr war egal, was sie zu sich nahm, solange die Nahrung ihren Körper am Laufen hielt. Weil sie aber wusste, dass diese Antwort nicht galt, schüttelte sie den Kopf. »Ich hatte keinen Hunger.«

»Du musst besser auf dich achtgeben.«

Da war es wieder, dieses warme Gefühl. Da gab es jemanden, der sich um sie sorgte, dem sie wichtig war.

Nur wenig später stand ein Teller mit dampfender Gemüsesuppe vor ihr. Sie tauchte den Löffel ein und kostete. »Schmeckt gut, danke.«

»Tut es weh?«

»Nicht sehr. Es tut mir leid, dass ich mein Versprechen gebrochen habe.«

»Du konntest nicht anders. Ich hätte für dich da sein müssen.«

»Du bist doch da.«

»Vorhin war ich es nicht. Was war es diesmal?«

Sie blickte vom Teller auf und legte den Löffel aus der Hand. »Panikreaktion«, sagte sie, und weil ihr das zu wenig Erklärung für ihre Selbstverletzung schien, fügte sie hinzu: »Ich bekam die Stimme meiner Mutter nicht aus dem Kopf.«

Der Engel nahm ihr Kinn und zwang sie, ihm in die Augen zu sehen. »Das war nicht deine Mutter, das war die Stimme Satans. Er hat die Zweifel in dein Herz gesät und den Herrn in dir verstummen lassen. Er hat dich dazu gebracht, dich selbst zu verletzen.«

Das klang plausibel. »Wie kommt es, dass Satan in mir ist? Ich bete. Jeden Tag. Ich folge dem Willen Gottes. Was muss ich noch tun?«

»Der Kampf gegen Satan ist einer, den man bis zum letzten Atemzug führt. Heute hat er gewonnen, morgen wirst wieder du über ihn siegen.«

»Und wenn ich zu schwach bin?«

»Das bist du nicht.«

Woher kam diese Überzeugung? »Wie kannst du sicher sein, wo ich voller Zweifel bin?«

Der Engel lächelte und strich ihr über das Haar. »Ach, Liebes, das, was mich sicher macht, ist mein Glaube.«

Darüber musste sie nachdenken. Schließlich antwortete sie: »Ich wünschte, meiner wäre so unerschütterlich wie deiner.«

»Dann beten wir.«

KAPITEL 19

Trotz des zähen Verkehrs waren sie pünktlich. Zu Fuß ging Michaela in den ersten Stock, während Bernd sich entschuldigen ließ. Seine Anwesenheit bei den Morgenbesprechungen war nicht zwingend erforderlich, und er hatte eine Menge Arbeit.

Doris war noch nicht da, wie Michaela mit einem Blick auf die Anwesenden feststellte. Vielleicht stand sie irgendwo im Stau.

Steurer schloss die Tür, zog sein Sakko aus und setzte sich. Das Raunen, das durch die Menge ging, zeigte ihr, dass nicht nur ihr das Hemd aufgefallen war. Keine Karos heute, nicht einmal dezente. Sogar eine Krawatte trug er. Die sah aus, als wäre sie mindestens zwanzig Jahre alt, passte aber farblich zu dem hellblauen Hemd.

Er lockerte ein wenig den Knoten und atmete erleichtert auf. Wohl fühlte er sich in diesem Outfit nicht, das war offensichtlich. »Guten Morgen, ich muss nachher gleich zu einem Pressetermin, deshalb machen wir es heute kurz«, begann Steurer. Ah, das war die Erklärung für seine förmliche Kleidung. Vielleicht sollte er öfter solche Termine wahrnehmen, wenn er dabei auf die hässlichen Karohemden verzichtete.

Michaela berichtete von ihrem Besuch bei Daniela Ferstl. »Sie war zweimal im Frauenhaus, weil er sie geschlagen hat, ist aber wieder zu ihm zurückgegangen. Und ich habe sein Fahrzeug zur Fahndung ausschreiben lassen. Das kann ja nicht einfach verschwunden sein.«

»Was ist mit den Besitzern des Gartenhauses?«, wollte Steurer wissen.

»Wir haben sie aufs Präsidium bestellt. In ...«, Michaela sah auf die Uhr, »... einer Stunde kann ich mehr dazu sagen.«

Steurer nickte und ließ sich von den anderen Ermittlungsteams ebenfalls auf den neuesten Stand bringen. »Dann, auf geht's«, sagte Steurer.

»Was ist mit dem Brandopfer von gestern Abend?« Michaela hatte die ganze Zeit über darauf gewartet, dass ihr Chef den Fall jemandem zuteilte. Doch er hatte ihn nicht einmal erwähnt.

»Der Staatsanwalt möchte die Ergebnisse von der Brandpolizei abwarten. Im Moment geht er von einem Unfall oder Suizid aus.«

»Ferreira obduziert die Leiche heute Nachmittag.«

»Ich denke, du hast schon genug Arbeit.«

Michaelas Narbe begann zu jucken, und sie unterdrückte den Impuls, an ihr zu kratzen. »Hab ich auch. Aber ich würde trotzdem gern bei der Obduktion dabei sein.«

»Ferstl hat aber Vorrang«, sagte Steurer.

»Natürlich«, antwortete sie schnell, ehe er es sich anders überlegen konnte.

Als sie schließlich den Raum mit den anderen Kolleginnen und Kollegen verließ und zu ihrem Büro hinaufging, dachte sie, dass sie jetzt komplett verrückt sein musste. Sie hatte sich gerade einen zusätzlichen Fall aufgehalst, bei dem es noch nicht einmal klar war, ob es sich überhaupt um einen solchen handelte. Unfall oder Suizid? Nie im Leben, da hätte sie darauf gewettet.

Für die Besprechung hatte Michaela das Handy lautlos gestellt, nun holte sie es aus ihrer Tasche, um den Ton wieder aufzudrehen, und bemerkte, dass sie eine SMS von ihrer Kollegin bekommen hatte. *Verspäte mich, Jonas ist krank, muss erst eine Betreuung organisieren.*

Warum zum Teufel blieb Doris dann nicht zu Hause? Pflichtbewusstsein war schön und gut, aber man konnte es auch übertreiben.

Gerade als Michaela den Treppenabsatz der dritten Etage erreicht hatte, hörte sie den Aufzug ankommen. Die Tür glitt auf, und Doris trat aus der Kabine.

»Guten Morgen. Hab ich was verpasst?«

»Nein. Das heißt, doch! Steurer hatte kein Karohemd an.«

»Mist! Muss ich nicht ganz dringend was mit ihm bereden?«

»Vielleicht, dass du in Pflegeurlaub gehst?«, schlug Michaela vor. »Du solltest bei deinem Kind sein.«

Doris knallte ihre Tasche auf den Tisch und drehte sich zu Michaela um. »Hör auf damit!«

Michaela blickte ihre Kollegin ratlos an. »Womit soll ich aufhören?« Sie konnte sich auf Doris' plötzlichen Wutausbruch keinen Reim machen.

»Damit, mir ein schlechtes Gewissen zu machen. Jonas ist bei meinen Eltern gut aufgehoben.«

»Ich wollte dir bloß entgegenkommen. Vielleicht solltest du damit aufhören, perfekt sein zu wollen.« Michaela schnaubte, drehte sich demonstrativ zu ihrem Schreibtisch und ordnete ein paar Unterlagen.

Doris setzte sich vor den Rechner und fuhr ihn hoch.

Eine Weile arbeiteten sie schweigend, bis es Michaela zu blöd wurde. Sie konnten sich schließlich nicht den ganzen Tag ignorieren. Außerdem würden in einer Viertelstunde die Grabherrs kommen. Es wurde Zeit, die persönlichen Befindlichkeiten beiseitezuschieben, auch wenn sie sich selbst keiner Schuld bewusst war.

Ihre Kollegin war offensichtlich immer noch wütend auf sie und hämmerte auf die Tastatur, als würde es sich um eine dieser alten, mechanischen Schreibmaschinen handeln.

Michaela räusperte sich. »Heute um zwei sollen wir bei Ferreira sein.«

Doris hörte auf, die Tastatur zu quälen, und sah hoch. »Weshalb das denn? Hat er Erkenntnisse in Bezug auf Ferstl?«

»Nein, es geht um eine neue Leiche«, erwiderte Michaela, und als sie merkte, dass sie Doris' Aufmerksamkeit gewonnen hatte, begann sie, ihrer Kollegin den gestrigen Abend zu schildern.

Sie war gerade dabei, ihr die flaschenzugähnliche Konstruktion zu beschreiben, als es an der Tür klopfte.

Doris sprang auf und öffnete.

»Ich bin Melanie Grabherr«, stellte sich die Frau vor und trat ein. Auf den ersten Blick wirkte sie nicht viel älter als Valerie. Erst als sie näher kam, bemerkte

Michaela die Falten um den Mund und in den Augenwinkeln. Melanie Grabherr reichte zuerst Doris die Hand und kam dann zu Michaela herüber, um auch sie zu begrüßen.

»Und Ihr Mann?«, fragte Michaela. »Wir hätten gerne mit Ihnen beiden gesprochen.«

Melanie Grabherr zuckte die Achseln. »Wir leben getrennt. Keine Ahnung, ob der kommt oder nicht.«

»Dann lassen wir uns überraschen. Nehmen Sie doch Platz«, sagte Michaela und deutete auf den Besucherstuhl vor ihrem Schreibtisch. Melanie Grabherr sah nicht so aus, als würde sie Wert darauf legen, ihren Mann zu sehen, denn allein seine Erwähnung ließ sie ihre Arme vor der Brust verschränken, als wolle sie die Außenwelt – oder ihn – von sich fernhalten. Sie folgte Michaelas Aufforderung und setzte sich auf die Kante des Stuhles.

»Darf ich fragen, weshalb Sie sich getrennt haben?«, wandte sich Doris an die Frau.

»Tut das etwas zur Sache?«

Doris wechselte mit Michaela einen vielsagenden Blick. Melanie Grabherr reagierte auf diese Frage so abweisend, beinahe schon aggressiv, dass sie später noch einmal darauf zurückkommen wollten. Doch vorerst würden sie sich auf andere Themen konzentrieren. Die Unstimmigkeiten schienen vergessen zu sein. Die nonverbale Kommunikation zwischen ihnen funktionierte immer noch. Und sie waren sich in den wesentlichen Dingen einig.

Doris winkte ab. »Nein«, beantwortete sie Melanie Grabherrs Frage. »Tut mir leid, ich war nur neugierig. Wann waren Sie das letzte Mal in der Gartensiedlung?«

Durch den Themenwechsel schien sich die Frau zu

entspannen. Sie setzte sich bequemer auf den Stuhl und lehnte sich zurück. »Vor drei Wochen. Der Obmann hat mir nahegelegt, mich mal wieder um den Rasen zu kümmern. Er meinte, die Nachbarn hätten sich wegen des Unkrauts beschwert.«

»Herrn Holzbauer haben wir schon kennengelernt.«

Das entlockte der Zeugin ein Lächeln. »Ja, er nimmt seine Aufgabe sehr ernst.«

»Den Eindruck hatte ich auch. Der Polizeieinsatz hat ihn ziemlich verunsichert«, sagte Doris.

»Kann ich mir vorstellen. Ist ja auch schrecklich, was da passiert ist. Ich weiß, dass ich dort keinen Fuß mehr hineinsetzen werde. Ich überlegte ohnehin, das Haus zu verkaufen, wo ich jetzt alles allein ...«, sie winkte ab, »... egal. Ich war noch unentschlossen. Im Sommer ist es draußen schöner als in der Wohnung. Aber nun bin ich mir sicher, dass ich es nicht behalten werde. Hoffentlich kauft es überhaupt jemand, nach dem, was dort passiert ist.«

»Ich verstehe Ihren Entschluss und ich drücke Ihnen die Daumen, dass das mit dem Verkauf klappt. Mittlerweile wissen wir auch den Namen des Toten. Sagt Ihnen Lothar Ferstl etwas?«, wollte Doris wissen.

Melanie Grabherr überlegte kurz und schüttelte dann den Kopf. »Nein, den kenne ich nicht.«

»Sie können sich also nicht vorstellen, wie er in Ihr Haus gelangt ist?«

Wieder ein Kopfschütteln.

»Wir gehen davon aus, dass er einen Schlüssel hatte. Oder jemand anders, der ihn hineingelassen hat. Wer besaß denn einen oder hatte zumindest Zugang zu einem?«

»Also, ich. Und Jochen natürlich. Sonst niemand.«

»Haben Sie Ihren Schlüssel irgendwann vermisst, verlegt? Könnte ihn sich jemand ohne Ihr Wissen von Ihnen ausgeliehen haben?«

»Nein, aber vielleicht von meinem Mann?«

»Den werden wir selbstverständlich ebenfalls fragen«, sagte Doris.

Als Melanie Grabherr eine Dreiviertelstunde später das Büro verließ, hatten sie erfahren, dass die Grabherrs das Häuschen in der Gartensiedlung sechs Jahre zuvor gepachtet, beinahe jedes Wochenende dort verbracht und immer wieder Gäste eingeladen hatten. Früher.

Und Melanie Grabherr hatte ihnen schließlich ganz ohne weitere Nachfrage erzählt, warum sie in Scheidung lebte. Sie wolle sich von ihrem Mann nie wieder demütigen, beleidigen und misshandeln lassen.

Nachdem hinter ihr die Tür zugefallen war, sahen sich Michaela und Doris an. »Spinn ich jetzt? Das ist die zweite geschlagene Frau, mit der wir in den letzten vierundzwanzig Stunden gesprochen haben. Zufall?«

»Schon möglich. Du warst übrigens klasse.«

Ihre Kollegin wurde bei dem Lob ein wenig rot. »Danke. Und es tut mir leid wegen vorhin. Ich glaub, ich bin zur Zeit ein wenig dünnhäutig.«

»Schon gut. Dafür tippst du das Gesprächsprotokoll.«

»Mensch, soooo leid tut es mir auch wieder nicht. Und was tust du inzwischen?«

»Ich gehe ins Labor, um denen ein wenig Druck zu machen. Und auf dem Rückweg schau ich bei Bernd vorbei.«

»Nicht einmal er kann mit so wenigen Informationen ein Täterprofil erstellen.«

»Das nicht. Aber wie du selbst bemerkt hast, sind sowohl Melanie Grabherr als auch Daniela Ferstl von ihren Männern geschlagen worden, wobei etwa jede fünfte Frau von ihrem Partner misshandelt wird und das angesichts dieser Zahl durchaus Zufall sein kann. Bernd arbeitet mit Männern wie Ferstl und Grabherr. Er muss wissen, wie solche Typen ticken.«

»Jede fünfte Frau? Erschreckend. Soll ich dir was sagen? Ferstl hat es nicht anders verdient. Wer auch immer ihn auf dem Gewissen hat, hat der Welt – und insbesondere seiner Frau – einen Gefallen getan.«

Michaela hätte erwidern können, dass sie Doris' radikale Sichtweise nicht teilte, und dass niemand es verdiente, ermordet zu werden. Oder dass es ihr Job war, den Täter zu finden und nicht zu urteilen, ob die Tat gerechtfertigt war oder nicht. Das war Aufgabe der Justiz. Doch sie schluckte die Worte hinunter, weil sie den gerade erst geschlossenen Frieden nicht wieder aufs Spiel setzen wollte.

»Treffen wir uns zum Mittagessen in der Kantine?«, fragte sie stattdessen.

»Geht klar.«

Das Labor der forensischen Abteilung befand sich im Erdgeschoss des Kriminalamtes und gehörte zu den modernsten Einrichtungen seiner Art in ganz Österreich, was zum einen den Räumlichkeiten geschuldet war, die Platz für alle nötigen Geräte boten. Zum anderen hatte Haralds Vorgänger die entführte Tochter eines Politikers und einer reichen Hotelerbin gerettet. Sie hatten ihn gefragt, wie sie sich erkenntlich zeigen könnten. Gerüchten zufolge hatte er ihnen eine ganze Liste mit benötigten Apparaten überreicht, in der Hoffnung, die Eltern des Mädchens würden die Finanzierung von einem oder zwei Geräten übernehmen, stattdessen bekam er gleich ein neues Labor geschenkt, das kaum Wünsche offen ließ.

So ganz konnte Michaela diese Geschichte nicht glauben, allerdings war die Entführung und Befreiung des Mädchens tatsächlich passiert – und irgendwo mussten die Geldmittel ja herstammen, vielleicht war an dem Gerücht doch etwas dran. Von Steuergeldern allein hätte die Abteilung jedenfalls nicht so gut ausgestattet werden können.

»Michaela, welch Überraschung!« Harald kam ihr mit federnden Schritten entgegen.

Sie lächelte ihn an. »Ich habe schon befürchtet, meine Besuche wären dir lästig.«

»Niemals, wie kommst du denn darauf?«

»Weil ich dich ständig nerve, ob du schon was Neues für mich hast. Hast du?«

Er legte den Kopf schief und fragte: »Von welchem Fall? Ferstl oder das Brandopfer?«

»Ferstl. Beim anderen wird noch gar nicht offiziell ermittelt.«

»Dann hast du Glück. Wir haben die Fasern, die uns Ferreira geschickt hat, analysiert. Die gute Nachricht ist, dass wir sie einem Seil der Marke Mamnak zuordnen konnten. Mamnak wird von einer österreichischen Seilerei hergestellt und besteht aus Hanf.«

»Und die schlechte Nachricht?«

»Die Seilerei, die das Produkt herstellt, beliefert nahezu jeden Baumarkt.«

»Das heißt, die Fasern bringen uns in den Ermittlungen nicht weiter«, fasste Michaela die Fakten trocken zusammen.

Harald hob bedauernd die Schultern. »Sorry, aber wir können lediglich Spuren untersuchen und auswerten, nicht aber die Ergebnisse beeinflussen.«

»Ich weiß.« Michaela seufzte. Wieder einmal war sie in einer Sackgasse gelandet. Es wäre ja auch zu schön gewesen. Hoffentlich brachte das Gespräch mit Bernd wenigstens etwas.

Bernd saß an seinem Schreibtisch und arbeitete an einem Gutachten für die Staatsanwaltschaft. Ein Rentner war nach einem jahrelangen Streit mit seinen Nachbarn ausgerastet und hatte ein zehnjähriges Kind und dessen Mutter mit einer Axt erschlagen. Der Vater überlebte mit schweren Verletzungen.

Der Anwalt des Täters hatte auf Unzurechnungsfähigkeit plädiert, doch Bernd war sich diesbezüglich nicht sicher, auf ihn hatte der alte Mann bei den Gesprächen sehr klar gewirkt und war sich der Konsequenzen seiner Tat bewusst gewesen.

Es war eine schwierige Entscheidung, aber auch das gehörte zu Bernds Job. Er blätterte eben die letzten Gesprächsprotokolle durch, als es an der Tür klopfte und gleich darauf Michaela den Kopf hereinstreckte. »Stör ich?«

Er schlug demonstrativ die Akte zu. »Nein, das hier kann warten.«

Michaela schloss die Tür hinter sich und setzte sich unaufgefordert auf die Couch. »Wie gut, dass du die behalten hast. Wäre schade um sie gewesen.«

Als Bernd die Nachfolge von Kilian Weilmann angetreten hatte, war seine erste Handlung die Umgestaltung der Büroräume gewesen. Wenn es nach ihm gegangen wäre, hätte er am liebsten ein ganz neues Zimmer bezogen, doch dieser Wunsch scheiterte am Platzproblem. Es gab einfach keinen freien Raum, der für seine Zwecke geeignet gewesen wäre. Da er nicht nur für Gutachten, Tatort- und Täterprofile zuständig war, sondern auch die Mitarbeiter des Landeskriminalamts psychologisch betreute, konnte er sich nicht in eine Abstellkammer setzen. Die Polizeibeamten, die seine Hilfe in Anspruch nahmen, sollten sich wohlfühlen, zumal der Anlass, aus dem sie zu ihm kamen, meist ohnehin unangenehm und belastend war.

In der ersten Woche im LKA hatten ihn nahezu alle Mitarbeiter besucht, die meisten aus reiner Neugier auf den neuen Kriminalpsychologen. Alle waren sich einig gewesen: Die Couch musste bleiben. Sie schien irgendwie wichtig zu sein, also fügte er sich, auch wenn er das Möbelstück ein wenig protzig und viel zu groß fand.

»Ich weiß bis heute nicht, was ihr an dem Ding findet«, meinte er, trat aber zu ihr und setzte sich ebenfalls. Bequem war sie immerhin.

Michaela ging auf seine Bemerkung nicht ein. »Ich komme gerade von Harald. Es ist frustrierend. Die Fasern stammen von einem Seil, das jeder Baumarkt im Sortiment hat.«

»Das tut mir leid. Welchen Ansatz könnt ihr noch verfolgen?«

»Die Firma des Opfers ... offenbar ist ziemlich viel Geld den Bach runtergegangen. Sein Partner meint, es gäbe etliche Menschen, die einen Grund gehabt hätten, ihn zu töten. Und dann ist da noch die Ehefrau... Daniela Ferstl. Sie...«

Bernd richtete sich auf. »Wie bitte? Sag den Namen noch einmal.«

»Daniela Ferstl«, kam Michaela seiner Bitte nach. »Kennst du sie etwa?«

Bernd schüttelte den Kopf. »Sie nicht, aber ihn.«

KAPITEL 20

»Wir haben eine Neuaufnahme.«

Allein der Ton ließ Raphaela aufhorchen. »Wer ist es? Jemand, den ich kenne?«

Heidelinde zwinkerte ihr zu. »Könnte man so sagen. Aga Karinovic.«

»Das ist die Frau, der ich die Nummer gegeben habe. Ich hätte nicht gedacht, dass sie kommen würde. Sie schien noch nicht so weit.«

»Aga hat erzählt, dass ihr Mann ausgerastet ist, nachdem sie sich im Krankenhaus behandeln ließ. Als ihr Sohn ihr zu Hilfe kommen wollte, hat er den Jungen gegen die Wand geworfen und ihm die Nase gebrochen.«

»Gott sei Dank«, stieß Raphaela hervor. Es tat ihr leid, dass Agas Sohn verletzt worden war. Aber lieber eine gebrochene Nase, die wieder heilte und dafür sorgte, dass sie sich helfen ließ, als sich weiterhin verprügeln zu lassen. Wer wusste schon, ob der gewalttätige Mann am Ende nicht Aga oder eines der Kinder getötet hätte.

»Wo ist sie? Ich möchte sie begrüßen und ihr sagen, dass sie sich richtig entschieden hat.«

»Ich habe ihr die Siebzehn gegeben«, antwortete Heidelinde.

Das Gebäude hatte insgesamt zweiundzwanzig Wohneinheiten – nicht annähernd genug für den Bedarf, den sie hatten. Die Zimmer fünfzehn, siebzehn und neunzehn lagen im ersten Stock, maßen jeweils etwa dreißig Quadratmeter und wurden an Frauen mit Kindern vergeben. Jede dieser Wohnungen war mit einer eigenen Kochnische und einem Bad mit WC ausgestattet, während die restlichen Zimmer bloß ein Waschbecken hatten und sich die Bewohnerinnen Toiletten und Gemeinschaftsbäder im Flur teilen mussten.

»Tapferer Junge. Wie alt ist er?«, fragte Raphaela.

»Er ist acht. Ein sehr aufgeweckter kleiner Kerl.«

»Und das Mädchen?« Raphaela konnte sich erinnern, dass Frau Karinovic zwei Kinder erwähnt hatte.

»Die ist sechs und total verschreckt, sie hat noch kein Wort gesagt.«

»Kein Wunder. Ich schau sie mir mal an.«

»Die beste Medizin ist ein wenig Ruhe und das Gefühl von Sicherheit. Das Übrige werden die anderen Kinder richten.«

Raphaela lächelte. Heidi hatte recht. Kinder fanden in der Regel rasch Anschluss. Neuankömmlinge wurden schnell in die bestehende Gruppe integriert, fast so, als würde das Leid sie zusammenschweißen. Die Betreuung der Kindergruppe gehörte zu Raphaelas Lieblingsaufgaben und linderte den Schmerz der eigenen Kinderlosigkeit.

Sie hatte sich damit abgefunden und sich auf die Arbeit gestürzt. Es war ja nicht so, dass es nicht genug zu tun gegeben hätte. Und wenn sie den Kindern im Frauenhaus ein wenig Freude bereiten und ihnen ein Lächeln entlocken konnte, war sie glücklich.

Der Handlauf an der Treppe wackelte wieder, dabei hatte sie vor zwei Wochen erst die Schrauben daran festgezogen. Da musste sie mit der Bohrmaschine ran. Aber zuerst wollte sie nach Aga Karinovic und ihren Kindern sehen.

Vor der Tür mit der Nummer siebzehn blieb sie stehen, klopfte und wartete auf die Aufforderung einzutreten.

Sie hörte von drinnen Schritte, dann wurde die Tür einen kleinen Spalt geöffnet.

»Oh, die Krankenschwester.« Die Frau zog die Tür ein Stück weiter auf.

»Ich wollte schauen, wie es Ihnen geht«, sagte Raphaela.

»Gut«, antwortete Frau Karinovic leise.

»Und Ihren Kindern? Darf ich reinkommen?«

Das oberste Gebot in diesem Haus lautete, dass niemand unaufgefordert in die Privatsphäre der Bewohnerinnen eindringen durfte. Gerade bei misshandelten Frauen wurden persönliche Grenzen regelmäßig überschritten.

Frau Karinovic nickte und ließ sie herein.

Auf dem Bett saß ein Mädchen mit langen, schwarzen Haaren, die von einem Reif mit einem Marienkäfer obendrauf aus dem Gesicht gehalten wurden. Sie hatte den Daumen im Mund und starrte Raphaela ängstlich an.

»Maria, gib den Finger aus dem Mund«, befahl Frau Karinovic ihrer Tochter, die sofort der Aufforderung nachkam und stattdessen die Tagesdecke zu kneten begann. Die Suche nach Halt, dachte Raphaela, und ihr Magen schnürte sich beim Anblick des Mädchens zusammen. Wie gern hätte sie die Kleine in den Arm genommen und ihr versichert, dass jetzt alles, wenn schon nicht gut, dann zumindest besser werden würde. Doch sie wusste auch, dass sie ihr Zeit geben musste. In ein paar Tagen würde Maria mit den anderen Kindern bestimmt im Garten herumtollen.

Am Tisch saß ein Junge, der in einem Buch las. Er sah nur kurz auf, als sie zu ihm hinüberging, steckte den Kopf aber gleich wieder in seine Lektüre. Er hatte für sein Alter einen viel zu ernsten Gesichtsausdruck. Die Gipsschiene um seine Nase verlieh ihm etwas Verwegenes. Doch nicht nur seine Nase hatte etwas abbekommen, auf der Stirn hatte er eine Beule, die sich bereits blau zu verfärben begann.

»Tut's sehr weh?«, fragte sie ihn.

Er schüttelte den Kopf, ohne den Blick vom Buch zu wenden. »Liest du gerne?«, fragte sie den Jungen.

Ein Kopfnicken. Doch da plapperte unvermittelt die Kleine los: »Zoran liest den ganzen Tag lang. Manchmal liest er mir auch was vor.«

»Ich könnte dir auch was vorlesen«, bot Raphaela an.

Das Mädchen kletterte vom Bett. »Aber ich habe kein Buch. Die sind alle zu Hause.« Sie zog eine Schnute, und es sah aus, als würde sie gleich zu weinen beginnen. Es musste schwer sein, das Zuhause einfach zu verlassen und bloß die wichtigsten Dinge mitzunehmen, die in eine Reisetasche passten – manchmal nicht mal die. Raphaela hatte schon erlebt, dass Frauen nur mit den Kleidern auf ihrem Leib geflüchtet waren.

»Wie gut, dass wir eine Bibliothek haben. Vielleicht finden wir dort was für dich«, sagte Raphaela und registrierte, dass Zoran ihr nun aufmerksam zuhörte.

Sie hatte ein wenig übertrieben. In Wahrheit handelte es sich um zwei Bücherregale im Aufenthaltsraum. Aber neben einigen Sachbüchern und Romanen gab es dort auch Kinder- und Bilderbücher. Das meiste hatte sie selbst auf dem Flohmarkt erstanden, bei anderen Büchern handelte es sich um Spenden und manche hatten ehemalige Bewohnerinnen hiergelassen.

»Können wir dahin, Mama?«, fragte Zoran seine Mutter.

»Nicht jetzt«, gab diese zur Antwort.

»Warum denn nicht? Ich kann auch alleine gehen«, bettelte der Junge.

»Nein!« Frau Karinovic klang mehr ängstlich als bestimmt. Raphaela konnte sie verstehen. Sie musste sich erst daran gewöhnen, dass sie ihre Kinder nicht rund um die Uhr beschützen musste. Viele der Frauen, die herkamen, waren anfangs überbesorgte Glucken. Das würde sich mit der Zeit legen.

Bei dem Verbot seiner Mutter presste er die Lippen fest zusammen und beugte sich wieder über sein Buch. Er tat Raphaela leid, aber sie wollte die Autorität der Mutter nicht untergraben. »Und wenn ich den Kindern ein paar Bücher hochbringe?«, bot sie einen Kompromiss an.

Zoran sah sie hoffnungsvoll an. Maria lächelte und entblößte dabei eine entzückende Zahnlücke.

»Darf sie, Mama? Bitte!«

Frau Karinovic seufzte. »Wenn es Ihnen nichts ausmacht... ich möchte die beiden nicht alleine herumlaufen lassen. Und mir fällt das Treppensteigen immer noch schwer.«

Raphaela nickte. Sie konnte sich sehr gut an die blauen Flecken am Rücken und an die angeknacksten Rippen der Frau erinnern – und laut Heidis Bericht waren weitere Verletzungen hinzugekommen.

»Gut, dann komme ich gleich wieder. Und dann

würde ich Sie gerne noch einmal untersuchen. Wenn Sie Schmerzen haben, kann ich Ihnen eine Salbe geben. Oder auch Tabletten.«

»Danke, Sie sind ein guter Mensch.« In Frau Karinovics Augen schimmerten Tränen.

Raphaela schüttelte den Kopf. »Nein, ich bin bloß eine von euch.« Mit diesen Worten verließ sie den Raum, um ihr Versprechen einzulösen und die Bücher zu holen.

Sie wünschte, sie hätte mehr für die Familie tun können.

Sie brauchten mehr Personal. Und eindeutig mehr Geld, um das Haus nicht verfallen zu lassen. Der wackelige Handlauf war nur eines von vielen Dingen, die repariert gehörten.

Heidi tat ihr Möglichstes, um Spenden zu sammeln. Viele der Frauen, die hier Unterschlupf gefunden und wieder Fuß im Leben gefasst hatten, unterstützten die Einrichtung, manche von ihnen halfen ehrenamtlich mit, so wie Raphaela auch. Sie nahm sich vor, bei Gelegenheit wieder mal Daniela anzurufen. Die war immer wieder bereit, der Institution unter die Arme zu greifen. Die neue Waschmaschine und den Trockner hatte sie angekauft. Und jetzt, wo der Sommer kam, konnte Raphaela sie bestimmt davon überzeugen, dass ein Aufstellpool für die Kinder ein Hit wäre.

KAPITEL 21

»Woher kennst du Lothar Ferstl?« Mit allem hatte Michaela gerechnet, aber nicht mit Bernds Geständnis, den Toten gekannt zu haben.

»Er war in meiner Therapiegruppe. Allerdings nur zweimal, danach ist er nicht mehr gekommen.«

»Wann war das?«, wollte Michaela wissen.

»Da müsste ich in meinen Unterlagen nachsehen.«

»Ja, bitte. Welchen Eindruck hat er auf dich gemacht?«

Bernd dachte kurz nach. »Uneinsichtig, kein Schuldbewusstsein, großkotzig...«

»Was meinst du mit großkotzig?«

»Na ja, er tat so, als wäre er der Nabel der Welt und alles würde sich um ihn drehen. Er ließ nur seine Meinung gelten, die anderen waren Nullen in seinen Augen.«

»Eine Zehn ist ohne Null auch nur eine Eins«, gab Michaela mit gehobenen Augenbrauen zurück. Dass Ferstl ein Fiesling gewesen war, hatte sie schon von dessen Frau und seinem Partner mitbekommen. Aber Bernds Charakterisierung ließ Lothar Ferstl in einem noch schlechteren Licht erscheinen.

Eine wichtige Frage brannte noch auf ihrer Seele. »Kannst du dir vorstellen, dass seine Frau ihn getötet hat, weil sie endgültig genug von ihm, den Schlägen und von seinem miesen Verhalten hatte?«

Bernd schüttelte den Kopf. »Du erwartest doch nicht von mir, dass ich ins Blaue eine Einschätzung abgebe? Ich habe kein einziges Wort mit ihr gewechselt.«

»Ich hatte eher auf deine Erfahrungswerte gehofft, aber gut, ich sehe ein, dass das unrealistisch ist. Wäre es zu viel verlangt, dich zu bitten, mit ihr zu reden?«

»Ist das jetzt was Offizielles?«

Michaela dachte an Steurers Worte, laut denen sie Bernds Hilfe in Anspruch nehmen durfte.

»Ja.«

»Dann rede ich natürlich mit ihr.«

Michaela stand auf. »Danke. Heute noch? Dann sprechen wir, wenn ich aus der Gerichtsmedizin zurück bin.«

»Ich versuch es.«

Sie war schon an der Tür, als er sie zurückrief. »Michaela!«

Mit der Klinke in der Hand stoppte sie ihre Schritte und drehte sich um.

»Ich hätte es auch so gemacht.«

»Wie bitte?«

»Mit Daniela Ferstl geredet. Auch ohne offiziellen Auftrag.«

»Ich weiß.« Sie drehte sich um und verließ Bernds Büro.

Lächelnd steuerte sie ihr eigenes Zimmer an und dankte still allen guten Mächten, dass er sich dazu entschlossen hatte, für das LKA zu arbeiten.

Doris war nicht mehr im Büro. Michaela fiel ein, dass sie sich in der Kantine verabredet hatten. Mit einem Blick auf die Uhr stellte sie fest, dass ihr gerade zwanzig Minuten blieben, ehe sie in das gerichtsmedizinische Institut aufbrechen mussten.

Deshalb beschloss sie, sich nur ein Sandwich zu kaufen und das im Auto zu essen, damit sie überhaupt etwas im Magen hatte.

Aus der Kantine schlug ihr der Geruch nach Spaghettisoße und geschmolzenem Käse entgegen. Sie hielt Ausschau nach ihrer Kollegin. Doris saß alleine am Tisch und winkte ihr zu, als sie sie entdeckte.

Michaela ging zu ihr hinüber und ließ sich auf die Bank plumpsen. Doris hatte ihren Teller mit irgendeinem

Auflauf beinahe geleert, vor ihr stand eine Flasche mit Mineralwasser und eine Schüssel Salat.

»Du bist ziemlich spät dran«, sagte Doris und pikste ein Salatblatt auf ihre Gabel.

Michaela zuckte die Achseln. »Hat länger gedauert, als ich dachte.«

»Willst du dir nichts holen? Das Nudelgratin ist wirklich gut.«

Michaela schüttelte den Kopf. »Ich kauf mir was zum Mitnehmen, für mehr bleibt keine Zeit.«

Doris verzog das Gesicht. »Du solltest was Ordentliches essen.« Sie sah auf ihre Armbanduhr. »Eine halbe Stunde wird doch reichen.«

Ach ja, sie hatte vergessen, den Fahrstil ihrer Kollegin mit in ihren Zeitplan einzurechnen. »Gut, aber wir dürfen uns nicht verspäten.«

Doris grinste. »Werden wir nicht. Versprochen.«

Tatsächlich waren sie zwei Minuten vor vierzehn Uhr da. Doris hatte sich selbst übertroffen, und Michaela war bei einem Überholmanöver das Putenschnitzel mit Reis, das sie sich schließlich geholt hatte, beinahe hochgekommen. Nicht mal Autopsien waren schlimmer.

Doris sprühte hingegen förmlich vor guter Laune. »Na, hab ich dir zu viel versprochen? Wir sind rechtzeitig hier.«

»Toll«, grummelte Michaela, die immer noch mit dem flauen Gefühl im Magen kämpfte. Der Geruch der Brandleiche würde auch nicht gerade dazu beitragen, sich wohler zu fühlen.

Sie schlüpfte in einen der Kittel, die vor dem Sektionssaal auf Haken hingen, streifte sich die Überschuhe aus

Plastik über und zog einen Haarschutz aus dem bereitstehenden Behälter. Doris folgte ihrem Beispiel. »Ich hasse diese Dinger. Sie sehen wie Duschhauben aus«, maulte sie und wirbelte ihren Zopf zu einer Art Knäuel zusammen, damit er unter der Haube Platz fand.

Michaela zwinkerte ihrer Kollegin zu. »Sie sollen ja auch irgendwie einen ähnlichen Zweck erfüllen.«

Doris' Wangen wurden eine Spur blasser. »Wie meinst du das?« Michaela behielt ihre ernste Miene bei, gab aber keine Antwort. Innerlich schmunzelte sie, als sie das entsetzte Gesicht ihrer Kollegin sah. Diese kleine Rache für die rücksichtslose Raserei auf dem Weg hierher hatte sein müssen.

»Ferreira ist bestimmt schon drinnen«, sagte sie und drückte die Stahltür auf.

Doris folgte ihr nur zögernd und blieb mit einem großen Abstand zum Tisch stehen.

Tatsächlich war Ferreira schon da und beschrieb die äußeren Merkmale des Leichnams. Ohne den Kopf zu wenden oder seine Beschreibung zu unterbrechen, winkte er sie zu sich.

Michaela musste schlucken. In dieser sterilen Atmosphäre auf dem Metalltisch wirkte die Leiche noch schlimmer zugerichtet als am Tatort.

Auch Doris hatte sich wieder gefangen. Ihre Neugier war einfach zu groß, als dass sie sich lange über Michaelas Aussage Gedanken gemacht hätte.

»Du meine Güte«, entfuhr es ihr beim Anblick des Toten.

»Ihre erste Brandleiche?«, fragte Ferreira und bedeutete seinem Assistenten, den Körper umzudrehen.

»Ja«, gab Doris zu. »Das ist... schrecklich. So möchte

ich niemals sterben. Hat er noch gelebt, als das Feuer ausbrach?«

»Dazu kann ich was sagen, wenn ich die Atemwege untersucht habe.« Er deutete auf den Rücken des Toten. »Ach, das ist ja faszinierend.«

Michaela und Doris beugten sich gleichzeitig vor, um zu sehen, was Ferreira meinte. Der hatte indessen eine Pinzette in die Hand genommen und löste etwas vom Rücken der Leiche und hielt es triumphierend hoch.

»Was ist das?«, wollte Michaela wissen. Für sie unterschied sich der Fitzel in Ferreiras Hand nicht von der restlichen verkohlten Haut.

»Sieht nach einem Stück Stoff aus. Vielleicht von der Kleidung des Opfers. Das könnte uns bei der Identifizierung helfen.«

Eine Weile sagten sie nichts und sahen dem Gerichtsmediziner bloß bei seiner Arbeit zu. Dann brach Doris das Schweigen. »War's denn jetzt ein Mann oder eine Frau?«

Ferreira grinste. »Eigentlich dachte ich, dass Sie diese wichtige Frage früher stellen.«

»Mich hat der Gesamteindruck durcheinandergebracht«, gab Doris schlagfertig zurück.

»Ein Mann«, beantwortete Ferreira ihre Frage.

»Wie können Sie sicher sein, wenn Sie ihn noch gar nicht aufgeschnitten haben?«

»Ich habe ihn geröntgt«, war die schlichte Antwort. Michaela wünschte, solche simplen Lösungen würden häufiger zu einem Ergebnis führen.

Wenigstens wurde durch die Erkenntnis, dass es sich bei dem Opfer um einen Mann handelte, der Kreis der vermissten Personen eingeschränkt – falls jemand ihn überhaupt gemeldet hatte. Ferstls Verschwinden hatte die Ehefrau ja auch nicht stutzig gemacht.

»Das Röntgenbild hat nicht zufällig auch sein Alter verraten?«, fragte Doris scherzhaft.

»Nein«, gab Ferreira völlig ernst zurück, »aber anhand des Gebisses können wir ihn hoffentlich identifizieren. Die Zähne sind noch gut erhalten. Ich habe die Bilder bereits an sämtliche Zahnarztpraxen geschickt.«

»Und was ist mit Ihrer neuen Methode, das Alter anhand der Zähne festzustellen?«, wollte Doris wissen.

Ferreira zuckte die Achseln. »Die bringt nur etwas, wenn alle anderen Möglichkeiten ausgeschöpft sind.«

Erfahrungsgemäß mussten sie mit einer Wartezeit von zwei, drei Wochen rechnen, bis die Zahnärzte reagierten. Von einem hatten sie sogar erst ein ganzes Jahr später Antwort erhalten, da hatten sie nicht nur längst den Namen der Toten herausgefunden, sondern auch deren Lebensgefährten des Mordes an ihr überführt. Trotzdem blieb der Zahnabgleich die effektivste Art der Identifizierung von unbekannten Leichen. Am einfachsten war es natürlich, wenn der Tote Papiere bei sich hatte. Personalausweis, Reisepass, elektronische Gesundheitskarte, Bankomatkarte, sogar diese ganz wunderbaren personalisierten Kundenkarten von allen möglichen Shops, die Michaela selbst ablehnte, waren hilfreich, um die Identität eines Menschen zu bestimmen. Datenschutz hin oder her – die meisten Firmen gaben der Polizei freiwillig Auskunft. Und wenn nicht, mussten sie anhand einer richterlichen Verfügung die Daten herausgeben. Schwierig wurde es immer dann, wenn es keine solchen Dokumente gab und auch sonst nichts, was auf die Herkunft oder den Namen eines Opfers schließen ließ oder wenn sie sich, so wie in diesem Fall, nicht einmal mit einem Foto an die Öffentlichkeit wenden konnten, weil die Gesichtszüge des Mannes bis zur Unkenntlichkeit verbrannt waren. Oder so wie Ferstl, dessen Gesicht dermaßen angeschwollen war, dass man sein Aussehen nicht mal erahnen konnte. Michaelas innerer Sensor registrierte die Gemeinsamkeit beider Opfer. Was für ein Blödsinn, schalt sie sich. Nichts deutete darauf hin, dass die beiden Männer mehr verband als die Tatsache, dass sie tot waren. Aber ein Gedanke, einmal gedacht, ließ sich nicht rückgängig machen. So weit hergeholt Michaela ihn auch fand, sie wusste auch, dass er sie nicht mehr in Ruhe lassen würde, bis sie ihm nachging und jede weitere Verbindung zwischen den beiden Toten ausschließen konnte. Doch dazu musste sie erst wissen, wer dieser Typ auf dem Tisch vor ihr war.

KAPITEL 22

Bernd hatte sein Kommen telefonisch bei Daniela Ferstl angekündigt. Wenn sie überrascht war, dass ein Kriminalpsychologe mit ihr sprechen wollte, zeigte sie es nicht. Sie bat ihn herein und führte ihn ins Wohnzimmer. Zunächst stellte er ein paar unverfängliche Fragen, um ihr Vertrauen zu gewinnen: »Wie verbringen Sie Ihre Freizeit?«

Die zierliche Frau machte einen sehr ehrlichen, offenen Eindruck auf ihn. »Ich lese viel. Ab und an helfe ich in dem Frauenhaus, wo ich Zuflucht fand, auch wenn mein Mann ... wie sagt man denn jetzt? Exmann stimmt ja so nicht.«

Da war Bernd auch überfragt. »Verstorbener Mann?«, schlug er vor.

Sie nickte. »... also, auch wenn mein verstorbener Mann dagegen war. Er meinte, die hätten mich bloß aufgewiegelt.«

»Und stimmt das?«

Daniela Ferstl sah ihn verständnislos an. »Nein, natürlich nicht. Das heißt, auf Lothar muss es so gewirkt haben. Aber die haben einfach mein Selbstbewusstsein gestärkt. Ich sagte öfter mal Nein – und das hat ihm nicht in den Kram gepasst.«

Sie berichtete ein wenig von ihrer Zeit im Frauenhaus, von den anderen Bewohnerinnen, den freiwilligen Helferinnen und wie wichtig sie es fand, solche Institutionen zu unterstützen. Sie erzählte, dass sie kaum Freunde hatte, die Kontakte ins Frauenhaus wären die einzigen, die sie außerhalb ihrer eigenen vier Wände pflegte.

»Ich zog mich schon als Kind gerne zurück und blieb lieber allein.«

»Haben Sie sich einsam gefühlt?«

Sie dachte kurz nach. »Manchmal«, gab sie schließlich zu.

»Und nachdem Sie Lothar kennengelernt haben?«

Sie schüttelte den Kopf. »Seine Eltern haben hier gelebt. Und wir hatten häufig Gäste oder waren selbst eingeladen.«

Interessant, wie geschickt sie seiner Frage auswich. Wäre sie eine seiner Patientinnen gewesen, hätte er nachgebohrt. Aber hier musste er mit viel Fingerspitzengefühl vorgehen, damit sie sich ihm nicht verschloss. Schließlich war er ein Fremder für sie.

Da sie offensichtlich kein Problem damit hatte, über

die Misshandlung und ihre Zeit im Frauenhaus zu reden, lenkte er das Gespräch wieder auf dieses Thema.

»Als Sie das zweite Mal zu ihm zurückgekehrt sind, hat er Sie da wieder geschlagen?«

Die Frau tastete nach der Kette um ihren Hals. Schwanenhals, schoss ihm bei dem Anblick durch den Kopf.

»Ich bin ihm so weit wie möglich aus dem Weg gegangen«, wich sie erneut aus.

»Das ist keine Antwort auf meine Frage.«

Sie stand auf und drehte ihm den Rücken zu. So leise, dass er sie kaum verstand, sagte sie: »Einmal. Er hatte etwas getrunken und wollte mit mir schlafen. Nach Monaten. Ich dachte, er hätte bereits vergessen, dass ich überhaupt existiere.« Nun wandte sie sich um und sah ihn an. In ihrem Blick lag eine Verletztheit, die Bernd rührte.

»Sie fragen sich bestimmt, warum ich überhaupt zu ihm zurückgekehrt bin. Wahrscheinlich verachten Sie mich dafür, aber es ist doch so: Manchmal ist eine Veränderung beängstigender als eine Situation, die man kennt.«

»Nein, ich kann Sie gut verstehen.«

Sie ließ die Hand von ihrem Hals sinken. »Tatsächlich?«

Bernd nickte. Das war nicht bloß so dahergesagt gewesen. Die Entscheidung, Graz und alles Vertraute hinter sich zu lassen, war die schwierigste gewesen, die er je getroffen hatte. Menschen reagierten nun mal unterschiedlich. Das, was manche als Chance sahen, erlebten andere als Bedrohung.

»Es gab auch gute Zeiten«, sagte Daniela Ferstl.

Bernd wartete ab.

»Ich habe mich an die schönen Dinge geklammert.«

Eine einzelne Träne lief über ihre Wangen, und sie wischte sie mit dem Ärmel ihres Pullovers weg. Dann atmete sie tief ein, ehe sie fortfuhr: »Wie kann ein Mensch sich dermaßen zu seinem Nachteil verändern? Sagen Sie mir das. Sie kennen sich doch damit aus!«

»Ohne mehr über Ihren verstorbenen Mann zu wissen, ist das nicht so einfach. Erzählen Sie mir von ihm. Wann hat die Veränderung angefangen? Womöglich hatte er diese negativen Seiten immer schon, und hat sie einfach nur gut verborgen.«

Daniela Ferstl setzte sich wieder und schüttelte langsam den Kopf. »Es kann nicht sein, dass Lothar sich so verstellt hat. Das würde alles, woran ich jemals geglaubt habe, infrage stellen. Aber mittlerweile bin ich mir in gar nichts mehr sicher. Vielleicht war ich einfach naiv. Oder dumm.«

Bernd lächelte. »Wie wär's mit romantisch oder verträumt?«

»Das klingt auf jeden Fall besser«, räumte sie ein.

Er befragte sie zu ihrer Vergangenheit und zu ihren Hobbys und erfuhr, dass sie mit ihren Eltern nichts zu tun haben wollte. Den Grund für den Kontaktabbruch verriet sie ihm aber nicht und er bohrte nicht weiter nach.

»Ich habe früher mal gezeichnet«, gestand sie ihm auf seine Frage nach ihren Lieblingsbeschäftigungen.

Das überraschte Bernd nicht. Er war sich ziemlich sicher gewesen, dass sie irgendeine Möglichkeit gefunden hatte, sich auf kreative Weise auszudrücken. Ihrer Statur nach hätte er aber eher auf Ballett oder Ausdruckstanz getippt.

»Sie sind also eine Künstlerin.«

»Ich würde mich niemals als Künstlerin bezeichnen, das wäre doch sehr vermessen. Ich bin eine Dilettantin.«

»Sie sagten, Sie hätten früher gezeichnet. Warum tun Sie es nicht mehr?«

»Ich habe die Lust dazu verloren. Ich fürchte, Lothar hatte recht. Ich fange alles Mögliche an, bin aber nie gut genug, um weiterzumachen. Das ist mein Problem.«

»In meinen Augen sind Ihre Selbstzweifel das Problem. Ich würde Ihre Zeichnungen sehr gerne sehen«, sagte Bernd. Schön langsam bekam er eine Ahnung davon, was mit Daniela Ferstl los war. Aber um sicherzugehen, musste er ihr noch mehr Fragen stellen.

Daniela lächelte. »Das können Sie nur deshalb behaupten, weil Sie meine Bilder nicht kennen.«

»Zeigen Sie sie mir.«

Daniela Ferstl war kein Profi, aber von dilettantisch, wie sie sich selbst bezeichnet hatte, war sie weit entfernt. Sie hätte das Zeug für ein Kunststudium gehabt – soweit Bernd das beurteilen konnte. Im Zuge seiner Ausbildung hatte er sich auch mit Kunst- und Gestalttherapie befasst, sich dann aber doch lieber für die klassische Gesprächsform entschieden. Talent besaß Daniela Ferstl jedenfalls. Die Zeichnungen erinnerten ihn an Munchs *Der Schrei*, allerdings ohne ihn zu kopieren. Doch was er spannender fand als Danielas klaren Stil, waren die Motive, die sie verwendet hatte. Die Gesichter der Frauen unterschieden sich auf jedem einzelnen Blatt, doch eines hatten alle gemeinsam: Sie wurden in einem emotionalen Ausnahmezustand dargestellt. Entsetzen, Panik, Angst. Eine hatte das Gesicht vor Wut verzerrt, bei einer anderen flossen Tränen, eine andere hockte zusammengekauert auf einer Bank vor einem Fenster und blickte nachdenklich hinaus auf die Straße. Der Psychologe in Bernd fragte sich, ob die Bilder Daniela Ferstls Gefühle widerspiegelten und sie sich selbst verfremdet oder einfach das aufs Papier gebannt hatte, was andere Frauen in ähnlichen Situationen empfanden.

»Die sind richtig toll. Schade, dass Sie damit aufgehört haben. Wann haben Sie zuletzt gezeichnet?«, fragte er.

»Ist schon eine ganze Weile her. Bald zwei Jahre.«

Behutsam entlockte Bernd Daniela Ferstl immer mehr über ihr Leben. Sie erzählte, dass sie nachts nicht schlafen konnte und dass es ihr oft schwerfiel, morgens aus dem Bett zu kommen. Sie fühlte sich häufig erschöpft, obwohl sie den ganzen Tag nichts getan hatte, und manchmal stellten selbst so simple Tätigkeiten wie Anziehen und Duschen für sie einen Kraftakt dar.

Nach dem Gespräch mit ihr war Bernd sich ziemlich sicher, dass er keine Mörderin vor sich hatte. Die Wahrscheinlichkeit, dass sie sich selbst etwas antat, war ungleich größer als die, dass sie jemand anderem wehtat. Beim Abschied legte er ihr nahe, sich ärztliche Hilfe zu suchen, und gab ihr seine Karte. »Rufen Sie mich an, wenn Sie das Gefühl haben, alleine nicht klarzukommen.«

Sie versprach es ihm, aber er war sich ziemlich sicher, dass sie sein Angebot nicht in Anspruch nehmen würde.

Und in einer weiteren Sache war er sich ebenfalls ziemlich sicher: Auch wenn Michaela es nicht gern hören würde – zum gegenwärtigen Zeitpunkt, mit dem jetzigen Wissensstand, schloss er Daniela Ferstl als Täterin aus.

Ferreira war mit der Obduktion schneller fertig, als Michaela erwartet hatte. Laut dem Gerichtsmediziner hatte das Opfer noch gelebt, als der Brand ausbrach. Sie konnten den Todeszeitpunkt somit recht genau eingrenzen. Der Notruf an die Feuerwehr ging um 17:32 Uhr ein. Als die Einsatzkräfte acht Minuten später bei der Werkstatt ankamen, befand die sich bereits in Vollbrand.

Im Zuge einer der Brandschutzübungen, die jedes Jahr im LKA stattfanden, erinnerte sich Michaela daran, dass einem weniger als zehn Minuten blieben, um einen Brand selbst zu löschen, ehe er sich so weit ausbreitete, dass nur mehr die Feuerwehr etwas ausrichten konnte. In diesem Fall musste das Feuer kurz nach siebzehn Uhr ausgebrochen sein, wenn man die Zeit in Betracht zog, bis der Rauch bemerkt und die Feuerwehr verständigt worden war.

Wie lange der Mann sich davor in der Autowerkstatt aufgehalten hatte, wusste allerdings niemand. War er freiwillig hingefahren oder wurde er hingebracht? Sie hatten kein Fahrzeug auf dem Parkplatz gefunden, aber das war bei Ferstl ebenfalls so gewesen. Noch eine Übereinstimmung.

Sie schob auch die beiseite.

»Woran denkst du?«, fragte Doris und riss sie aus ihren Überlegungen.

»Was wir als Nächstes tun sollen«, gab Michaela zur Antwort.

Doris startete den Motor und legte den ersten Gang ein, fuhr aber noch nicht los. »Präsidium oder Frauenhaus?«

Michaela gab sich einen Ruck. »Frauenhaus.« Sie hatte Bernd zwar um ein Gespräch mit Daniela Ferstl gebeten, aber es schadete bestimmt nicht, weitere Informationen über ihre Verdächtige zu sammeln. Außerdem hatte Melanie Grabherr erwähnt, dass sie ebenfalls eine Weile im Frauenhaus gewesen war. Es gab also gleich zwei gute Gründe, um hinzufahren.

Erst jetzt blickte Doris in den Rück- und Seitenspiegel, gab Gas und reihte sich in den Verkehr ein.

Das Gelände, das sie fünfundzwanzig Minuten später erreichten, war eine Festung. Ein Stahltor sicherte die Zufahrt, Kameras und eine Gegensprechanlage sorgten dafür, dass Unbefugte erst gar keinen Zutritt erhielten.

Michaela stieg aus und zeigte ihren Dienstausweis in die Kamera, gleich darauf schwang das Tor auf und sie ging zu Fuß hinein, während Doris langsam den Eingang passierte und unmittelbar dahinter das Auto auf einem der freien Parkplätze abstellte.

Dieses Areal war ein kleiner Mikrokosmos, in dem das Leben seinen eigenen Regeln folgte. Im hinteren Bereich war ein Gemüsegarten angelegt worden, der sofort Michaelas Aufmerksamkeit weckte, denn im Gegensatz zu ihr schien hier jemand etwas vom Gärtnern zu verstehen. Ein weißer Lieferwagen stand mit offenem Heck vor dem Eingang zum Haus, zwei Frauen schleppten Kisten mit Lebensmitteln hinein. Eine von ihnen trug ein Kopftuch und ein Kleid mit langen Ärmeln, die andere ein bauchfreies T-Shirt und eine weite, ausgefranste Jeans.

Ehe sie sich und Doris vorstellen konnte, drückte ihr die leger gekleidete Frau eine Kiste mit Obst in die Hand, eine zweite mit Gebäck reichte sie Doris. »Folgen Sie damit einfach Fatma in die Küche«, wies sie an.

Ein wenig überrumpelt tat Michaela, was von ihr verlangt wurde. Doris zuckte die Schultern und flüsterte Michaela zu: »Hast du ihre Kette bemerkt?«

Sie nickte. Die war ihr gleich aufgefallen. Der Anhänger glich dem von Daniela Ferstl, und auch Melanie Grabherr hatte so ein Kreuz getragen.

»Vielleicht eine Art Erkennungszeichen?«

»Stellen Sie das einfach dort drüben ab.« Fatma deutete mit dem Kopf auf den riesigen Tisch in der Mitte der Küche.

»Wir würden gern mit jemand von der Leitung sprechen«, sagte Michaela.

Die Frau in Jeans wuchtete eine weitere Klappbox aus Plastik mit Säften auf die Arbeitsplatte und reichte Michaela die Hand. »Raphaela Moosbacher. Danke für Ihre Hilfe. Sie wollen zu Heidi?«

»Michaela Baltzer«, stellte sich Michaela nun vor und erwiderte den erstaunlich festen Händedruck. »Wenn Heidi die Leiterin ist, dann ja.«

Heidelinde Aumann hatte die fünfzig bereits deutlich überschritten, doch sie strahlte eine Vitalität aus, die Michaela bemerkenswert fand. Trotz der stämmigen Figur sprühte sie vor Elan und guter Laune. Man merkte ihr an, dass sie in ihrer Tätigkeit aufging.

»Wie schön, du hast Besuch mitgebracht«, sagte Heidelinde an Raphaela gewandt und lächelte, als wären sie lang erwartete Gäste. Michaela fühlte sich sofort willkommen.

»Ich geh dann mal, es gibt noch viel zu tun«, sagte die junge Frau, die sie hergebracht hatte, und nickte ihnen zum Abschied zu, ehe sie das Zimmer verließ.

»Wir sind von der Kripo und hätten ein paar Fragen.«

»Kripo klingt alarmierend. Müssen wir uns Sorgen machen?« Auf Heidelindes Stirn erschien eine steile Falte.

»Nein, wir sammeln bloß Informationen über zwei ehemalige Mitbewohnerinnen.«

»Ich weiß nicht, ob ich Ihnen da helfen kann. Die Frauen, die wir betreuen, verlassen sich darauf, dass wir ihre Persönlichkeitsrechte nicht verletzen. Da geht es um Vertrauen, das ohnehin schwer erschüttert ist.«

»Das verstehe ich, aber keine Sorge. Es geht um ganz allgemeine Dinge.«

Heidelinde nickte. »Gut, dann fragen Sie. Ich behalte mir allerdings vor, nicht auf alles zu antworten. Um wen geht es konkret?«

»Es betrifft Daniela Ferstl und Melanie Grabherr. Meine erste Frage hat aber gar nichts mit den beiden zu tun – oder vielleicht doch. Mir ist Ihre Kette aufgefallen. Daniela und Melanie haben die gleiche – und die junge Frau von vorhin auch.«

Heidelinde trug ebenfalls ein Kreuz um ihren Hals, und Michaela war sich mittlerweile sicher, dass es sich bei allen um das gleiche Modell handelte. Das musste irgendeine Bedeutung haben, und sie wollte wissen, welche.

»Ach das.« Heidelinde Aumann griff nach dem Anhänger. »Wir sind keine christliche Einrichtung. Aber manche von uns finden Halt im Gebet – und das Kreuz ist nun mal das Symbol für den Glauben an Gott.«

Für Michaela, die keiner Konfession angehörte und auch nur wenig damit anfangen konnte, erschloss sich diese tiefe Gläubigkeit nicht. Sie maß einen Menschen an dessen Taten und nicht an seiner Religion. Unter den Mördern, die sie gefasst hatte, waren gleichermaßen Atheisten, Christen oder Moslems.

In jeder Gruppe gab es sowohl Verbrecher als auch Helden – und alle Abstufungen dazwischen.

»Aha, so eine Art Club«, hakte Doris ein.

Michaela hätte ihrer Kollegin beinahe einen Stoß mit dem Ellbogen verpasst. Wie konnte man so pietätlos sein?

Doch Heidelinde nahm es Doris nicht krumm, im Gegenteil. Sie brach in schallendes Lachen aus. »Ja, gewissermaßen. So hat allerdings noch keiner unseren Gebetskreis bezeichnet.«

»Und Daniela Ferstl und Melanie Grabherr gehören diesem ... Gebetskreis an?«, nahm Michaela den Faden wieder auf. Also doch. Melanie Grabherr hatte sie angelogen!

»Ja, wir treffen uns alle zwei Wochen.«

»Zum Beten?«, hakte Doris nach.

Heidelinde Aumann behielt ihr freundliches Lächeln bei. »Zum Beten, zum Philosophieren, zum Austausch. Wir planen die Gottesdienste in der kleinen Kapelle im Haus. Der Priester ist übrigens der einzige Mann, den wir hier hereinlassen.«

Das fand Michaela interessant. »Wie machen Sie das, wenn Sie Handwerker brauchen? Leider gibt es ja viel zu wenige Frauen, die Installateurin oder Elektrikerin werden wollen.«

»Das ist in der Tat ein wenig schwierig, aber ich habe meine bevorzugten Betriebe. Bisher hat es jedenfalls geklappt. Vieles können wir selbst machen. Raphaela, zum Beispiel, ist ein Multitalent. Sie kennt sich mit elektrischen Dingen aus, kann ausmalen und tapezieren, hat bereits etliche verstopfte Abflüsse frei gekriegt und ist sich für keine Arbeit zu schade. Ich bin froh, dass ich sie zu meinen Helferinnen zählen darf.«

»Raphaela war die junge Frau, die uns hergebracht hat, nicht wahr?«, fragte Michaela nach.

»Ja, sie ist wahrlich ein Segen.«

»Kommen wir doch wieder auf Daniela Ferstl und Melanie Grabherr zurück. Können Sie sich erinnern, wann die beiden in Ihrer Institution waren und wie lange? Haben Sie sich hier kennengelernt?«

Heidelinde Aumann nickte. »Für die genauen Daten muss ich im Computer nachsehen. Kennengelernt haben sie sich in unserem ... Club.« Sie betonte das letzte Wort und schielte zu Doris hinüber.

»Bekommen alle Mitglieder Ihrer Runde so ein Kreuz?«, kam Michaela nun wieder auf das Schmuckstück zu sprechen.

»Alle, die sich uns verbunden fühlen.« Heidelinde Aumann seufzte. »Ich glaube, ich muss ein wenig ausholen, sonst bekommen Sie womöglich einen ganz falschen Eindruck von dem hier«, sagte sie und machte eine ausholende Armbewegung.

»Niemand wird zu etwas gezwungen. Viele der Frauen haben ihr halbes Leben damit verbracht zu tun, was von ihnen verlangt wird. Sie werden unterdrückt und genötigt. Für die meisten ist es schon Freiheit, selbst zu entscheiden, was sie morgens anziehen oder frühstücken wollen. Von anderen Dingen ganz zu schweigen. In erster Linie – und das ist ein ganz wesentlicher Bestandteil unseres Programms – stärken meine Mitarbeiterinnen und ich Selbstwertgefühl und Selbstbestimmung der Frauen.« Sie fuhr sich mit gespreizten Fingern durch das graue Haar. »Einige der Frauen sind gläubig, manche werden es, andere können mit Gott und der Kirche gar nichts anfangen. Müssen sie auch nicht. Wir helfen allen, die Hilfe brauchen. Das verstehe ich unter Nächstenliebe.«

»Wie haben Sie Daniela Ferstl erlebt? Sie erwähnte, dass Sie ihr Selbstvertrauen gestärkt hätten. Und dass ihr Mann alles andere als begeistert davon war.«

»Das kann ich mir vorstellen. Es ist ja auch viel anstrengender, Dinge auszudiskutieren, anstatt sie anzuordnen. Oder die eigene Ehefrau als lebendes Wesen wahrzunehmen, das einen eigenen Willen und Gefühle hat, und nicht als Gegenstand oder praktisches Vorzeigeobjekt.«

»Warum ist Daniela Ferstl dann zu ihrem Mann zurückgekehrt, sogar zweimal? Das ist etwas, das ich überhaupt nicht nachvollziehen kann«, sagte Doris kopfschüttelnd.

Ein tiefer Seufzer begleitete Heidelindes Worte. »Das kommt leider häufig vor. Manche suchen vier-, fünfmal bei uns Zuflucht, ehe sie den Absprung schaffen.«

Doris schnaubte. »Wenn die Frauen es beim vierten Mal noch immer nicht kapiert haben, dass ihr Mann ein Arsch ist und sie weiter schlagen wird, kann man ihnen nicht helfen.«

»Was schlagen Sie vor? Sollen wir die Frauen einfach abweisen? Nein, das widerspricht jeder Menschlichkeit.«

»Aber ist es nicht frustrierend? Sie tun so viel für diese Frauen, und dann war alles umsonst? Ich hätte schon lange aufgegeben.«

Heidelinde Aumann lächelte Doris nachsichtig an. »Haben Sie Kinder?«

Doris blinzelte irritiert. »Ja, einen Sohn.«

»Er macht bestimmt Fehler und es gibt Dinge an ihm, die Sie auf die Palme bringen, oder?«

»Natürlich, das gehört dazu.«

»Aber Sie lieben ihn und verzeihen ihm.«

»Okay, ich verstehe«, gab Doris sich geschlagen. Michaela konnte ihr ansehen, dass sie über Heidelindes Sätze nachdachte.

»So ist das bei uns auch. Ich war nicht glücklich, als Daniela mir mitgeteilt hat, dass sie wieder zu ihrem Mann zurückkehrt. Aber sie hat sich die Entscheidung nicht leicht gemacht und sie hat sie nach bestem Gewissen und langem Überlegen gefällt.«

Nun, da die Leiterin wieder bei Daniela Ferstl angelangt war, fand Michaela den Zeitpunkt günstig, noch einmal auf ihre ursprüngliche Frage zurückzukommen. »Sie hatten also den Eindruck, dass Frau Ferstl besonnen war?«

»Besonnen, ja. Sie hat nie spontan Entscheidungen getroffen, hat Für-und-Wider-Listen geführt.«

»Auch als es um den Entschluss ging, nach Hause zurückzugehen?«

Heidelinde Aumann lächelte. »Da besonders. Sie hat zwei Tage damit verbracht, die positiven und die negativen Dinge an ihrem Mann aufzuschreiben. Die positive Spalte war um ein paar Einträge länger.«

»Klingt so, als wäre sie jemand, der gut planen und organisieren kann«, sagte Michaela und hatte Ferstls zerstochenes, geschwollenes Gesicht vor Augen. Diese Tat war keine unbedachte Aktion gewesen, so viel stand fest. Und Melanie Grabherr hätte jede Menge Gelegenheiten gehabt, Daniela den Schlüssel zum Gartenhaus zu überlassen, auch wenn sie behauptet hatte, ihn nicht verliehen zu haben. Schließlich war sie auch nicht ganz ehrlich gewesen, als es um ihre Bekanntschaft mit den Ferstls ging.

»Und Frau Grabherr? Wie lange war sie bei Ihnen?«, fragte Michaela.

»Hm, drei Monate etwa. Sie ist ganz anders gestrickt als Daniela«, erwiderte Heidelinde.

»Wie meinen Sie das?«

»Nun, für Melanie war es von Anfang an klar, dass sie ihren Mann verlassen würde. Sie brauchte bloß eine Zwischenstation, wo sie bleiben konnte, bis sie eine eigene Wohnung fand. Wir haben sie bei der Suche unterstützt, haben sie bei den Amtswegen begleitet, ihr bei den rechtlichen Fragen geholfen. Solche Dinge halt. Auch diese Tätigkeiten gehören zu unseren Aufgaben.«

»Ich finde Ihr Engagement großartig und wünschte, es gäbe mehr Leute, die Ihr Verständnis teilen, dann würde die Welt ein wenig besser aussehen«, sagte Michaela und meinte jedes Wort ernst. Es war unglaublich, was Heidelinde und ihr Team leisteten.

»Alleine könnte ich bei Weitem nicht so viel erreichen. Ich bin auf meine ehrenamtlichen Helferinnen angewiesen. Zusammen bewirken wir mehr.«

»Da haben Sie tatsächlich Großes geschaffen. Ist das Ihr Haus?«, fragte Michaela.

Heidelinde Aumann schüttelte den Kopf. »Nein, vor hundertfünfzig Jahren hat eine Gräfin dieses Anwesen der Stadt Wien vererbt, unter der Auflage, dass es zu sozialen und karitativen Zwecken verwendet wird. Eine Weile hat es als Kinderheim gedient; nachdem es geschlossen wurde, stand das Haus leer und verfiel. Eine Renovierung war der Stadt zu teuer, also verkauften sie es 1985 für einen Pappenstiel an den Verein *Ohne Angst*, den ich mitgegründet habe. Wir haben jede freie Minute gearbeitet, um das Haus wieder wohnlich zu gestalten, und es hat eine ganze Stange Geld gekostet. Aber wir bekamen Förderungen und großzügige Spenden. Erst letztes Jahr haben wir die Fassade erneuert – alle haben mitgearbeitet. Für die Frauen ist eine sinnvolle Beschäftigung sehr wichtig. Deshalb ist es nicht nur eine Verschönerungsaktion gewesen, sondern auch eine Art Therapie.«

»Und der Garten? Der ist mir schon bei der Ankunft aufgefallen. Ich wünschte, meiner würde so gedeihen.«

»Wir versuchen, so autark wie möglich zu sein. Und ja, auch der wird von unseren Bewohnerinnen gepflegt. Wollen Sie ihn sich näher ansehen? Ich führe Sie gerne ein wenig herum.«

Michaela nahm das Angebot dankend an. Zum einen war sie auf die restlichen Räume gespannt, zum anderen interessierte sie der Garten wirklich.

Sie verließen hinter Heidelinde das Zimmer. Michaela wunderte sich zwar, dass die Leiterin nicht einmal die Tür schloss, geschweige denn absperrte, aber wahrscheinlich gehörte auch das zu der Philosophie, die hier im Haus vertreten wurde – Vertrauen schenken.

Während sie neben Heidelinde herschritt und sich alle Räumlichkeiten zeigen ließ – das Haus war größer, als sie erwartet hatte –, ging Doris hinter ihnen her. Sie wirkte in sich gekehrt und verhielt sich ungewohnt ruhig und zurückhaltend. Michaela fragte sich, was in ihrer Kollegin vorging. War Doris von der ganzen Einrichtung genauso beeindruckt wie sie selbst, oder hatte ihre Schweigsamkeit einen ganz anderen Grund?

Auch Michaela war in Gedanken versunken, als sie zurück Richtung Kriminalamt fuhren. Vieles, was sie in den letzten eineinhalb Stunden gehört und gesehen hatte, ließ sie nicht so schnell los. Es war nicht ihr erster Besuch in einem Frauenhaus gewesen, und auch in den anderen Einrichtungen hatte sie engagierte Menschen getroffen, doch in diesem hier herrschte eine ganz besondere Atmosphäre, die sie nicht in Worte fassen konnte. Heidelinde Aumann schien jeden ihrer Schützlinge wie eine Tochter zu behandeln, egal welcher Nationalität oder Religion sie angehörten, obwohl – oder weil – sie selbst gläubige Christin war. Die Leiterin des Frauenhauses lebte sogar in der Institution. Ihre Räume, Heidelinde Aumann hatte sie Michaela und Doris bei ihrem Rundgang gezeigt, waren nicht luxuriöser und nur unwesentlich größer als die Zimmer der anderen Frauen. Sie verzichtete auf jeden Komfort und so etwas wie ein Privatleben kannte sie kaum. Doris hatte Michaela zugeraunt, dass Heidelinde ja gleich ins Kloster hätte gehen können, wenn sie eh wie eine Nonne lebte.

Das Läuten ihres Telefons katapultierte sie in die Wirklichkeit zurück. Sie holte es aus ihrer Hosentasche. Die Telefonnummer, die angezeigt wurde, kannte sie nicht.

»Michaela Baltzer«, meldete sie sich.

»Hannes Reichmann, Autoverwahrstelle Simmering«, stellte sich der Anrufer vor.

»Ich hoffe, der Grund Ihres Anrufes ist nicht, dass Sie mein Auto abgeschleppt haben«, scherzte Michaela.

»Nein, zumindest habe ich darüber keine Unterlagen, aber ich rufe Sie wegen eines anderen Wagens an. Sie haben eine Suchmeldung nach einem silbernen BMW mit dem Kennzeichen W-283 FER rausgegeben?«

Michaela setzte sich auf. Mit dem letzten Satz hatte Reichmann sich ihre volle Aufmerksamkeit gesichert. Sie schaltete den Lautsprecher ein, damit Doris mithören konnte.

»Ja, habe ich«, beantwortete sie seine Frage. »Wissen Sie etwas über den Verbleib des BMWs?«

»Kann man so sagen. Das Fahrzeug steht bei uns in der Verwahrstelle.«

»Ja!«, entfuhr Michaela ein Jubelruf. »Wir kommen sofort vorbei.«

Doris benötigte keine weiteren Anweisungen, sie hatte bereits auf die Abbiegespur gelenkt, um bei der Kreuzung umzudrehen. Dass sie dabei vergessen hatte, den Blinker zu setzen, und der nachfolgende Fahrer sie anhupte, weil sie mit ihrem überraschenden Manöver ihn zu einer abrupten Bremsung gezwungen hatte, überging Michaela diesmal großzügig. Sie wählte Haralds Nummer und bat ihn, alles in die Wege zu leiten, um Ferstls Wagen in die Spurensicherung zu bringen.

»Das sind großartige Neuigkeiten. Ich kümmere mich gleich darum«, antwortete er, und endlich hatte Michaela das Gefühl, einen Schritt in diesem Mordfall weiterzukommen.

KAPITEL 23

Sie hatte schon befürchtet, ihn zu verpassen, doch das Glück war auf ihrer Seite. Er trat eben aus dem Gebäude, ging mit schnellen, federnden Schritten zu seinem Auto, stieg ein und fuhr los. Auch sie lenkte ihren Wagen aus der Parklücke, in der sie gewartet hatte, und fuhr ihm hinterher.

Der Feierabendverkehr machte es schwer, ihn nicht aus den Augen zu verlieren, aber dadurch wurde auch die Gefahr geringer, entdeckt zu werden, wobei sie bezweifelte, dass er überhaupt merken würde, dass er beschattet wurde. Warum sollte er damit auch rechnen? Er hatte schließlich keinen Grund, misstrauisch zu sein. Dennoch achtete sie darauf, dass sich immer ein bis zwei Fahrzeuge zwischen ihnen befanden. Sicher war sicher.

Autofahren war eines der Dinge, die sie liebte. Man brauchte dabei nicht viel nachzudenken, handelte einfach, funktionierte, konnte die Gedanken schweifen lassen. Selten fühlte sie sich so entspannt wie hinter dem Steuer – so normal. Ihr war bewusst, dass sie sich jenseits der Norm bewegte, seit ... ja, eigentlich seit sie sich erinnern konnte. Sie gehörte schon im Kindergarten zu den Außenseitern, mit denen die anderen nicht spielen wollten und die meist für sich blieben. Ihr Vater, der leibliche, hatte ihr als Einziger das Gefühl gegeben, etwas Besonderes zu sein. Sie hatte es nie geglaubt, aber so getan als ob, um ihn glücklich zu machen.

Der plötzliche Spurwechsel ihres nächsten Kandidaten riss sie aus ihren Gedanken. »Mist«, entfuhr es ihr, ehe sie gerade noch rechtzeitig ihr eigenes Fahrzeug auf die Abbiegespur lenkte. Sie musste unbedingt besser aufpassen, sonst verlor sie ihn aus den Augen, dabei war es doch immens wichtig, ihn und seinen Tagesablauf kennenzulernen.

Er bremste, setzte den rechten Blinker und fuhr mit seinem Wagen in die nächste Parklücke.

Gemächlich ließ sie sich an ihm vorbeirollen und registrierte, dass er auf seinem Handy herumtippte, wahrscheinlich um ein Parkticket zu lösen.

Etwa fünfzig Meter weiter vorne fand dann auch sie eine Parkmöglichkeit. Sie manövrierte ihr Auto zwischen Pritschenwagen und Motorrad hinein, blickte in den Seitenspiegel und sah gerade noch, wie er in einem Hauseingang verschwand. Wohin wollte er?

Mit einem Klick löste sie den Gurt, stieg aus, lief zu dem großen Holztor hinüber und las sich die Türschilder durch. Neben einigen Privatpersonen beherbergte das Haus auch einen Rechtsanwalt, eine Augenarztpraxis und WIGAA. In kleiner Schrift stand die Erklärung für die Abkürzung: *Wiener Institut für Gewaltprävention und Anti-Aggressionstraining.*

Jetzt war ihr klar, was ihn hierhergeführt hatte. Es war keine Überraschung, sie wusste ja, was er tat, und das war auch der Grund dafür, dass sie ihn ausgewählt hatte. Trotzdem krampfte sich ihr Magen zusammen. Hätte sie noch einen Funken Zweifel gehabt, ob ihr Vorhaben, ihn einem Gottesurteil zu unterziehen, richtig war, hätte sie den spätestens jetzt verloren. Jemand, der glaubte, er könne gewalttätige Männer mit ein bisschen Reden dazu bringen, nicht mehr auf ihre Frauen loszugehen, und ihnen mit seinen Gutachten zu einer verkürzten Haftstrafe oder einem Freispruch verhalf, war entweder naiv, überheblich oder Opportunist. Dass er zu den naiven Menschen gehörte, glaubte sie nicht, und die beiden anderen Möglichkeiten machten ihn zu jemandem, der genauso schlimm war wie die Typen, die er behandelte. Vielleicht sogar noch schlimmer.

Sie wartete nicht darauf, dass er zurückkam, dafür hatte sie keine Zeit und auch keine Lust. In ihr schwelte der Zorn, und sie musste sich zusammennehmen, um auf dem Weg nach Hause keinen Strafzettel wegen zu schnellen Fahrens zu kassieren. Erst als sie in ihren eigenen vier Wänden war und nachdem sie gebetet hatte, legte sich die Wut. Das war gut. Emotionen störten nur, vernebelten die Sinne, hemmten die Konzentration und sorgten dafür, dass man leichter Fehler beging. Und Fehler konnte sie sich nicht erlauben.

Hannes Reichmann sah ganz anders aus, als Michaela ihn aufgrund seiner Stimme am Telefon eingeschätzt hatte. Sie hatte jemanden in ihrem Alter erwartet. Jemanden mit kurzem Haar, gepflegtem Äußeren, etwas spießig vielleicht, doch der Mann, der sie begrüßte, war höchstens fünf Jahre älter als Valerie. Das lange Haar trug er zu einem Pferdeschwanz zusammengebunden, er hatte einen Ziegenbart, zehncentgroße Löcher in den Ohrläppchen und mehrere Piercings an den Brauen. Das labbrige T-Shirt gab tätowierte Arme frei, und unwillkürlich fragte sie sich, ob der Rest seines Körpers ebenso verziert war. Schnell schob sie den Gedanken beiseite und reichte dem jungen Mann die Hand. Sie wollte lieber gar nicht wissen, welche Kunstwerke sich unter den Kleidungsstücken verbargen.

»Vielen Dank, dass Sie angerufen haben«, sagte sie zu ihm.

»Kein Problem. Das Auto gehört wirklich einem Mordopfer? Ist er etwa darin umgebracht worden? Wissen Sie, wir erleben hier manchmal die unheimlichsten Geschichten. Einmal lag im Kofferraum eines Fahrzeuges eine Leiche. Die haben wir erst entdeckt, als sie zu stinken angefangen hat. Wir haben schon Waffen, Drogen und Geld gefunden.«

Er deutete mit dem Kopf zu den abgestellten Fahrzeugen. »Wussten Sie, dass ein Drittel der Autos nicht abgeholt werden?«

»Ehrlich?«, fragte Doris, die bisher still neben Michaela gestanden war. »Kaum zu glauben. Wie kann man seinen Wagen einfach hierlassen?«

»Oh, das hat verschiedene Gründe. Manchmal sind die Fahrzeughalter verstorben oder liegen für längere Zeit im Krankenhaus. Einigen ist es vielleicht wirklich egal oder sie können sich schlicht die Gebühren nicht leisten«, beantwortete Reichmann Doris' Frage.

»Was kostet es denn, wenn ich abgeschleppt werde und mein Auto wiederhaben will?«

Hannes Reichmann grinste. »Es gibt billigere Möglichkeiten, sein Fahrzeug abzustellen. Da wäre zunächst die Polizeistrafe fürs Falschparken. Die Abschleppgebühr beträgt zweihundertzweiundvierzig Euro und pro Tag kommen neun Euro Verwahrkosten hinzu.«

Doris pfiff ganz undamenhaft durch die Zähne. Michaela war jedes Mal aufs Neue überrascht, wie wenig das Erscheinungsbild und das Verhalten ihrer Kollegin manchmal zusammenpassten.

»O mein Gott, ein Z4«, rief Doris beim Anblick von Ferstls BMW aus. In ihre Stimme hatte sich Ehrfurcht geschlichen, etwas, was Michaela von ihrer Kollegin nicht kannte. Doris gehörte zu den Menschen, die nur vor wenigen Dingen oder Menschen Achtung zeigten. Sie sprach, wie ihr der Schnabel gewachsen war, und war schon mehr als einmal ins Fettnäpfchen getreten, weil sie ihre Meinung kundtat, ohne zu überlegen. Diplomatie gehörte nicht unbedingt zu Doris' Stärken, es sei denn, sie wollte an Informationen rankommen. Sie hatte einmal zu Michaela gesagt, das wäre so, als würde sie in eine Rolle schlüpfen.

Langsam umrundete Doris das Auto. »Kann ich damit nicht in die Werkstatt der Spurensicherung fahren? Oder mich wenigstens mal reinsetzen?«, fragte sie.

»Untersteh dich, es auch nur anzufassen.«

Doris seufzte tief. »War eh keine ernst gemeinte Frage. Aber ist er nicht wunderschön?«

Michaela musste zugeben, dass ihr das Auto ebenfalls gefiel, allerdings waren ihre Auswahlkriterien beim Fahrzeugkauf bisher immer von Preis und Zweckmäßigkeit dominiert gewesen – und dieses Auto war weder günstig in der Anschaffung noch im Unterhalt, und schneller als hundertdreißig durfte man in Österreich ohnehin nicht fahren. Wozu also einen schicken, aber unpraktischen Sportwagen?

Hoffentlich kam Harald bald, denn so schmachtend, wie Doris das Auto ansah, konnte Michaela keine Garantie dafür abgeben, dass sie ihre Kollegin daran hindern konnte, es wider alle Vernunft doch noch zu berühren. Sicherheitshalber nahm sie Doris am Ellbogen und führte sie ein Stück beiseite.

»Dieser Wagen ist ein Traum«, sagte Doris und blickte sehnsüchtig in Richtung des BMWs.

»Dann rede doch mit Harald, vielleicht kannst du dabei sein, wenn sie ihn zerlegen.«

Doris sah sie entsetzt an. »Zerlegen?!« Ihre Stimme klang eine Spur höher als sonst.

»Mensch, Doris, du weißt doch, wie es läuft.«

»Natürlich. Aber das machen die doch nur, wenn es nötig ist. Und hier seh ich absolut keine Notwendigkeit.«

»Das kannst du ja dann mit Harald ausdiskutieren«, gab Michaela lächelnd zurück.

»Mach ich auch.«

»Viel Spaß. Du kannst gleich damit anfangen.« Eben kam nämlich Harald mit zwei Mitarbeitern des technischen Kriminaldienstes in ihre Richtung und winkte ihnen zu.

»Ihr geht mit dem Auto sanft um«, sagte Doris anstelle einer Begrüßung.

Harald wechselte mit Michaela einen verwunderten Blick, sie zuckte die Schultern.

»Keine Sorge, wir kümmern uns darum, als wäre es ein Baby«, antwortete Haralds Kollege. Er erinnerte Michaela entfernt an Max Riemelt, den deutschen Schauspieler aus *Die Welle*. Auch er hatte einen verklärten Gesichtsausdruck, ähnlich dem von Doris. Wahrscheinlich war er ebenfalls ein Autonarr. Da hatten sich ja die zwei Richtigen gefunden!

Doris legte prompt ihre Hand auf den Arm des gut aussehenden Forensikers. »Ich sehe, wir verstehen uns. Kann ich dabei sein, Herr…?«

»Millek. Oliver Millek, Kriminaltechnik. Ich würde mich freuen.«

»Und ich mich erst.«

Doris und Oliver entfernten sich plaudernd vom Rest der Truppe. Harald sagte zu Michaela: »Das ist also Ferstls Auto. Ein nettes Spielzeug.« Dann wandte er sich seinem Kollegen zu:

»Gerd, holst du bitte den Abschleppwagen. Wir laden ihn auf.«

Der Angesprochene nickte und ging, um Haralds Bitte nachzukommen.

»Wusste gar nicht, dass Doris sich mit Autos auskennt«, meinte er und deutete mit dem Kopf zu den beiden, die sich angeregt unterhielten.

»Was soll ich sagen? Sie liebt Autos. Je schneller, desto besser. Leider vergisst sie meistens, dass die Straßen in Wien keine Rennstrecken sind.«

Harald lachte. »Traut man ihr gar nicht zu.«

»Stille Wasser sind tief«, gab Michaela zurück. Ob diese Aussage auch auf Daniela Ferstl zutraf? Ihr fiel blitzartig ein, dass sie eigentlich mit Bernd über Ferstls Ehefrau hatte reden wollen. Hoffentlich erwischte sie ihn noch.

»Entschuldige, ich muss schnell wen anrufen«, sagte sie, während sie ihr Handy aus der Hosentasche holte, Bernds Nummer auswählte und dem Tuten lauschte. Dann schaltete sich die Mobilbox ein. *Bitte hinterlassen Sie Ihren Namen und Ihre Telefonnummer. Ich rufe Sie zurück.*

Sollte sie ihm eine Nachricht draufsprechen? Michaela entschied sich dagegen und legte auf.

»Niemanden erreicht?«

»Nur die automatische Bandansage. Ist aber nicht weiter schlimm.«

In diesem Moment fuhr Gerd mit dem Abschleppwagen der forensischen Abteilung vor, stellte den Motor ab und sprang aus dem Führerhaus. Er klatschte in die Hände. »Okay, kann losgehen.«

Ehe sie den BMW auf die Ladefläche hoben, fotografierten sie ihn von allen Seiten. Sie nahmen Fingerabdrücke von den Griffen, eine Stelle, die gern von Tätern vergessen wurde, wenn sie ihre Spuren verwischten.

Als sie damit fertig waren, wurde der Wagen mit einer Seilwinde, bewacht von Doris' Argusaugen, auf den Lkw gezogen.

»Fährst du hinterher?«, fragte Harald Michaela.

Sie sah auf die Uhr. Kurz vor sechs. Wo war die Zeit bloß geblieben?

»Nein, ich muss nach Hause. Valerie wartet und...«, sie sprach den Satz nicht zu Ende. Dass sie darauf hoffte, Bernd würde zu ihr herüberkommen, verschwieg sie. »Valerie wartet. Ich habe sie seit Tagen kaum zu Gesicht bekommen.«

»Sehe ich dich dann morgen?« Michaela konnte den hoffnungsvollen Ton in seiner Stimme hören.

»Bestimmt. Ich werde dir auf die Nerven gehen, ob du schon irgendwelche Neuigkeiten für mich hast«, gab sie lächelnd zurück.

Doris stand neben der offenen Tür zum Führerhaus des Abschleppwagens und rief zu ihr herüber: »Michaela, wäre es schlimm, wenn du alleine zurückfahren musst?«

»Nein, kein Problem.«

Doris schwang sich auf den Sitz und winkte ihr glücklich. Sie schien ganz in ihrem Element zu sein. Michaela vergönnte es ihr aus ganzem Herzen, vor allem weil Doris in den letzten Tagen ohnehin nicht viel Erfreuliches erlebt hatte. Außerdem kam es ihr ganz gelegen, keinen Umweg ins LKA machen zu müssen, wo Doris' Auto stand. So wäre sie in nur fünfzehn Minuten zu Hause.

KAPITEL 24

Michaela war noch im Supermarkt vorbeigefahren, nachdem Valerie ihr telefonisch eine Liste mit Lebensmitteln, die langsam zur Neige gingen, durchgegeben hatte.

Das Einkaufen gehörte nach wie vor nicht zu Michaelas Lieblingsbeschäftigungen. Sie empfand es als Zeitverschwendung, durch die langen Gänge des Supermarktes gehen zu müssen, eine halbe Ewigkeit nach einem bestimmten Gewürz oder Nahrungsmittel zu suchen, es schließlich doch nicht zu finden und stattdessen drei alternative Produkte in den Einkaufswagen zu legen, damit das ausgewählte Gericht nachgekocht werden konnte. Das Warten an der Kasse zerrte ebenfalls an ihren Nerven, es schien, als würde halb Wien immer genau dann einkaufen, wenn sie es tat, was natürlich nicht stimmte. Aber sie konnte nun mal erst nach Feierabend Besorgungen erledigen, so wie zig andere Berufstätige auch.

Deshalb war es beinahe sieben, als sie die Haustür aufsperrte und rief: »Ich bin da!«

Sie schlüpfte aus den Schuhen und trug die Einkaufstüte in die Küche. Gleich darauf kam Valerie aus ihrem Zimmer. »Hi, Tante Mika. Hast du den Käse bekommen?«

Sie wollten Gnocchi mit einer Walnuss-Gorgonzolasauce kochen, dazu Rucolasalat.

Michaela nickte und stellte die Tüte auf den Tisch. »Hier, bitte.« Sie reichte ihrer Nichte den Käse weiter und trug die Eier und die Milch zum Kühlschrank. Jedes Mal, wenn sie ihn öffnete, war sie immer noch erstaunt, was sich darin befand. Es hatte auch schon Zeiten der gähnenden Leere gegeben.

»Wie war's in der Arbeit?«, fragte Valerie, während sie für die Gnocchi Wasser in einen Topf füllte und ihn auf den Herd stellte.

Michaela hatte sich ein Stück Salatgurke abgeschnitten und knabberte daran. »Viel zu tun. Ich glaube, es geht voran. Wir haben das Auto vom Wespentoten aus der Verwahrstelle in Simmering geholt. Du hättest Doris sehen sollen, als sie es zu Gesicht bekam. Ihre Augen haben gestrahlt, als wäre Weihnachten und Ostern gleichzeitig.«

»Ist es denn so besonders?«

»Ein BMW Z4, eine Art Sportwagen. Du weißt ja, was für ein Autonarr sie ist.«

»Oh, Saskias Vater hat so einen. Ist schon ein tolles Gefährt.«

»Er sieht gut aus, das gebe ich zu. Für mich wäre er trotzdem nichts.«

Während des Kochens unterhielten sie sich über Autos und spekulierten, welche Marke und welcher Typ zu Michaela passte. Nicht, dass sie vorhatte, sich ein neues Fahrzeug zuzulegen, sie war mit ihrem VW mehr als zufrieden. Der hatte zwar schon sechs Jahre auf dem Buckel, aber sie wartete ihn regelmäßig, hatte alle Services machen lassen, und der Wagen war tipptopp in Ordnung.

Sie hatten sich an den Tisch gesetzt, Michaela sog den Duft der Sauce ein und wollte gerade den ersten Bissen kosten, als es an der Tür klingelte. Noch ehe sie die Gabel weglegen konnte, war Valerie schon aufgesprungen und lief, um zu öffnen.

»Es ist Bernd!«

»Hi, ich will euch nicht stören, aber ich habe dich am Nachmittag nicht erreicht und ...«

»Willst du mitessen?« Michaela wartete seine Antwort nicht ab, sondern stand auf, um ein zusätzliches Gedeck zu holen.

Er setzte sich. »Danke. Es riecht köstlich.«

»Schmeckt auch so«, sagte Michaela mit vollem Mund

und verdrehte genussvoll die Augen. »Valerie, das kommt ab sofort auf die Liste meiner Lieblingsspeisen«, fügte sie hinzu, nachdem sie hinuntergeschluckt hatte.

»War es denn wichtig?«, fragte sie Bernd.

»Was?« Er runzelte die Stirn.

»Du hast gesagt, du wolltest mich erreichen.«

»Ach so, das. Ich habe mit Daniela Ferstl ein langes Gespräch geführt. Wusstest du, dass sie zeichnet? Und zwar gar nicht schlecht.«

»Nein, davon hat sie uns nichts erzählt. Welchen Eindruck hast du von ihr gewonnen?«

»Sie ist keine Mörderin«, antwortete Bernd knapp.

Valerie sah abwechselnd zu ihr und Bernd. Vor lauter Neugier, mehr über Michaelas aktuellen Fall zu erfahren, vergaß sie ganz aufs Essen.

»Weil sie zeichnet?«

»Natürlich nicht. Sie ist depressiv. Leute wie sie neigen eher zur Selbstzerstörung, falls sie dafür überhaupt die Kraft aufbringen. Aber normalerweise begehen sie keinen Mord.«

»Du kannst mir nicht erzählen, dass das bei allen so ist«, konterte Michaela.

»Nein, aber meistens. Depressive haben in der Regel das Problem, dass sie nicht oder kaum mehr Gefühle empfinden. Sie sind abgestumpft, das Leben läuft an ihnen vorbei. Je nach Ausprägung ist ihnen alles egal, sie erleiden, sie erdulden. Ihren Alltag aufrechtzuhalten kostet sie ihre ganze Kraft. Da bleibt für anderes kaum noch was übrig.«

Michaela dachte über Bernds Worte nach. Seine Erklärung klang plausibel, aber dennoch blieb sie skeptisch. Sie hatte immer wieder erlebt, dass Menschen, die in die Enge getrieben wurden und keine andere Möglichkeit sahen, zum letzten Mittel griffen, das ihnen blieb: zu töten.

Serienmörder und Psychopathen waren nur in Filmen überpräsent. Sie hatte in ihrer Laufbahn bei der Mordkommission erst zweimal mit solchen zu tun gehabt. Tötungsdelikte, die aus Geldgier, Eifersucht oder aus Notwehr verübt wurden, gehörten hingegen zu ihrer täglichen Arbeit. Daniela Ferstl wäre nicht die erste Ehefrau, die ihren Mann aus reinem Selbstschutz tötete. Und bei allem Verständnis blieb Mord nun mal Mord – eine geplante Tat. Nicht umsonst unterschied das Gesetz zwischen Vorsatz und Affekt.

»Bernd, ich schätze deine Meinung, das weißt du. Aber ist es nicht sehr verallgemeinernd, zu behaupten, Depression und Aggression würden sich generell ausschließen?«

»Oh, das habe ich nicht gesagt. In meinen Therapiegruppen gibt es gleich mehrere Männer, bei denen eine Depression diagnostiziert wurde und die gleichzeitig Aggressionen haben.« Er seufzte. »Es ist schwierig, das zu erklären, ohne einen elend langen Vortrag über die Psyche im Allgemeinen und die der Männer im Speziellen zu halten. Da geht es um Rollenbilder, die sie meinen, erfüllen zu müssen; um Selbstwert oder eher um den Mangel daran; um eine verzerrte Selbstwahrnehmung und vieles mehr. Was ich damit sagen will, ist, dass es keine absolute Aussage gibt. Ich kann nur meinen Eindruck weitergeben. Und der lautet, dass Daniela Ferstl ihren Mann nicht getötet hat.«

Valerie hatte inzwischen doch ihren Teller leer gegessen und legte das Besteck beiseite. »Irgendwie ist das mit der menschlichen Psyche ziemlich kompliziert.«

Bernd lächelte. »Dem kann ich nicht widersprechen. Gerade deshalb finde ich Psychologie auch so spannend.«

Michaela nahm sich noch eine zweite Portion. Diese Gnocchi waren wirklich verdammt gut gelungen. »Und diese Depression bei Daniela Ferstl – ist das auch bloß dein Eindruck oder eine Diagnose?«

»Tante Mika, warum erzählst du nicht mehr von diesem Frauenhaus?«, bat Valerie, der die Auseinandersetzung zwischen Michaela und Bernd offensichtlich unangenehm war.

Da sie ohnehin gegensätzliche Standpunkte vertraten und Michaela merkte, dass sie sich in ihre Meinung verbiss und nicht mehr objektiv sein konnte, verschob sie die Diskussion auf später. Es war nicht das erste Mal, dass sie und Bernd die Klingen kreuzten, sie genoss das normalerweise, denn solche Gespräche zwangen sie dazu, sich Argumente zu überlegen und ihre Meinung zu überdenken. Doch im Moment begann es, in eine Art Machtkampf auszuarten, und sie fragte sich, weshalb Bernd so massiv an der Unschuld von Daniela Ferstl festhielt und nicht einmal die Möglichkeit, dass er falschliegen könnte, in Betracht zog. Hatte Daniela den Beschützerinstinkt in ihm geweckt? Oder etwa mehr?

Betont munter stieg sie auf Valeries Themenwechsel ein und beschrieb die Räumlichkeiten des Frauenhauses, den Garten und die Leute, die sie kennengelernt hatte. »Es ist unglaublich, wie engagiert die Menschen dort sind und was sie alles gemeinsam auf die Reihe kriegen.«

»Meinst du, ich kann mir das einmal ansehen? Ich muss ja eh dieses Praktikum machen und ich glaube, das könnte mir gefallen«, meinte Valerie.

»Die Leiterin ist über jede Hilfe froh, hat sie gesagt.

Die Organisation ist auf ehrenamtliche Unterstützung angewiesen, also denke ich, dass es kein Problem sein wird, wenn du dort mitarbeiten willst. Ich kann Heidelinde Aumann morgen anrufen«, bot Michaela an.

»Ja, bitte. Ich muss das gleich Saskia erzählen!« Valerie räumte ihren Teller weg und ging in ihr Zimmer, um mit ihrer Freundin zu telefonieren.

Eine Weile saßen sie und Bernd am Tisch. Irgendwie hing die Missstimmung von zuvor über ihnen. Sie räusperte sich. »Willst du noch einen Kaffee?«, fragte sie, ehe das Schweigen unangenehm wurde.

Er dachte kurz nach, dann schüttelte er den Kopf. »Heute nicht, danke. Ich habe zu tun und geh dann mal besser.«

Er stand auf, stellte seinen Teller auf die Spülmaschine und wandte sich zum Gehen. »Sag Valerie einen Gruß von mir. Wir sehen uns morgen.«

Michaela nickte bloß und begann die Küche aufzuräumen. Das war der Nachteil an der Kocherei.

Sie hörte die Eingangstür ins Schloss fallen. Bernd war gegangen. Was zum Teufel war in ihn gefahren? War er etwa sauer auf sie? Er hatte noch nie eine Tasse Kaffee abgelehnt.

Während sie das Ceranfeld abwischte, ging sie im Geiste ihr Gespräch mit Bernd durch. Hatte sie etwas Falsches oder Verletzendes gesagt? Gut, sie war vielleicht ein wenig stur gewesen und womöglich hatte sie auch ein wenig übertrieben an ihrer Meinung festgehalten, das räumte sie ein. Aber das war noch lange kein Grund, beleidigt zu sein. Männer! Und da hieß es immer, Frauen wären kompliziert.

KAPITEL 25

Sobald Michaela am nächsten Morgen im Büro war, rief sie Heidelinde Aumann an und fragte die Leiterin des Frauenhauses, ob Valerie kommen dürfe, um ihr Praktikum zu machen.

»Natürlich, wir freuen uns auf sie«, zeigte sich Heidelinde begeistert.

»Frau Aumann, ich hätte da noch eine Frage zu Daniela Ferstl. Sie scheinen sie doch gut zu kennen. Kam sie Ihnen je depressiv vor?«

»Es tut mir leid, das kann ich Ihnen nicht beantworten. Sämtliche Informationen über den Gesundheitszustand meiner Schützlinge sind vertraulich.«

Mit dieser Antwort hatte Michaela nicht gerechnet. Sie wollte ja keine ärztlichen Unterlagen oder Befunde einfordern, sondern lediglich Heidelindes Meinung hören.

»Schade, aber da kann man nichts machen«, lenkte sie ein. So, wie sie Heidelinde Aumann kennengelernt hatte, würde die nicht einmal unter Folter irgendetwas preisgeben, was sie nicht wollte. Sie unter Druck zu setzen, würde gar nichts bringen, sondern nur die weitere Zusammenarbeit mit ihr erschweren, und abgesehen davon, dass sie die Zusage für Valeries Praktikum nicht gefährden wollte, konnte es sein, dass sie während der Ermittlungen mit der Leiterin des Frauenhauses noch einige Male zu tun bekam.

Michaela hatte kaum aufgelegt, als ihr Telefon erneut läutete.

»Gerald Kemper hier. Ich hatte versprochen, mich zu melden, wenn ich Neuigkeiten habe.«

Fieberhaft dachte Michaela nach, woher sie den Namen kannte. Dann fiel ihr der Brandermittler ein. Erleichtert, weil sie sich an ihn erinnern konnte, sagte sie: »Das ging ja schnell. Haben Sie die Brandursache herausgefunden?«

»Ich denke, ja – und sie ist... sagen wir mal... doch recht ungewöhnlich.«

Irgendwie schienen sich derzeit die Seltsamkeiten zu häufen. »Sie machen es ziemlich spannend, Herr Kemper.«

Sie hörte ein Schnauben, als würde er sich die Nase putzen, ehe er endlich mit der Sprache rausrückte. »Wir gehen tatsächlich von Brandstiftung aus. Allerdings hat da jemand zu viel ferngesehen oder zu viele Krimis gelesen, sonst wüsste ich nicht, wie man auf die Idee kommt, Mehl als Brandbeschleuniger zu verwenden.«

»Mehl?! Haben Sie gerade Mehl gesagt?« Das war bestimmt ein Scherz, den Brandermittler ständig machten, um sich danach über die Unwissenheit ihres Gegenübers krummzulachen. Allerdings klang Kempers Stimme keineswegs belustigt. »Sie haben sich nicht verhört. Wenn Mehlstaub mit Feuer in Berührung kommt, entsteht eine regelrechte Explosion. Ihre Kollegen von der Spurensicherung haben Mehlpartikel gefunden. Ich habe mir auch über diesen sonderbaren Flaschenzug Gedanken gemacht, von dem Ihr Kollege meinte, er würde nicht dorthin gehören.«

Michaela registrierte aus dem Augenwinkel, dass ihre Kollegin das Zimmer betreten hatte. Sie hob kurz zur Begrüßung die Hand und konzentrierte sich sofort wieder auf die Worte des Brandermittlers, der ihr eben erklärte, welche perfide Konstruktion sich der Brandstifter da ausgedacht hatte.

»Ein Behälter mit Mehl wurde über der Winde durch ein Seil mit dem Stuhl verbunden. Sobald der Stuhl gekippt war, fiel das Mehl in die Flammen und explodierte. Ich gehe davon aus, dass das Opfer gefesselt oder bewusstlos war, sonst wäre es mit Sicherheit geflohen.«

Bei Kempers Schilderung rieselte ein Schauer über Michaelas Rücken. Auch ihre Narbe kribbelte unangenehm. Da war es wieder, dieses Gefühl, das sich schon bei der Obduktion der Brandleiche eingestellt und das sie vehement zu verdrängen versucht hatte: die Parallelen zwischen diesem Fall und dem Mord an Ferstl. Beide Opfer waren männlich, beide waren bis zur Unkenntlichkeit entstellt, und bei beiden war der Tathergang äußerst ungewöhnlich. Wenn sie länger darüber nachdachte, würde sie bestimmt noch weitere Gemeinsamkeiten finden, da war sie sich sicher.

»Michaela, die Morgenbesprechung!«, mahnte Doris sie.

Völlig in Gedanken versunken stand sie von ihrem Schreibtisch auf. Erst da merkte sie, dass ihre Kollegin immer noch die gleichen Sachen trug, die sie gestern schon angehabt hatte – etwas, das noch kein einziges Mal vorgekommen war, seit Doris in ihrem Team arbeitete. Das sah ihr überhaupt nicht ähnlich, es sei denn …

»Es geht mich ja nichts an, aber warst du seit gestern überhaupt zu Hause?«, fragte Michaela.

Doris' entrücktes Lächeln sprach Bände. »Ehrlich gesagt, nein.« Und ehe Michaela darauf etwas erwidern konnte, setzte sie hastig hinzu: »Es ist nicht so, wie du denkst.«

»Ach, was denk ich denn?«

»Dass ich die erstbeste Gelegenheit nütze, um mit einem Typen ins Bett zu gehen.«

»Wie gesagt, es geht mich nichts an.«

»Süß ist Oliver schon, das gebe ich zu. Aber wir haben die Nacht ganz unromantisch in der Werkstatt verbracht und an Ferstls Auto herumgeschraubt. Und es war besser als Sex. Zumindest als der, den ich in letzter Zeit hatte.«

Michaela konnte sich ein Grinsen nicht verkneifen. Doris verstand es, Prioritäten zu setzen. »Und Jonas?«

»Der hat bei meinen Eltern übernachtet. Irgendwie praktisch. Plötzlich habe ich mehr Zeit für mich als vorher.« Doris wurde schlagartig wieder ernst. »Aber es ist trotzdem scheiße.«

Michaela wusste nicht, was sie darauf antworten sollte. Nach ihrer Trennung von Sascha vor etwa fünfzehn Jahren hatte sie das Gefühl gehabt, in ein tiefes Loch zu fallen. Sie hatte sich in die Ausbildung und die Arbeit gestürzt, um der Einsamkeit zu entgehen, die auf sie daheim wartete. Und irgendwann hatte es ihr nichts mehr ausgemacht, allein zu sein. Es war leicht, sich einzureden, dass sie kein anderes Leben wollte. Dass sie zufrieden, ja sogar glücklich war. Schließlich glaubte sie es selbst. Aber wenn sie ehrlich zu sich war, gefiel es ihr besser, heimzukommen und zu wissen, dass jemand auf sie wartete. Valerie hatte ihren Alltag ziemlich auf den Kopf gestellt, und in dem halben Jahr, in dem ihre Nichte nun bei ihr wohnte, hatte Michaela einige ihrer Eigenheiten ablegen müssen. Sie machte nur noch selten Überstunden, der Kühlschrank war nicht ständig leer, und die Küche wurde zu mehr als nur zum Kaffeekochen genutzt. Und dann war da auch noch Bernd, der Nachbar, der Freund, der Arbeitskollege. Mit Valerie und ihm waren sie schon so etwas wie eine Familie. Der Gedanke, dass Valerie zurück zu ihren Eltern ziehen würde, bereitete ihr jetzt schon Magenschmerzen. Wie sollte sie danach in ihr altes Leben zurückkehren? Nichts wäre mehr so, wie es vorher gewesen war, denn nun wusste sie, was sie alles nicht gehabt hatte. Insofern konnte sie Doris' Angst vor dem Alleinsein nachvollziehen.

»Wenn du wieder einen freien Abend hast, kannst du uns ja besuchen kommen. Zum Essen«, bot sie an. Und als sie den skeptischen Blick ihrer Kollegin sah, fügte sie hinzu: »Keine Bange, ich habe schon einiges dazugelernt.«

»Darauf bin ich echt gespannt. Abgemacht«, sagte Doris und drückte die Tür zum Konferenzraum auf.

Walter Steurer hatte wieder eines seiner scheußlichen Karohemden an und saß auf der Kante des Tisches. Er unterhielt sich mit Bernd, der nur kurz zu ihnen herübersah und sich gleich wieder Steurer zuwandte.

Michaela dachte an den letzten Abend. War er immer noch eingeschnappt, oder bildete sie sich bloß ein, dass er sich ihr gegenüber distanzierter verhielt als sonst?

Steurer sah auf seine Armbanduhr und stand auf, um die Tür zu schließen. Bernd setzte sich in die erste Reihe.

Steurer begrüßte sie und nahm auf dem Stuhl hinter dem Tisch Platz. Die Kollegen antworteten mit einem gemeinschaftlich gemurmelten »Guten Morgen«.

»Gleich als Erstes möchte ich euch mitteilen, dass wir zwei neue Mordfälle haben. Das Brandopfer von gestern ist jetzt offiziell als Mordfall eingestuft worden – und eine sechzigjährige Frau, die heute Nacht erstochen aufgefunden wurde. Ich weiß, dass bereits alle Teams ausgelastet sind, aber ihr wisst ja, wie es läuft ...«

»Wir übernehmen die Brandleiche«, hörte sich Michaela sagen. Und weil sie nicht übereifrig wirken wollte, setzte sie hinzu: »Ich war am Fundort und auch bei der Autopsie dabei. Da drängt es sich ohnehin auf.« Neben ihr murmelte Doris etwas, das wie eine Zustimmung klang.

»Sehr gut. Danke, Michaela. Wer nimmt den zweiten Fall?« Steurer sah abwartend in die Menge, doch niemand wollte sich freiwillig zusätzliche Arbeit aufhalsen, deshalb bestimmte er ein Team für die Ermittlungen an dem Mord der alten Frau. »So, und da die Zuständigkeiten geklärt sind, kommen wir zu den aktuellen Fällen.«

Jeder Gruppenleiter berichtete von den Fortschritten oder Rückschlägen. Als Michaela an der Reihe war, erzählte sie, was Doris und sie am Vortag herausgefunden hatten. »Mit dem Seil können wir leider nichts anfangen. Harald konnte zwar die Marke herausfinden, aber die wird in jedem Baumarkt verkauft. Das ist leider eine Sackgasse. Dafür haben wir Ferstls Auto sicherstellen können. Es wurde abgeschleppt, weil es in einer Ladezone stand. Da der Todeszeitpunkt nicht genau feststeht, könnte er es selbst geparkt haben, was allerdings die Frage aufwirft, wie er dann in die Gartensiedlung gekommen ist. Eine Anfrage an die Taxiunternehmen läuft.

Die zweite Möglichkeit ist, dass jemand anders das Auto absichtlich ins Halteverbot gestellt hat, um es verschwinden zu lassen. Gestern wurde der BMW ...«

»... ein Z4«, präzisierte Doris.

»Also gut, Ferstls BMW Z4 wurde in die Kriminaltechnik gebracht. Jetzt warten wir auf die Ergebnisse. Vielleicht wurden Fingerabdrücke oder Haare hinterlassen.«

Steurer bedankte sich und wollte eben Michaelas Kollegen um dessen Bericht bitten, als sie ihn unterbrach. »Nur noch ganz kurz zu der Brandleiche. Da gibt es ebenfalls ein paar Informationen. Es handelt sich um einen Mann, Identität unbekannt. Kemper, der Kollege von der Brandermittlung, hat mich vorhin angerufen. Er meint, das Feuer wäre durch eine Mehlexplosion entstanden. Der oder die Täter hatten eine komplizierte Konstruktion gebaut, um das Mehl ins Feuer fallen zu lassen.«

»Oh, das ist ja fies«, merkte einer der Kollegen an.

»Ja, da stimme ich dir zu. Ferreira sagt, der Mann habe noch gelebt, als das Feuer ausbrach. Das heißt, er muss gefesselt gewesen sein, sonst hätte er versucht zu fliehen. Er hatte keine Chance.«

Auch wenn Michaelas Kollegen laufend mit brutalen Morden zu tun hatten, schien ihre Beschreibung keinen kalt zu lassen. Schweigen breitete sich im Raum aus, das erst durch Steurers Aufforderung, nun mit dem nächsten Fall fortzufahren, gebrochen wurde.

Nachdem die Morgensitzung beendet war, überprüfte Michaela ihr Handy auf versäumte Anrufe. Ferreira hatte versucht, sie zu erreichen. Noch während sie die Treppe hinaufging, rief sie ihn zurück.

»Guten Morgen, Sie haben doch nicht etwa schon die Identität des Brandopfers herausgefunden?«, fragte Michaela, nachdem er abgehoben hatte.

»Leider nein, aber etwas anderes Faszinierendes. Im Blut habe ich Midazolam gefunden, das unter anderem für Kurznarkosen verwendet wird.«

»Heißt das, er hatte kurz vor seinem Tod einen chirurgischen Eingriff? Aber das hätten Sie doch festgestellt, nicht wahr? Oder war er zu verbrannt?« Michaela dachte bereits über die nächsten Schritte nach, die sie aufgrund dieser neuen Information einleiten musste.

»Ich möchte nichts kategorisch ausschließen. Es muss ja keine Operation gewesen sein, es könnte sich auch um eine Magenspiegelung oder eine Endoskopie gehandelt haben. Allerdings – und jetzt halten Sie sich fest – müsste sich Ferstl ebenfalls solch einem Eingriff oder einer Untersuchung unterzogen haben. Er hatte die gleiche Substanz im Blut. Ich habe nämlich eben erst die Auswertung aus dem Labor bekommen.«

Also doch! Die Fälle hatten eine weitere Gemeinsamkeit – und das basierte nicht auf irgendwelchen Gefühlen, sondern auf objektiven Untersuchungsergebnissen. Sie hatte es von Anfang an gespürt, dass mehr dahintersteckte als bloß Zufall.

Doris, die auf dem Treppenabsatz stehen geblieben war und auf sie wartete, blickte sie fragend an. Nachdem Michaela sich bei Ferreira bedankt und sich von ihm verabschiedet hatte, berichtete sie ihrer Kollegin, was sie eben erfahren hatte.

»Wow, und da soll noch einer sagen, dass man sich nicht auf Intuition verlassen darf.«

»Das wirkt sich natürlich auf die gesamten Ermittlungen aus. Möglicherweise kannten sich die beiden. Habt ihr Ferstls Laptop in seinem Auto sichergestellt?«

»Seinen Laptop, sein Smartphone, seine Geldbörse, einige Akten, ... die Auswertung wird noch dauern«, antwortete Doris.

»Wir brauchen die Daten, und zwar dringend. Vielleicht finden wir einen Hinweis auf die Identität unseres Brandopfers.«

Mittlerweile hatten sie das Büro erreicht, und Michaela klemmte sich sofort hinters Telefon. Sie musste noch einmal mit Melanie Grabherr sprechen.

KAPITEL 26

An manchen Tagen hatte sie das Gefühl, sie würde durch eine zähe Masse waten. Allein das Aufstehen fiel ihr schwer und kostete all ihre Überwindung. Heute war so ein Tag.

Sie hatte schlecht geträumt, war schweißgebadet aufgewacht, und nicht einmal Beten hatte geholfen. Irgendwann, es hatte bereits zu dämmern angefangen, war sie dann doch wieder in einen seichten Schlummer gefallen, bis der Wecker um halb sieben geklingelt hatte. Sie konnte sich an ihren Traum erinnern. Ein Wolfsrudel war hinter ihr her und hatte alle Menschen in ihrer Umgebung bereits zerfleischt. Sie war die letzte Überlebende. Sie schloss sich in einem Zimmer ein, verbarrikadierte die Tür mit Tischen, Stühlen, Schränken, atmete auf, weil sie sich in Sicherheit wähnte. Ihr war klar, dass das keine dauerhafte Lösung war. Sie musste irgendwie fliehen, denn sie hatte weder Wasser noch Nahrung und konnte nicht unbegrenzt in dem Raum bleiben. Die Wölfe warfen sich von draußen gegen die Tür, bei jedem Krachen fuhr sie zusammen, erwartete, dass ihre Festung zusammenbrechen würde. Dann hörten die Wölfe damit auf. Es wurde gespenstisch ruhig, zu ruhig, um sich entspannen zu können.

Wo plötzlich die Terrassentür herkam, wusste sie selbst nicht. In dem Traum hatte sie wohl nur einen Teil des Zimmers gesehen, doch sie war da – und davor standen fünf der Tiere mit zurückgezogenen Lefzen und starrten sie knurrend an.

Sie hätte gerne die Vorhänge zugezogen, um ihren Blicken nicht länger ausgesetzt zu sein, doch jede kleinste Bewegung ließ das Wolfsrudel näher an die Scheibe herantreten. Einer sprang gegen das Glas, das Vibrieren spürte sie bis in den Magen. Noch hielt die Glasscheibe, doch der Wolf schien nicht daran zu denken aufzugeben. Er nahm Anlauf und warf sich ein zweites Mal dagegen. Wie lange würde es dauern, bis das Glas barst?

Der einzige Weg war die Tür, die sie vorhin so mühsam gesichert hatte. Hoffentlich war keines der Tiere als Wächter zurückgeblieben, aber selbst wenn, konnte sie es mit einem leichter aufnehmen als mit dem ganzen Rudel. Ein Schürhaken vom Kaminofen war die einzige Waffe, die sie finden konnte. Sie hielt sich gar nicht erst lange damit auf, die Möbelstücke wegzuräumen, sondern schob sie nur so weit beiseite, dass sie die Tür einen Spalt öffnen und durchschlüpfen konnte. Bei einem letzten Blick nach hinten sah sie, dass die Wölfe ihre Absicht erkannt hatten und nun liefen, um ihr den Weg abzuschneiden. Sie fällte die Entscheidung im Bruchteil einer Sekunde, wirbelte herum, rannte zur Terrassentür, riss sie auf und lief um ihr Leben.

Die Wölfe erkannten ihre Finte erst, als sie sich durch den offenen Türspalt gedrängt hatten und sie über die Wiese zum Nebenhaus laufen sahen. Doch da hatte sie das Haus bereits erreicht. Sie war in Sicherheit. Schluchzend klemmte sie den Schürhaken unter die Klinke und ließ sich an der Wand des Treppenhauses hinuntergleiten. Ihr Herz flatterte wie ein ängstlicher Vogel, Tränen liefen ihr über die Wangen. Sie hatte überlebt, doch wie sollte es jetzt weitergehen? Würde es Rettung geben oder war sie der einzige Mensch auf der ganzen Welt?

Nach einer Weile hatte sie sich wieder so weit im Griff, dass ihr Gehirn funktionierte. Zunächst musste sie sich in dem Wohnhaus einen Überblick verschaffen. Sie musste wissen, ob sie etwas zu trinken und zu essen hatte und wie lange die Vorräte reichen würden und auch, wo es Schwachstellen in dem Haus gab, die es zu beseitigen und zu sichern galt.

Entschlossen wischte sie ihre Tränen weg und stand auf. Sie wollte leben.

Bei ihrem Rundgang durch die Wohnungen entdeckte sie die Bewohner. Sie waren alle tot, zerfetzt, mit aufgerissenen Kehlen. Überall traf sie auf Blut und Eingeweide. Wölfe kannten keine Gnade.

Mit diesem verstörenden Bild war sie schließlich aufgewacht und hatte immer noch den Geruch nach Tod in der Nase. Es brauchte nicht viel, um die Symbolik hinter ihrem Traum zu verstehen. Die Welt war ein feindlicher, böser Ort für sie und ihresgleichen.

War es anmaßend zu glauben, dass sie die Wölfe, die sich nach außen hin so gut tarnten, besiegen konnte? Sie horchte in sich hinein. *Wer, wenn nicht du?*, spürte sie Gottes Worte.

Es war die Last, das Unmögliche zu schaffen, die das Einschlafen danach verhinderte. Sie wälzte sich von einer Seite auf die andere, betete um Kraft für ihr Vorhaben und um die Gewissheit, das Richtige zu tun. »Verlass mich nicht«, bat sie ihren Herrn. »Ich folge deinem Weg durch die Finsternis ins Licht.« Noch nie hatte sie sich so allein gelassen gefühlt wie jetzt.

Sie überlegte ernsthaft, einfach liegen zu bleiben, doch sie wusste, dass sie ihrem Impuls nicht nachgeben durfte. Diese Phase hatte sie schon vor langer Zeit hinter sich gebracht und sie wollte nicht in die alten Verhaltensmuster zurückfallen. Diese zu durchbrechen hatte sie zu viel gekostet, als dass sie die Fortschritte leichtfertig aufs Spiel setzen würde. Also quälte sie sich aus dem Bett, duschte mit kaltem Wasser, bis die Haut schmerzte und sie das Gefühl hatte, sie würde ihr zu eng werden. Dann verband sie ihre Schnitte neu. Die Wunden sahen gut aus. Die Versuchung, an der Kruste herumzuzupfen, bis die Schnittwunden erneut zu bluten anfingen, ignorierte sie. Sie schämte sich, ihr Versprechen gebrochen zu haben, auch wenn es ihr Linderung verschafft und sie nicht anders gekonnt hatte. Wie dumm von ihr, sich zu schneiden, aber die Wunden wieder aufzureißen wäre richtiggehend idiotisch. Abgesehen davon blieb ihr keine Zeit mehr. Sie musste los.

KAPITEL 27

Dieser Tag war Mist gewesen, befand Michaela, als sie, früher als sonst, nach Hause fuhr. Nach den ersten Erfolg versprechenden Neuigkeiten zu Beginn ihres Arbeitstages war es nur noch bergab gegangen. Melanie Grabherr hatte auch diesmal geleugnet, Lothar Ferstl zu kennen, und versuchte, sich damit herauszureden, dass man schließlich nur nach ihm und nicht nach Daniela gefragt hätte. Michaela musste sich zusammenreißen, um die Frau nicht anzuschreien. Die Techniker, die sich um Ferstls Computer kümmerten, brauchten noch eine Weile, um die Daten auszuwerten. Auf dem Wagen selbst befanden sich etliche Fingerabdrücke, aber die stammten von den Mitarbeitern der MA 48, die das Auto abgeschleppt hatten. An den relevanten Stellen, also überall dort, wo der letzte Fahrer es angefasst haben musste, waren die Abdrücke abgewischt worden: am und unter dem Griff, am Innenspiegel, am Schaltknüppel, der Handbremse... Da nicht anzunehmen war, dass Ferstl seine eigenen Fingerabdrücke entfernt hatte, gingen die Kollegen davon aus, dass es der Täter gewesen sein musste. Ein weiteres Indiz dafür, dass jemand anders den BMW gefahren hatte, war der vorgerückte Fahrersitz. Ferstl war über eins achtzig groß gewesen. Um bequem Platz zu haben, hätte der Sitz viel weiter hinten positioniert sein müssen.

Doris und Michaela waren die Protokolle der Aussagen von Ferstls Mitarbeitern und auch die seiner Geschäftspartner durchgegangen. Für die Befragungen hatten sie die Hilfe von Kollegen in Anspruch genommen. Doch auch da erfuhren sie nichts Neues. Ferstl arbeitete vorwiegend von zu Hause oder von unterwegs aus, und darüber, da waren sich alle einig, freuten sich die meisten seiner Mitarbeiter. Die Beschreibungen von Ferstls Charakter reichten von jähzornig bis unangenehm. Nette Worte fand keiner für ihn.

Bernd schien ihr tatsächlich aus dem Weg zu gehen, er hatte heute noch kein Wort mit ihr gewechselt. Offenbar war er doch sauer auf sie. Gerade von ihm hätte sie erwartet, dass er eine abweichende Meinung akzeptieren konnte. Die leise Stimme ihres Gewissens, die ihr zuflüsterte, sich lieber an die eigene Nase zu fassen, weil sie genauso stur auf ihrem Standpunkt verharrt hatte wie er auf seinem, ignorierte sie lieber.

Frustriert hatte Michaela um drei Uhr zu Doris gesagt, es hätte für heute keinen Sinn mehr, sie würden ohnehin nichts erreichen. Doris, die die ganze Nacht in der Kriminaltechnik verbracht hatte, war dankbar dafür, dass Michaela sie eher nach Hause schickte. »Dann kann ich mich noch für eine Stunde aufs Ohr legen, ehe meine Eltern Jonas zurückbringen.«

Michaela hingegen nahm sich vor, ihren Garten in Ordnung zu bringen, die Liegen aus der Garage zu holen, sie zu säubern und aufzustellen. Vielleicht würde die Zeit reichen, um ein bisschen Sonne zu tanken, einen Kaffee zu trinken und ein wenig in dem Buch weiterzulesen, das sie schon vor Monaten begonnen hatte und in dem sie nie über Seite neunzig hinausgekommen war.

Und sie würde Valerie die gute Nachricht bezüglich ihres Praktikums im Frauenhaus erzählen, sich mit ihr im Internet Bilder von Lesotho ansehen und sich auf die bevorstehende Reise freuen.

»Tante Mika?«

Michaela schlug die Augen auf, als Valerie sie ansprach.

»Du hast einen Sonnenbrand.«

Tatsächlich spannte die Haut auf ihrem Gesicht, ihren Schultern und ihrem Dekolleté.

»Wie spät ist es?«, fragte sie.

»Bald halb sechs. Du solltest eine After Sun Lotion benutzen.«

Nachdem sie heimgekommen war, hatte sie die Liegen aufgestellt und mit dem Gartenschlauch abgespritzt. Sie hatte sich nur kurz ausruhen wollen, ehe sie sich ans Unkrautjäten machte, aber es war einfach zu verlockend gewesen, in der Sonne zu liegen und zu faulenzen – und dabei war sie eingeschlafen.

»Weißt du was? Ich habe keine Lust auf Kochen. Was hältst du davon, wenn wir uns ein paar Brote machen und draußen essen?«

»Gute Idee. Hast du in diesem Frauenhaus angerufen?«, wollte Valerie wissen.

»Ja, sie freuen sich auf dich.«

»Danke, Tante Mika. Das wird bestimmt total super.«

Vor dem Schlafengehen wollte Valerie noch wissen, wie es mit den Ermittlungen voranging. Michaela fasste die Ergebnisse in aller Kürze zusammen. »Das heißt, eigentlich habe ich heute nichts weitergebracht. Wir sind zum Warten verdonnert. Ich hasse das.«

»Dann nütze die Zeit doch irgendwie anders.«

Michaela seufzte. Ihre Nichte hatte recht. Wenn das bloß so einfach wäre.

Bernd betreute nur mehr wenige Patienten in seiner Praxis. Seine Behandlungen waren ohnehin nicht als Langzeittherapie ausgelegt, und seit er im LKA arbeitete, hatte er keine neuen Fälle angenommen. Die bestehenden Therapien hatte er großteils auslaufen lassen, und so blieben nur wenige Patienten übrig. Über kurz oder lang rechnete er damit, gar nicht mehr privat zu praktizieren, die letzten Monate waren durch die Doppel- und Dreifachbelastung ziemlich anstrengend gewesen. Andererseits fühlte er sich seinen Klienten verpflichtet und wollte sie nicht vor Ende der Therapie an andere Kollegen verweisen. Die meisten hatten etliche Sitzungen gebraucht, um sich ihm gegenüber zu öffnen. Ein Wechsel würde die Patienten, die er derzeit noch betreute, mit großer Wahrscheinlichkeit in ihren Fortschritten zurückwerfen. Deshalb saß er jetzt in seinem Behandlungszimmer, ein Raum, der gleichermaßen zweckmäßig wie gemütlich war, und hörte der jungen Frau zu, die berichtete, dass sie es geschafft hatte, ihre zwei kleinen Kinder einen ganzen Tag lang einer Freundin anzuvertrauen. Die Geschichte seiner Patientin war komplex.

Die Frau war zunächst zu ihm gekommen, weil es in ihrer Ehe kriselte, sie ihren Mann aber liebte und ihn nicht verlieren wollte. Der Grund für die Schwierigkeiten in der Beziehung lag ihrer Meinung nach in den unterschiedlichen Bedürfnissen. Während ihr Mann darunter litt, dass sie nach der Geburt ihrer beiden Kinder keine Zeit mehr als Paar verbrachten, schaffte sie es nicht, und sei es bloß für zwei Stunden, die Verantwortung abzugeben. Obwohl das Haus, in dem sie lebten, geräumig war, schliefen sie zu viert im Ehebett. Sie ließ die Kleinen nicht eine Minute aus den Augen – und hatte dafür stets eine logische, nachvollziehbare Erklärung oder Ausrede parat. Gleichzeitig fühlte sie sich verständlicherweise überfordert, da sie sich rund um die Uhr um die Kinder kümmerte und jedes Hilfsangebot zur Entlastung ablehnte. Doch nun waren die beiden Mädchen drei und vier Jahre alt, sie sollten den Kindergarten besuchen und der Ehemann fand, es wäre endlich an der Zeit, auch mal ein, zwei Tage ohne Kinder wegzufahren. Mit seinem Wunsch löste er eine Panikreaktion bei ihr aus, es kam immer öfter zu heftigen Streitigkeiten. Er hatte bereits von Scheidung gesprochen, und erst da wurde ihr bewusst, dass sie ein ernsthaftes Problem hatte und etwas unternehmen musste.

Das Erstgespräch war nur möglich gewesen, weil ihr Mann mit beiden Kindern im Warteraum geblieben war. Und selbst da hatte sie ihre Unruhe nicht vor Bernd verbergen können und war dreimal aufgestanden, um nach dem Rechten zu sehen.

Es hatte einige Sitzungen gebraucht, bis er die Ursache für ihr Verhalten herausgefunden hatte. Als Kleinkind war die junge Frau herumgereicht worden, die Eltern hatten im guten Glauben gehandelt und viel gearbeitet. Dabei waren sie durchaus besorgt um das Wohlergehen ihrer Tochter und kümmerten sich stets darum, dass sie beaufsichtigt und versorgt wurde, aber ihr fehlte es einerseits an Konstanz, andererseits an elterlicher Zuwendung. Sie hatte das Gefühl, nur an zweiter oder dritter Stelle zu stehen. Hinzu kam, dass sie von ihren Großeltern väterlicherseits und einer Tante, die auf sie aufpassen sollten, wiederholt geschlagen wurde. Sie hatte versucht, ihren Eltern von den Misshandlungen zu erzählen, wurde aber nicht ernst genommen – vielleicht auch, weil die Eltern auf die Betreuungsangebote der Großeltern und der Tante angewiesen waren.

Bernds Patientin hatte diese negativen Erinnerungen weitgehend verdrängt, sodass ihr nicht bewusst war, worin ihre Überfürsorglichkeit begründet lag.

Dass eine Freundin auf ihre Kinder aufpassen durfte, war ein gewaltiger Schritt vorwärts.

»Was haben Sie denn an diesem freien Tag gemacht?«, fragte Bernd nach.

»Wir sind fast die ganze Zeit daheim gewesen, weil ich auf Abruf bereitstehen wollte, falls etwas mit den Kindern ist oder Jutta mit ihnen nicht zurechtkommt.«

»Und ist etwas vorgefallen?«, wollte Bernd wissen. Sie hatten eine ganze Therapiestunde damit verbracht, alle ihre Befürchtungen aufzulisten und Lösungsmöglichkeiten für diverse Notfallszenarien auszuarbeiten.

»Nein, es lief alles glatt. Jutta war mit den Mädchen in Schönbrunn und anschließend Eis essen.«

»Das klingt nach einem gelungenen Ausflug«, gab Bernd lächelnd zurück.

»War es auch. Die beiden haben den ganzen Abend von nichts anderem erzählt.«

»Und wie haben Sie dabei empfunden?«

Die Frau dachte kurz nach. »Zuerst wusste ich gar nicht, was ich mit der Zeit anfangen sollte«, sagte sie schließlich. »Ich hatte ständig das Handy in Griffnähe und habe alle zehn Minuten überprüft, ob es auch eingeschaltet ist. Dann hat mich Carsten überredet, mit ihm in die Pizzeria zu gehen. Die ist bloß ein paar Häuser weiter und ich könne von dort aus genauso schnell los, falls was mit den Kindern wäre ... wir haben das Essen dann richtig genossen. Mir war gar nicht bewusst, wie sehr Carsten unter der Situation gelitten hat.«

»Das beantwortet meine Frage von vorhin nicht. Wie haben Sie empfunden, als die Mädchen begeistert von ihrem Ausflug erzählt haben?«

»Einerseits war ich erleichtert, dass sie Spaß hatten und mich nicht mal zu vermissen schienen. Andererseits ... ich war ein wenig eifersüchtig, weil ich ihnen nicht abgegangen war. Und ich hatte Schuldgefühle.«

»Weshalb?«

»Weil ich den beiden das nicht schon früher ermöglicht habe. Und weil ich mich als schlechte Mutter fühlte, die ihre Kinder abschiebt.«

»Meinen Sie, Ihre Töchter hatten das Gefühl, abgeschoben zu werden?«

»Nein«, räumte sie ein. »Denen hat es doch Spaß gemacht.«

»Sehen Sie? Das heißt, Sie haben den Mädchen die Gelegenheit gegeben, etwas Tolles zu erleben, auch wenn es Ihnen schwergefallen ist, sie gehen zu lassen. Würde das eine schlechte Mutter tun?«

»Nein, wahrscheinlich nicht. Aber wir haben ja vorher geübt, deshalb war es nicht ganz so schlimm«, gab die Frau lächelnd zurück.

Bernd konnte sich noch gut daran erinnern, wie schwer es ihr gefallen war, alleine einkaufen zu gehen und die Kinder bei ihrem Mann zu lassen. Oder einmal in der Woche für sich selbst etwas Gutes zu tun. Er hatte ihr vorgeschlagen, zur Massage, zur Kosmetikerin oder zum Yoga zu gehen – alles Dinge, die ihr früher einmal Freude bereitet hatten und die sie seit der Geburt der Kinder nicht mehr getan hatte.

»Wir wollen das beibehalten. Einen gemeinsamen Tag im Monat. Und in einem halben Jahr feiern wir unseren fünften Hochzeitstag, da möchte ich es schaffen, ein ganzes Wochenende ohne Kinder wegzufahren.«

»Das ist doch ein tolles Ziel«, sagte Bernd und fragte, ob sie sich vorstellen könnte, am nächsten gemeinsamen Tag mit ihrem Mann einen Ausflug in die nähere Umgebung zu machen.

»Puh!«, blies sie die Luft aus ihren Wangen und rückte unruhig auf dem Stuhl hin und her. »Das… ich muss mich mit dem Gedanken erst anfreunden. Das würde heißen, ich könnte nicht sofort bei den Mädchen sein, wenn sie mich brauchen. Oder ... was wäre, wenn Carsten und ich einen Unfall hätten?« Hektische rote Flecken breiteten sich auf ihren Wangen und dem Hals aus.

»Gut, lassen Sie uns darüber nachdenken, was passieren würde, wenn Sie und Ihr Mann, sagen wir einfach, aufgehalten werden. Es muss ja nicht gleich ein Unfall sein.«

Am Ende der Sitzung war die junge Frau zumindest bereit, über Bernds Vorschlag nachzudenken. Er betrachtete das schon als Teilerfolg, denn er hatte die Erfahrung gemacht, dass die Umsetzung einer Idee damit anfing, sich mit ihr auseinanderzusetzen und sie als Möglichkeit zu betrachten, anstatt sie kategorisch als undurchführbar abzulehnen.

Nachdem sie einen Folgetermin in zwei Wochen vereinbart und sich voneinander verabschiedet hatten, ging er in die Küche, um sich einen Kaffee zu kochen. Durch das Fenster sah er Michaelas VW am Straßenrand stehen. Einen kurzen Moment dachte er darüber nach, den Kaffee bei ihr drüben zu trinken – sozusagen als Entschädigung, weil er gestern Abend so schnell abgehauen war, aber er wollte nicht schon wieder mit ihr über etwas diskutieren, wo es nichts zu diskutieren gab. Er war einer Meinung, sie einer anderen. Da würde nicht einmal der Befund eines Psychiaters helfen, der bei Daniela Ferstl eine Depression diagnostiziert hätte, denn Michaela stellte nicht die Krankheit selbst infrage, sondern die Unschuld von Daniela, egal ob krank oder nicht.

Wie konnte er Michaela bloß davon überzeugen, dass sie sich irrte? Und weshalb bat sie ihn um seine Meinung, wenn sie diese ohnehin nicht in ihre Überlegungen mit einbezog?

Über diese Frage lohnte es sich, weiter nachzudenken.

KAPITEL 28

»Ich hab heute Klavierstunde«, erinnerte Valerie Michaela in der Früh.

»Ich weiß«, sagte Michaela. In Wahrheit hatte sie bis eben nicht mal gewusst, welcher Wochentag war. Freitag. Dienstags und freitags war Valerie immer bei Anna.

Sie trank ihren Morgenkaffee und ging noch einmal ins Bad, um sich eine Schicht Feuchtigkeitscreme aufzutragen. Die Rötung war kaum mehr zu sehen, aber die Haut spannte immer noch ein wenig. Und das musste ihr passieren, wo sie sonst immer so darauf bedacht war, nicht ohne Sonnenschutz rauszugehen, weil sie wusste, wie empfindlich ihre helle Haut reagierte.

Als Michaela in ihr Auto stieg, bemerkte sie, dass Bernds Wagen nicht mehr vor der Einfahrt stand. Sie würde mit ihm reden müssen. Heute, gleich nachdem sie im Präsidium war, nahm sie sich vor. Sie benahmen sich ja wie kleine Kinder, nicht wie erwachsene Kollegen. Beide. Und ihre Freundschaft war ihr zu wichtig, als dass sie die einfach wegen einer kleinen Meinungsverschiedenheit – und mehr war es schließlich wirklich nicht – aufs Spiel setzte. Außerdem hatten Valerie und sie Bernd dieses Wochenende, genau genommen morgen Abend, zum Essen eingeladen. Valerie freute sich schon seit Tagen darauf. Und sie ebenfalls. Schon deshalb wollte sie alle Unstimmigkeiten aus dem Weg räumen.

Michaela hatte sich gerade einen Becher Kaffee aus dem Automaten geholt, als Doris hereinkam. Sie wirkte niedergeschlagen.

»Ist was passiert?«, fragte Michaela vorsichtig nach. Sie hatte nicht vergessen, wie empfindlich ihre Kollegin das letzte Mal reagiert hatte.

»Nichts Schlimmes. Nur dass Jonas immer noch fiebert und meine Eltern meinten, es wäre besser für ihn, wenn er nicht ständig herumfahren müsste.«

»Oje, der arme Kerl.«

»Sie haben ja recht, zumal er eh nur zum Schlafen daheim gewesen wäre und ich ihn heute früh wieder zu meinen Eltern gebracht hätte, aber ich vermisse ihn einfach.«

Michaela knuffte ihre Kollegin freundschaftlich in die Seite. »Hey, es ist noch nicht allzu lange her, dass du dich darüber beschwert hast, dass ständig irgendwelche Bausteine herumliegen, auf die man steigt. Und dass du keine Nacht durchschlafen kannst, weil Jonas zu dir ins Bett kommt.«

Doris stieß einen tiefen Seufzer aus. »Ja, und ich habe fast ein schlechtes Gewissen, weil ich es genieße, dass die Wohnung aufgeräumt ist. Aber größer als das schlechte Gewissen ist die Sehnsucht. Ich mach heute früher Schluss, wenn du nichts dagegen hast, und verbringe das Wochenende bei meinen Eltern mit meinem Sohn.«

»Kein Problem«, versicherte Michaela.

Die erste Gelegenheit, mit Bernd zu sprechen, bot sich, als sie nach der Morgenbesprechung aus der Kantine ein Stück Kuchen holen wollte. Er stand gerade an der Theke und überlegte, was er sich kaufen sollte. »Den Apfelstrudel kann ich wärmstens empfehlen«, sprach sie ihn an und ehe sie es sich wieder anders überlegen konnte, setzte sie hinzu: »Können wir reden?«

Er sah auf die Wanduhr über dem Eingang. »Zwanzig Minuten, dann hab ich einen Termin – aber du musst mir Gesellschaft leisten.« Dann deutete er mit dem Kopf auf den Apfelstrudel und sagte zur Bedienung: »Ein Stück von dem hier – und eine Melange, bitte.«

Michaela gab sich geschlagen. Ob sie ihren Kuchen in der Kantine oder im Büro aß, war schließlich einerlei. Und wer wusste schon, ob Bernd später auch noch Zeit für sie hätte.

»Ich hätte gern den Gugelhupf und auch eine Melange.«

Sie trugen die Tabletts zu einem Tisch in der Ecke. Um diese Zeit waren außer ihnen nur zwei Kollegen von der Abteilung für Wirtschaftskriminalität hier.

»Also, was gibt es denn?«, fragte Bernd.

Michaela brach ein Stück von ihrem Gugelhupf ab und zerbröselte es zwischen ihren Fingern. Weshalb mussten diese zwischenmenschlichen Dinge bloß immer so kompliziert sein? Sie gab sich einen Ruck und sah ihn direkt an. »Ich habe das Gefühl, dass du mir ausweichst.«

Er stach mit der Gabel ein Stück von dem Strudel ab und kostete. »Mhm, du hattest recht, der ist wirklich gut.«

Michaela wartete ab. Sie hatte den ersten Schritt gemacht, nun war er dran.

»Warum sollte ich das deiner Meinung nach tun?«, antwortete er mit einer Gegenfrage.

Michaela ging darauf nicht ein. »Stimmt es?«

»Wie kommst du denn darauf? Ich war einfach beschäftigt.«

»Das bist du immer. Aber das hindert dich normalerweise nicht daran, mit mir zu sprechen. Hab ich dich irgendwie verletzt oder beleidigt? Wenn ja, dann war das keine Absicht.«

Bernd nahm einen weiteren Bissen von dem Apfelstrudel. Dann sagte er: »Ich gebe zu, dass es mich irritiert hat, dass du um meine Meinung gebeten hast, in Wahrheit jedoch bloß eine Bestätigung für deine haben wolltest. Aber ich geh dir nicht aus dem Weg, ich habe wirklich eine Menge Arbeit.«

»Das heißt, du bist nicht sauer und kommst morgen Abend zum Essen?«

Bernd lächelte. »Hey, du kochst. Das würde ich um keinen Preis versäumen!«

»Warte ab, ob du danach auch noch so denkst«, gab sie lachend zurück. Bernd war gar nicht sauer auf sie gewesen, dachte sie erleichtert. Wie gut, dass sie ihn darauf angesprochen hatte, sonst würde sie sich weiterhin alle möglichen Hirngespinste ausmalen. Und es war gar nicht so schwierig gewesen.

Doris verabschiedete sich um eins, und Michaela wünschte ihr ein schönes Wochenende. Nachdem ihre Kollegin weg war und sie sich in dem leeren Büro einsam fühlte, ging sie zu Harald in die forensische Abteilung hinunter.

»Ich habe dir ja versprochen, dir auf die Nerven zu gehen.«

Er ging auf ihren scherzhaften Ton nicht ein. »Komm,

sieh dir das mal an!«, sagte er stattdessen und trat einen Schritt beiseite, damit sie durchs Mikroskop sehen konnte.

»Was ist das?«

»Ein Haar«, gab Harald zurück.

Michaela richtete sich auf und legte den Kopf schief. »So eines habe ich noch nie gesehen. Woher habt ihr es?«

Sie war natürlich keine Forensikerin, aber etwas Ahnung hatte sie dennoch im Laufe der Jahre sammeln können. Und dieser helle Strang sah definitiv nicht wie ein Haar aus.

»Aus dem BMW. Wir haben mehrere davon auf der Nackenstütze und auf dem Fahrersitz gefunden. Sie stammen aus einer Kunsthaarperücke.«

Das erklärte, warum sie es nicht erkannt hatte. Michaela überlegte, was diese Entdeckung für ihren Fall bedeutete.

»Meinst du, die Perücke könnte vom Täter stammen?«, fragte sie Harald.

»Davon ist auszugehen. Und ich denke, es handelt sich um eine Täterin.«

»Wie kommst du darauf?« Gerade ihm gegenüber hatte sie nie erwähnt, dass Daniela Ferstl ihre Hauptverdächtige war.

»Ich habe natürlich keinen Beweis dafür. Allein eine DNA-Probe würde jeden Zweifel ausschließen, aber wenn ich die Summe aller Hinweise in Betracht ziehe, ist die Wahrscheinlichkeit größer, dass es sich um eine Täterin handelt.«

Sie verschränkte ihre Arme vor der Brust. »Erklär's mir«, bat sie ihn.

»Gerne, wenn du mich in die Kantine begleitest. Ich habe noch nicht zu Mittag gegessen.«

Michaela seufzte. »Ich sollte mein Büro dorthin verlegen. Heute verbringe ich mehr Zeit in der Kantine als hinter meinem Schreibtisch.«

Hunger hatte sie keinen, sie kaufte sich nur eine Flasche Mineralwasser und setzte sich Harald gegenüber, der sich das Tagesmenü geholt hatte: gebackene Scholle mit Kartoffelsalat.

»Also«, setzte er nach dem ersten Bissen an, »du wolltest wissen, warum ich glaube, dass eine Frau Ferstl ermordet hat.«

Michaela nickte und schenkte sich Wasser in ihr Glas ein.

»Durch die Einstellungen von Fahrersitz, Innen- und Außenspiegel können wir auf die Größe der Person schließen, die das Auto zuletzt gefahren hat. Sie muss etwa einen Meter sechzig bis eins fünfundsechzig groß sein.«

»Klasse, dass ihr das herausfinden konntet, aber es gibt auch kleine Männer.«

»Ja, nur wesentlich seltener. Und dann ist da die Perücke.«

»Männer können sich auch verkleiden«, gab Michaela zu bedenken.

»Dem will ich nicht widersprechen, doch würden sie sich dann ausgerechnet für eine schulterlange Frisur entscheiden? Wie gesagt, ich möchte auf meine Aussage nicht festgenagelt werden und behaupte möglicherweise das Gegenteil, wenn ich weitere Spuren ausgewertet habe.«

»Schon gut. Kannst du das Fabrikat feststellen?«

Harald nickte. »Gib mir Zeit. Aber eins kann ich dir

jetzt schon verraten: Die Perücke ist kein billiger Faschingsartikel, den man für fünf Euro bekommt. Es handelt sich um einen hochwertigen Haarersatz, der einer Echthaarperücke täuschend ähnlich ist.«

»Danke, Harald, damit lässt sich schon was anfangen.«

Den Rest des Nachmittags verbrachte Michaela in ihrem Büro vor dem Computer und informierte sich über Perücken. Unglaublich! Sie hatte nicht geahnt, wie viel es da auf dem Markt gab: Kurz- und Langhaarmodelle in allen Preiskategorien. Kunsthaar kostete zwischen knapp hundert bis zu dreihundertfünfzig Euro, Echthaarperücken waren zehnmal teurer. Michaela konnte sich nun vorstellen, warum sich die Täterin für die günstigere Variante entschieden hatte, zumal auch die aus künstlichem Haar, zumindest auf den Bildern, richtig echt aussahen. Bei all den Frisuren bekam sie Lust, mal welche anzuprobieren, nur um zu sehen, ob ihr ein anderer Schnitt oder eine andere Haarfarbe stehen würden. Doch dann verwarf sie diese Idee schnell wieder. Wenn sie schon solch eine Aktion startete, dann zusammen mit Valerie, die sich dafür bestimmt begeistern ließe.

Sie arbeitete bis fünf und wollte gerade den Rechner herunterfahren, als das Benachrichtigungsfenster ihr eine Mail anzeigte. Sie kam von der Kriminaltechnik.

Valerie war nicht so recht bei der Sache, wie Anna tadelnd anmerkte. »Tut mir leid, ich krieg diese zwei Takte einfach nicht hin«, sagte Valerie zerknirscht.

Anna musterte sie prüfend. »Alles in Ordnung mit dir?«

Sie seufzte. »Ja, schon. Es ist nur ... ich muss ständig über das Konservatorium nachdenken. Ob ich mich tatsächlich anmelden soll.«

»Du kennst meine Meinung«, sagte Anna.

»Tante Mika findet es auch gut.«

»Und du?«

Valerie biss sich auf die Lippen. »Ich weiß nicht. Ich liebe die Musik, ich liebe das Klavierspielen, aber als Job? Weshalb unterrichtest du, anstatt Konzerte zu geben und auf den großen Bühnen zu spielen?«

Anna lächelte. »Ich würde gerne sagen, dass ich mich vor Engagements kaum retten konnte, aber alle abgesagt habe, um Talente wie dich zu fördern. Doch das wäre gelogen.«

»Und was ist die Wahrheit?«, wollte Valerie wissen.

»Tja, dass es viele Pianisten gibt und nur einige wenige es bis zur Weltspitze schaffen. Die Wahrheit ist schlicht und einfach, dass ich zwar gut, aber nicht gut genug war. Klavierstunden zu geben ist für mich die zweitbeste Lösung.«

»Ich möchte mich aber nicht für die zweitbeste Möglichkeit entscheiden.«

Anna drehte sich zu ihr und sah sie an. »Das musst du auch nicht. Du bist ein Ausnahmetalent, Valerie. Du kannst es tatsächlich bis ganz nach oben schaffen«, sagte sie eindringlich.

»Und wenn nicht? Was, wenn ich auch nicht gut genug bin? Oder wenn ich in etwas anderem besser bin? Wenn ich aufs Konservatorium gehe und dann draufkomme, dass es nicht das ist, was ich eigentlich will?«

»Und was, wenn du in ein paar Jahren entdeckst, dass du doch lieber Pianistin geworden wärst? Wirst du dich damit zufriedengeben, nur für dich und ein paar Freunde zu spielen? Reicht dir die Musik als Zeitvertreib?«

Das hatte Valerie noch nicht bedacht. Berufsmusikerin wurde man nicht mehr mit dreißig. Das war wie beim Sport. Eine Pause von mehreren Jahren war nicht drin, wenn man Profiambitionen hatte. Die Frage war also nicht, ob sie sich ein Leben als Pianistin vorstellen konnte, sondern ob sie sich eines vorstellen konnte, in dem sie keine war.

»Wie lange habe ich Zeit, um mich zu entscheiden?«, wollte sie wissen.

»Bis spätestens Ende September. Dann haben wir rund vier Monate, um dich auf die Zulassungsprüfung vorzubereiten. Ich will ehrlich sein, das wird kein Spaziergang. Die Anforderungen sind ziemlich hoch. Und du müsstest öfter zu mir kommen.«

Valerie atmete erleichtert auf. Sie hatte noch Zeit, um eine Entscheidung zu treffen. Die würde zwar deshalb nicht leichter zu fällen sein, aber länger darüber nachdenken zu können, war beruhigend.

KAPITEL 29

Der Tag war genauso weitergegangen, wie er angefangen hatte: mies. Jeder Handgriff war ihr schwergefallen, doch sie verschanzte sich hinter ihrer professionellen Maske, lächelte und blieb freundlich, wie immer. Doch beinahe wäre ihr vorhin ein schwerer Fehler passiert, einer, der einen Unschuldigen das Leben hätte kosten können, wenn sie nicht in letzter Minute ihren Irrtum erkannt hätte.

Von ihren Arbeitskollegen hatte keiner etwas bemerkt. Nicht das Zittern ihrer Hände, als sie die Flasche zurück in den Schrank stellte, und auch nicht den Schweiß auf der Stirn. Ihr Hals schnürte sich zusammen, sie bekam kaum noch Luft, und vor ihren Augen begannen schwarze Pünktchen zu tanzen. Sie erkannte die Anzeichen der Panikattacke, oft genug hatte sie sie erlebt. Sie murmelte eine hastige Entschuldigung und etwas von Toilette und lief zu den Personal-WCs. Kaum hatte sie die Kabinentür hinter sich versperrt, knickten ihre Beine unter ihr weg, sie rutschte zu Boden und versuchte sich an die Übungen zu erinnern, die sie damals gelernt hatte. Es war, als hätte ihr Körper vergessen, wie man atmete. Sie musste ihm die Befehle geben. Luft holen, in die Lunge strömen lassen, langsam wieder ausatmen. Pause. Luft holen, in die Lunge strömen lassen, ausatmen, Pause.

Langsam wurde das Rauschen in ihren Ohren leiser, sie konnte wieder die Augen öffnen, ohne dass sich alles um sie zu drehen begann. Nun endlich fiel ihrem Körper wieder ein, wie er selbstständig atmen musste, der Druck in ihrer Kehle ließ nach. Probehalber zog sie die Beine unter und kauerte sich mit dem Rücken an die Wand. Nur noch eine kleine Weile, dachte sie. Dann könnte sie aufstehen, ohne Angst haben zu müssen, dass sie wieder zusammenbrach.

Der Gedanke, nach draußen zu gehen und weiterzuarbeiten, als wäre alles in Ordnung, lähmte sie. Was, wenn ihr wieder ein Fehler unterlief und sie ihn diesmal nicht rechtzeitig bemerkte? Was war mit ihr überhaupt los? Die letzte derart heftige Panikattacke wie die heutige hatte sie vor zwei Jahren gehabt. Würde das denn niemals aufhören? Konnte sie nie sicher sein, alles hinter sich gelassen zu haben? Wollte Satan sie auf die Probe stellen? Oder etwa Gott? Als hätte sie nicht schon mehrfach bewiesen, dass sie seine würdige Dienerin war. Warum ließ er sie leiden?

Diese Frage trieb sie häufig um. Sie kannte auch die Antwort, vergaß sie nur manchmal – und dann schien es, als würde Gott sie daran erinnern wollen. Welche Bedeutung hätten Barmherzigkeit, Nächstenliebe oder Selbstlosigkeit in einer perfekten Welt? Sie wären bloß Worte ohne Wert.

Jemand kam herein, ging in die Nebenkabine. Kurz darauf hörte sie die Spülung und dann die Wasserleitung rauschen. Die Tür fiel zu, und sie war wieder allein. Niemand hatte sie gesucht, Gott sei Dank.

Ein paar Minuten gab sie sich noch, ehe sie die Kabine verließ und sich mit kaltem Wasser die Hände und das Gesicht wusch. Sie blickte in den Spiegel. Augen in dunklen Höhlen sahen ihr entgegen, und durch die blassen Wangen wirkten sie groß wie bei einer Manga-Zeichentrickfigur. Sie trank einen Schluck Wasser und wischte sich den Mund mit der Hand ab. Gut, noch zwei Stunden, die sie überstehen musste. Das würde sie irgendwie schaffen.

Feierabend ade. Das war Michaela schon klar, als sie die Mail anklickte. Die Techniker hatten die Daten von Ferstls Laptop sichergestellt.

Zwei Stufen auf einmal nehmend lief sie hinunter in die forensische Abteilung.

Sie musste durch den gesamten Labortrakt, um zu den Büros der Computerspezialisten zu gelangen. Freitags um diese Zeit herrschte auch hier in der Forensik Wochenendbetrieb. Es war weniger hektisch als sonst. Nur drei Mitarbeiter, die Bereitschaft hatten, saßen an ihren Plätzen. Einer davon war Sven, den sie an der abgebrannten Autowerkstatt kennengelernt hatte. Die beiden anderen kannte sie zwar vom Sehen, nicht aber ihre Namen. Die Belegschaft wechselte häufig. Nicht jeder war für unregelmäßige Arbeitszeiten mit Nacht- und Feiertagsdiensten geschaffen.

Sie winkte Sven im Vorbeigehen zu und folgte dem Gang bis zur letzten Tür, die offen stand. Drinnen saß ein junger Mann Mitte zwanzig mit einer schwarzen, viereckigen Brille. Er hatte drei Bildschirme und einen Laptop vor sich auf dem Tisch stehen. In einer Geschwindigkeit, die Michaela in Bewunderung versetzte, tippte er Befehle auf der Tastatur und hob nur kurz den Blick, als sie hereinkam.

»Herr Probst?«

»Ja«, antwortete er knapp, ohne in seiner Arbeit innezuhalten.

»Michaela Baltzer, ich bin wegen Ferstls Laptop hier.«

Er deutete mit dem Kopf auf den Stuhl neben ihm. Michaela verstand das als Aufforderung, Platz zu nehmen.

Erst jetzt wandte er sich ihr zu. »Womit wollen Sie anfangen?«

»Ich schlage vor, wir beginnen mit seinen Mails. Wir suchen eine Verbindung zu einem weiteren Mordopfer.«

»Okay. Wie lautet der Name?«

»Den kennen wir nicht.«

»Dann wird es schwierig.« Probst nahm eine Dose Energydrink aus seiner Schreibtischlade und öffnete

Ferstls Mailordner. »Irgendwelche Schlüsselbegriffe, die die Suche eingrenzen?«

»Daniela. Ferstls Frau«, sagte Michaela, ohne nachzudenken.

Der Computerfachmann gab den Namen in das Suchfeld ein. Kurz darauf zeigte der Rechner einundfünfzig Mails als Treffer an.

»Ich kann sie noch sortieren«, bot Probst an.

»Zeigen Sie mir nur die jüngeren Datums, sagen wir, vom letzten halben Jahr.«

Die Mails zwischen den Eheleuten waren nichtssagend. Organisatorisches, reine Informationen: »Ich komme später.« oder »Kannst du Wein besorgen?« Keine Kosenamen, keine lieben Worte. Michaela konnte sich vorstellen, dass der Großteil der Kommunikation eher übers Telefon stattgefunden hatte.

Sie suchten nach weiteren Stichworten und stießen auf Terminvereinbarungen und Geschäftliches, aber keine der Nachrichten brachte sie in ihren Ermittlungen weiter. Frustriert blies Michaela die Luft aus. Es würden Stunden, wenn nicht sogar Tage vergehen, ehe sie jede einzelne Mail durchgesehen hatten, aber es nicht zu tun, wäre fahrlässig.

»Ich glaube nicht, dass wir hier weiterkommen. Kann ich den Laptop mitnehmen?«

Probst nickte. »Ich habe eine Sicherheitskopie von allen Daten erstellt, er steht also ganz zu Ihrer Verfügung.«

»Und sein Handy? Mich interessieren die letzten Anrufe, die er erhalten oder getätigt hat.«

Der junge Mann lächelte. »Das Passwort zu knacken

war ein Kinderspiel. Auch da habe ich bereits alle Inhalte gesichert.«

Michaela bedankte sich und nahm Ferstls Smartphone entgegen. »Dann schauen wir mal«, murmelte sie und tippte auf das Telefonzeichen. Elektrisiert setzte sie sich auf. Den letzten Anruf hatte Ferstl spätnachmittags am Tag vor seinem Tod entgegengenommen. Allerdings hatte der Anrufer seine Telefonnummer unterdrückt.

Sie zeigte Probst den Eintrag. »Gibt es eine Möglichkeit herauszufinden, wer ihn angerufen hat?«

»Über den Telefonanbieter. Aber die werden ohne richterliche Verfügung keine Daten rausgeben.«

»Dann besorge ich eine.«

Als Michaela zu Hause ankam, war es bereits Viertel nach neun. Valerie hatte überall das Licht brennen lassen, aus dem Wohnzimmer war der Fernseher zu hören, und aus dem Gästezimmer dröhnte Musik.

»Ich bin zu Hause!«, versuchte sie gegen den Lärm anzuschreien, doch offenbar war sie nicht laut genug.

Sie schaltete das Licht im Flur und dann den plärrenden Fernsehapparat aus. Was, um Himmels willen, war in das Mädchen gefahren? Dass Valerie die Lampen brennen ließ, konnte Michaela ja noch verstehen, es entsprang wohl ihrem Bedürfnis nach Sicherheit. Und auch, dass ihre Nichte den Fernseher eingeschaltet hatte, war für sie nachvollziehbar. Es erweckte zumindest den Anschein von Gesellschaft. Aber warum dröhnte sie sich allein in ihrem Zimmer die Ohren mit einer Musik voll, die einem das Gehirn rauszusaugen drohte?

Anzuklopfen hätte keinen Sinn gemacht, also riss Michaela die Tür auf und betrat das Zimmer. Valerie lag auf dem Bett, die Arme unter ihrem Kopf verschränkt, und starrte an die Decke.

Sofort drehte Michaela die Anlage leiser.

Valerie protestierte nicht, setzte sich aber auf. »Tante Mika, du bist spät.«

Michaela seufzte. »Ja, ich saß in der Kriminaltechnik fest. Und was ist das für eine Foltermusik?«

»Mir war gerade danach«, antwortete Valerie.

»Hast du etwas gegessen?«

Valerie schüttelte den Kopf. »Ich hatte keinen Hunger.«

Das allerdings beunruhigte Michaela. Nur wenn ihre Nichte Stress hatte, aß sie nicht, so wie vor dem Konzert.

»Hey, alles in Ordnung mit dir?«

»Ja.«

Es klang wie ein »Nein«. Aber sie wusste, dass sie nicht nachbohren durfte. Valerie würde von selbst erzählen, was sie bedrückte, wenn sie bereit dazu war.

»Ich hatte weder ein ordentliches Mittagessen noch was zu Abend. Wollen wir eine Pizza bestellen?«

»Klingt gut«, sagte Valerie. »Erzählst du mir, was du in der Kriminaltechnik gemacht hast?«

Michaela lächelte. »Wenn du mir im Gegenzug von deiner Klavierstunde erzählst …«

Valerie verdrehte die Augen. »Eigentlich wollte ich darüber nicht reden.«

Ah! Da lag also irgendwo das Problem begraben. »Du musst nicht, wenn du nicht willst.«

»Fang du an«, bat ihre Nichte.

Zunächst knabberte Valerie bloß an einem Pizzastück, doch während Michaela von den Ermittlungsergebnissen berichtete, schien ihr Appetit wiederzukehren.

»Echt? Von einem Perückenhaar schließt du auf eine Täterin?«

Michaela schüttelte den Kopf. »Nicht ich, Harald. Dazu würden auch die Tathergänge passen. Frauen morden anders als Männer – also meistens. Ausnahmen bestätigen, wie immer, die Regel.«

Valerie dachte einen Moment nach, ehe sie langsam nickte. »Ja, irgendwie kann ich das nachvollziehen. Ich habe mal wo gelesen, dass Frauen eher zu Gift und solchen Sachen greifen, wenn sie wen um die Ecke bringen wollen. Und ich glaube auch, dass Harald mit der Perücke recht hat. Ein Mann, der sich als Frau verkleidet, würde wahrscheinlich eine Langhaarperücke nehmen, weil das in seinen Augen weiblicher aussieht. Aber dazu kann bestimmt Bernd mehr sagen. Der ist der Psychofachmann.«

Michaela seufzte bei Valeries Wortwahl, sagte aber nichts dazu. Stattdessen hakte sie noch einmal wegen des Klavierunterrichts nach. Es war offensichtlich etwas vorgefallen, und sie hätte gerne gewusst, was.

»Nichts Gravierendes, ehrlich. Ich will jetzt darüber nicht sprechen. Überhaupt muss ich das ohnehin mit mir alleine ausmachen. Hast du Ferstls Laptop dabei?«, wechselte Valerie das Thema und wischte sich ihre Finger an einer Serviette ab.

Michaela zuckte mit den Schultern. Es blieb ihr nichts übrig, als den Wunsch ihrer Nichte zu respektieren. Wenn sie nicht sagen wollte, was sie belastete, konnte Michaela sie nicht dazu zwingen. Deshalb nickte sie zu Valeries letzter Frage. »In der Diele. Laptop und Smartphone.«

»Kann ich dir dabei helfen, die Mails durchzusehen?«

»Wenn du damit den Abend verbringen willst, gerne.«

Sie machten es sich im Wohnzimmer gemütlich. Michaela startete den Laptop und rief den Mailordner auf. »Ich denke, Nachrichten, die älter als ein Jahr sind, können wir außer Acht lassen.«

Valerie widmete sich Ferstls Handy. »Wonach suchen wir eigentlich?«

Michaela zuckte die Achseln. »Nach allem, was irgendwie ungewöhnlich ist oder dich stutzig macht.«

»Keine Keywords?«

»Damit haben wir es schon versucht und nichts gefunden.«

»Okay«, gab Valerie vergnügt zurück. Für sie war es spannend, Michaela helfen zu dürfen. Fragte sich bloß, wie lange. Bei dieser öden Aufgabe würde es sich zeigen, ob Valerie Durchhaltevermögen besaß oder ob sie frustriert aufgab. Auf jeden Fall konnte sie sich gleich daran gewöhnen, dass auch langweilige Dinge zum Alltag einer Kriminalpolizistin gehörten, ja sogar den größten Teil der Ermittlungen ausmachten. Ob Valerie danach immer noch so begeistert davon wäre, für die Mordkommission zu arbeiten?

Um halb zwölf war es Michaela, die vor Müdigkeit nicht mehr konnte und meinte, es wäre Zeit, schlafen zu gehen.

Valerie rieb sich die Augen. »Ich kann doch weitermachen. Geh du ruhig.«

Sie hatten sich bis zu den letzten zwei Monaten vorgearbeitet, ohne einen Hinweis auf den Täter oder auf das zweite Opfer erhalten zu haben. Michaela glaubte mittlerweile nicht mehr daran, überhaupt etwas in den Mails zu finden, was ihnen weiterhelfen konnte. Sie dachte über das Angebot ihrer Nichte nach. Was würde schlimmstenfalls passieren, außer dass Valerie ein oder zwei Stunden länger aufblieb? Bestenfalls stieß sie auf relevante Inhalte, dann würde sie Michaela am Morgen darüber informieren und unheimlich stolz sein, dass sie sie entdeckt hatte.

»Okay«, stimmte sie zu. »Aber schlag dir nicht die ganze Nacht um die Ohren. Wir müssen für das Abendessen mit Bernd einkaufen.«

»Cool. Keine Sorge, es sind nicht mehr so viele Mails.«

KAPITEL 30

Valerie klickte eine Nachricht nach der anderen an, überflog sie und ging zur nächsten weiter. Nichts! Da hatte sie endlich mal die Gelegenheit bekommen, aktiv bei Tante Mikas Ermittlungen mitzuhelfen und dann sollte sie keine Ergebnisse liefern? Das ging gar nicht. Irgendwo musste doch was zu finden sein. Jetzt die gesendeten Mails durchzugehen würde tatsächlich die ganze Nacht dauern. Wenn das erfolgversprechend gewesen wäre, hätte es ihr nichts ausgemacht, aber die Wahrscheinlichkeit war groß, dass sie damit bloß ihre Zeit vertrödeln und dennoch keine Resultate erzielen würde.

Sie überlegte, was sie sonst noch versuchen könnte. Wäre sie Geschäftsfrau, würde sie sämtliche Termine in ihrem Smartphone speichern. Genau genommen tat sie das auch jetzt schon. Wichtige Dinge notierte sie immer auf ihrem Handy: Kontakte. Namen, Telefonnummern, Mailadressen. Sie hätte jede Wette abgeschlossen, dass Ferstl das auch so gehandhabt hatte. Das taten alle. Na gut, alle, die sie kannte, bis auf Tante Mika, die nicht einmal die Hälfte der Funktionen auf ihrem Smartphone verwendete.

Bisher hatte sie sich ausschließlich auf den Mailverkehr konzentriert, das war vielleicht ein Fehler gewesen. Sie tippte auf das Kalendersymbol und sandte gleichzeitig im Geist ein »Bitte, bitte« dazu.

Die Wochenübersicht poppte auf, und Enttäuschung machte sich in ihr breit, als sie bloß Einträge für Meetings und Geschäftsessen fand. Die hatte er nicht mehr wahrnehmen können. Ob irgendjemand daran gedacht hatte abzusagen? Sie scrollte eine Woche zurück und fühlte sich plötzlich hellwach. An dem Tag, an dem Ferstl ermordet wurde, hatte er einen Termin um zweiundzwanzig Uhr eingetragen. Ein Name stand leider nicht dabei, aber eine Adresse – und die gehörte zu der Gartensiedlung. Man hatte ihn dorthin bestellt, doch unter welchem Vorwand? Was würde einen Mann wie Ferstl dazu bringen, sich so spät am Abend mit jemandem zu treffen?

Vielleicht hatte er eine Affäre, überlegte Valerie. Doch hätte er dann die Adresse nicht kennen müssen?

Sie musste sich eingestehen, dass sie zu wenig über Ferstl wusste, um ihn einschätzen zu können. Wo bekam sie mehr Informationen über ihn her? In den sozialen Netzwerken, wo sonst? Jeder war heutzutage irgendwo registriert. Für einen Unternehmer lief heutzutage ohne facebook, Twitter und XING nichts mehr.

Valeries Befürchtung, dass Ferstl seinen Account durch ein Passwort geschützt hatte, war unbegründet. Tante Mika hatte einmal gesagt, die meisten Menschen würden ihre Bequemlichkeit der Sicherheit vorziehen, wenn es um das Internet ging. Deshalb verwendeten sie gerne die gleichen Passwörter, weil sie sich die leicht merken konnten. Oder sie speicherten ihre Daten, um sich nicht jedes Mal neu anmelden zu müssen. Bei Ferstl war das genauso.

Valerie rief seine Facebookseite auf, und sein Leben lag vor ihr ausgebreitet. Sie betrachtete seine Freundesliste, die Fotos, Seiten, die er geteilt und die Kommentare, die er geschrieben hatte. Danach nahm sie sich die privaten Nachrichten vor.

Als sie das nächste Mal auf die Uhr sah, war es nach vier in der Früh. Mist! Sie hatte sich festgelesen und die Zeit darüber komplett vergessen. Aber ihre Recherchen hatten sich ausgezahlt, denn sie hatte ein paar Namen, die sie Tante Mika präsentieren konnte. Ob die allerdings die Ermittlungen weiterbrachten, würde sich erst herausstellen müssen. Jetzt brauchte sie erst einmal ein paar Stunden Schlaf.

Michaela wurde von dem Ton einer eingehenden Nachricht geweckt. Sie drehte sich zur Seite, tastete nach ihrem Handy auf dem Nachttisch und setzte sich ruckartig auf. Halb neun! Erst da fiel ihr ein, dass Samstag war und sie nicht zur Arbeit musste. Erleichtert ließ sie sich wieder zurückfallen. Wenn es ihr gefiel, konnte sie den halben Vormittag im Bett verbringen – was sie natürlich nicht tun würde, es gab ja noch genug zu erledigen. Und dann war da noch das Abendessen. Sie musste sich mit Valerie beraten, was sie überhaupt kochen wollten, und dann einkaufen fahren. Insofern war sie froh, dass sie geweckt worden war, doch wer schickte ihr am Samstag in der Früh eine Nachricht? Niemand, wenn es sich nicht um etwas Wichtiges handelte. Sie rang mit sich, ob sie zuerst duschen gehen und sich anziehen oder zuerst die Nachricht lesen sollte. Die Neugier siegte.

Michaela, ruf mich an, sobald du auf bist. Es gibt Neuigkeiten im Ferstl-Fall. Gruß Harald

Jetzt war sie erst recht gespannt. Sie wählte Haralds Nummer.

»Guten Morgen«, sagte der.

»Gleichfalls. Was tust du überhaupt am Samstag um die Zeit im Labor?«

»Habe mit jemand Wochenendbereitschaft getauscht. Und weil es gerade ruhig ist, dachte ich, ich kann ja ein paar Dinge vorantreiben.«

»Sehr rühmlich von dir. Was hast du denn für tolle Neuigkeiten für mich?«

»Wir haben am Parkplatz der Gartensiedlung verschiedene Reifenspuren sichergestellt. Einige gehören zu den Fahrzeugen der Bewohner, wie wir mittlerweile wissen. Vier Abdrücke konnten wir nicht zuordnen. Jetzt sind es nur mehr drei.«

Michaela hielt ihr Telefon mit der Schulter ans Ohr gepresst, während sie versuchte, ihr Schlafshirt auszuziehen. Beinahe wäre ihr Handy hinuntergefallen. »Was meinst du damit?«

Für einen kurzen Moment legte sie das Handy beiseite, zog sich das Shirt über den Kopf.

»... mit den Reifen von Ferstls Auto abgeglichen«, hörte sie Harald sagen, als sie wieder am Telefon war. »Der BMW stand definitiv dort auf dem Parkplatz«, endete Harald.

In Michaelas Kopf begannen die Gedanken zu rasen. Was bedeutete diese Erkenntnis zusammen mit den Haaren auf dem Fahrersitz?

»Aber das ist noch nicht alles«, sprach Harald weiter, »wir haben eine Verbindung zu dem Brandopfer gefunden.«

Michaela dachte nicht lange nach. »Ich bin in einer halben Stunde da.«

Innerhalb von fünf Minuten war sie angezogen. Valerie schlief ohnehin noch, duschen würde sie später, am besten nach dem Kochen, direkt bevor Bernd kam. War eh die klügere Entscheidung, wenn sie nicht nach Essensdunst und Zwiebeln riechen wollte.

Auf Make-up verzichtete sie ebenfalls. Sie kannte Harald lange und gut genug, um die Narbe vor ihm nicht zu verstecken.

Sie putzte sich hastig die Zähne und schrieb einen Zettel für Valerie, dass sie ins Kriminalamt fahren würde. Zum Einkaufen wäre sie aber rechtzeitig zurück.

Falls Harald von ihrem zerknautschten Erscheinungsbild überrascht war, zeigte er es nicht. »Möchtest du Kaffee? Er ist gerade fertig geworden.«

Michaela lächelte. »Da sag ich nicht nein.« Angesichts ihres überstürzten Aufbruchs hatte sie weder etwas gegessen noch einen Kaffee getrunken.

Harald reichte ihr einen vollen Becher.

»Danke. Allein dafür hat sich der Weg gelohnt.«

»Ich sag doch, dass du mich öfter hier unten besuchen kommen sollst«, gab er zurück. »Allerdings hättest du nicht extra herfahren müssen. Die Ergebnisse hätte ich dir auch am Telefon mitteilen können.«

Er führte sie zu einem der Arbeitstische, die entlang der Wand standen. Darauf befanden sich alle möglichen Fotografien, sorgfältig mit Ferstls Fallnummer versehen.

»Aber dein Kaffee ist um Längen besser«, gab Michaela zurück und trank vorsichtig einen Schluck von dem heißen Getränk. Angenehme Wärme breitete sich in ihrem Magen aus und vertrieb den Hunger, der sich nun doch langsam bemerkbar gemacht hatte.

»Dieses hier«, Harald hielt ein Bild hoch, »stammt von der Gartensiedlung.«

Dann ging er zwei Tische weiter und nahm ein weiteres Foto in die Hand. »Und jetzt sieh dir dieses hier an und vergleiche die Reifenspuren miteinander.«

Michaela stellte ihren Kaffeebecher auf einem der Aktenschränke ab und legte die beiden Fotografien nebeneinander. »Sie sehen gleich aus. Du hast gesagt, ihr hättet eine Verbindung zur Brandleiche. Stammen die zweiten Fotos von der Werkstatt?«

Harald nickte. »Gut kombiniert. Die Spuren sehen nicht nur gleich aus, sie sind tatsächlich identisch. Ich bin gerade dabei, die Reifentypen zu bestimmen. Aber eins ist sicher: Das dazugehörige Fahrzeug war an beiden Tatorten. Und ich brauche dir ja nicht zu sagen, was das bedeutet.«

Nein, das brauchte er nicht. Es war keine Kunst, die richtigen Schlüsse daraus zu ziehen: Ferstl und die verbrannte Leiche waren vom selben Täter, oder wahrscheinlich von derselben Täterin, ermordet worden.

Da Michaela nun schon mal im LKA war, schaute sie in ihrem Büro vorbei, um zu prüfen, ob ihr Antrag zur Herausgabe von Ferstls Telefonliste genehmigt worden war.

Er war. Sie öffnete den Anhang der Mail und druckte die Verfügung aus.

Elf Uhr dreißig, zeigte die Wanduhr an. Zeit genug, um noch bei Ferstls Telefonanbieter anzurufen.

Die Dame im Callcenter gab sich unverbindlich freundlich, selbst als Michaela ihr Anliegen vortrug.

»Sagen Sie mir bitte das Kundenpasswort.«

Michaela stieß einen lauten Seufzer aus. Das versprach ein längeres Gespräch zu werden. »Ich kenne das Kundenpasswort nicht. Aber ich habe eine richterliche Anordnung zur Herausgabe der Daten von Lothar Ferstl. Die schicke ich Ihnen gerne per Mail.«

»Sehr schön, ohne die wären uns die Hände gebunden.«

»Dann ist ja alles in bester Ordnung, nicht wahr? Wie lange wird das dauern?«

»Wir senden Ihnen die Liste in den nächsten vierzehn Tagen per Post zu.«

»Zwei Wochen?! Das ist nicht Ihr Ernst. Ich ermittle in einem Doppelmord. In zwei Wochen ist der Täter über alle Berge. Ich brauche diese Liste so schnell wie möglich.«

»Ich verstehe das, aber bei der Menge an ...«

Michaela unterbrach die Frau. »Und wenn ich nur die Telefonnummern von einem bestimmten Tag wissen will?«

Nun seufzte die Callcenter-Mitarbeiterin. »Von welchem Tag?«

Michaela sagte ihr das Datum. »Die restlichen brauchen wir auch, aber die Anrufe, die er kurz vor seinem Tod bekommen oder die er getätigt hat, sind am dringendsten.«

Sie vereinbarten, dass ihr die Liste per Mail zugesandt würde. Michaela bedankte sich und legte auf.

Zwölf Uhr. Sie hatte gerade eine halbe Stunde vertelefoniert. Aber wenn sie dadurch die Nummer des Unbekannten erhielt, von der Ferstl kurz vor seinem Tod angerufen worden war, dann hatte es sich ausgezahlt.

Es kam durchaus häufiger vor, dass Michaela an Wochenenden arbeiten musste, das gehörte zu ihrem Job und sie hatte sich daran gewöhnt. Doch seit Valerie bei ihr lebte, versuchte sie, sich die beiden Tage freizuhalten, wenn es irgendwie möglich war. Nicht, weil ihre Nichte nicht alleine zurechtkam, das Mädel wurde immerhin bald siebzehn. Vielmehr ging es Michaela darum, gemeinsam etwas zu unternehmen. Sie hatte all die Jahre zuvor nur wenig am Leben ihrer Nichte teilgehabt, zumindest seit Valerie aus dem Kindergartenalter heraus war.

Bei den mehr oder weniger regelmäßigen Familienessen hatte sie natürlich die wesentlichen Entwicklungsschritte mitbekommen, aber nicht, wie Valerie tickte, was sie fühlte und was in ihr vorging. Diese Dinge erfuhr sie erst jetzt nach und nach – und sie war froh, dass sie die Gelegenheit dazu erhalten hatte. Michaela hoffte, Valerie würde weiterhin ein Teil ihres Lebens sein, auch wenn Thomas und Angelika aus Lesotho zurück waren. Sie wusste, wie leicht der Alltag sie beide einholen konnte. Je gefestigter ihre Beziehung zueinander war, desto eher würde Valerie den Kontakt zu ihr beibehalten wollen. Das hatte Bernd ihr zumindest erzählt. Wie gut, dass er ausgerechnet neben ihr eingezogen war, ohne seine Hilfe wäre sie oft genug aufgeschmissen gewesen, wenn es darum ging, Valerie zu verstehen. Dieses Abendessen heute war eine Art Dankeschön an ihn, und deshalb musste sie sich sputen und ihre Arbeit für heute hintenanstellen, etwas, das ihr vor einem halben Jahr noch undenkbar erschienen war. So änderten sich Prioritäten.

»Wir wissen immer noch nicht, was wir kochen, oder?«, fragte Valerie, nachdem Michaela heimgekommen war und ihre Nichte zur Eile drängte. Offenbar war diese erst vor Kurzem aufgestanden, sie trug immer noch ihren Pyjama.

»Du ziehst dich an und ich schau mir die Rezepte durch, die du rausgesucht hast«, schlug sie vor.

»Dann beeil dich mal lieber«, gab Valerie zurück. »Ich bin in zehn Minuten fertig.«

Valerie hatte die infrage kommenden Gerichte mit kleinen Papierschnipseln markiert, die verdächtig nach der Programmzeitschrift aussahen, die Michaela bereits gesucht hatte.

Bandnudeln mit Lachssauce klangen gut, aber sie hatten erst Gnocchi gehabt, deshalb wollte sie nicht schon wieder Teigwaren anbieten.

Sie schlug bei der nächsten Markierung auf. Rehkeule in Schoko-Kirschsauce. Das wäre mal etwas Ausgefallenes, allerdings wurde die Zubereitung mit drei Stunden angegeben. So viel Zeit blieb ihnen nicht. Außerdem war sie sich nicht sicher, ob man Rehfleisch so ohne Weiteres im Supermarkt bekam. Gesehen hatte sie bisher jedenfalls noch keines, aber das mochte auch daran liegen, dass sie noch nie darauf geachtet hatte.

Da kam Valerie zurück. »Hast du etwas gefunden?«

Wahllos öffnete sie das Kochbuch bei einem weiteren Zeitungsfitzel.

»Was hältst du von Fisch auf Fenchel und Orangen?«

Sie kauften frische Lachsfilets, nicht die aus der Tiefkühltruhe. Fenchel hatten weder Michaela noch Valerie bisher zubereitet, aber sie wusste, dass er sehr aromatisch schmeckte. Valerie kannte Fenchel bloß von dem Tee, den ihr ihre Mutter immer kochte, wenn sie Bauchschmerzen hatte. »Ich mag den Geruch, über den Geschmack lässt sich streiten – zumindest, was den Fencheltee betrifft. Aber ich kann mir vorstellen, dass er mit Fisch und Orangen total gut harmoniert.«

Michaela legte zwei Flaschen Weißwein in den Einkaufswagen. Immerhin damit kannte sie sich halbwegs aus.

Valerie entschloss sich spontan für eine kalte Erbsen-Buttermilchsuppe, die sie mit Schwarzbrot-Croutons im Glas servieren wollte.

Als Beilage zum Hauptgang würde es bloß Salzkartoffeln geben und als Dessert hatte sich Valerie Apfelringe mit Marzipancreme überlegt. »Ich wollte eigentlich etwas Aufwändigeres zaubern, aber dafür reicht die Zeit nicht mehr«, meinte sie bedauernd.

Michaela antwortete: »Das klingt doch perfekt. Und du hast mit der Suppe ohnehin genug zu tun.« Schön langsam machte sich Nervosität in ihr breit. Warum, wusste sie selbst nicht. Schließlich handelte es sich um Bernd und nicht um irgendeinen Staatsgast, der zum Essen kam. Er war sich im Klaren darüber, wie es um ihre Kochkünste stand. Schon mehrere Male hatte er tapfer ihre matschigen Nudeln gelobt oder ihre versalzenen Kartoffeln gegessen, ohne eine Miene zu verziehen.

»Du machst das schon, Tante Mika«, versuchte Valerie, sie zu beruhigen, als hätte sie Michaelas Gedanken gelesen.

Michaela rang sich ein Lächeln ab und sagte mit mehr Zuversicht in der Stimme, als ihr zumute war: »Ja, ich krieg das hin. Und wenn ich irgendeinen Blödsinn anstelle, dann bist du auch noch da und klopfst mir auf die Finger, okay?«

Später standen sie Seite an Seite in der Küche. Michaela schnitt den Fenchel in schmale Streifen, während Valerie die Suppe vorbereitete. Das Kochbuch lag aufgeschlagen vor Michaela. Ihre Aufregung hatte sich weitgehend gelegt. Eigentlich war die Zubereitung überhaupt nicht kompliziert. Sie musste bloß darauf achten, dass der Fisch nicht zu lange garte.

Als sie den Lachs mit Orangenstücken und dem Fenchel in Alufolie gepackt und ins Rohr geschoben hatte, ging sie schnell unter die Dusche und zog sich danach um.

Aus der Küche duftete es bereits verführerisch, Michaelas Vorfreude wuchs.

Ein Blick auf die Uhr zeigte ihr, dass der Lachs noch etwa zehn Minuten brauchte. Genug Zeit, um schnell nachzusehen, ob der Telefonanbieter inzwischen schon die versprochene Mail geschickt hatte.

»Tante Mika, dein Fisch!«, rief Valerie.

Verdammt! Michaela stellte ihren Laptop beiseite und lief in die Küche. Valerie hatte bereits das Backrohr aufgemacht und wedelte mit einem Küchentuch die Dampfschwaden weg.

Im dem Moment läutete es an der Tür.

»Ich geh schon«, sagte Valerie und ließ sie mit dem Fischdesaster alleine.

»Wow, die sieht ja klasse aus. Und schmeckt phänomenal«, sagte Bernd, nachdem er die Suppe gekostet hatte.

Valerie hatte sie in Einmachgläser gefüllt, mit den Croutons bestreut und zur Dekoration ein Petersilienblatt draufgelegt. Ihr Arrangement hätte jedem Kochmagazin Ehre gemacht.

Auch Michaela fand die Vorspeise ausgezeichnet.

Nachdem alle fertig waren, trug sie die Gläser in die Küche und servierte den Hauptgang.

Bernd blickte auf den Teller, den sie vor ihn hingestellt hatte. »Da bin ich jetzt aber gespannt. Was ist das?«

»Lachsmousse«, antwortete Michaela, ohne mit der Wimper zu zucken. Beim Kochen verhielt es sich wie im übrigen Leben: Es kam immer drauf an, was man aus seinen Fehlern machte.

KAPITEL 31

Sie zwängte sich durch den Spalt zwischen Eingangstor und Pfosten, den die Kette, die zur Sicherung des Geländes diente, freiließ. Offenbar waren schon vor ihr Leute da gewesen. Vielleicht Jugendliche auf der Suche nach einem besonderen Kick, ein paar Obdachlose, die einen trockenen Schlafplatz brauchten, oder diese Urban Explorer, die leidenschaftlich gern alte, verlassene Gebäude fotografierten.

Es war das erste Mal, dass sie sich hier umsah. Womöglich würde sie feststellen, dass sich dieser Ort für ihr Vorhaben gar nicht eignete, obwohl sie gründlich recherchiert und sich Bilder und sogar alte Baupläne angesehen hatte. In der Realität war vieles anders als auf Plänen.

Das hatte sie auch schon bei früheren Schauplätzen ihrer Gottesurteile feststellen müssen, wie zum Beispiel bei der Feuerprobe für den Anwalt. Ursprünglich hatte sie eine Lagerhalle im Visier. Obwohl die für ihre Zwecke perfekt geeignet schien, merkte sie, als sie sich dort umschaute, dass das nächste Haus in Sichtweite war und sie Gefahr lief, man könne das Feuer viel zu früh bemerken und ihren schönen Plan vereiteln. Abgesehen davon hätte sie selbst entdeckt werden können, was ziemlich dumm gewesen wäre. Sie hatte schließlich noch einiges vor.

Noch reichte das Licht, um sich auf dem Gelände zurechtzufinden, drinnen würde sie eine Taschenlampe brauchen. Sie glaubte nicht, dass die Stromversorgung funktionierte. Die Eingangstür war verriegelt. Sie umrundete das Gebäude und stieß auf einen Lieferanteneingang, der ebenfalls mit einer Kette und einem Vorhängeschloss gesichert war. Kein Problem für sie. Während ihrer Zeit auf der Straße hatte sie gelernt, Schlösser zu knacken.

Es dauerte nicht einmal drei Minuten, bis die Kette rasselnd zu Boden fiel und sie ins Innere schlüpfen konnte.

Sie blickte sich um. Rechts von ihr lag die Küche, wie sie unschwer an den Fliesen und der Einrichtung erkannte. Eine dicke schmierige Schmutzschicht bedeckte den Boden und haftete an ihren Schuhsohlen.

Laut dem Bauplan kam sie am Ende des langen Flurs zum Aufzug und zur Treppe, die sowohl hinauf als auch in den Keller führten. Ihr Ziel waren die Räume im Untergeschoss. Dort, so hatten ihre Nachforschungen ergeben, befanden sich Becken, die vor dreißig Jahren zu

Therapiezwecken genutzt worden waren. Sie hatte allerdings eine ganz andere Verwendung im Sinn.

Je mehr Stufen sie hinter sich brachte, desto finsterer wurde es. Spinnweben streiften ihr Gesicht, die Luft roch ein wenig abgestanden und modrig. Hinter der nächsten Biegung knipste sie schließlich die Taschenlampe an.

Mehrere graue Stahltüren gingen von dem Gang ab. Die meisten waren mit Schildern versehen. Materiallager, Wäscheraum. Neugierig drückte sie die Klinke zum Technikraum hinunter und war überrascht, die Tür unversperrt zu finden. Hier befanden sich die Notstromaggregate. Ob die noch funktionierten? Durchaus möglich. Allerdings musste sie sich erst mit den Schaltern vertraut machen. Nicht, dass irgendwo ein Alarm losging.

Sie verließ den Technikraum und ging weiter, bis sie vor einer breiten roten Schwingtür stand. Mit der Schulter drückte sie dagegen und konnte das Lächeln nicht unterdrücken, als sie die zwei Tauchbassins sah. Sie ähnelten kleinen Schwimmbecken und boten Platz für je sechs Leute. Leitern waren an den Einstiegen angebracht. Darüber befanden sich Brauseköpfe, diese alten, an denen man noch ziehen musste, damit das Wasser lief. Vor ihrem geistigen Auge entstanden Bilder von den Möglichkeiten, die sich ihr hier boten.

Sie kletterte in eines der Becken, um besser abzuschätzen, wie tief es war. Zwei Meter maß es bestimmt, sie konnte nicht über den Rand sehen, wenn sie am Boden stand. Es würde eine ganze Weile dauern, bis sich das Becken gefüllt hatte.

Sie stieg die Leiter wieder hoch, zog versuchsweise an der Kette und sprang überrascht beiseite, als sie ein Schwall eisigen Wassers traf.

Sie brach in Lachen aus, das in dem gekachelten Raum widerhallte. Aus ihrem Haar tropfte es, am Rücken war das T-Shirt nass, und auch Hose und Turnschuhe hatten etwas abbekommen, doch das konnte ihre gute Laune nicht schmälern. Das Wasser funktionierte! Auch wenn es rostrot aus der Leitung kam und auf den weißen Fliesen aussah, als hätte jemand Blut abgewaschen. Da hatte man offensichtlich vergessen, die Wasserzufuhr zu kappen.

Sie drehte sich um ihre eigene Achse und dankte Gott, dass er sie hierhergeführt hatte. Welcher Ort wäre geeigneter für eine Wasserprobe als dieser?

Die Gottesurteile verlangten ein hohes Maß an Kreativität, um sie an die heutigen Verhältnisse anzupassen. Anfangs hatte sie sich möglichst genau an die Aufzeichnungen halten wollen, war aber bald an ihre Grenzen gestoßen. Deswegen hatte sie historisch Belegtes nach ihren Bedürfnissen abgeändert.

Die Planung stellte jedes Mal eine knifflige Aufgabe dar, bereitete aber unerwartet viel Spaß. Es war fast wie ein schwieriges Rätsel, bei dem es unheimlich viele Details zu berücksichtigen galt. Und mitzuerleben, dass alles genauso klappte, wie sie es geplant hatte, brachte ihr eine Bestätigung, die sie sonst nur empfand, wenn Gott zu ihr sprach. Sie bemühte sich, jedem Frevler mit einer zu ihm passenden Aufgabe gerecht zu werden. Was forderte von den Männern die größte Selbstbeherrschung und Überwindung? Welches waren ihre tiefsten Ängste? Dort setzte sie an. Der Erste, den sie der Gerechtigkeit Gottes überantwortet hatte, litt unter Klaustrophobie. Der Nächste fürchtete sich vor Hunden. Wie gut, dass sie erst kurz zuvor bei diesem Autohändler ihren Wagen gekauft hatte und beim Rundgang auf der Suche nach einem günstigen Gebrauchtwagen am Zwinger vorbeigekommen war. Dass die Kangals, an denen sie der Autohändler auffällig schnell vorbeilotste, nicht bloß als reine Wachhunde gehalten wurden, argwöhnte sie, als sie deren vernarbte Gesichter bemerkte. Ihre Ahnung wurde Gewissheit, als sie sich später daheim Videos von Hundekämpfen ansah. Dabei stieß sie auf eine Reportage, in der ein Journalist undercover von einem illegalen Hundekampf berichtete. Er hatte mit seiner Handykamera heimlich mitgefilmt. In einem der Segmente waren ein Kangal und ein Pitbull ineinander verbissen, beide bluteten aus mehreren Verletzungen. Obwohl die Bildqualität nicht besonders gut und die Aufnahme verwackelt war, meinte sie im Hintergrund den Autohändler zu erkennen.

Am liebsten hätte sie ihn gleich mit auf ihre Liste gesetzt. Jemand, der zu Tieren grausam war, war es meist auch zu seinen Mitmenschen, und die Gesetze sahen für Tierquälerei viel zu milde Strafen vor. Doch dann rief sie sich ihre eigentliche Aufgabe in Erinnerung. Sie durfte sich nicht von anderen Dingen ablenken lassen. Später, tröstete sie sich. Wenn sie mit den anderen fertig war.

Sie setzte ihre Entdeckungstour fort und stieß auf eine weitere Tür, die als Notausgang gekennzeichnet war. Sie klemmte ein wenig, ließ sich aber öffnen, als sie kräftig dagegendrückte. Die Sonne war inzwischen untergegangen, und das Licht reichte gerade, um Umrisse zu erkennen.

Ein Aschenbecher aus Waschbeton stand an der Hausmauer. Offenbar hatte das Personal hier seine Raucherecke gehabt.

Weiter hinten zeichneten sich Schemen von Bäumen und einem Springbrunnen ab. Für einen Moment stellte sie sich vor, wie es wäre, das Plätschern des Wassers gepaart mit Vogelgesang zu hören, am Rand des Brunnens zu sitzen und sich die Sonne ins Gesicht scheinen zu lassen. Wie lange war es her, dass sie einfach nur ausspannen konnte? Sie wusste es nicht. Eine gefühlte Ewigkeit. In ihr keimte die Sehnsucht nach Ruhe und Normalität auf, doch beides würde es für sie niemals geben. Gott hatte sie für anderes bestimmt.

Sie seufzte und drehte dann der kurzen Illusion von Frieden den Rücken. Sie durfte nicht unzufrieden sein. Nur wer in Demut vor dem Herrn das Haupt beugte und seinen Willen tat, würde mit dem Himmelreich belohnt werden.

KAPITEL 32

Beim Kaffee kam unweigerlich das Gespräch auf die Ermittlungen. Valerie berichtete stolz von ihrer nächtlichen Entdeckung. Sie kramte in ihrer Hosentasche und überreichte Michaela einen zerknüllten Zettel. »Das hier sind seine ganzen Facebookkontakte – also die relevanten.«

Michaela nahm Valeries Notizen an sich und bedankte sich. Ihre Nichte war wirklich einfallsreich und patent. Hätte sie auf die Auswertung des Computerspezialisten warten müssen, wären wohl noch Tage vergangen, bis sie Ergebnisse erhielt. Sie selbst hätte sich darum kümmern können, was aber wiederum Zeit gekostet hätte, die sie ohnehin nicht hatte.

»Super, die gehe ich so bald wie möglich durch. Das ist eine echte Hilfe.«

Valerie strahlte. »War nicht einmal schwierig. Leider habe ich sonst nicht viel gefunden, bis auf den Termin in der Gartensiedlung, den er am Tag seines Todes eingetragen hat. Aber das bringt dir nichts. Wir wissen ja, dass er hingefahren ist.«

»Immerhin bestätigt der Termineintrag, dass er freiwillig dort war. Übrigens waren Reifenspuren von Ferstls BMW auf dem Parkplatz. Jemand, das heißt, eigentlich kommt dafür nur die Mörderin infrage, hat den BMW irgendwann vor dem Morgengrauen weggebracht.«

»Mörderin?«, fragte Bernd mit hochgezogenen Brauen.

Valerie fasste für ihn kurz zusammen, warum der Verdacht, es könne sich bei der Täterin um eine Frau handeln, nahelag.

»Glaubst du, Harald hat mit seiner Vermutung recht, was die Perücke angeht?«, wollte Valerie wissen.

»Das kann ich mir durchaus vorstellen. Ein Mann, der sich als Frau verkleidet, würde wohl tatsächlich versuchen, betont weiblich zu wirken, aber es gibt einfach zu viele Unsicherheitsfaktoren dabei. Was, wenn er die Perücke schon daheim hatte, die Auswahl nicht so groß war, er sich kein anderes Modell leisten konnte, oder …«, Bernd machte eine bedeutungsvolle Pause, »… er uns bewusst an der Nase herumführen will, indem er das Gegenteil von dem tut, was wir von einem Mann erwarten?«

»Das wird mir jetzt zu kompliziert«, gestand Valerie. »Du meinst, der Täter hat keine Langhaarperücke genommen, damit wir denken, er wäre eine Frau?«

Bernd zwinkerte Valerie zu. »Ich gebe zu, das ist etwas weit hergeholt, aber auch das ist eine Möglichkeit. Wenn wir eines mit Sicherheit sagen können, dann dass der Täter – oder die Täterin – nicht dumm ist.«

»Vielleicht hilft es, wenn wir wissen, wer Ferstl zuletzt angerufen hat. Hat die Telefongesellschaft denn schon die Verbindungsnachweise geschickt?«, fragte Valerie Michaela.

»Vor zweieinhalb Stunden war noch nichts da.«

»Dann sieh doch jetzt nach. Vielleicht ist ja inzwischen etwas gekommen?«

Bernd nickte auffordernd. Michaela stellte ihre Tasse ab und stand auf, um ihren Laptop zu holen.

»Ja!«, stieß sie einen Jubelschrei aus, als sie ihre Mails abgefragt hatte.

Laut las sie die Nachricht vor. Valerie griff zu ihrem Handy. »Sag mir die Nummer noch einmal«, bat sie. Michaela kam der Aufforderung nach, während Valerie wählte. Sie hatte die Lautsprechfunktion aktiviert, damit Bernd und Michaela mithören konnten. Gespannt lauschten sie dem Tuten. Dann sprang der automatische Ansagetext an. »Der von Ihnen gewünschte Teilnehmer ist zurzeit nicht erreichbar. Bitte versuchen Sie es zu einem späteren Zeitpunkt noch einmal.«

Enttäuscht legte Valerie auf. »Wäre ja auch zu schön gewesen.«

»Einen Versuch war es wert«, gab Michaela zurück, »ehrlich gesagt hatte ich von der Telefonnummer eh nicht viel erwartet.«

Valerie sah sie erstaunt an. »Weshalb hast du sie dann überhaupt angefordert?«

»Weil wir in unserem Job jeder noch so kleinen Möglichkeit nachgehen müssen. Und weil wir ja auch mal Glück haben können.«

Einen Augenblick dachte Valerie darüber nach. »Okay, das war jetzt wieder eine Lektion, wie unheimlich schwierig dein Job ist und wie oft man Fehlschläge einstecken muss. Dennoch no chance, mich von meinem Berufswunsch abzubringen.« Trotz klang in ihrer Stimme mit.

»Wollte ich gar nicht«, verteidigte sich Michaela. Natürlich war das doch ihre Absicht gewesen, aber das konnte sie, nachdem Valerie sie durchschaut hatte, nicht zugeben. »Vielleicht«, fuhr sie fort, »gehört die Telefonnummer zu einem angemeldeten Handy.«

Valerie schnaubte. »Das wäre dann wirklich dumm.«

»Jeder macht mal einen Fehler«, gab Michaela zurück.

»Ferstls Mörder aber nicht«, mischte sich Bernd nun in das Gespräch ein.

In Michaela machte sich ein unruhiges Flattern in der Magengegend bemerkbar. Bernd hatte recht. Zwei Tote und bisher kaum Spuren, die sie weiterbrachten. Nein, der Mörder von Ferstl und dem Unbekannten war nicht dumm. Im Gegenteil. Das Gesicht von Daniela Ferstl tauchte vor ihrem inneren Auge auf. Eine kluge Frau, die noch dazu ein Motiv gehabt hatte, ihren Ehemann zu töten. Je mehr sie darüber nachdachte, desto stärker drängte sich das Gefühl auf, dass auch der Tathergang zu ihrer Verdächtigen passte. Die war nicht der Typ, der zur Axt oder einem Messer griff. Sie gehörte nicht zu denen, die sich die Finger schmutzig machten und es auch noch genossen. Doch wenn Michaela den Gedanken weiterverfolgte, dann hatte Daniela Ferstl nicht nur einen, sondern zwei Morde begangen. Und das widersprach wiederum ihrer Theorie zum Motiv.

Sie wandte sich an Bernd. »Hat Daniela Ferstl zufällig erwähnt, ob sie Auto fährt?«

Bernd sah sie verwirrt an. »Wie kommst du jetzt gerade auf Daniela ... oh! Du willst immer noch daran glauben, dass sie ihren Mann ermordet hat.«

Michaela schüttelte den Kopf. »Nicht nur ihn. Aber das führt jetzt zu nichts, darüber eine weitere Diskussion anzufangen.«

Bernd seufzte übertrieben. »Bitte, dann folge halt einer falschen Spur, aber sag nachher nicht, ich hätte dich nicht gewarnt. Und nein, sie hat nichts dergleichen erwähnt. Ich habe sie auch nicht danach gefragt.«

»Ich beharre nicht auf ihrer Schuld, auch wenn es für dich so aussehen mag. Nur spricht einiges dafür, dass sie es getan hat. Sie hatte die Gelegenheit, das Motiv und das nötige Wissen. Und sie hat kein Alibi.«

»Und welches Motiv hätte sie für den zweiten Mord? Es gibt keinen einzigen Beweis für ihre Schuld.«

Noch nicht, antwortete Michaela in Gedanken. Laut sagte sie: »Du hast die Protokolle der Zeugenaussagen gelesen. Und die Falldokumentationen auch. Wer kommt deiner Meinung nach als Täter sonst infrage?«

Bernd überlegte lange, ehe er antwortete: »Es hätte genauso gut Melanie Grabherr sein können. Oder einer von Ferstls geprellten Kunden.«

»Und wie passt die Brandleiche zu deiner Theorie?« Sie verschränkte die Arme vor der Brust.

Hilflos zuckte Bernd mit den Schultern. »Ich habe keine Ahnung. Dafür müssten wir wissen, wer der Mann ist.«

»In diesem Punkt sind wir uns einig. Melanie Grabherr knöpfe ich mir am Montag noch einmal vor. Und die Kollegen sind dabei, die Alibis von Ferstls Kunden zu überprüfen. Du siehst, ich ermittle auch in andere Richtungen.«

Bernd lächelte. »Damit gebe ich mich zufrieden.«

Valerie gähnte zum wiederholten Mal. »Es ist zwar gerade schrecklich spannend, aber ich werde trotzdem schlafen gehen. Irgendwie war die Nacht zu kurz.«

Nachdem Valerie Richtung Bad verschwunden war, breitete sich Schweigen zwischen ihnen aus.

»Also ...«, hob Bernd an und räusperte sich.

Aus dem Badezimmer waren ein Schmerzensschrei und gleich darauf ein Fluch zu hören.

»Alles in Ordnung?«, rief Michaela alarmiert.

»Ja«, kam prompt Valeries Antwort. »Ich habe mir nur den kleinen Zeh angestoßen.«

»Du machst dir zu viele Sorgen«, sagte Bernd.

»Ist das ein Wunder nach dem, was passiert ist?«

»Nein, es ist verständlich. Aber gib acht, dass du sie nicht zu sehr bemutterst. Sie ist eine junge Frau, kein Kleinkind.«

»Das weiß ich«, empörte sich Michaela. Sie bemühte sich ja auch wirklich, keine Glucke zu sein – oder es sich zumindest nicht anmerken zu lassen. Anscheinend gelang ihr das an anderen Tagen besser als heute.

»Möchtest du noch Kaffee? Oder Wein?«, fragte Michaela Bernd, weil sie vermeiden wollte, dass sich das Schweigen wieder zwischen sie drängte.

»Kaffee bitte. Aber bleib sitzen, ich kann ihn mir auch selbst holen.« Er griff gleichzeitig mit ihr nach seinem leeren Becher. Für einen langen Moment berührten sich ihre Fingerspitzen, ehe Michaela ihre Hand zurückzog.

»Willst du auch einen?«

Sie nickte und reichte ihm ihre Tasse, darauf bedacht, eine weitere Berührung zu vermeiden. Nicht weil sie ihr unangenehm gewesen war, im Gegenteil. Das beunruhigte sie. Sie hatte sich Bernd schon einmal an den Hals geworfen und sich damit lächerlich gemacht. Beide hatten in stiller Übereinkunft nie wieder über diese demütigende Situation gesprochen – und das war gut so. Sie hatte seine Freundschaft viel zu sehr schätzen gelernt, als dass sie diese durch eine lächerliche Gefühlsaufwallung aufs Spiel setzen würde.

Er stellte die volle Tasse vor ihr auf den Tisch.

»Danke. Hast du Lust, die Tatortfotos mit mir durchzusehen? Angesichts der weiteren Verbindung zwischen den beiden Opfern fällt uns vielleicht etwas auf, dem wir bisher keine Bedeutung beigemessen haben.« Über die Arbeit zu diskutieren war unverfänglich. Da bewegte sie sich auf sicherem Terrain.

»Du hast sie dabei?«

Sie zuckte die Achseln. »Falls mir langweilig werden sollte.«

Er schüttelte tadelnd den Kopf. »Als ob dir jemals langweilig wäre ... Gut, her mit ihnen.«

Michaela grinste und stand auf, um die Abzüge zu holen, während Bernd den Esstisch abräumte.

Valerie lag im Bett und versuchte einzuschlafen, doch es klappte nicht so recht. Ständig kreisten ihre Gedanken um die Zukunft, um das, was Anna zu ihr gesagt hatte. Und um diesen brennenden Wunsch, Kriminalbeamtin zu werden wie ihre Tante. Sie hörte Bernd und Tante Mika draußen miteinander reden und lachen. Es war schön, dass sie sich wieder verstanden.

Sie mochte beide und war schon seit Langem der Ansicht, dass die zwei füreinander geschaffen waren. Bernd war definitiv in Tante Mika verknallt, das merkte man schon allein daran, wie er sie ansah, wenn er sich unbeobachtet fühlte. Was Tante Mika für ihn empfand, da war sich Valerie nicht sicher.

Was Männer anging, war ihre Tante ziemlich wählerisch. In dem halben Jahr, seit Valerie hier lebte, hatte Tante Mika eine einzige richtige Verabredung gehabt – mit Harald, dem Leiter der forensischen Abteilung. Mit Bernd hingegen traf sie sich beinahe jeden Tag, doch Dates konnte man das nun wirklich nicht nennen.

Nicht einmal das Abendessen heute hatte Datecharakter entwickelt. Dabei war der einzige Grund, warum Valerie so auf diese Einladung gedrängt hatte, die Hoffnung, dass sich die beiden endlich näherkamen. Aus dem gleichen Grund hätte sie Bernd auch gerne bei ihrem Konzert dabeigehabt.

Valerie stieß einen tiefen Seufzer aus. Da hieß es immer, Teenager wären kompliziert, dabei traf das auf die Erwachsenen noch viel mehr zu. Na gut, nicht auf alle. Aber auf ihre Tante bestimmt. Da interessierten sich gleich mehrere Typen für sie, doch das schien ihr völlig egal zu sein. Die Arbeit war offensichtlich das einzig Wichtige im Leben ihrer Tante. Ob das tatsächlich so erstrebenswert war?

Nein, es lag nicht am Job allein. Es gab Menschen, die nicht für eine Partnerschaft gemacht waren – und ihre Tante gehörte wohl zu denen.

Seit Valerie denken konnte, war Tante Mika alleine. Betrübt hatte sie deswegen trotzdem nie gewirkt. Vielleicht reichte es wirklich, wenn man einem Beruf nachging, der einen erfüllte, um zufrieden zu sein. Aber zufrieden und glücklich sein waren nicht das Gleiche. Welches davon war erstrebenswerter? Wenn sie Klavier spielte, war sie glücklich. Selbst wenn es ein trauriges Stück war und sie dabei weinen musste, fühlte es sich wie Glück an. Vielleicht sollte sie sich wirklich am Konservatorium anmelden. Sie hätte damit ja nichts verloren. Sich dagegen entscheiden konnte sie immer noch. Und wer wusste schon, ob sie überhaupt aufgenommen wurde? Anna hatte sie als Ausnahmetalent bezeichnet und war überzeugt davon, dass Valerie die Prüfung schaffte, aber sie war auch voreingenommen. Valerie nahm bei Anna Klavierstunden, seit sie zehn Jahre alt war. Davor war sie sechs Jahre lang von einer pensionierten Musiklehrerin unterrichtet worden, bis die ihr nicht mehr viel Neues beibringen konnte.

Sie erinnerte sich noch an ihre allererste Stunde bei Anna. Ihre Mutter hatte sie begleitet, sich aber ansonsten im Hintergrund gehalten. Sie meinte, Valerie müsse selbst herausfinden, ob die Chemie zwischen ihr und Anna Sannatoli stimmte.

Valerie fand Anna schön, was in diesem Alter nicht ganz unerheblich ist. Anna musste ihr etwas vorspielen, und schon durch die Art und Weise, wie diese die Tasten anschlug, fast als würde Magie durch ihre Finger fließen und die Töne in Musik verwandeln, erkannte Valerie, dass diese Frau sie das lehren konnte, wonach sie sich sehnte: mehr als Fingerfertigkeit und Technik, mehr als Notenlesen und Musiktheorie; mit jeder Faser ihres Seins die Musik spüren, das war Valeries Wunsch.

Danach war sie an der Reihe. Anna legte ein Notenbuch vor sie hin und forderte sie auf, das Stück vom Blatt zu spielen.

Mit einigen Fehlern und mehrmaligem Stocken brachte sie das Klavierstück hinter sich.

Anna nickte. »Sehr schön, und jetzt nur die ersten vier Takte.«

Valerie spielte den Anfang immer wieder und immer wieder, eine halbe Stunde lang. Dann schlug Anna das Buch zu und bat sie um ein weiteres Mal. »Aber ich kann das ohne Noten nicht«, gab sie zurück.

»Doch, du hast das jetzt so oft wiederholt, du brauchst keine Noten.«

Valerie straffte die Schultern, atmete durch und begann zu spielen. Beifall heischend sah sie Anna an, nachdem sie fertig war, doch die sagte nur: »Du spielst nur mit den Fingern, nicht mit dem Herzen. Noch einmal, bitte. Mach die Augen zu, denke nicht darüber nach, was deine Hände tun sollen, das wissen die von alleine.«

Nach dieser Stunde war Valerie klar gewesen, dass es für sie noch viel zu lernen gab – und dass sie keine andere Lehrerin wollte als Anna Sannatoli.

Warum musste sie ausgerechnet jetzt an ihre erste Begegnung mit Anna denken? Weil, antwortete ihre innere Stimme, sie ein Teil deines Lebens geworden ist.

Anna war nicht nur ihre Lehrerin, sie war auch Vertraute, Freundin, Mentorin. Noch bevor Valerie den Mund aufmachte, wusste Anna bereits, wie es ihr ging, allein wie sie die Tasten anschlug. Und plötzlich wurde ihr klar, dass es nicht nur darum ging, ob sie sich am Konservatorium bewerben, studieren oder zur Polizei gehen sollte. Wofür sie sich auch entschied, es wäre mit

Abschied verbunden. Um einen Traum zu leben, würde ein anderer begraben werden. Und für Anna war in keiner ihrer Wahlmöglichkeiten ein fester Platz reserviert.

Warum konnte nicht alles so bleiben, wie es jetzt war? Weshalb musste sich alles verändern? Ihr Vater hatte ihr kurz vor der Abfahrt nach Lesotho erklärt, dass das Leben Wandel bedeutete. Es hing immer von einem selbst ab, wie man damit umging; ob man darin etwas Positives oder Negatives sah. Jäh schnürte die Sehnsucht nach ihren Eltern Valeries Brust zu. Sie wünschte, sie wären jetzt hier. Fast erwachsen zu sein, war manchmal ziemlich scheiße, wenn man sich gerade fühlte wie ein kleines Kind. Bald, tröstete sie sich. In weniger als einem Monat würde sie sie endlich wiedersehen.

Stille Tränen liefen über ihre Wange und sickerten in das Kissen. Doch das bekam sie kaum mehr mit, denn endlich leerte sich ihr Kopf, und ihre Glieder wurden schwer. Mit einem Seufzer drehte sie sich auf den Bauch und hieß den Schlaf willkommen.

KAPITEL 33

Michaela hatte den Tisch ausgezogen, trotzdem nahmen die Fotos beinahe die gesamte Platte ein.

Bernd nahm einen Abzug vom Ferstl-Tatort in die Hand, studierte ihn und legte ihn zurück. Dann griff er zum nächsten. Michaela kannte sie alle auswendig, sie hatte die Bilder schon mehrmals durchgesehen. Sie waren dadurch nicht weniger schrecklich geworden.

Bernd schloss die Augen.

»Bist du müde?«, fragte sie. »Wir müssen das auch nicht jetzt machen.«

Er schüttelte den Kopf. »Nein, ich versuche mich nur an die Tatorte zu versetzen«, antwortete er mit geschlossenen Lidern.

Michaela betrachtete sein Gesicht. Um die Augen zogen sich kleine Lachfalten, eine dünne Haarsträhne fiel ihm über die Stirn. Auf den Wangen zeichnete sich der erste Schatten seines Bartes ab, links neben dem Mund hatte er ein winziges Muttermal. Das war ihr vorher noch nie aufgefallen – und die zwei kleinen Grübchen am Kinn auch nicht, zumindest nicht so bewusst wie jetzt.

Bernd öffnete seine Augen und blinzelte. Schnell blickte Michaela auf den Tisch vor sich und versuchte ihren Pulsschlag zu beruhigen. Sie verschränkte die Arme vor der Brust, um der Versuchung nicht nachzugeben, diese Strähne aus seiner Stirn zu streichen. Was zum Teufel war los mit ihr? Sie waren sich schließlich nicht das erste Mal so nahe. Wie oft waren sie nebeneinander hergelaufen? Oder gemeinsam bei einem Glas Wein im Wohnzimmer bei ihm oder ihr auf der Couch gesessen? Heute hatte sie zwei Gläser während des Essens getrunken, vielleicht lag es daran? Genau, der Wein war schuld an ihrem Gefühlswirrwarr. Und dass Bernd so verdammt gut roch.

Er tippte sich mit dem Zeigefinger auf die Lippen, wie immer, wenn er darüber nachdachte, was er sagen wollte. »Komplett unterschiedliche Szenarien und vollkommen anders geartete Tathergänge. Man könnte meinen, es wären zwei voneinander unabhängige Fälle.«

»Zunächst dachten wir das auch, wenn nicht die Gemeinsamkeiten wären, die die Morde miteinander in Verbindung bringen. Und die sind mittlerweile erwiesen.«

Bernd nickte und zählte auf: »Beide Opfer wurden mit dem gleichen Mittel betäubt. An allen zwei Tatorten haben sie Reifenabdrücke gefunden, die zum selben Fahrzeug gehören.«

Michaela griff den Faden auf. »Beide Opfer waren Männer, und die Morde hätten als Unfall durchgehen können.«

Bernd spann weiter: »In keinem der Morde hat der Täter« – sie waren übereingekommen, vorerst die männliche Form zu verwenden – »irgendwelche verwertbaren Spuren hinterlassen.«

»Doch«, widersprach Michaela. »Es gibt durchaus welche, aber zu wenige, um ihn einzugrenzen.«

»Was aber auch heißt, dass er schlau ist, aber dennoch nicht schlau genug, um unentdeckt zu bleiben.«

»Er ist also doch nicht so klug wie befürchtet.«

»Das sind sie nie. Sonst würden wir gar nicht erst wegen Mordes ermitteln.«

»Vielleicht ist ihm das egal. Ich habe den Eindruck, es ging ihm nicht um das Töten als solches, sondern vielmehr oder auch um das Wie. Er ist Drehbuchautor, Regisseur, Produzent und Darsteller in einer Person«, sprach Michaela ihre Gedanken laut aus.

»Du hast recht. Interessanter Ansatz«, sagte Bernd und suchte zwei Fotos heraus. Er trat neben sie, so nahe, dass sie seine Körperwärme spüren konnte. Er gab ihr eine der Fotografien in die Hand. Darauf war der Flaschenzug in der alten Werkstatt in Simmering zu sehen. »Was bezweckt er mit solch einer Inszenierung?«

»Keine Ahnung. Für mich ist das einfach nur krank.«

»Der Täter hat sie nicht zufällig ausgewählt, er hat sie beobachtet, sich mit ihren Gewohnheiten vertraut gemacht. Er hat von Ferstls Allergie gewusst und auch, wie er Ferstl dazu bekommt, mitten in der Nacht zu der Gartensiedlung zu fahren. Wir können davon ausgehen, dass der Mörder auch beim zweiten Opfer mit der gleichen Sorgfalt gearbeitet hat. Sieh dir diese Konstruktion an, mit der die Mehlexplosion ausgelöst wurde.« Bernd beugte sich noch näher zu ihr, und sein Atem streifte ihre Wange. »So etwas bedarf einer ausgeklügelten Planung und braucht eine gewisse Vorbereitungszeit. Warum also macht der Täter es sich nicht einfacher?«

Michaela hob hilflos die Schultern.

»Die Opfer sollten leiden«, half Bernd ihr auf die Sprünge.

»Das deutet auf ein persönliches Rachemotiv hin, wo wir wieder bei Daniela Ferstl wären.« Immer wieder kam Michaela auf diese Frau zurück.

Bernd ging auf ihre Bemerkung nicht ein. »Er hätte ja nur das Betäubungsmittel höher dosieren müssen. Hätte den gleichen Zweck erfüllt und wäre viel weniger Aufwand gewesen.«

»Das heißt, diese Inszenierung der Tatorte ist ein ganz wichtiger Aspekt für den Täter.«

»Nicht nur die der Tatorte, sondern die des ganzen Tathergangs«, präzisierte Bernd, nahm ihr das Foto aus der Hand und legte es zu den anderen auf den Tisch. »Du solltest überprüfen, ob in den letzten zwei, drei Jahren ähnlich gelagerte Morde passiert sind.«

»Das habe ich schon«, sagte Michaela. »Keine Treffer. Aber ich geh die Akten noch einmal durch. Vielleicht habe ich etwas übersehen.«

Bernd hatte mit ihr die Fotos wieder eingesammelt und sich dann verabschiedet. Dabei war er ein wenig länger als gewöhnlich vor ihr gestanden, als fiele es ihm schwer zu gehen. Auch Michaela hätte am liebsten gesagt, er solle noch bleiben, aber das hätte er womöglich als Aufforderung aufgefasst, und sie wusste nicht, wovor sie mehr Angst hatte: davor, wieder zurückgewiesen zu werden oder davor, dass er ihrem Wunsch nachkam.

Das Koffein rauschte immer noch durch ihren Körper und ließ sie nicht einschlafen. Stattdessen tauchten Bilder in ihrem Kopf auf, die man nicht gerade als jugendfrei bezeichnen konnte – und in allen waren Bernd und sie die Hauptakteure. Es sind bloß Fantasien, die nichts mit der Realität zu tun haben, dachte sie. Gegen das Bedauern, das sie dabei empfand, halfen diese Gedanken aber auch nicht.

Als sie am nächsten Morgen aufwachte, zeugten das zerwühlte Kissen und das faltige Laken von ihrem unruhigen Schlaf. Sie hatte geträumt, aber nicht von Bernd. Zunächst hörte sie nur Stimmen, viele Stimmen, die durcheinanderriefen: »Lasst sie brennen.« Erst danach nahm sie die altertümlich gekleidete Menschenmenge wahr. Fast gleichzeitig kamen weitere Sinneseindrücke dazu. Die Stimmung der Menschen rundherum war aufgeheizt. »Brenn, brenn!«, dröhnte es im Chor. Die Luft schien zu vibrieren, sie roch Rauch, spürte Hitze, die rund um sie aufstieg, und hörte das Prasseln des Feuers unter ihr.

Als sie an sich herabblickte, sah sie die bis zu ihren Knien gestapelten Holzscheite. Kleine Flammen leckten an ihnen, züngelten empor. Der Schmerz war unerträglich. Sie wollte sich losreißen, doch das Seil um ihre Mitte, ihren Hals und ihre Beine hielt sie fest. Im Rücken fühlte sie den rauen Pfahl durch das dünne weiße Laken, in das ihr Körper gehüllt war. Die Schreie, die sich einen Weg durch ihre Lippen bahnten, klangen fremd in ihren Ohren, schienen nicht ihr, sondern einem waidwunden Tier zu gehören. Und sie wollten nicht enden, die Qual und die Schreie.

Davon war Michaela schließlich wach geworden.

Ihr Puls raste immer noch. Von solch schrecklichen Träumen wurde sie meistens bei neuen, besonders schlimmen Fällen geplagt. Es schien, als wüsste ihr Unterbewusstsein keinen anderen Weg, um mit den Erlebnissen fertig zu werden. Wie oft hatte sie sich schon gewünscht, dass sie sich am nächsten Tag nicht mehr an diese Sequenzen erinnerte, doch offenbar gehörte sie zu der Minderheit, bei der sich jedes noch so grausige Detail ins Bewusstsein einprägte und selbst im wachen Zustand den Schrecken nicht verlor.

Sie nahm ihr Handy zur Hand und überprüfte die Uhrzeit. Vier Minuten nach zehn Uhr. Abgesehen davon, dass sich in ihrem aufgewühlten Zustand ein Weiterschlafen aussichtslos gestalten würde, war es ohnehin Zeit aufzustehen, wenn sie nicht den ganzen Tag vertrödeln wollte.

Valerie war ebenfalls gerade aufgestanden und kam aus dem Badezimmer. »Guten Morgen, Tante Mika. Du siehst ziemlich fertig aus.«

»Ich hab nicht besonders gut geschlafen«, antwortete sie.

»Ich auch nicht. Vielleicht war Vollmond?«

Michaela dachte an die schmale Mondsichel am Himmel, als sie sich von Bernd verabschiedet hatte. »Nein, daran kann es nicht gelegen haben. Es sind diese Fälle …«

»Seid ihr denn weitergekommen?«, fragte Valerie.

»Ich erzähl es dir beim Frühstück«, vertröstete Michaela ihre Nichte. Jetzt brauchte sie erst mal eine Dusche und Kaffee, um richtig wach zu werden.

Valerie schien ihre Gedanken lesen zu können. »Geh ruhig. Ich fülle einstweilen die Kaffeemaschine. Extrastark?«

Michaela lächelte müde. Es würde wohl mehr als einen extrastarken Kaffee brauchen, um ihre Lebensgeister zu wecken.

Als sie aus dem Bad kam, war der Frühstückstisch gedeckt. Valerie hatte Brot getoastet und frischen Orangensaft gepresst. Michaela setzte sich.

»Besser?«, fragte Valerie.

»Ja, ich fange an, mich wieder wie ein Mensch zu fühlen.«

»Bernd war noch ziemlich lange hier.«

»Wir haben uns die Tatortfotos durchgesehen.«

»Und irgendwelche interessanten Erkenntnisse gewonnen?« Valerie knabberte an ihrem Toastbrot und blickte sie neugierig an.

»Leider nicht wirklich. Solange wir den Namen des zweiten Opfers nicht kennen, treten wir auf der Stelle.«

»Und die Liste, die ich dir gegeben habe?«

Zerknirscht musste Michaela zugeben, dass dafür keine Zeit geblieben war. Sie bekam ein schlechtes Gewissen ihrer Nichte gegenüber, die sich bestimmt unheimlich viel Mühe damit gegeben hatte. »Wir könnten sie jetzt gemeinsam durchgehen«, bot sie an. »Es sei denn, du hast etwas anderes vor«, setzte sie noch hinzu.

»Um vier treffe ich mich mit Saskia. Wir wollen Eis essen gehen. Aber bis dahin hab ich nichts zu tun.«

»Keine Hausaufgaben?«

Valerie verdrehte die Augen. »Tante Mika! Erstens musst du mich nicht erinnern und zweitens bin ich für über eine Woche nicht in der Schule.«

Michaela fiel ein, dass Valerie morgen ins Frauenhaus gehen würde. Und gleich anschließend fuhr ihre Nichte auf Klassenfahrt. Sie hob entschuldigend die Hände. »War bloß eine Frage, zugegeben eine blöde. Ich hatte nicht daran gedacht.«

»Wo hast du diese Liste?«, ging Valerie großzügig über Michaelas Vergesslichkeit hinweg.

»In der Hose, die ich gestern anhatte. Ich hol sie.«

Wie gut, dass Valerie auf den Zettel mit den Namen zu sprechen gekommen war, sonst hätte Michaela ihn in ihrer Jeans gelassen und bei der nächsten Wäsche mitgewaschen. Das gehörte zu einer der Angewohnheiten, die ihre Mutter zur Weißglut gebracht hatten, die Michaela aber nie ablegen konnte. Ständig fanden sich in ihren Hosentaschen Kleingeld, Büroklammern, Papiertaschentücher oder Notizzettel. Das Flusensieb ihrer Waschmaschine musste sie wahrscheinlich doppelt so häufig reinigen wie andere. Manchmal wunderte sie sich selbst, was da alles zum Vorschein kam.

Valeries Liste fand sie in der linken Jeanstasche, zusammen mit drei Zehncent- und zwei Eineuromünzen, einem Gummiring, von dem sie nicht mehr wusste, woher er stammte, und einer Filzstiftkappe. Gut, dass es nicht der Stift gewesen war, den sie gedankenlos eingesteckt hatte. Das hätte beim Waschen eine ziemliche Sauerei gegeben.

Sie ging zurück, setzte sich an den Tisch, faltete den Zettel auseinander und strich ihn glatt. Valerie sah sie erwartungsvoll an, also las sie laut die Namen vor und ließ sich von ihrer Nichte bei jedem erklären, weshalb sie gerade diesen als wichtig erachtet hatte – zumindest bedeutsam genug, um ihn aufzuschreiben.

Diesen ganzen Social-Media-Plattformen hatte Michaela noch nie viel abgewinnen können. Sie selbst war in keiner davon registriert und hatte sich nur beruflich zwangsweise mit ihnen auseinandersetzen müssen und festgestellt, dass ihre Stärken eindeutig in anderen Bereichen lagen. Diese Dinge übernahm normalerweise Vincent, der sich gern und ausdauernd mit dem Internet und dessen Möglichkeiten beschäftigte. Doch leider war der nicht da. Michaela hoffte bloß, er würde nicht auf den Gedanken kommen, in diesem Buddhistenkloster zu bleiben und Zenmönch zu werden. Sie brauchten ihn hier.

Valerie hingegen war mit dem Internet groß geworden. Wie die meisten Teenager verbrachte sie die Hälfte ihrer Freizeit in irgendwelchen Netzwerken, tauschte sich dort mit Gleichgesinnten aus und war mit vielen Leuten befreundet, die sie nicht einmal persönlich kannte. Michaela, die von Natur aus misstrauisch veranlagt war, betrachtete diese Entwicklung gleichermaßen skeptisch wie mit Faszination. Einerseits bekam sie durch ihren Job häufig die Auswirkungen von zu viel Gutgläubigkeit und Naivität mit. Es gab tatsächlich Leute jeder Bildungsschicht und jeden Alters, die ohne zu überlegen Nacktfotos oder Geld an jemanden schickten, den sie noch nie zuvor gesehen hatten. Das große Jammern kam dann später, wenn sie merkten, dass sie Opfer von Betrügern oder Erpressern geworden waren. Verbrecher hatten das Internet schon als ihr neues Betätigungsfeld entdeckt.

Andererseits sah Michaela durchaus auch die Möglichkeiten, die das Netz ihr bot, denn das, was Gesetzesbrecher nutzte, half den Ermittlern ebenfalls.

»Und dieser hier…«, erklärte Valerie gerade und brachte Michaela wieder dazu, sich auf ihre Nichte zu konzentrieren, »… hat eine Rechtsanwaltskanzlei. Ferstl hat die Seite zu seinen Favoriten hinzugefügt, danach gingen einige Nachrichten hin und her.«

»Wann war das?«

»Vor sechs Monaten etwa.«

»Worum ging es in diesen Nachrichten?«, wollte Michaela wissen.

»Ferstl meinte, er brauche einen Anwalt. Mehr konnte ich nicht in Erfahrung bringen, weil die Kanzlei um persönliche Kontaktaufnahme gebeten hat. Du kannst ja bei denen nachfragen, was Ferstl wollte.«

Michaela schüttelte den Kopf. »Ich fürchte, so einfach ist das nicht. Ohne richterlichen Beschluss rücken die mit keinen Informationen raus, schon gar nicht, wenn sie Ferstl wirklich vertreten haben.«

»Mist!«

»Du sagst es. Die Rechte des Einzelnen zu wahren ist an sich eine gute Sache. Aber der Polizei wird dadurch die Arbeit manchmal echt schwer gemacht. Es gibt andere Wege, um an diese Auskünfte zu kommen.«

Valerie blickte sie neugierig an. »Welche?«

Michaela grinste ihre Nichte an. »Was machst du, wenn du auf dem direkten Weg zu deinem Ziel auf ein Hindernis stößt?«

»Ich versuche, es zu überwinden«, gab Valerie wie aus der Pistole geschossen zurück.

»Und wenn das aus irgendeinem Grund nicht möglich ist?«

Diesmal brauchte ihre Nichte länger für eine Antwort. »Ich gehe rundherum.«

»Siehst du? Das mach ich auch. Ich kann in Ferstls Firma oder bei seiner Frau nachfragen, ob er von dieser Anwaltskanzlei vertreten wurde. Stand da auch eine Kontaktadresse? Telefonnummer?«

»Ja, das müssen die ins Impressum schreiben.«

»Hast du überprüft, ob Ferstl diese Telefonnummer angerufen hat?«

Valerie schüttelte langsam den Kopf.

Michaela stand auf und holte Ferstls Smartphone, das zusammen mit dessen Laptop immer noch im Wohnzimmer lag.

»Okay, willst du oder soll ich?«, fragte sie, nachdem sie wieder zurück war.

»Ich, bitte.«

Michaela reichte ihrer Nichte das Telefon.

Valerie tippte etwas ein. »Hier«, rief sie dann aufgeregt, »Rechtsanwaltskanzlei Wagenmüller & Partner. Und er hat mit denen öfter telefoniert. Das letzte Mal vor drei Wochen.« Sie ließ das Handy sinken und sah Michaela an. »Tante Mika, ich glaube, ich muss noch eine ganze Menge lernen.«

»Das tust du doch schon«, gab Michaela lächelnd zurück und setzte hinzu: »Aber die wichtigste Lektion daran ist, dass wir jetzt zwar ein bisschen schlauer sind als vorher, aber trotzdem nicht wissen, ob wir mit dieser Information etwas anfangen können.«

Valerie verdrehte genervt die Augen. »Ja, ja, ich weiß. Ermittlungen sind mühsam und frustrierend, man muss immer mit Fehlschlägen und leeren Kilometern rechnen. Langsam frage ich mich, weshalb du überhaupt zur Kripo gegangen bist, wenn dein Job so furchtbar ist.«

Michaela wurde ernst. »Ich will nur nicht, dass du falsche Erwartungen an diesen Beruf knüpfst. Er *ist* oft mühsam und frustrierend. Damit muss man umgehen können.«

»Das ist Klavierspielen auch, wenn man tausendmal die gleiche Stelle üben muss und man sie trotzdem nicht richtig hinbekommt.«

»Aber irgendwann macht es klick und du schaffst es«, sagte Michaela.

»Genau wie bei der Ermittlungsarbeit«, gab Valerie unbeirrt zurück.

Darauf konnte Michaela nichts mehr erwidern.

KAPITEL 34

Nachdem Valerie sich um halb vier verabschiedet hatte, um ihre Freundin zu treffen, beschloss Michaela, sich dem Garten zu widmen. Sie zupfte das Unkraut aus dem Beet und band die Paprika- und Tomatenpflanzen hoch. Danach beschloss sie, an den Schießstand zu fahren. Es kostete sie immer noch Überwindung, die Waffe abzufeuern, doch sie arbeitete kontinuierlich daran. Und heute war die Gelegenheit günstig, zumal Valerie erst gegen neun wieder daheim sein wollte.

Am Vormittag hatte ihre Nichte gefragt, weshalb sie überhaupt zur Kripo gegangen war. Dass sie eine Waffe tragen konnte, war einer der Gründe für ihren Berufswunsch gewesen. Sie hatte schon als Jugendliche die Pistole ihres Vaters, der ebenfalls Polizist gewesen war, entwendet, um damit Schießübungen auf dem Feld zu machen, bis er dahinterkam und sie zur Rede stellte. Doch anstatt sie zu bestrafen und ihr den Umgang mit der Waffe zu verbieten, ging er mit ihr regelmäßig zum Schießstand. »Es reicht nicht, wenn neunzig von hundert Schüssen ins Schwarze gehen. Denn vielleicht hängt dein Leben genau von einem der zehn Schüsse ab, die nicht getroffen haben«, erklärte er ihr.

Die viele Übung zahlte sich aus. Michaela war eine hervorragende Schützin. Allerdings nur, bis sie das erste Mal gezwungen war, die Waffe gegen einen Menschen zu richten.

Danach veränderte sich alles für sie. Als es darauf ankam, versagte sie und gefährdete damit nicht nur ihr Leben, sondern auch das ihres damaligen Partners. Die Narbe auf ihrer Braue erinnerte sie jeden Tag an ihr Scheitern.

Lange Zeit hatte sie es vermieden, ihre Waffe überhaupt mit sich zu führen. Die Pistole, die vorher ein Teil von ihr gewesen war, mutierte zu einem Fremdkörper in ihrer Hand. Da halfen auch die Sitzungen bei Weilmann, dem ehemaligen Kriminalpsychologen, nichts. Schlussendlich war es dann aber doch er gewesen, der sie dazu gebracht hatte, die Waffe wieder abzufeuern.

Seit damals versuchte sie, wenigstens alle vierzehn Tage am Schießstand ihre alte Form wiederzuerlangen, und sie war auf dem besten Weg dazu. Valerie war einige Male ebenfalls mitgekommen, und trotz Michaelas anfänglicher Skepsis, ihrer Nichte den Umgang mit der

Pistole beizubringen, hatte sich Valerie als Naturtalent herausgestellt. Offenbar schlugen da die Gene durch. Allerdings gehörte das zu den wenigen Dingen, die sie in stiller Übereinkunft Valeries Eltern nicht erzählt hatten. Thomas und Angelika bekämen einen Anfall, wenn sie wüssten, womit sich ihre Tochter in Michaelas Obhut beschäftigte.

Eine Stunde später stand sie an der Schießanlage und schoss das Magazin der Glock leer. In der Mitte, wo sie einen Treffer nach dem anderen erzielt hatte, prangte ein großes Loch. Sie lud nach, atmete aus und feuerte auf die neue Scheibe. Zufrieden registrierte sie, dass kein einziger Schuss danebengegangen war. Sie und ihre Glock waren wieder Freunde, wie früher. Und das war ein verdammt gutes Gefühl.

»Du schlägst dich großartig«, lobte Peter sie, nachdem sie ihr Schießtraining beendet hatte. Peter Wild war der Betreiber des Schießübungsplatzes und mindestens siebzig. Sie kannte ihn, seit sie mit ihrem Vater das erste Mal hergekommen war.

»Danke. Es fängt an, mir wieder Spaß zu machen.«

Sie dachte kurz darüber nach, ihre Pistole mit nach Hause zu nehmen, Vorschriften hin oder her. Es bedeutete jedes Mal einen Zeitverlust von über einer Stunde, ihre Dienstwaffe aus dem Waffenschrank des LKA zu holen und nach dem Training wieder zurückzubringen. Dann entschloss sie sich doch dazu, den Umweg in Kauf zu nehmen. Sie wollte die Waffe nicht im Haus haben, solange ihre Nichte bei ihr wohnte. Sie beide waren sich in einigen Dingen viel zu ähnlich – und schließlich hatte sie sich auch nicht von einem versperrten Schrank aufhalten lassen, die Pistole ihres Vaters zu mopsen.

Valerie kam pünktlich heim, erzählte von ihrem Treffen mit ihrer Freundin und erklärte dann: »Ich habe mit Saskia ausgemacht, dass ich bis Mittwoch bei ihr übernachte. Von ihr aus ist das Frauenhaus viel näher und ich muss nicht so zeitig aufstehen.«

Diese Entscheidung war tatsächlich vernünftig, musste Michaela zugeben und verdrängte das eigenartige Gefühl, das sie bei dem Gedanken überkam, Valerie in der nächsten Woche kaum zu sehen. Zuerst das Praktikum, anschließend gleich die Klassenfahrt.

»Dann wünsch ich dir viel Spaß«, sagte sie zu ihrer Nichte und verbot sich, Valerie aufzufordern, sich zwischendurch zu melden. Bernd hatte recht, wenn er sie als Glucke bezeichnete. Manch andere Mädchen in Valeries Alter fuhren mit Freunden quer durch Europa und machten alleine Urlaub. Da konnte sie froh sein, dass sie sich um solche Dinge keine Sorgen zu machen brauchte.

»Ich ruf dich morgen an, damit du mich auf dem Laufenden halten kannst, was diese Morde betrifft«, versprach Valerie da eben. Michaela nickte erleichtert.

»Ich hoffe, bis dahin gibt es Neuigkeiten. Und du erzählst mir, wie dein Tag im Frauenhaus gelaufen ist.«

Sie vereinbarten, dass Michaela Valerie in der Früh mit dem Auto mitnehmen würde. So würde sie zwar ein wenig später in der Dienststelle sein, aber das nahm sie gerne in Kauf. Schließlich ging Valerie ihre Sachen für die nächsten drei Tage packen, während Michaela bereits Pläne schmiedete, was sie in der kommenden

Woche ohne ihre Nichte anstellen konnte. Dabei war ihr klar, dass sie bloß versuchte, Valeries Abwesenheit etwas Gutes abzugewinnen. Allerdings wollte ihr das nicht so recht gelingen. Sie musste sich eingestehen, dass die nächsten Tage ziemlich einsam werden würden.

In der Früh war alles ein wenig hektisch. Valerie tat zwar gelassen, Michaela merkte ihr aber trotzdem die Aufregung an. Valerie lief dreimal zurück ins Haus, weil sie noch unbedingt etwas Wichtiges holen wollte.

»Können wir jetzt endlich los?«, fragte Michaela mittlerweile ziemlich ungeduldig. Wenn sie so weitermachten, würden sie beide zu spät kommen.

Valerie ließ sich auf den Beifahrersitz fallen. »Ja, jetzt hab ich alles. Glaub ich zumindest.«

Michaela startete den Motor und gab Gas, ehe ihrer Nichte noch etwas einfallen konnte.

Valerie wirkte in sich gekehrt und antwortete nur einsilbig auf Michaelas Versuche, sie in ein Gespräch zu verwickeln. Schließlich gab sie es auf und drehte das Autoradio auf.

»Tante Mika«, fing Valerie schließlich von selbst zu reden an, »welche Aufgaben, glaubst du, werde ich bekommen?«

Michaela regelte die Lautstärke des Radios leiser und bedachte ihre Nichte mit einem kurzen Seitenblick. Die starrte aus dem Fenster, als wäre sie in Gedanken schon an ihrer Praktikumsstelle.

»Na ja, ich denke, du wirst überall ein wenig mithelfen dürfen. Vielleicht beim Putzen oder irgendwelche kleinen handwerklichen Sachen. Hey, damit kennst du dich doch aus.«

Thomas, Michaelas Bruder, hatte Valerie schon von klein auf dazu angehalten, ihm beim Heimwerken zur Hand zu gehen. Er wollte, dass seine Tochter möglichst selbstständig wurde und nicht bei jeder Kleinigkeit, die es zu reparieren oder zusammenzubauen galt, auf Hilfe angewiesen wäre. Valeries Mutter betrachtete diese Aktivitäten stets mit Sorge. Nicht, weil Valerie ein Mädchen war, sondern weil sie Angst hatte, sie könne sich dabei verletzen und danach nicht mehr Klavier spielen. Angelika hätte bei einem Sohn genauso reagiert. Für sie bedeutete Gleichberechtigung nämlich, dass man für gewisse Tätigkeiten Handwerker hinzuziehen durfte – unabhängig vom Geschlecht. »Kein Wunder, dass viele Betriebe zugrunde gehen, wenn jeder meint, alles selbst reparieren zu können«, grummelte sie, wenn Thomas mit Valerie wieder an irgendwelchen Sachen herumschraubte.

Michaela fand es aber richtig von Thomas, dem Kind ein wenig technische und handwerkliche Grundkenntnisse zu vermitteln. Sie waren in einem Elternhaus aufgewachsen, das nicht von den klassischen Rollenklischees geprägt worden war, auch wenn die Aufgabenverteilung das durchaus hätte vermuten lassen. Ihr Vater war Polizist, ihre Mutter Hausfrau – allerdings hatte die sich bewusst dazu entschieden und es nie bereut. Auf die Frage, ob sie denn nie gerne wieder gearbeitet hätte, antwortete sie stets: »Freiheit bedeutet, sich entscheiden zu dürfen, ob man arbeiten gehen oder zu Hause bleiben will.« Dabei war Michaelas Mutter nie ein typisches Hausmütterchen gewesen. Sie hatte ihre Freundinnen, besuchte verschiedene Kurse und verreiste auch mal alleine. Vielleicht war es der Vielzahl an Aktivitäten geschuldet, dass sie keinem Job nachgehen wollte. Dafür blieb ihr schlicht keine Zeit.

Michaelas Eltern war es wichtig, dass sowohl Thomas als auch Michaela im Haus mithalfen. Welche Aufgaben sie dabei übernehmen wollten, war ihnen aber selbst überlassen. Michaela hatte damals schon einen großen Bogen um das Kochen gemacht, stattdessen reinigte sie den Abfluss oder mähte den Rasen.

Von daher fand sie es klasse, dass ihre Nichte so vielseitig war und sich weder vor dem einen noch vor dem anderen scheute.

»Mach dir keine Sorgen. Du schaffst das schon«, versuchte sie Valerie aufzumuntern. Dabei legte sie Zuversicht in ihre Stimme, denn sie zweifelte mittlerweile daran, dass das Praktikum in dem Frauenhaus wirklich das Richtige war. Möglicherweise wäre die emotionale Belastung zu groß. Sie wünschte, sie hätte mit Bernd darüber gesprochen und ihn nach seiner Meinung gefragt. Andererseits hatte Valerie bereits bewiesen, welche Kraft in ihr steckte, besonders in Extremsituationen. Andere wären an dem zerbrochen, was sie miterleben musste, selbst Erwachsene. Michaela musste wirklich aufhören, ihre Nichte in Watte packen zu wollen.

Immerhin entlockten ihre Worte Valerie ein Lächeln. »Zur Not lese ich den Kindern etwas vor. Da kann ich wenigstens nichts falsch machen.«

»Du wirst nichts falsch machen, das weiß ich. Zuwendung und Anteilnahme sind nie verkehrt. Außerdem wird die Leiterin dich einfach einteilen, wo immer Hilfe gebraucht wird.«

»Ist sie nett?«, fragte Valerie nun deutlich munterer, als sie vorhin gewesen war.

Michaela suchte nach den richtigen Worten. »Heidelinde ist zu engagiert, um nett zu sein. Aber ihre Schützlinge gehen ihr über alles.«

»Dann komme ich mit ihr klar«, gab Valerie zurück und wirkte nun deutlich entspannter.

Mittlerweile waren sie vor dem Sicherheitstor des Frauenhauses angekommen. Valerie öffnete die Autotür.

»Soll ich mit reingehen?«, fragte Michaela.

»Bloß nicht!«, rief Valerie entsetzt.

»Schon gut, war nur ein Gedanke. Viel Spaß!«

»Danke, dir auch.« Dann stieg Valerie aus, nahm ihren Rucksack, straffte die Schultern und atmete tief durch, ehe sie zum Tor hinüberging und den Klingelknopf drückte.

Michaela wartete noch, bis sich das automatische Tor öffnete und ihre Nichte das Gelände betrat. Dann wendete sie und machte sich auf den Weg ins LKA. An der nächsten roten Ampel schrieb sie Doris eine Nachricht: *Verspäte mich ein wenig. Musste Valerie noch an ihrer Praktikumsstelle abliefern. LG Michaela*

Die Antwort kam prompt. *Ist gut. Lass dir Zeit.*

Was anderes blieb ihr gar nicht übrig, denn irgendwo vor ihr hatte sich ein Lastwagen unter einer Brücke festgekeilt, sagte der Radiomoderator im Verkehrsfunk durch. Na toll! Der Stau war schon drei Kilometer lang, und sie steckte mittendrin, ohne Möglichkeit, umzudrehen oder ihn zu umfahren. Wie es aussah, würde sie heute die Morgenbesprechung verpassen.

KAPITEL 35

Schließlich brauchte sie geschlagene eineinhalb Stunden bis zur Dienststelle. Jetzt wusste sie auch wieder, warum sie immer Doris ans Steuer ließ, wenn sie gemeinsam unterwegs waren. Die hätte keine Skrupel gehabt, neben der Fahrzeugkolonne auf dem Pannenstreifen vorbeizufahren und sich bei der nächsten Abzweigung beinhart zwischen die Autos hineinzudrängen. Auch wenn Michaela sonst über den rasanten Fahrstil ihrer Kollegin herzog, hätte sie den jetzt gerne in Kauf genommen.

Beim LKA angekommen, hetzte sie die Treppe hoch und kam gerade rechtzeitig, um die Kollegen aus dem Besprechungsraum kommen zu sehen. Sie blieb neben der Tür stehen, um auf Steurer zu warten, um ihn wenigstens über die neuesten Entwicklungen in ihren Fällen ins Bild zu setzen.

Ihr Chef war einer der Letzten, die das Zimmer verließen. Er hatte wieder dieses furchtbare rosa-weiß karierte Hemd an – mit Abstand das schlimmste in seiner Sammlung.

»Guten Morgen, Michaela, ich habe dich bei der Besprechung vermisst«, begrüßte er sie.

»Tut mir leid, dass ich es nicht rechtzeitig geschafft habe, du kannst dir nicht vorstellen, was auf den Straßen los war …«

Er winkte ab. »Schon gut, dann erzählst du mir eben jetzt, was es Neues gibt.« Er schlug die Richtung zu seinem Büro ein und wartete, dass sie ihm folgte.

»Die Ermittlungen gestalten sich unheimlich zäh, solange wir nicht wissen, um wen es sich bei dem zweiten Toten handelt«, schloss sie ihren Bericht.

Steurer nickte verständnisvoll.

»Allerdings habe ich eine Spur, der ich nachgehen muss«, fuhr Michaela fort. Während sie im Stau festsaß, hatte sie die Zeit genützt und bei der Anwaltskanzlei angerufen, auf die Valerie mit ihren Recherchen gestoßen war. Dort wurde ihr gesagt, dass man keine Auskünfte bezüglich Ferstl geben könne, falls überhaupt, dann müsse sie warten, bis Wagenmüller wieder da sei. Und auf ihre Frage, wann man mit ihm rechnen würde, erhielt sie die Antwort, man habe keine Ahnung. Er wäre seit Tagen nicht mehr in der Kanzlei gewesen und niemand wisse, wo er steckte. Ob sie, als Kriminalbeamtin, zu einer Vermisstenanzeige raten würde?

Unbedingt, hatte sie zu der Sekretärin gesagt und nachdenklich aufgelegt. Ihre Narbe hatte geschmerzt, als wäre sie gerade erst frisch verheilt. Wenn das kein Zeichen dafür war, dem Verschwinden des Anwaltes nachzugehen!

Die Autokolonne hatte sich noch keinen Zentimeter weiterbewegt, deshalb versuchte sie, mittels ihres Handys weitere Nachforschungen über Wagenmüller anzustellen. Doch die Internetverbindung war mehr als lahm, und dann ging es immerhin im Schritttempo weiter, sodass sie ihr Vorhaben auf später verschob, wenn sie im Präsidium wäre. Sie hätte ja Doris darauf ansetzen können, doch die saß mittlerweile bei der Morgenkonferenz, wie sie mit einem Blick auf die Uhr feststellte.

Während sie also im Frühverkehr dahinkroch, ordnete sie, so gut es ging, ihre Gedanken und stellte im

Geiste eine To-do-Liste der zu erledigenden Dinge auf. Die Überprüfung von Wagenmüller stand auf Platz eins.

Darum wollte sie sich kümmern, sobald sie Steurers Büro verlassen hatte und in ihr eigenes gegangen war.

Doris telefonierte, und nach allem, was Michaela hörte, schien es sich um kein erfreuliches Gespräch zu handeln. Da sie ihre Kollegin nicht stören wollte, winkte sie Doris bloß zu und setzte sich an ihren Schreibtisch, fuhr den Computer hoch und tippte Wagenmüllers Namen in das Suchfeld.

Von der Vielzahl der Treffer war sie so elektrisiert, dass sie Doris' Stimme nur mehr am Rande wahrnahm, und als sie begann, die einzelnen Artikel zu lesen, die das Internet über diesen Mann ausgespuckt hatte, blendete sie alles rund um sich aus. Da waren Zeitungsberichte über Gerichtsprozesse, in denen er erwähnt wurde. Staranwalt wurde er von der Presse genannt. Und tatsächlich hatte Robert Wagenmüller eine Menge prominente Klienten vertreten. Sie versuchte, ihn mit Ferstl in Verbindung zu bringen, doch entweder war dieser kein Mandant von Wagenmüller gewesen oder sie hatten sich in der Öffentlichkeit bedeckt gehalten. Je mehr sie über den Anwalt erfuhr, umso stärker wuchs Michaelas Vermutung, dass es sich bei der unbekannten Leiche um Wagenmüller handeln musste. Das, was sie nun brauchte, waren Beweise. Aber die würde sie besorgen.

Erst das Klingeln ihres Festnetzapparates riss sie aus ihren Gedanken, die sich darum drehten, wie sie an eine DNA-Probe von Wagenmüller kam, um sie mit der des Brandopfers abzugleichen.

Sie hob ab, meldete sich und registrierte gleichzeitig

Doris' Abwesenheit. Sie hatte nicht einmal mitbekommen, dass ihre Kollegin hinausgegangen war.

Bei dem Anrufer handelte es sich um Ferreira, der sich nicht mit Belanglosigkeiten aufhielt. »Ihr John Doe hat einen Namen«, sagte er.

»Soll ich raten? Robert Wagenmüller.«

Ferreira schnaufte am anderen Ende der Leitung. »Korrekt. Woher ...?«

»Ist eine längere Geschichte, für die Sie wahrscheinlich eh keine Zeit haben. War es der Zahnabgleich, der zur Identifizierung geführt hat?«

»Ja, die Nachricht ist eben reingekommen. Ich dachte, ich überrasche Sie damit. Hat ja leider nicht geklappt.«

»Doch«, beeilte Michaela zu versichern. »Das war die Bestätigung, die ich gebraucht habe. Bisher war es bloß eine Ahnung, nun ist es Gewissheit. Das hilft mir wirklich enorm.«

»Sehr schön, vielleicht hilft Ihnen noch eine weitere Information. Erinnern Sie sich an Wagenmüllers Sektion?«

Michaela wechselte den Hörer zum anderen Ohr. Natürlich erinnerte sie sich daran. Dieser Fall verfolgte sie sogar bis in ihre Träume. »Ja«, bestätigte sie Ferreiras Frage. »An jedes Detail.«

»Gut, dann wissen Sie bestimmt, dass ich vom Rücken des Leichnams ein kleines Gewebefragment entfernt habe.«

Michaela bejahte auch dies. »Ich dachte, es handelte sich um ein Stück Haut.«

»Das ist ein Irrtum«, gab der Gerichtsmediziner zurück, und Michaela wünschte, er würde endlich mit der Sprache rausrücken.

»Was war es dann?«

»Ein winziges Stück Stoff. Nachdem ich es unter dem Mikroskop betrachtet und festgestellt habe, dass es sich um kein menschliches Gewebe handelt, sondern um Leinen, habe ich es heute Morgen an die Forensik geschickt. Die werden Ihnen bestimmt bald Näheres sagen können.«

In Michaelas Gehirn begannen die eben gehörten Informationen durcheinanderzupurzeln, wie beim Mischen von Scrabble-Steinen. Dieses Gefühl kannte sie nur allzu gut. Auch wenn alles noch keinen Sinn ergab, hatte sie schon eine ganze Fülle an einzelnen Bausteinen, und nun war es nur mehr eine Frage der Zeit, bis die eine Lösung ergaben. Sie durfte nur nicht in zu festgefahrenen Bahnen denken. Damit gewann man nämlich beim Scrabble auch nicht.

Doris kam mit einer Flasche Mineralwasser zurück ins Zimmer. Michaela wollte eben ansetzen, ihr die gerade gehörten Neuigkeiten zu erzählen, doch ihre Kollegin sah erbärmlich aus. Ihr Gesicht war von roten Flecken gezeichnet, unter den Augen saßen graue Schlieren, als hätte sie geweint und danach versucht, die Spuren zu tilgen, was ihr aber nur halb gelungen war.

»Du meine Güte, was ist passiert?«

Doris schüttelte den Kopf. »Wenn ich darüber rede, fange ich zu heulen an und das will ich nicht. Der Mistkerl ist echt keine einzige Träne wert.«

»Clemens?«

Ein Kopfnicken bestätigte Michaelas Verdacht. Und dann sprudelte es doch aus Doris heraus. Dass ihr zukünftiger Exmann der Ansicht war, sie würde sich nicht ordentlich um ihren Sohn kümmern, weil sie Jonas zu ihren Eltern gebracht hatte, als er krank war, anstatt daheim bei ihm zu bleiben. Und dass sie eine miese Mutter sei und er überlege, das alleinige Sorgerecht zu beantragen. »Als ob er sich nicht gerade deshalb von mir getrennt hat, weil er auf so einem Scheißselbstverwirklichungstrip ist und wir ihm dabei im Weg stehen!«, ereiferte sie sich. »Und da will er das Sorgerecht!?«

»Glaubst du denn, er macht damit ernst?«

Doris zuckte hilflos die Schultern. »Ich weiß es nicht«, sagte sie leise. »Aber ich werde das nicht zulassen.«

Michaela stand auf und nahm Doris ohne nachzudenken in den Arm. »Du bist eine ganz wunderbare Mutter, lass dir bloß von niemandem etwas anderes einreden.«

Doris lehnte sich einen Moment an sie, ehe sie sich aus der Umarmung löste, ein paar Mal durchatmete und dann sagte: »Okay, geht schon wieder.« Sie wischte sich mit dem Ärmel über die Augen, die erneut verdächtig schimmerten. »Können wir jetzt bitte zur Tagesordnung übergehen, bevor ich meinem Impuls nachgebe, irgendwelche Gegenstände an die Wand zu werfen?«

Michaela lächelte. »Sicher. So üppig ist unser Büro nämlich nicht ausgestattet, dass wir auf etwas verzichten könnten.«

»Na ja, Vincents Stuhl knarzt ohnehin immer so laut. Und der Drucker funktioniert auch nicht ordentlich. Vielleicht bekämen wir beides ersetzt«, gab Doris mit einem schiefen Grinsen zurück.

Nachdem Michaela ihre Kollegin über Ferreiras Anruf informiert und ihr von der Perücke, Haralds Vermutung, es könne sich um eine Täterin handeln, und den Reifenspuren erzählt hatte, pfiff Doris durch die Zähne. »Du warst ja richtig fleißig. So viele Erkenntnisse an einem einzigen Wochenende. Womit sollen wir anfangen?«

Michaela überlegte kurz. »Da wir nun die offizielle Bestätigung haben, dass es sich bei dem zweiten Toten um Robert Wagenmüller handelt, müssen wir einen Antrag stellen, damit wir an seine Akten rankommen. Außerdem möchte ich noch einmal die Fälle der letzten beiden Jahre durchgehen. Das habe ich zwar schon mal getan, aber da wusste ich noch nicht, was ich jetzt weiß.«

»Okay, dann los«, sagte Doris und straffte den Rücken.

Sie teilten die Arbeit auf. Michaela füllte die Formulare aus, die für den Gerichtsbeschluss nötig waren, und Doris wollte sich um die alten Fälle kümmern. »Wonach soll ich suchen?«, fragte sie.

»Nach ungeklärten Morden, die als Unfälle getarnt wurden«, gab Michaela zurück.

»Na, wunderbar«, grummelte Doris. »Hast du schon mal nachgerechnet, wie viele Unfälle es in Wien innerhalb eines Jahres gibt?«

»Nein«, gab Michaela zu. »Aber uns interessieren nur solche mit Todesfolge.«

Doris gab ein Schnaufen von sich und setzte sich an ihren Computer. »Es wird wirklich Zeit, dass Vincent wiederkommt.«

Michaela füllte die Formulare aus und schickte sie ab, dann rief sie in der Forensik an. Sie machte sich keine Illusionen. Wahrscheinlich war die Probe, die Ferreira geschickt hatte, noch gar nicht angekommen, von einer Auswertung ganz zu schweigen. Aber vielleicht wusste Harald bereits, von welchem Modell die Reifenabdrücke stammten, oder hatte sonst irgendwelche neuen Anhaltspunkte, denen sie nachgehen konnte.

»Mittagessen?«, fragte Harald, noch ehe sie ihm den Grund ihres Anrufes mitgeteilt hatte.

Da es inzwischen kurz vor eins war, stimmte sie zu. »In zehn Minuten.«

Dann wandte sie sich an ihre Kollegin, die völlig vertieft in irgendwelche Statistiken versunken schien. »Kommst du mit in die Kantine?«

»Nein, danke. Ich bin da gerade auf etwas Interessantes gestoßen, glaub ich. Bring mir einfach einen Salat mit. Schinken und Ei, oder diesen griechischen mit Feta und Oliven, wenn sie den haben.«

Michaela entschied sich ebenfalls für den griechischen Bauernsalat und bat um eine zweite Portion zum Mitnehmen. »Du scheinst heute ziemlich großen Hunger zu haben«, kommentierte Harald ihre Bestellung.

»Ist für Doris. Sie kann sich nicht losreißen.« Sie trug das Tablett mit ihrer Salatschüssel, einem Teller mit frischem Weißbrot und dem Plastikbehälter mit Doris' Mittagessen zum nächsten freien Tisch und setzte sich.

»Habt ihr die Probe von Ferreira bekommen?«, fragte sie, sobald er ihr gegenüber Platz genommen hatte.

Harald blies in die Gulaschsuppe und kostete dann vorsichtig. »Ja, wir analysieren sie gerade. Die Suppe ist köstlich.«

»Wir haben übrigens das Brandopfer identifizieren können. Das heißt, sein Zahnarzt hat sich gemeldet.«

»Großartig. Da seid ihr einen riesigen Schritt weiter.« Er hielt mit dem Essen inne und musterte sie eine Weile, als wolle er noch etwas sagen.

»Was?«, fragte Michaela schließlich, als er sich wieder seiner Suppe zuwenden wollte, ohne mit der Sprache herauszurücken.

Harald legte den Löffel weg und wischte sich den Mund mit der Serviette ab. »Es ist nur … unsere Verabredung damals … hab ich etwas falsch gemacht? Oder hat es dir nicht gefallen?«

Michaela blickte ihn verständnislos an. »Wie kommst du denn darauf? Du hast nichts falsch gemacht, und ich habe diesen Abend genossen.«

Er griff nach ihrer Hand. »Dann frage ich mich, weshalb seither jeder Versuch meinerseits, dich wieder einzuladen, scheitert. Ich mag dich, sehr sogar. Aber ich will mich dir nicht aufdrängen, das liegt mir nicht. Also, wenn du kein Interesse hast, mit mir wieder auszugehen, dann sag es einfach und ich frage nicht mehr. Es wird mir zwar das Herz brechen, aber ich verspreche, ich werde es mit Fassung tragen.«

Michaela musste bei seinem letzten Satz lächeln. Seine Hand lag immer noch auf ihrer und vermittelte ihr das Gefühl von Wärme und Sicherheit. Sie dachte an dieses eine Abendessen vor einem halben Jahr und daran, wie viel Persönliches sie von sich preisgegeben hatte. Womöglich hatte sie deshalb ein zweites Treffen mit ihm vermieden, wenn auch nicht bewusst. Es war einfach jedes Mal irgendetwas anderes dazwischengekommen: die Arbeit, Valerie, Bernd … Sie musste unwillkürlich an Samstagabend und ihr Gefühlsdurcheinander denken.

Harald drückte kurz ihre Hand und ließ sie dann los. »Du musst mir nicht gleich antworten.«

Michaela gab sich einen Ruck. »Doch, doch. Und ich würde wirklich gern mit dir ausgehen.«

Sein Gesicht strahlte, und in Michaela wallte schlechtes Gewissen hoch. Was tat sie da bloß? Warum sagte sie ihm nicht einfach, dass sie sich nicht mehr als ein kollegiales Verhältnis vorstellen konnte? Dass sie ihn mochte, aber ihr Herz bei seinem Anblick nicht schneller schlug?

Weil Harald ein viel zu netter Kerl ist, um ihm wehzutun, beantwortete sie sich ihre Frage.

Und weil sie hoffte, die Gefühle zu verdrängen, die Bernd in ihr ausgelöst hatte. Der leisen Stimme, die in ihrem Kopf flüsterte, dass sie Harald mehr verletzen würde, wenn sie ihm falsche Hoffnungen machte, befahl sie, ruhig zu sein. Wenn sie beinahe Tag und Nacht mit Bernd verbrachte und sich nicht mit anderen Männern traf, war es kein Wunder, dass sie mehr in ihre Beziehung hineininterpretierte als dahintersteckte.

»Gut, wann hast du Zeit?«, fragte da eben Harald.

Michaela dachte an Valerie, die heute und morgen nicht heimkommen würde, und wie bedrückend der Gedanke war, den Abend allein zu verbringen. Sie könnte natürlich zu Bernd hinübergehen, aber genau das wollte sie vermeiden.

»Wie wär's gleich mit heute nach Dienstschluss?«

Überrascht zog Harald eine Braue hoch. »So schnell hätte ich nicht damit gerechnet. Aber ja, gerne.«

Michaela fühlte sich bemüßigt, ihm zu erklären, dass sie die Gelegenheit am Schopf packen müsse, wo Valerie nicht da sei.

»Was für ein Glück«, sagte Harald. »Wann wirst du heute fertig?«

Michaela zuckte mit den Schultern. »Kann ich noch nicht sagen, ich habe eine Menge zu tun. Ich ruf dich gegen fünf an, okay?«

»Passt. Bis dahin sind die Untersuchungen von der Stoffprobe hoffentlich auch abgeschlossen.«

Sie hatten fertig gegessen und Michaela nahm die Box mit Doris' Salat in die Hand, während Harald beide Tabletts aufeinanderstellte und zurücktrug.

Sie winkte ihm noch zu, ehe sie die Treppe in das nächste Stockwerk nahm. Sie spürte in sich hinein. Empfand sie Freude wegen der Verabredung heute Abend? Aufregung, Nervosität? Nichts von alledem. Warum zum Teufel hatte sie überhaupt zugesagt? Er verdiente jemand Besseren als sie.

Sie wünschte, Harald wäre ein weniger netter Kerl gewesen, dann wäre es ihr leichtgefallen, ihm eine Abfuhr zu erteilen. Aber so?

Er hatte sie überrumpelt, ihr keine Zeit zum Nachdenken, keine Möglichkeit dazu gegeben, sich zu überlegen, wie sie ihm am besten sagte, dass sie nicht die Richtige für ihn war und dass sie allenfalls Freunde sein konnten. Heute Abend, nahm sie sich vor, würde sie ihm reinen Wein einschenken, ihm ihre Gefühle erläutern und hoffen, dass er es verstand. Das wäre nur fair. Ihm und auch sich selbst gegenüber.

»Danke«, murmelte Doris, als Michaela ihrer Kollegin die Salatbox auf den Schreibtisch stellte.

»Hast du schon etwas gefunden?«

Doris streckte sich und löste die Plastikgabel vom Deckel der Box. »Nein, es kann sich nur um Monate handeln«, gab sie mit einem Anflug von Galgenhumor zurück. »Und bei dir?«

»Nichts Neues aus der Forensik. Ferreiras Probe wird noch untersucht.«

Zwischen zwei Bissen tippte Doris immer wieder auf der Tastatur.

Michaela klemmte sich ebenfalls hinter den Computer und las weitere Berichte über Wagenmüller. Je mehr sie über ihn erfuhr, desto unsympathischer wurde er ihr. Dieser Anwalt war ein regelrechter Kotzbrocken ohne Ehre und Gewissen gewesen. Sie war durchaus liberal eingestellt und vertrat den Standpunkt, dass jeder Angeklagte das Recht auf Verteidigung hatte, unabhängig von seiner Tat. Deswegen war sie schon mit Doris aneinandergeraten, die bei manchen Straftätern, insbesondere wenn es um Verbrechen gegen Frauen und Kinder ging, der Meinung war, sie hätten die Todesstrafe verdient. Doch Wagenmüller war kein Pflichtverteidiger, der der Gerechtigkeit Genüge tun wollte, er war ein publicitygeiler Typ gewesen, dem es um Bekanntheit oder um horrende Honorare gegangen war – vorzugsweise um beides. Und dabei, so schien es, war er mit seinen Methoden nicht zimperlich gewesen. Das Opfer einer Vergewaltigung, eine junge Studentin, hatte sich während des Strafprozesses sogar das Leben genommen, weil sie dem Druck von Wagenmüllers Befragung nicht standhielt. Der Täter hingegen war freigesprochen worden ... Michaela hatte noch nicht alle Berichte gelesen, konnte sich aber des Eindrucks nicht erwehren, dass Wagenmüller auf seinem Weg bei Schritt und Tritt Scherben hinterlassen hatte. Er hatte Menschen, ja ganze Familien zerstört. War das, was ihm passiert war, ausgleichende Gerechtigkeit?

Als die Buchstaben vor ihren Augen zu verschwimmen begannen, beschloss sie, dass es Zeit für eine Pause war. »Doris, was hältst du von einer kleinen Autofahrt?«

Ihre Kollegin blickte vom Monitor auf. »Finde ich klasse. Mein Hintern ist schon ganz taub und der Rücken tut mir weh. Wohin fahren wir?«

»In den ersten. Wagenmüller hatte dort seine Nobelkanzlei.«

Unterwegs erzählte Michaela ihrer Kollegin, was sie mittlerweile über den toten Anwalt herausgefunden hatte. Doris reagierte so, wie sie es erwartet hatte: mit Empörung und einer Schimpftirade gegen Anwälte allgemein und Wagenmüller im Besonderen. »Ich versteh solche Menschen einfach nicht. Gehen über Leichen, und das nicht nur im übertragenen Sinn, und niemand kann ihnen etwas anhaben. Die sind fein raus und verdienen am Leid der Opfer auch noch eine Menge Kohle.« Je mehr sie sich ereiferte, desto höher wurde ihre Geschwindigkeit. »Doris, du fährst mindestens fünfzehn km/h zu schnell«, mahnte Michaela mit einem leichten Anflug von Panik in der Stimme. Hatte sie sich heute Morgen tatsächlich Doris ans Steuer gewünscht?

Immerhin nahm ihre Kollegin den Fuß vom Gas. »Fällt dir eigentlich auf, dass beide Tote – von Opfern will ich gar nicht sprechen, denn Opfer sind ja eher die Personen in deren Umfeld – unglaubliche Arschlöcher sind?«

Michaela seufzte. »Ja, das allerdings ist schon signifikant. Trotzdem ist es unser Job, den- oder diejenige Verantwortliche zu finden.«

»Ja, um dem Mörder bei seiner Festnahme meine Gratulation auszusprechen.«

Innerlich verdrehte Michaela die Augen, doch sie sagte nur: »Dazu müssen wir ihn erst finden.« Sie wusste, warum Doris so aufgebracht reagierte. Ihre beste Freundin war durch ein Gewaltverbrechen ums Leben gekommen, hatte sie Michaela einmal unter Tränen gestanden.

Nachdem Doris zum dritten Mal im Kreis fuhr, ohne eine Parkmöglichkeit zu finden, lenkte sie das Auto in die Parkgarage am Hof.

Michaela schnappte nach Luft, als sie die Gebühren sah. »Vier Euro verlangen die pro Stunde?«

»Das kosten die hier alle. In dieser Gegend ist ein normaler Parkplatz wie ein Sechser im Lotto.«

Trotz der gesalzenen Preise war das Parkhaus gesteckt voll, es gab nur mehr vereinzelte freie Stellplätze. Doris bat Michaela auszusteigen und quetschte sich dann zwischen zwei Autos.

Michaela wartete auf ihre Kollegin und gemeinsam gingen sie zum Ausgang. Gegenüber war das Wiener Lustspielhaus bereits für die Sommersaison aufgebaut. Michaela hatte es seit der Eröffnung im Jahr 2004 nicht ein einziges Mal geschafft, eine Vorstellung zu besuchen.

»Wir müssen hier lang«, dirigierte Doris sie nach links. Sie überquerten die Bognergasse, liefen in die Irisgasse hinein und wandten sich dann erneut nach links, gingen die Naglergasse entlang, bis zum Graben. Direkt neben dem Julius-Meinl-Shop befand sich das Gebäude, in dem Wagenmüller seine Kanzlei eingemietet hatte. Allein schon, dass er sich in dieser Lage ein Büro leisten konnte, zeugte davon, wie exklusiv und erfolgreich er gewesen war.

Nachträglich war ein Lift eingebaut worden. Doris blickte sehnsüchtig auf die Aufzugstür, während Michaela schon die Treppe ansteuerte. Ob die Böden aus echtem Marmor waren? Wahrscheinlich.

»Welcher Stock?«, gab sich Doris geschlagen und folgte ihr.

»Vierter. Sieh es doch als Fitnessübung an.«

Ein schlichtes Messingschild an einer weißen, hohen Doppelflügeltür wies darauf hin, dass sich dahinter Wagenmüllers Kanzlei befand.

»Nobel, nobel«, kommentierte Doris. »Ich frag mich immer, ob Leute, die so leben und arbeiten, glücklicher sind.«

»Und ich, ob Geld und Gewissen sich wohl gegenseitig ausschließen. Ich kenne niemanden, der richtig viel Kohle hat und trotzdem ein guter Mensch ist«, gab Michaela zurück. Gut, ihr Bruder war wohlhabend. Und der arbeitete ehrenamtlich für Ärzte ohne Grenzen und kämpfte mit seiner Frau in Afrika einen nahezu aussichtslosen Kampf gegen Aids, Armut und Hunger. Allerdings gehörte Wagenmüller, oder auch Ferstl, einer anderen Kategorie von »reich« an als Thomas und Angelika. Wieder eine Gemeinsamkeit, die die beiden Opfer miteinander teilten, stellte Michaela fest.

Sie drückte die Klinke hinunter und schob die Tür auf. Der Parkettboden knarrte leise, als sie eintrat.

Alles in diesem Vorraum war in barockem Stil eingerichtet. Michaela hätte darauf gewettet, dass es sich um Originale handelte und nicht um diese Nachbaumöbel, die man bei eBay bekam. Der schwarze Schreibtisch mit goldenen Beschlägen, rechts vom Eingang und mit Blick auf die Tür, war verwaist. Dort saß wohl normalerweise die Empfangsdame, mit der Michaela am Morgen telefoniert hatte.

Links befand sich ein Beistelltisch mit vier Stühlen,

die passend zum Schreibtisch mit schwarzem Stoff bezogen und ebenfalls mit Gold umrahmt waren.

Auf dem Tischchen lagen einige Zeitschriften, aus einem Raum weiter hinten hörte man das typische Sirren eines Kopierers. Die moderne Technik hatte also durchaus auch hier Einzug gehalten, auch wenn sie gut versteckt blieb, um das Gesamtbild nicht zu zerstören.

»Hallo?«, rief Doris, um auf ihre Anwesenheit aufmerksam zu machen.

Tatsächlich erschien gleich darauf eine schlanke, gepflegte Frau etwa Mitte fünfzig. Alles an ihr wirkte dezent und unaufdringlich. Michaela fragte sich unwillkürlich, ob Wagenmüller die Empfangsdame passend zum Ambiente ausgewählt hatte.

»Guten Tag, kann ich Ihnen behilflich sein?«

»Michaela Baltzer, wir haben heute Morgen schon miteinander telefoniert. Wir sind vom Landeskriminalamt Wien und haben eine traurige Nachricht für Sie.«

Frau Lodwansky, so hieß die Empfangsdame, wie sie in Erfahrung gebracht hatten, saß ihnen gegenüber auf einem der teuren Stühle und knetete ihre Hände, ansonsten ließ sie kaum eine Regung auf die Todesnachricht ihres Chefs erkennen.

»Wir haben natürlich einige Fragen an Sie«, fuhr Michaela fort. »Lebte Herr Wagenmüller mit jemandem zusammen? Müssen wir wen verständigen?«, fragte Doris nach, und Michaela war froh, dass ihre Kollegin zu ihrer Professionalität zurückgefunden hatte und sich ihre Abneigung gegen das Opfer nicht anmerken ließ.

Die Frau schüttelte den Kopf. »Herr Wagenmüller lebte allein.«

»Sonst irgendwelche Angehörigen oder Verwandte? Eltern, Geschwister?«

Mit zitternder Stimme antwortete Frau Lodwansky: »Seine Eltern sind beide gestorben, als er zweiundzwanzig war, keine Geschwister. Er hatte niemanden.«

»Auf dem Schild stand aber Wagenmüller & Partner. Wie viele Partner gibt es denn?«

»Keinen. Den Firmennamen hat Robert von seinem Großvater und seinem Vater übernommen. Er arbeitete grundsätzlich allein, hatte aber mehrere Privatdetektive, die er bei Bedarf engagierte.«

Sie erfuhren außerdem, dass Frau Lodwansky bereits seit über dreißig Jahren in der Kanzlei beschäftigt war, sie gehörte sozusagen zum Inventar.

»Ich kann mir vorstellen, dass Ihr Chef sich nicht immer beliebt gemacht hat«, gab Michaela dem Gespräch eine andere Richtung.

»Wie meinen Sie das?« Frau Lodwansky hob pikiert eine Augenbraue.

Anstelle von Michaela antwortete Doris: »Er hat Kinderschänder, Sexualverbrecher und Drogendealer vertreten. Sie kennen doch bestimmt die Liste seiner Mandanten besser als wir.«

»Ist das ein Verbrechen? Er hat seine Arbeit gemacht. Und die außergewöhnlich gut und erfolgreich.«

»Nein, natürlich nicht«, beeilte Michaela sich zu versichern, ehe Doris noch etwas Falsches sagte. »Aber wir versuchen nun, ein Motiv für den Mord an Ihrem Chef zu finden.«

Nach kurzem Nachdenken räumte Frau Lodwansky ein, dass es tatsächlich hin und wieder Drohbriefe gegeben hatte.

»Haben Sie die aufgehoben?«

»Nein. Robert hat sie nie ernst genommen. So etwas gehöre dazu, wenn man Neider hat, sagte er.«

Sie sprachen noch eine Weile mit der Frau und verabschiedeten sich schließlich, nachdem fürs Erste alles Nötige besprochen war.

»Wir haben bei der Staatsanwaltschaft den Antrag auf Akteneinsicht gestellt, nur damit Sie Bescheid wissen«, sagte Michaela noch an der Tür. Frau Lodwansky nickte ergeben.

»Die Frau tat mir leid«, sagte Michaela zu Doris, als sie den gleichen Weg zurück nahmen, den sie gekommen waren.

Michaela kramte aus ihrer Hosentasche ein paar Münzen hervor und warf sie in den Schlitz des Automaten, um die Parkgebühr zu bezahlen.

Doris zuckte mit den Schultern. »Wenn sich wer mit dem Teufel einlässt ...«, murmelte sie.

»Da kann sie doch nichts dafür. Nun steht sie vor einem Trümmerfeld, weiß nicht, wie es mit ihr und der Firma weitergehen soll«, beharrte Michaela.

»Glaub mir, wenn Wagenmüller so ein guter Anwalt war, wie es den Anschein erweckt, dann hat er Vorsorge getroffen«, sagte Doris, setzte sich ins Auto und fuhr aus der Parklücke, damit Michaela ebenfalls einsteigen konnte.

Auf dem Weg zurück ins Kriminalamt sprachen sie nicht viel miteinander. Zum einen, weil jeder den eigenen Gedanken nachhing, und zum anderen, weil Michaela gar nicht gewusst hätte, was sie mit Doris bereden sollte. Sicher war der emotionale Ausnahmezustand, in dem sich ihre Kollegin befand, verantwortlich für die Gefühlskälte, mit der die auf diese Fälle reagierte. Michaela glaubte nicht an Teufel, auch nicht an welche in Menschengestalt. Es gab keine durch und durch bösen Menschen, sondern nur solche, die aufgrund von Ereignissen und Erlebnissen die falschen Entscheidungen trafen. Sie gehörte bestimmt nicht zu denen, die jedes Fehlverhalten auf die Erziehung, auf eine belastende Eltern-Kind-Beziehung oder eine schwierige Kindheit schoben und für alles Verständnis hatten, aber ganz außer Acht lassen konnte man diese Komponenten eben auch nicht. Vielleicht wäre Wagenmüller ein besserer Mensch gewesen, wenn er seine Eltern nicht so früh verloren hätte. Oder gab es wirklich einfach Menschen, die schon böse geboren wurden? Das war eine Frage, auf die Bernd bestimmt eine Antwort wusste.

Kurz vor fünf kamen sie im Büro wieder an. Doris packte ihre Sachen. »Ich arbeite dann zu Hause weiter, wenn Jonas im Bett ist«, sagte sie.

»Das musst du nicht«, gab Michaela zurück. Sie wusste genau, wie schnell es zur Gewohnheit wurde, die Abende durchzuarbeiten, weil man sonst eh nichts anderes zu tun hatte, und weil man einsam war und so zumindest das Gefühl bekam, etwas Sinnvolles zu tun. Und weil man nicht schon wieder irgendwelche hirnrissigen Sendungen im Fernsehen ansehen und die Flasche Wein austrinken wollte, um die Leere zu füllen, weil man dann vergessen konnte, dass man am Morgen alleine aufwachen würde. Das alles kannte sie nur zu gut.

»Du hast recht. Ich sollte lieber einen guten Scheidungsanwalt suchen. Oder einen, der sich auf Sorgerecht spezialisiert hat. Jetzt finde ich es doch schade, dass Wagenmüller tot ist.«

Michaela grinste. »Du hättest ihn dir ohnehin nicht leisten können.«

»Das stimmt allerdings«, sagte Doris mit einem Seufzen. »Vielleicht kann ich mit Clemens doch irgendwie reden. Ich möchte nicht, dass Jonas unter der Situation leidet. Das muss er doch einsehen.«

»Ich wünsch es dir. Das wünsch ich dir wirklich«, gab Michaela zurück.

Hinter Doris fiel die Tür zu, und Michaela wandte sich ihrem Schreibtisch zu, als ihr Handy läutete.

Es war Valerie.

»Schön, dass du anrufst. Wie war denn dein Tag?«

Valerie sprudelte vor Begeisterung über. »Es war toll, und Heidi *ist* nett, Raphaela auch. Die waren echt froh, dass ich da war. Ich habe gekocht. Stell dir vor, für über dreißig Leute. Für so viele Menschen ist das eine ziemliche Herausforderung, ich wusste nie, wie viel Salz ich nehmen oder wie viele Nudeln ich kochen soll. Dann war's natürlich viel zu viel. Aber egal, Heidi hat gesagt, das würde schon wegkommen. Ich habe Spaghetti gemacht, aber ganz ohne Fleisch, nur mit Gemüse, weil es dort auch viele muslimische Frauen gibt …«

Michaela hörte sich lächelnd Valeries Bericht an, fragte hin und wieder nach und war einfach glücklich, weil Valerie es auch war. »Scheint, als hätte es dir Spaß gemacht«, sagte sie schließlich.

»Ja, total. Weißt du, diese Frauen und Kinder haben so viel durchgemacht und trotzdem singen und lachen sie und geben einem so viel, obwohl sie selbst nichts haben, also keine materiellen Dinge. Sie mussten ja so ziemlich alles zurücklassen. Ich bewundere Heidi, die schon so lange diese Frauen betreut und immer noch voll Energie ist, auch wenn sie nicht mehr jung ist. Aber sie sagt, Gott gäbe ihr die Kraft. Na, wenn sie daran glauben mag.«

»Sie versucht doch nicht, dich irgendwie zu missionieren?«, fragte Michaela misstrauisch.

Valerie lachte. »Nein, keine Sorge. Sie respektiert den Glauben oder Nichtglauben der anderen. Ich freue mich schon auf morgen. Da hab ich versprochen, mit den Kindern zu spielen und mit Raphaela einzukaufen. Stell dir vor, welche Mengen an Lebensmitteln die da brauchen.«

Michaela sah die Berge an Tüten und Schachteln vor sich, die sie bei ihrem Besuch im Frauenhaus hineingetragen hatte. »Ich weiß. Wie gut, dass wir bloß zu zweit sind«, sagte sie und verabschiedete sich von Valerie, die meinte, sie sei echt geschafft, es wäre ein anstrengender Tag gewesen und sie würde morgen wieder anrufen. Erst als Michaela das Telefonat beendet hatte, fiel ihr auf, dass Valerie sich gar nicht nach dem Stand der Ermittlungen erkundigt hatte. Offenbar beanspruchte ihre neue Aufgabe sie so sehr, dass sie an nichts anderes denken konnte. Auch gut. Michaela fand sowieso, dass das Interesse ihrer Nichte an den Mordfällen zu groß war. Vielleicht sorgte das Praktikum dafür, dass Valerie eine ganz andere berufliche Richtung einschlug als bisher geplant. Es gab ja schließlich auch noch andere Karriereziele als Kriminalbeamtin oder Pianistin. Vielleicht wäre sie eine tolle Anwältin, eine, die sich für die Rechte der Armen und Unterdrückten einsetzte. Oder für Amnesty International arbeitete. Vielleicht kam sie auf den Geschmack und trat in die Fußstapfen ihrer Eltern, studierte Medizin, um Kranken zu helfen. Es gab so vieles, das Valerie lernen konnte, so viele Dinge, in denen sie gut war.

Erneut läutete ihr Handy, und Michaela dachte schon, Valerie hätte etwas vergessen oder würde nun doch nach den neuen Entwicklungen in den beiden Mordfällen fragen. Doch es war nicht ihre Nichte, sondern Harald. Mist! Sie hatte total ihre Verabredung vergessen.

»Michaela, ich wollte wissen, wie es bei dir ausschaut. Bist du fertig?«

Nein, war sie nicht. Sie hätte noch eintausend Dinge zu erledigen gefunden und noch locker bis Mitternacht arbeiten können. Doch dann musste sie an die Gefühle denken, die in ihr hochgekommen waren, als Doris sich vorhin verabschiedet hatte. Sie wollte nicht wieder dort landen, wo sie gewesen war, ehe Valerie in ihr Haus und ihr Leben platzte.

»Ja, ich bin so weit. Fünf Minuten, dann bin ich unten bei dir.«

»Super, ich freu mich. Ich dachte fast, du hättest es dir anders überlegt und würdest mich versetzen.«

»Nein, ich war nur bis eben noch beschäftigt. Bis gleich, Harald.«

Sie beendete das Telefonat, ging noch schnell auf die Toilette, um sich ein wenig frisch zu machen. Für jemanden mit einem Date sah sie nicht gerade glücklich aus, stellte sie fest, als sie mit einem letzten Blick in den Spiegel ihr Aussehen überprüfte.

KAPITEL 36

Die Bar, auf die sie sich geeinigt hatten, lag in der Nähe des Präsidiums und wurde häufig von Kolleginnen und Kollegen besucht, um nach Feierabend noch etwas zu trinken und den Tag ausklingen zu lassen. Michaela war bloß ein- oder zweimal in ihrer Anfangszeit dort gewesen, doch in dem Lokal hatte sich seither nichts verändert. Sogar die Besitzerin war noch dieselbe. Eine füllige Blondine mit hochtoupiertem Haar, zu grellem Lidschatten, pinkfarbenem Lippenstift und mit einem goldenen Herzen unter dem wogenden Busen.

»Was darf ich euch bringen, Schätzchen?«, fragte sie mit einer kratzigen Stimme, wie man sie nur von jahrzehntelangem Rauchen bekam.

Michaela bestellte Cola, Harald alkoholfreies Bier, weil sie beide noch fahren mussten.

Mit einer Geschwindigkeit, die man der Barbesitzerin gar nicht zugetraut hätte, stellte sie ihre Getränke auf dem Tisch ab und eilte gleich wieder hinter die Theke, um die nächsten Kunden zu bedienen.

»Es ist nett hier«, sagte Michaela und trank einen Schluck von ihrer Cola. Das eiskalte Getränk rann prickelnd ihre Kehle hinab.

Harald nickte. »Bist du öfter da?«

»Nein, du?«

»Das erste Mal, wenn ich ehrlich bin. Ich dachte nur, weil sie«, er deutete mit dem Kopf zur Bar, »dich ›Schätzchen‹ genannt hat.«

Michaela lachte. »Sie nennt alle so, egal ob Mann oder Frau, alt oder jung.«

»Also eine echte Wiener Beisl-Mama«, gab Harald lächelnd zurück.

Sie erzählten sich kleine Anekdoten aus ihrer Kindheit und ihren Anfängen bei der Polizei. Sie lachten viel und bestellten zwei weitere Male Getränke nach. Es war leicht, sich mit Harald zu unterhalten, und es war leicht, ihn zu mögen. Michaela vergaß ganz, dass sie vorgehabt hatte, Harald noch etwas zu sagen.

Als es elf geworden war, ging Harald zur Theke hinüber und zahlte die Rechnung, ohne auf Michaelas Proteste zu achten. »Bitte, lass mir das Vergnügen«, bat er. Wie hätte sie da darauf beharren können, ihren Anteil selbst zu begleichen?

Schließlich verließen sie das Lokal und gingen nebeneinander zurück zum Parkplatz des Kriminalamtes. Wie selbstverständlich legte Harald seinen Arm um Michaelas Schultern. Er fühlte sich angenehm schwer an.

Er brachte sie bis zu ihrem Auto und wartete, bis sie ihren Schlüssel aus der Tasche hervorgekramt hatte. »Also ...«, begann sie und drehte sich zu ihm. »Danke für die Einladung.«

»Gern geschehen. Muss ich bis zum nächsten Mal wieder ein halbes Jahr warten? Nicht, dass ich es nicht gerne tun würde, aber ...«

Sie stellte sich auf die Zehenspitzen und küsste ihn auf den Mund. »Nein, musst du nicht«, sagte sie dann.

Er drückte sie an sich und legte seine Lippen auf ihre, sanft, weich, genau wie er selbst. Ihr letzter Kuss war viel zu lange her, um diesen hier nicht zu genießen.

Schließlich lösten sie sich voneinander, und er legte seine Hand auf ihre Wange. »Bis morgen«, sagte er leise.

In seiner Stimme klang so viel Zuneigung mit, dass Michaela ein schlechtes Gewissen bekam. Verdammt, sie hatte es doch getan. Sie hatte sich hinreißen lassen, den ersten Schritt zu tun, ihn zu küssen und ihn hoffen zu lassen, es würde mehr daraus werden. Sag ihm, dass es nichts zu bedeuten hatte, drängte die verantwortungsbewusste Stimme in ihr. Doch da war er schon in seinen Wagen gestiegen. Feigling, raunte die Stimme.

Seufzend wandte sie sich ab, setzte sich ebenfalls ins Auto und startete den Motor.

Bei Bernd brannte noch Licht. Michaela war kurz davor, bei ihm anzuläuten, doch dann würden sie bestimmt stundenlang reden und sie käme wahrscheinlich erst im Morgengrauen ins Bett, was definitiv zu wenig Schlaf für sie beide bedeuten würde. Deshalb unterdrückte sie diesen Impuls und ging zu ihrer eigenen Haustür.

Es war eigenartig ruhig in der Früh ohne Valerie. Auch wenn sie nach dem Aufstehen nicht viel miteinander sprachen, ihr gemeinsames Schweigen hatte eine besondere Qualität. Reden konnte man mit vielen, schweigen nur mit den Menschen, mit denen man sich auch ohne Worte verstand. Kurzerhand schrieb sie ihrer Nichte eine Nachricht. *Ich wünsche dir einen guten Morgen und viel Spaß heute. Mika*

Michaela verzichtete auf einen Kaffee und beschloss, eher ins Büro zu fahren, da sie sich am Vortag ja auch schon verspätet hatte. Den Morgenkaffee konnte sie auch dort trinken, vielleicht sogar mit Bernd, den sie ohnehin sprechen wollte, um ihm von Wagenmüller zu erzählen.

Valerie saß schon im Bus Richtung Frauenhaus, als Tante Mikas Nachricht einging. Sie lächelte, als sie die Worte las, und schrieb zurück: *Danke, dir auch – und schöne Grüße an Bernd.*

Der Bus hielt, und Valerie stieg aus. Die Bushaltestelle war acht Minuten von dem Frauenhaus entfernt, trotz des Fußweges würde sie zu früh ankommen. Das lag an dem blöden Fahrplan. Der Bus fuhr nur alle dreißig Minuten hier raus. Hätte sie den nächsten genommen, wäre sie zu spät gekommen. Und sie hasste es, sich zu verspäten. Ihre Mutter war so eine, die nie pünktlich war, weil sie noch vorher tausend Dinge erledigen wollte. »Nur noch schnell den Geschirrspüler einräumen« oder »Ich schreibe nur diese eine Mail fertig« gehörten zu ihren Standardsätzen. Ihr Vater witzelte immer, dass Mama es als einzige Person, die er kannte, schaffen würde, die Leute sogar bei ihrem eigenen Begräbnis warten zu lassen. Valerie nervte diese Eigenschaft so sehr, dass sie lieber zwanzig Minuten früher dran war, als sich geringfügig zu verspäten. Sie hatte einmal sogar die Armbanduhr ihrer Mutter heimlich um zehn Minuten vorgedreht. Es hatte tatsächlich geholfen, allerdings nur, bis sie hinter Valeries Trick gekommen war und wieder die richtige Uhrzeit eingestellt hatte.

Sie holte die Magnetkarte aus ihrem Rucksack und steckte sie in den Schlitz am Tor, das sich gleich darauf öffnete.

Sie hatte Heidi auf die strengen Sicherheitskontrollen angesprochen. »Fühlen sich die Frauen denn nicht wie im Gefängnis?«, wollte sie wissen.

»Frag sie ruhig. Aber es hat sich noch keine beschwert, im Gegenteil. Sie sind alle froh, endlich in Sicherheit zu sein.« Und dann hatte die Leiterin ihr erzählt, dass diese Vorkehrungen nötig geworden waren, nachdem einer der gewalttätigen Ehemänner herausgefunden hatte, wo seine Frau steckte, obwohl diese Adresse offiziell nicht weitergegeben werden durfte. Er war mit einem Messer bewaffnet auf dem Gelände aufgetaucht und hatte eine der Mitbewohnerinnen bedroht und dazu gezwungen, ihn zu seiner Frau zu bringen.

Atemlos hatte Valerie den Schilderungen gelauscht. »Und was geschah dann?«

»Wir haben den Tumult gehört und natürlich die Polizei gerufen. Den Frauen ist nichts passiert, bis auf ein paar Kratzer, doch der Schreck saß tief. Daraufhin haben wir die Sicherheitsvorschriften erhöht, damit so etwas nicht wieder passieren kann.«

»Und was war mit dem Mann, der eingedrungen ist?«, wollte Valerie wissen.

»Der wurde verhaftet und musste eine Haftstrafe verbüßen. Eine viel zu geringe, wenn du mich fragst. Der Jammer ist, dass immer erst wirklich etwas passieren muss, ehe das Gesetz greift. Da gehört dringend was geändert.«

Mit diesem Wissen verstand Valerie, weshalb ihr so eingeschärft worden war, gut auf die Schlüsselkarte aufzupassen und niemandem die Adresse des Frauenhauses zu verraten. Sie musste sogar, genau wie damals im LKA, eine Verschwiegenheitsklausel unterschreiben, aber das war okay. Saskia hatte sie nur ganz allgemein von ihrem Praktikum erzählt, Tante Mika hingegen schon mehr, aber die gehörte zu den Guten und kannte die Adresse und die Gepflogenheiten ohnehin.

Den Vormittag verbrachte Valerie damit, gemeinsam mit zwei Frauen Gemüsepflanzen in die Beete zu setzen.

Aga wohnte mit ihren Kindern erst seit ein paar Tagen hier und hatte immer noch Schmerzen von den Prellungen, die ihr von ihrem Mann zugefügt worden waren, aber die hielten sie nicht davon ab mitzuarbeiten. »Ich kann nicht nur sitzen und nichts tun«, sagte sie. Valerie verstand das. Wenn man nichts Sinnvolles zu tun hatte, verleitete das zum Grübeln, und Aga wollte nicht an die Gewalt denken, die sie über viele Jahre hinweg erlebt hatte. Sie würde sich noch früh genug damit auseinandersetzen müssen. Wahrscheinlich brauchten sie und auch die zwei Kinder eine Therapie, um mit den schlimmen Erfahrungen besser zurechtzukommen. Und falls es zu einer Verhandlung gegen ihren Mann kam, würde sie vor Gericht alles noch einmal durchkauen müssen, was zu einer Retraumatisierung (sie war stolz, diese Fachwörter von Bernd zu kennen) führen konnte.

Heidi hatte ihr eingeschärft, die Frauen nicht nach ihren Erlebnissen zu fragen. »Sie werden dir selbst davon erzählen, wenn sie das möchten.«

Valerie hielt sich daran. Überhaupt sprach sie wenig und hörte dafür mehr zu, beobachtete und lernte. Mehr als je zuvor wurde ihr bewusst, welch Glück sie in ihrem Leben bisher gehabt hatte und wie schmal manchmal die Grenze zwischen Glück und seinem Gegenteil verlief.

Valerie nahm von Aga eine Pflanze entgegen, die sie in die vorbereitete kleine Grube setzte. Dann häufte sie Erde um die Wurzeln und drückte sie fest. »Was wird das?«, fragte sie. Von Tante Mika kannte sie Tomaten- und Paprikapflänzchen, die hier sahen eher nach Melonen aus. Oder Gurken.

»Zucchini«, antwortete Claudia, die andere Frau in ihrem Dreierbund.

»Du machst das wie ein Profi. Was möchtest du mal werden? Gärtnerin?«, fragte Aga sie und reichte ihr den nächsten Setzling.

»Nein, ich kann mich nicht entscheiden. Das ist mein Problem«, antwortete Valerie und merkte, wie banal das selbst in ihren Ohren klang. Diese Frauen hier, die hatten echte Probleme, dagegen waren ihre Kinkerlitzchen.

»Maria möchte Pilotin werden. Sie sagt, dann kann sie immer ganz weit wegfliegen und ihren Bruder und mich mitnehmen.« Aga seufzte.

»Und Zoran?«, erkundigte sich Valerie nach Agas Sohn. Er hatte es ihr mit seiner ruhigen, ernsthaften Art sofort angetan. Als sie von Raphaela erfuhr, dass er sich seinem Vater entgegengestellt hatte, um seine Mutter und seine kleine Schwester zu schützen, flog ihm ihr Herz zu. Sie hatte versprochen, ihm ein paar Bücher mitzubringen, wenn sie wieder zu Hause war. Damit meinte sie ihr richtiges Zuhause, nicht bei Tante Mika. Vielleicht würde sie heute vorbeifahren, um vor der Klavierstunde noch ein wenig zu üben, auch wenn sie schon angekündigt hatte, diese Woche dafür keine Zeit zu haben.

»Hach, Zoran ist ein Träumer. Einer, der sich in eine Fantasiewelt denkt. Kein Wunder, nicht wahr? In unserer hat er nicht viel Schönes erlebt.«

»Vielleicht wird er mal ein berühmter Schriftsteller«, sagte Valerie lächelnd. Sie verstand diesen Jungen so gut, fast hatte sie das Gefühl, in ihm einen Seelenverwandten getroffen zu haben. Bei ihr war es die Musik, die sie in andere Welten versetzte. Nur dass es bei ihr keine Flucht, sondern jedes Mal eine Reise war. Ob Zoran schon mal die Gelegenheit gehabt hatte, ein Klavierstück zu hören? Sie hätte ihm gerne vorgespielt. Musik konnte heilen, das hatte sie selbst erlebt. Und ganz plötzlich wurde ihr klar, dass sie genau das wollte. Heilen, trösten, helfen, Freude bereiten. Und sie hatte die Möglichkeit dazu, indem sie Musik in die Herzen der Menschen trug. Als Pianistin. War es das, was Anna versucht hatte, ihr zu erklären?

»Ich glaube, ich weiß doch, was ich werden möchte«, sagte Valerie. Das warme Gefühl in ihrem Bauch breitete sich aus, erfüllte sie und gab ihr die Sicherheit, dass ihre Entscheidung richtig war.

KAPITEL 37

Michaela füllte die Kaffeemaschine, sobald sie im Büro war. Bald darauf kam Doris. Sie wirkte gelöst und fröhlich. »Offensichtlich war das Gespräch mit Clemens erfolgreich«, stellte Michaela fest.

Doris winkte ab. »Geht so, er will die Sache mit dem Sorgerecht noch einmal überdenken.«

»Ist ja schon was. Aber das kann kaum der Grund für deine gute Laune sein.«

Doris grinste nur.

Michaela füllte zwei Becher mit Kaffee und reichte einen ihrer Kollegin. »Sag schon.«

»Erinnerst du dich an den süßen Typen von der Kriminaltechnik?«

Michaela nickte. »Der, mit dem du die halbe Nacht verbracht hast.«

»Oliver heißt er und es war die ganze Nacht, um genau zu sein. Aber alles rein beruflich.«

»Okay, was ist mit diesem Oliver? Hat er dich dazu eingeladen, wieder ein Auto auseinanderzunehmen?«

»Nein, er hat mich eingeladen, mit ihm auszugehen.«

»Schön, ich freu mich für dich.«

»Ich habe abgelehnt«, sagte Doris.

»Aber wieso denn? Du fandest ihn doch süß!«

»Finde ich immer noch. Und ich habe es in Erwägung gezogen. Aber es ist zu früh. Ich muss erst mal mit mir ins Reine kommen, um mich auf was Neues einzulassen.«

Michaela verstand Doris sehr gut. Nachdem sie von Sascha sitzen gelassen worden war, hatte sie ein halbes Jahr gebraucht, um über ihn hinweg zu sein. Nein, wenn sie ehrlich war, hatte sie zu dem Zeitpunkt das erste Mal mit einem anderen Mann geschlafen – und dabei an Sascha gedacht. So viel zu »darüber hinweg sein«.

»Aber es schmeichelt dem Ego«, gab Doris zu und setzte sich an ihren Computer. »Ich bin übrigens nur auf einen einzigen Fall gestoßen, der irgendwie zu unseren beiden passen könnte.«

»Dann lass hören«, bat Michaela.

Doris war fünf Jahre zurückgegangen, um diesen Fall auszugraben. Ein rätselhafter Unfall eines sechzigjährigen Wanderers, der in den Bergen abgestürzt war, obwohl er die Strecke kannte und auch die Wetterverhältnisse optimal gewesen waren. Zunächst wurde als Todesursache Herzversagen angenommen, doch das gerichtsmedizinische Gutachten widersprach dieser Theorie. Der Mann war kerngesund und fit gewesen. Gestorben war er an den inneren Verletzungen, die er sich bei dem Sturz aus großer Höhe zugezogen hatte. Warum der Mann fiel, wurde nie herausgefunden. Selbstmord konnte ebenfalls ausgeschlossen werden.

»Ich denke nicht, dass wir damit weiterkommen«, sagte Michaela.

»Das war der einzige Fall, den ich finden konnte. Wenn du willst, gehe ich noch weiter zurück.«

»Nein, das macht keinen Sinn.«

»Oder ich muss die Parameter ändern«, dachte Doris laut nach.

Das Telefon enthob Michaela einer Antwort.

»Baltzer«, meldete sie sich.

»Bist du im Stress?«, drang Haralds Stimme an ihr Ohr.

»Irgendwie immer, aber für dich habe ich trotzdem Zeit.«

»Dann will ich dich nicht lange aufhalten. Wir haben die Untersuchungsergebnisse der Gewebeprobe fertig.«

Michaela richtete sich auf. »Soll ich runterkommen?«

»Nicht nötig, ich bringe den Ausdruck zur Besprechung mit, wollte es dir aber schon jetzt sagen. Bei dem Stoffstück handelt es sich um Leinen. Aber jetzt halt dich fest. Es war in Wachs getränkt.«

Das Bild von Wagenmüllers verbranntem Leichnam schob sich vor Michaelas Augen. Der Oberkörper war verkohlter als der übrige Körper, von dort hatte der Brand auf den Rest übergegriffen.

»Das Wachs diente als Brandbeschleuniger«, sagte sie, und schon der Gedanke ließ sie erschauern. Was für ein qualvoller Tod!

»Es gibt Kleidungsstücke, die mit Wachs imprägniert sind. Es könnte eine Jacke gewesen sein«, spekulierte Michaela. Sie selbst hatte sogar eine Barbour-Wachsjacke im Schrank, die sie sich vor Jahren gekauft hatte. Die Jacke hielt, was sie versprach, sie war wind- und wasserdicht, selbst bei starkem Regen. Allerdings trug Michaela sie nicht so gern, weil sie schwer und ein wenig steif war. Trotzdem, in Norwegen vor drei Jahren und Island erst letztes Jahr hatte sie ihr gute Dienste geleistet.

»Ich weiß, ich habe selbst so eine zum Motorradfahren«, sagte Harald. »Aber würdest du bei diesen Temperaturen so eine Jacke tragen?«

»Nein«, gab Michaela zu.

»Abgesehen davon entspricht die Zusammensetzung nicht den handelsüblichen Pflegeprodukten. Es scheinen eher Kerzenreste gewesen zu sein, die man geschmolzen hat, um damit den Stoff zu präparieren.«

In Michaelas Kopf blieben zwei Dinge haften. Zunächst die Erkenntnis, dass der Mörder wirklich nichts dem Zufall überlassen hatte. Sogar ein wachsgetränktes Kleidungsstück hatte er hergestellt, was sie zu der Frage führte, warum er nicht eines der fertigen Produkte oder einfach ein anderes brennbares Mittel verwendet hatte.

Der andere Gedanke hatte gar nichts mit dem Fall zu tun. Harald fuhr Motorrad?! Das hätte sie ihm nicht zugetraut. Sie hatte ihn auch noch nie auf einem Motorrad gesehen. Ihr wurde klar, dass sie Harald eigentlich gar nicht kannte, trotz der langen Zeit, die sie zusammenarbeiteten. Welche Überraschungen hatte er noch parat?

Doris deutete mit dem Finger auf ihre Armbanduhr. »Morgenbesprechung«, formten ihre Lippen.

Michaela nickte zum Zeichen, dass sie verstanden hatte. »Harald, wir müssen los. Bis gleich.«

Bernd saß bereits im Konferenzraum, als Michaela an der Seite von Doris hereinkam. Bernd konnte beobachten, wie Harald, der heute ebenfalls anwesend war, aufstand und Michaela lächelnd entgegenging. Sie erwiderte das

Lächeln, er strich ihr vertraulich über den Arm. Hoppla, was war zwischen den beiden passiert?

Dass Harald Michaela mochte, war kein Geheimnis. Bernd hatte das auf Anhieb gemerkt. Michaela hingegen war bisher darauf bedacht gewesen, eine gewisse Distanz zu wahren. Nicht so viel, dass es unhöflich gewirkt hätte. Ein anderer hätte es wahrscheinlich nicht einmal gemerkt, aber Bernd war auf Körpersprache geschult, es waren die kleinen Gesten, die ihm ganze Geschichten erzählten. So verstellen konnten sich Menschen gar nicht, um ihn zu täuschen. Deswegen wurde er auch gerne zu Verhören hinzugezogen. Er merkte schnell, wann ein Verdächtiger log oder etwas zu verbergen hatte.

Sie wich Haralds Berührung nicht aus, im Gegenteil, sie legte ihre Hand kurz auf seine. Bernd konnte den Anflug von Eifersucht nicht verhindern. Ihr Blick wanderte durch den Raum und blieb an ihm haften. Dann kam sie zu ihm herüber. »Hi, es gibt Neuigkeiten«, sagte sie und nahm neben ihm Platz. »Ich wollte dir gestern schon davon berichten, aber wir haben uns ja nicht gesehen.«

Er wollte eben erwidern, dass er beinahe den ganzen Tag unterwegs gewesen war, als Steurer den Raum betrat. »Guten Morgen, wir machen heute einen schnellen Durchgang, ich habe in einer Stunde einen Termin.«

Über Steurers Bauch spannte sich das blau karierte Hemd ein wenig, dafür trug er eine dunkelblaue Krawatte, ein Extra, auf das er normalerweise gern verzichtete.

»Das Wichtigste zuerst. Michaela, fang du an. Aber die Kurzfassung, bitte.«

»Wagenmüller?«, fragte Bernd nach, als sie nebeneinander die Treppe hoch zu den Büros nahmen.

Michaela blieb stehen. »Sag bloß, den kennst du auch.«

Er schüttelte langsam den Kopf. »Ich weiß nicht. Zumindest sein Name kommt mir bekannt vor.«

»Langsam wird mir das unheimlich«, murmelte sie und ging weiter. »Er ist Anwalt, vielleicht bist du ihm bei einer Verhandlung begegnet.«

»Das kann sein«, räumte Bernd ein. Er konnte sich unmöglich alle Anwälte merken, mit denen er zu tun gehabt hatte, zumal sein Namensgedächtnis miserabel war. Er würde später im Internet nach Fotos suchen, vielleicht erkannte er Wagenmüller anhand des Aussehens wieder.

»Und was sagst du zu dem wachsgetränkten Stoffstück, das Ferreira gefunden hat?«

»Es muss eine besondere Bedeutung für den Täter haben, so wie der Rest der Inszenierung.«

»Weißt du«, sagte Michaela, als sie ihr Stockwerk erreicht hatten, »ich habe das Gefühl, dem Täter noch keinen Schritt näher gekommen zu sein. Das ist echt frustrierend.«

»Kann ich verstehen, aber ich glaube, dass nicht mehr viel fehlt, wir müssen nur die losen Teile irgendwie miteinander verknüpfen, um das Bild dahinter zu erahnen.«

»Hast du nachher Zeit? Ich möchte gern mit dir alles noch einmal durchgehen, aber vorher muss ich ein paar Anrufe erledigen.«

»Früher Nachmittag«, bot er ihr an.

»Passt. Ach, und ich soll dich von Valerie grüßen. Sie hat heute ihren zweiten Tag im Frauenhaus.«

»Und wie gefällt es ihr?«

Michaela lächelte. »Offenbar sehr gut. Sie hatte so viel zu erzählen, dass sie mich kaum zu Wort kommen ließ.«

Nachdem Michaela in ihrem Büro verschwunden war, betrat auch Bernd sein Zimmer und setzte sich an den Schreibtisch. Er bewegte die Maus seines Computers, und auf dem Bildschirm erschien ein Hintergrundbild: der Grazer Uhrturm. Ein kleines Zugeständnis an seine Herkunft. Er hätte nicht gedacht, Graz einmal zu vermissen. Es gab wesentlich mehr negativ behaftete Erinnerungen als positive, doch vielleicht wurde es Zeit, sich der Vergangenheit zu stellen. Schön langsam gingen ihm die Entschuldigungen aus, warum er seine Eltern nicht besuchte.

Bernd tippte sein Passwort ein und öffnete den Internetbrowser. In das Suchfeld gab er Wagenmüller ein und klickte auf Bildersuche. Gleich der erste Treffer führte ihn auf die Homepage von Wagenmüllers Kanzlei. Auf dem Banner stand der Anwalt in einem luxuriös eingerichteten Büro vor dem Schreibtisch. Er hatte die Arme locker verschränkt und blickte zuversichtlich und vertrauenerweckend in die Kamera. An den Schläfen zeigten sich die ersten grauen Haare. Der Anzug war maßgeschneidert, er wirkte seriös und kompetent. Der Fotograf hatte sein Handwerk verstanden, um genau diesen Eindruck zu erwecken. Zweifelsohne war das Foto bearbeitet worden, doch Bernd erkannte den Mann sofort. Er war Wagenmüller mit Sicherheit begegnet. Besonders an dessen Arroganz und Menschenverachtung konnte er sich erinnern, nicht aber, um welchen Fall es sich gehandelt hatte. Doch sosehr Bernd sich auch den Kopf zermarterte, es wollte ihm einfach nicht einfallen.

Michaela hatte Ferstls und Wagenmüllers Tatortfotos auf der Tafel neu geordnet, während Doris sich bemühte, aus Haralds Analyse der wachsgetränkten Stoffprobe schlau zu werden.

Bei jedem neuen Fall gehörte das Aufhängen der Fotos zu einer der allerersten Aufgaben. Wenn Michaela den Namen kannte, schrieb sie diesen dazu. Auf gelben Karten, etwa halb so groß wie ein kleines Schulheft, standen die ermittlungsrelevanten Ergebnisse: Spuren, die sie gefunden hatten, oder Orte, an denen die Opfer das letzte Mal gesehen worden waren... Außerdem – und das war eine Marotte von ihr – versah sie hellblaue Kärtchen mit Schlagwörtern, die ihren oder den Gedanken ihrer Kollegen entsprangen, und pinnte sie dazu. Auf einem der Zettel stand jetzt zum Beispiel »Fiesling«, auf einem anderen »reicher Schnösel«. Diese beiden Zettel befanden sich nun in der Mitte der Tafel und verbanden Ferstls Fall auf der rechten mit Wagenmüllers auf der linken Seite.

Michaela trat zurück und betrachtete das Gesamtbild. Irgendwo hoffte sie die entscheidenden Hinweise zu finden. Bernd hatte recht, sie hatten viele Spuren gesammelt, die Tafel war vollgepackt mit Kärtchen, Fotos, Zeitdiagrammen. Es gab einige Unterschiede wie den Tathergang und den Tatort, doch es gab auch etliche Gemeinsamkeiten. Das Midazolam! Verdammt, sie hatte das ganz aus den Augen verloren. Laut Ferreira wurde es für Kurznarkosen bei kleinen operativen Eingriffen verwendet – oder zur Einleitung einer längeren Narkotisierung. Weiter hatte er gesagt, es würde ausschließlich in Arztpraxen oder Krankenhäusern verwendet. Michaela glaubte ja, dass man heutzutage beinahe alles übers Internet bekam, wenn man wusste, wie, und bereit war, tief in die Tasche zu greifen. Trotzdem wollte sie es nicht unversucht lassen nachzufragen, ob jemand ein Fehlen des Medikaments aufgefallen war. Schließlich wurde in der Regel genau aufgezeichnet, wer wie viel von welchem Mittel verabreichte. Im Moment war das die vielversprechendste Spur von allen.

Sie telefonierte noch einmal mit Ferreira, um sich weitere Informationen über Midazolam geben zu lassen.

Der war im Stress, nahm sich aber trotzdem die Zeit, um ihr zu erklären, dass Midazolam sich besonders durch den schnellen Eintritt der Wirkung auszeichnete. »Innerhalb von ein bis zwei Minuten ist man ausgeknockt. Die Sedierung hält etwa dreißig bis vierzig Minuten an. Es ist stark krampflösend und wird deshalb unter anderem bei epileptischen Anfällen verabreicht. Normalerweise spritzt man es intravenös, allerdings erscheint es mir bei diesen Fällen unwahrscheinlich. Die Opfer hätten stillhalten müssen. Deshalb ist eine intramuskuläre Gabe naheliegend.«

»Macht das denn einen Unterschied?«, fragte Michaela nach.

»In den Muskel gespritzt braucht man eine höhere Dosis und es dauert ein wenig länger, bis das Mittel wirkt, aber dafür muss man einfach die Injektionsnadel irgendwo reinstechen und den Kolben runterdrücken, fertig.«

Ferreiras Ausführung klang für Michaela plausibel. Sie bedankte sich bei ihm und setzte danach eine Rundmail auf, die sie an die Spitäler, Ambulanzen und an alle weiteren relevanten Stellen schickte. In diesem Schreiben ersuchte sie, die Midazolambestände zu überprüfen und ihr zu melden, falls Ungereimtheiten entdeckt wurden. Gleichzeitig bat sie nachzuprüfen, ob Ferstl oder Wagenmüller sich in den letzten drei Wochen einem chirurgischen Eingriff oder einer Untersuchung, die eine Sedierung notwendig machte, unterzogen hatten. Sie schloss diese Möglichkeit zwar nahezu aus, aber wo sie eh schon dabei war, alle ärztlichen Einrichtungen zu kontaktieren, war das kein zusätzlicher Aufwand.

Nachdem sie die Mails abgeschickt hatte, lehnte sie sich auf ihrem Stuhl zurück und streckte ihren Rücken. Sie hatte das Gefühl, endlich einen Schritt in die richtige Richtung getan zu haben.

Ein paar Minuten nach drei kam Bernd. Er streckte den Kopf zur Tür herein, und über Michaelas Gesicht huschte ein Lächeln. »Komm rein! Ich habe die Fotos neu sortiert, ich bin gespannt, was du dazu sagst.«

»Und ich brauche einen Kaffee. Sonst noch wer?«, fragte Doris.

Beide riefen gleichzeitig: »Ich!«

»Mit unserem Verbrauch an Kaffeepulver käme eine normale Familie einen ganzen Monat aus«, sagte Michaela.

»Ich glaube, Ärzte sind da noch schlimmer«, gab Bernd zurück, trat an die Fotowand und betrachtete sie eingehend.

Michaela stellte sich neben ihn. Die Härchen auf ihren Armen stellten sich auf, als wären sie elektrisch, trotzdem rückte sie nicht von ihm ab.

»Die Verbindungselemente sind offensichtlich. Fiesling?«, sagte er und deutete schmunzelnd auf die hellblaue Karte.

»Sie waren ja beide keine angenehmen Zeitgenossen«, gab Michaela als Erklärung zurück.

»Ich glaube nicht, dass ihr Vermögen eine große Rolle

spielt«, meinte Bernd in Anspielung auf Michaelas Notiz »reicher Schnösel«.

»Vielleicht schon«, beharrte Michaela. »Ich denke, im Moment können wir noch gar nichts außer Acht lassen.«

»Es deutet aber nichts auf ein Motiv hin, das mit Geld zusammenhängt. In Ferstls Auto lag sogar sein Portemonnaie mit einer Menge Bargeld darin.«

»Und bei Wagenmüller haben wir gar nichts gefunden.«

»Womöglich ist es mit verbrannt«, spekulierte Bernd.

Doris kam mit zwei dampfenden Bechern herüber und reichte jedem von ihnen einen. Michaela sog den Duft des Kaffees ein, Dampf legte sich wie eine warme Hülle auf ihr Gesicht.

»Wie ist er überhaupt dorthin gekommen?«, fragte Doris, die sich zu ihnen gesellt hatte und ihre eigene Tasse mit beiden Händen umfasst hielt.

»Das ist eine gute Frage«, gab Michaela zu. Ihr war der Gedanke bisher gar nicht gekommen, dabei war er naheliegend. Ein Anwalt, noch dazu einer, der fünfstellige Beträge im Jahr scheffelte, fuhr sicher nicht mit der U-Bahn nach Simmering und nahm einen Fußmarsch von mindestens fünfzehn Minuten in Kauf.

»Ich überprüfe, ob ein Auto auf ihn zugelassen ist«, bot Doris an und setzte sich gleich an den Computer.

Innerhalb von Minuten hatten sie eine Antwort. Wagenmüller besaß tatsächlich kein Auto. Er hatte nicht einmal einen Führerschein gehabt.

»Und was jetzt?«, fragte Doris von ihrem Platz aus.

»Ich glaube nicht, dass er öffentlich rausgefahren ist. Dann schon eher mit dem Taxi.«

»Dann frage ich mal bei den Taxiunternehmen nach«,

sagte Doris und griff nach der aktuellen Ausgabe des Telefonbuchs mit dem Branchenverzeichnis. Man konnte für die digitale Welt und die Möglichkeiten, die sich mit ihr erschlossen, noch so viel Begeisterung aufbringen, ab und zu war die altmodische Art doch effektiver.

»Weißt du denn schon, ob die beiden tatsächlich miteinander zu tun hatten?«, fragte Bernd sie. Immer noch hielt er seinen Becher in der Hand, ohne daraus getrunken zu haben.

»Das ist anzunehmen, aber mit Sicherheit werden wir es erst erfahren, wenn wir uns seine Akten durchsehen. Ich hoffe, die Bewilligung kommt bald.«

»Übrigens bin ich Wagenmüller tatsächlich mal begegnet. Ich weiß bloß noch nicht, wo. Muss irgendwann bei einer Anhörung oder Verhandlung gewesen sein.«

Michaela hätte sich beinahe an ihrem Kaffee verschluckt. »Das ist jetzt ein Scherz, oder?«

Langsam schüttelte Bernd den Kopf. »Leider nein. Ich sehe mir nachher sämtliche Akten durch, bei denen ich als Gutachter aussagen musste.«

In Michaelas Magen rumorte es, und ihre Narbe machte sich ebenfalls bemerkbar. Sie ging zu ihrem Schreibtisch, nahm eine der blauen Karten und schrieb Bernds Namen darauf. Dann ging sie zurück und heftete sie zwischen Ferstl und Wagenmüller. Noch eine Gemeinsamkeit. Die Liste wurde länger und länger.

»Findest du das jetzt nicht übertrieben?«, fragte Bernd ein wenig peinlich berührt.

»Nein«, gab Michaela ernst zurück. »Zwei Männer sind tot. Und du kanntest beide. Ich hatte schon mal gesagt, dass wir im Moment nichts außer Acht lassen dürfen.«

Bernds Kiefer mahlten, sein linkes Auge begann zu zucken. Das passierte ihm öfter, wenn er nervös oder angespannt war. Abrupt stellte er seinen halb vollen Becher auf Michaelas Schreibtisch. »Ich muss gehen, in einer halben Stunde hab ich eine Therapiesitzung.«

Dann verließ er ohne ein weiteres Wort Michaelas Büro, während sie ihm nachstarrte, auch noch, als er die Tür bereits hinter sich zugezogen hatte.

»Was ist denn plötzlich in den gefahren?«, wunderte sich Doris.

Endlich konnte Michaela ihren Blick von der Tür reißen. »Ich glaube, irgendwie hat sein Job ihn gerade eingeholt«, gab Michaela zur Antwort. Zumindest hoffte sie, dass es nur Bernds Arbeit als Psychologe war, die ihn mit diesen beiden Toten in Verbindung brachte. An eine andere Erklärung wollte sie gar nicht erst denken. Und gerade deshalb war es ihr unmöglich, es nicht zu tun.

Als Bernd klar geworden war, dass er nicht nur das erste, sondern auch das zweite Opfer getroffen hatte – gekannt war da wohl zu viel gesagt –, hatte ihn ein mulmiges Gefühl beschlichen. Er hatte sogar kurz darüber nachgedacht, es Michaela gegenüber gar nicht zu erwähnen, doch womöglich hätte es die Ermittlungen behindert, nur deshalb hatte er es ihr vorhin gesagt. Dass sie daraus gleich so ein Drama machen würde, damit hatte er nicht gerechnet. Es konnte sich bloß um einen Zufall handeln, versuchte er seine innere Aufruhr zu verdrängen. Er kramte in seinem Gedächtnis nach Wagenmüllers Bild. Klient war der mit Sicherheit nie von Bernd gewesen. Daran hätte er sich bestimmt erinnern können. Er vergaß nie einen seiner Patienten. Blieb nur noch eine Begegnung vor Gericht. Bei seiner Tätigkeit als Kriminalpsychologe und als Therapeut verbrachte Bernd viel Zeit in Gerichtssälen, mitunter zweimal pro Woche. Und Wagenmüller war Anwalt gewesen. Was lag also näher, als dass es sich um ein zufälliges Zusammentreffen gehandelt hatte.

Bernd hatte Michaela angelogen. Der Termin war nicht in einer halben Stunde, sondern erst in einer.

Er zog die Lade des Aktenschrankes auf, in dem er sämtliche Protokolle von den Verhandlungen aufbewahrte, an denen er teilgenommen hatte, seit er für das LKA arbeitete. Zu Hause besaß er annähernd noch einmal so viele von Fällen, zu denen er als externer, freier Gutachter hinzugezogen worden war. Irgendwo zwischen all den Papierbergen war die Antwort verborgen, das wusste er.

Er atmete tief ein und nahm den ersten Ordner zur Hand. In einer Stunde würde er die ersten fünf bestimmt schaffen. Und vielleicht hatte er Glück und Wagenmüllers Name tauchte nicht erst in dem hundertfünfzigsten Akt auf.

KAPITEL 38

»Kannst du das erledigen?«, fragte die Kollegin, von der sie den Dienst übernahm. Sie mochte Nachtschichten. Natürlich waren die weniger hektisch und um einiges stressfreier, aber das war nicht der Grund, warum sie lieber nachts ihre Dienste versah.

Sie überflog den Ausdruck der Mail, den ihre Kollegin ihr in die Hand gedrückt hatte, und für einen Moment begann sich alles um sie zu drehen.

»Sonst kümmere ich mich morgen darum. Oder eben jemand anders.«

»Nein, nein. Ich mach das«, gab sie zurück und zwang sich zu einem Lächeln. »Vorausgesetzt, es ist nicht viel los«, setzte sie hinzu.

»Ich wünsche es dir. Mein letzter Nachtdienst war die Hölle, ich bin nicht einmal dazu gekommen, einen Kaffee zu trinken...« Den Rest der Schilderungen ihrer Kollegin blendete sie aus. Sie hatte es so satt, so zu tun als ob. Zu tun, als würde sie das Gejammer ernst nehmen. Als ob es keine anderen, wichtigeren, größeren Probleme gab. Das war der wahre Grund, warum sie lieber in der Nacht arbeitete: Weil sie da nicht von Mitarbeiterinnen vollgequatscht wurde, die nur Belangloses zu sagen hatten. Da beschwerten sie sich ständig, wie hart der Job war, wie anstrengend. Dabei stand es doch jedem frei, zu gehen oder etwas anderes zu machen. Nasen wurden gerümpft, und es wurde über andere Menschen hergezogen, bestimmt auch über sie, wenn sie gerade nicht dabei war. Grundsätzlich traf es immer die Abwesenden. Als ob nicht jeder Einzelne von ihnen Dreck am Stecken gehabt hätte. Jule, eine der schlimmsten Tratschtanten, betrog ihren Mann. Sie hatte zufällig mal ein Telefongespräch auf der Toilette mit angehört, bei dem es heiß hergegangen war. Oder Carol, die Unnahbare. An der schien alles abzuprallen, sie war tüchtig, aber ohne Empathie. Allerdings war sie medikamentenabhängig. Mindestens die halbe Belegschaft wusste davon. Keiner sagte etwas. Solange es sich nicht auf die Arbeit auswirkt...

Sie hielt sich aus allem raus, galt als Sonderling, doch das störte sie nicht.

»Okay, dann geh ich mal. Einen ruhigen Dienst«, sagte ihre Arbeitskollegin.

Ja, geh!, schrie es in ihr. *Geh!*

Am liebsten hätte sie der Kollegin die Worte entgegengeschleudert, es wäre befreiend gewesen, stattdessen antwortete sie: »Einen schönen Abend.« Den Schein wahren, darauf kam es an. Immer.

Sie stellte sich an das Fenster und blickte hinaus auf den rotgoldenen Himmel. Auch das mochte sie an den Nachtschichten. Die Sonnenuntergänge. Und dass sie sah, wie die Sonne am nächsten Morgen wieder aufging und so eine Brücke vom Tagesende zum Morgen schuf, in einem ewigen Kreislauf.

Es hatte eine Zeit gegeben, da hatte sie nicht daran geglaubt, den nächsten Tag zu überstehen. Sie war voller Schmerz gewesen, äußerlich wie innerlich. Nur das Verlangen, den Sonnenaufgang zu sehen, hatte sie am Leben festhalten lassen.

Sie sprach ein kurzes Gebet und dankte Gott dafür, dass sie heute Dienst hatte und sich um die Anfrage, die hereingekommen war, kümmern konnte. Manch einer hätte das als glücklichen Zufall abgetan, doch sie wusste, dass es so etwas wie Zufall nicht gab. Er schickte Zeichen, lenkte das Schicksal und sorgte dafür, dass sich die Bestimmung jedes Einzelnen erfüllte.

Ein Summen kündigte Arbeit für sie an. Sie wandte sich vom Fenster ab und atmete tief durch. Die andere Aufgabe musste warten.

Bernd hatte sich nicht mehr gemeldet, seit er so schnell aus dem Büro verschwunden war. An Michaela nagte das schlechte Gewissen, aber was zum Teufel hatte er sich erwartet? Dass sie die offensichtliche Verbindung zwischen ihm und den beiden Opfern ignorieren würde? Vielleicht stellte es sich als Zufall oder als irrelevant heraus. Sie hoffte es. Sie hoffte es sehr, denn in ihrem Inneren erwachte ein Angstvogel mit einem leichten Flattern. Er war noch nicht ausgewachsen und weit entfernt, sich in Panik zu verwandeln, mehr ein diffuses Gefühl der Sorge. Nicht, weil Bernd etwas mit den Morden zu tun haben könnte. Er war ja nicht einmal in der Stadt gewesen, als sie Ferstl gefunden hatten ... wobei zum Zeitpunkt des Mordes ... Hör auf damit, befahl sie sich. Es war lächerlich, Bernd auch nur ansatzweise zu verdächtigen. Doch es wäre nicht das erste Mal, dass sie sich in jemandem täuschte. Sie erlaubte sich, die Gedanken weiterzuführen, nur damit sie beruhigt sein konnte. Am Tag von Ferstls Ermordung, rechnete sie nach, waren sie gemeinsam vor dem Abendessen laufen gewesen. Danach hatten sie sich nicht mehr gesehen. Er hätte genug Zeit gehabt, um in die Gartensiedlung zu fahren.

Aber als Harald sie wegen der abgebrannten Werkstatt anrief, war Bernd bei ihr gewesen. Und vorher? Sie und Doris waren den ganzen Tag unterwegs und hatten ihn nicht gesehen.

Sie kam sich schäbig vor, aber es half nichts. Sie brauchte von ihm ein Alibi für die beiden Morde. Von ihrem Freund und Vertrauten. Sie hoffte, er wäre beides auch noch nachher.

Sie arbeitete bis sieben und fuhr dann nach Hause. Valerie hatte sich bis jetzt nicht gemeldet, und sie traute sich nicht, ihr Handy irgendwo abzulegen, um ja den Anruf ihrer Nichte nicht zu verpassen.

Sie versuchte sich mit Hausarbeit abzulenken, doch viel gab es nicht für sie zu tun. Valeries Abwesenheit machte sich auch hier bemerkbar. Keine Brösel im Wohnzimmer, keine liegen gebliebenen Handtücher am Boden des Bades... sie hätte nicht gedacht, dass man diese Dinge vermissen konnte.

Endlich, nachdem sie es sich frisch geduscht in ihrem Pyjama auf dem Sofa gemütlich gemacht hatte, klingelte das Telefon. »Kleines, wie geht's dir denn?«, fragte sie ihre Nichte und staunte selbst, wie erleichtert und froh ihre Stimme klang. Sie würde wohl nie mehr aufhören können, sich Sorgen zu machen.

»Super, danke«, antwortete Valerie und begann dann von ihrem Tag zu erzählen. »Und hast du irgendwelche Fortschritte gemacht?«, fragte Valerie, nachdem sie ihren Bericht beendet hatte.

»Oh, sogar eine Menge.« Michaela fasste die wesentlichen Neuigkeiten zusammen, ohne Bernds Namen zu erwähnen. Valerie und er hatten ein besonderes Verhältnis, sie würde sich vollkommen unnötige Gedanken machen.

»Wow, da seid ihr ja wirklich weitergekommen. Hoffentlich findet ihr den Mörder, bevor wir nach Lesotho fliegen.« Sorge schwang in Valeries Satz mit.

»Wir fliegen. Egal, ob wir ihn bis dahin verhaftet haben oder nicht. Es gibt schließlich auch noch andere Ermittler im LKA«, betonte Michaela.

»Schon, aber keinen so guten. Ich habe heute übrigens Anna gesagt, dass ich mich zur Aufnahmeprüfung für das Konservatorium anmelden werde.«

»Das ist großartig!«, rief Michaela aus.

»Aber wenn ich die Prüfung nicht schaffe, gehe ich zur Kripo.«

Das konnte Michaelas Erleichterung nicht schmälern. Es stand ganz außer Zweifel, dass Valerie die Aufnahmeprüfung bestehen würde.

Warum sich Valerie nun doch dazu entschlossen hatte, dem Konservatorium den Vorzug zu geben, erzählte sie nicht, und Michaela drängte sie nicht dazu, nachdem sie ihren Fragen auswich und nur sagte, sie hätte erkannt, wie wichtig die Musik ihr sei.

Als Michaela schließlich im Bett lag und die Augen schloss, sah sie sich im Publikum sitzen, erste Reihe, neben ihr Thomas und Angelika. Auf der Bühne stand Valerie neben einem weißen Flügel und verbeugte sich tief vor den Konzertbesuchern. Jemand überreichte ihr einen Strauß Blumen, und sie sah glücklich aus. So stellte sie sich die Zukunft ihrer Nichte vor. Und nicht als Polizistin, wo sie ständig Angst haben musste, dass Valerie bei einem Einsatz verletzt oder gar getötet wurde.

Selbst am nächsten Morgen fühlte sich Michaela beschwingt. Der Gedanke, dass Valerie am Abend wieder da sein würde, wenn auch nur für eine Nacht, ehe sie gleich wieder auf Klassenfahrt fuhr, hob ihre Laune. Sie würde früher von der Arbeit heimgehen, nahm sie sich vor. Valerie und sie konnten vielleicht noch etwas zusammen unternehmen, nichts Großes. Und wenn es nur ein paar Runden im Park waren, die sie drehten, oder eine frühe Abendvorstellung im Kino. Da hätte Valerie vorher genug Zeit, um ihre Sachen zu packen. Ganz egal, wozu Valerie Lust hatte, sie würde sich nach ihr richten. Und vielleicht erfuhr sie ja dann, was Valeries Sinneswandel ausgelöst hatte.

Auch heute war Michaela früher im Büro, aber offensichtlich nicht so früh wie Harald, der ihr einen Zettel auf dem Schreibtisch hinterlassen hatte. Oder war er gestern noch länger geblieben? *Komm runter in die Forensik, ich muss dir etwas zeigen, Harald.*

Verwundert legte Michaela ihre Tasche ab und machte sich auf den Weg ins Labor.

Harald stand mit dem Rücken zur Tür und beugte sich über irgendeine Probe. Neugierig kam sie näher. Er blickte auf, als sie neben ihm stand, und ein erfreutes Lächeln huschte über sein Gesicht. »Du hast meine Nachricht gelesen.«

»Ja. Aber warum hast du nicht einfach angerufen? Das wäre viel unkomplizierter gewesen.«

»Weil ich nicht wollte, dass du dich dann abhetzt«, antwortete er schlicht.

Michaela ließ die Luft langsam aus ihren Lungen entweichen. »Warum tust du das?«, fragte sie.

Er sah sie verständnislos an. »Was meinst du?«

Aufgebracht warf sie die Arme in die Luft. »Mich bemuttern, mich schonen, auf mich falsche Rücksicht nehmen, mich nicht anrufen, als ob ich nicht selbst entscheiden kann, ob ich auf das Frühstück verzichte!«

Er richtete sich auf und steckte beide Hände in seine Kitteltaschen. Sie konnte ihm anmerken, dass ihre Worte ihn verletzt hatten. Die gute Laune, die sie vorhin noch verspürt hatte, war verflogen, stattdessen wallte Ärger in ihr hoch. »Nur weil ich mit dir aus war und weil wir uns geküsst haben, heißt das noch lange nicht, dass du ab sofort mein Leben bestimmen darfst«, setzte sie hinzu, senkte aber ihre Stimme, weil die anderen Mitarbeiter schon zu ihnen herüberstarrten.

Harald kniff die Lippen zusammen. »Dann hatte dieser Kuss also nichts zu bedeuten?«, fragte er schließlich.

»Er war ein verdammter Fehler. Sagst du mir jetzt bitte, warum ich hier bin, oder wolltest du mich bloß sehen?«

Er wandte sich ab, und Michaela taten ihre harten Worte schon leid. Genau das alles hatte sie zu vermeiden versucht: dieses komplizierte Beziehungschaos, bei dem immer einer der Schwächere war, und wo es bei jeder Meinungsverschiedenheit einen gab, der verletzt wurde. Sie legte versöhnlich eine Hand auf Haralds Arm. »Es tut mir leid, das ist mir so rausgerutscht.«

Er schüttelte ihre Hand ab. »Den Umweg hätten wir uns sparen können. Du hättest mir gleich sagen sollen, dass du kein Interesse an mir hast.« Dann griff er zu einem weißen Porzellanschälchen, darin befand sich Asche und etwas, das nach Fasern aussah. »Das hier stammt aus der Werkstatt, genau genommen haben wir das vom verbrannten Stuhl abgekratzt.«

Michaelas Neugier war entfacht. »Was ist das?«

»Fasern von einem Seil. Ich wette, dass Wagenmüller damit gefesselt war. Und ehe du fragst: Nein, es ist nicht identisch mit dem vom ersten Tatort. Andere Zusammensetzung, andere Marke.«

»Findest du für mich heraus, welche?«

»Natürlich, das ist schließlich mein Job«, gab er zurück.

Na toll, jetzt hatte sie einen Nicht-einmal-Ex-Lover, der den Beleidigten spielte.

»Gut, dann gib mir Bescheid, sobald du was weißt«, sagte sie und wandte sich zum Gehen. Sie hatte jetzt weder die Zeit noch die Nerven und schon gar keine

Lust, sich mit privaten Konflikten auseinanderzusetzen. Schließlich hatte sie zwei Morde aufzuklären, das war kraftraubend genug.

Als sie wieder in ihr Büro kam, saß Doris bereits an ihrem Schreibtisch. »Guten Morgen, welche Laus ist dir denn über die Leber gelaufen?«, fragte sie direkt, wie sie eben war.

Michaela seufzte. »Männer. Kaum lässt man einen nahe genug an sich ran, wähnt er sich als Ritter.«

Doris blickte sie verständnislos an und wartete auf eine Erklärung, und als keine kam, begann sie zu spekulieren. »Jemand, den ich kenne?«

Michaela hatte nicht vor, ihr zu antworten. »Können wir die privaten Geschichten sein lassen und uns auf unsere Arbeit konzentrieren?«

Doris schnaufte. »Spaßverderberin. Ich krieg es schon noch raus.« Sie wandte sich ihrem Computer zu, und bald darauf war nur mehr das Klicken der Tastatur zu hören.

KAPITEL 39

»Ist es Bernd?«, fragte Doris unvermittelt, als sie nebeneinander nach der Morgenbesprechung die Treppe wieder hoch zu ihrem Zimmer gingen.

»Wie kommst du darauf?«

»Na ja, so wie er gestern reagiert hat...« Den Rest des Satzes ließ sie in der Schwebe.

»Bernd und ich sind bloß zufällig Nachbarn, mehr nicht«, betonte Michaela.

»Wer's glaubt«, meinte Doris kryptisch.

»Was meinst du damit?«, fragte sie nach, doch ihre Kollegin zuckte nur vage die Schultern.

So gut der Tag angefangen hatte, so zäh gestaltete er sich nun. Nichts lief so wie erhofft. Harald rief nicht an, wahrscheinlich ließ er sich nach ihrem Streit in der Früh absichtlich Zeit. Bernd hatte sie nur bei der Morgenbesprechung kurz gesehen und ihn um ein Gespräch gebeten, aber er hatte seltsam reserviert gewirkt und gemeint, er wäre leider den ganzen Tag beschäftigt. Bloß hatte es sich nicht angehört, als würde es ihm wirklich leidtun, vielmehr hatte Michaela den Eindruck, dass er ihr auswich – wieder einmal. Und dieses Mal bildete sie es sich nicht ein.

Die Protokolle der Befragungen von Ferstls Kunden trudelten ein. Weil Michaela dafür nicht auch noch Kapazitäten hatte aufbringen können, hatte sie ein Team von Kollegen losgeschickt. Am Ende gab es bloß einen Kunden, der kein Alibi vorweisen konnte. Michaela würde ihn mit in ihre Ermittlungen einbeziehen, allerdings glaubte sie nicht mehr daran, dass Ferstl von einem der geprellten Kunden getötet worden war, auch wenn sie »Geld« als mögliches Motiv auf die Tafel geschrieben hatte.

Und die Krönung des ohnehin schon miesen Tages war die Ablehnung des Richters, Einsicht in Wagenmüllers Akten zu erhalten.

»Verdammte Scheißbürokratie«, fluchte sie, um ihren Frust abzulassen.

Überrascht blickte Doris von ihrer Arbeit auf. »Was ist passiert?«

»Wir dürfen Wagenmüllers Akten nicht haben.« Sie hätte am liebsten geheult.

»Mit welcher Begründung?« Auch Doris war fassungslos.

»... aufgrund des Daten- und Persönlichkeitsschutzes ist dem Antrag nicht stattzugeben«, las sie die relevanten Stellen vor.

»Mist! Und wenn du Steurer fragst? Soll er doch seine Beziehungen spielen lassen.«

»Genau das mach ich jetzt auch. Egal, wie er es anstellt, ich brauche diese Akten. Und zwar dringend.«

Sie rauschte aus dem Zimmer und nahm gleich zwei Stufen auf einmal hinunter, klopfte kurz an Steurers Bürotür und trat ein, ohne auf sein »Herein« zu warten.

»Michaela, was führt dich ...?«

»Das.« Sie knallte ihm das Papier auf den Tisch.

Er nahm es hoch und überflog es. »Tja, Richter Haubrecht. Ist keine große Überraschung für mich.«

»Für mich allerdings schon, wenn ich in meiner Arbeit auf solche Art und Weise behindert werde. Was glaubt er, was wir mit den Unterlagen machen?«

Steurer legte den Bescheid beiseite und blickte sie an. »Ist es sehr weit hergeholt, dass es weitere Opfer geben könnte?«

»Nun, es sieht nicht nach einem Serienmord aus ...«, begann sie, stockte aber, als ihr dämmerte, welche Brücke Steurer ihr da gerade baute. Sie straffte die Schultern. »Nein, das erscheint mir durchaus möglich.«

Er nickte. »Und die Herausgabe dieser Akten würde helfen, den nächsten Mord zu verhindern, nehme ich an.«

»Eine Garantie dafür gibt es natürlich nicht. Aber die Unterlagen würden uns in den Ermittlungen einen wesentlichen Schritt vorwärtsbringen, wenn nicht sogar einen Durchbruch ermöglichen.«

»Gut, mit dieser Begründung kann ich gegen Haubrechts Entscheidung Einspruch erheben.«

»Danke«, sagte sie erleichtert.

Als sie sein Büro verließ, fühlte sie sich ein wenig besser. Steurer war wirklich schwer in Ordnung.

»Harald«, sagte Doris, als Michaela eintrat.

»Doris, lass es einfach.«

»Es muss Harald sein«, beharrte ihre Kollegin. »Du verbringst ständig Zeit in der Forensik. Und erst gestern bei der Besprechung, da hätte er dich am liebsten vernascht. Und du...«, sie machte eine Pause, »...du hast nicht so gewirkt, als wenn es dich gestört hätte. Was ist also passiert? Streit zwischen Liebenden?«

Michaela gab sich einen Ruck. Doris würde ja doch keine Ruhe geben und sie weiternerven. »Also gut, du hast recht. Wir waren aus, ich habe ihn geküsst, seither glaubt er, er wäre meine Mami und müsste mich von allem fernhalten, was nur im Entferntesten belastend sein könnte, was ich mir nicht bieten lasse. Ende der Geschichte.«

Doris lehnte sich mit offenem Mund zurück. »Wow«, entfuhr es ihr, dann fragte sie nach: »Und wie war der Kuss?«

Michaela seufzte. Wie es aussah, war es doch keine gute Idee gewesen, ihrer Kollegin davon zu erzählen. Jetzt wollte die auch noch Details, Michaela hätte damit rechnen müssen. Aber weil sie nun schon mal davon angefangen hatte... und Doris nicht aufhörte, sie unverwandt mit diesem neugierigen, erwartungsvollen Blick anzustarren, sagte sie: »Gut. Nicht spektakulär, aber gut. Irgendwie.«

Doris lachte. »Michaela, du wirst tatsächlich rot. Wie süß!« Dann wurde sie wieder ernst. »Ich kann zwar nicht mit der gleichen Lebenserfahrung aufwarten, und was Beziehungen angeht, traue ich im Moment nicht mal meiner eigenen Wahrnehmung von Richtig oder Falsch. Sonst hätte ich ja merken müssen, dass meine Ehe am Ende ist. Aber wenn du jemanden küsst und es war nur ›gut‹, dann lohnt sich der ganze Rest auch nicht.«

Michaela hielt sich an ihr Vorhaben und beendete pünktlich um vier die Arbeit, um vor Valerie daheim zu sein. Als sie Bernds Auto vor der Tür stehen sah, beschloss sie kurzerhand, bei ihm anzuläuten. Sie musste mit ihm sprechen, und wenn er sich dazu im Kriminalamt nicht bereit erklärte, dann eben in seinen vier Wänden.

Er brauchte nur einen Augenblick, um die Tür zu öffnen. »Sie sind spät dran …«, begann er, stockte dann aber. Offensichtlich hatte er jemand anderen erwartet.

»Oh, Michaela, das passt mir gerade gar nicht, ich warte auf eine Patientin.«

Sie drängte sich einfach an ihm vorbei. »Keine Sorge, sobald die kommt, bin ich wieder weg. Es dauert nicht lange.«

Bernd bat sie nicht herein, sondern blieb in der Diele stehen, verschränkte die Arme vor der Brust und sagte: »Also gut. Was willst du?«

Michaela reckte das Kinn vor. »Es tut mir leid, aber ich muss dich das fragen: Wo warst du die beiden Tage vor Valeries Konzert?«

»Spinnst du jetzt?«

»Antworte mir bitte.«

»Einen Teufel werde ich tun«, rief er aufgebracht und

riss die Tür auf. »Geh. Wenn du mich verdächtigst, dann nimm mich fest oder lade mich vor, wie jeden anderen. Ich habe hierzu nichts weiter zu sagen.«

Michaela wusste nicht, wie sie reagieren sollte. So aufgebracht hatte sie Bernd noch nie erlebt. Sie trat den Rückzug an. Als er die Tür hinter ihr schließen wollte, drückte sie mit der Hand dagegen und hielt ihn auf. »Du weißt, dass ich das nicht tun werde«, sagte sie leise.

»Nein, ehrlich gesagt, bin ich mir da nicht sicher«, gab er zurück.

»Gerade du solltest verstehen, dass ich nur meine Arbeit mache.«

»Und gerade du müsstest mich besser kennen«, gab er zurück, und seine Stimme klang traurig dabei.

Michaela atmete auf, als sie ihr eigenes Reich betrat. Während sie darauf wartete, bis endlich Valerie kam, versuchte sie mit Fernsehen auf andere Gedanken zu kommen, doch es gelang ihr nicht. Ständig dachte sie darüber nach, was Bernd mit seinen letzten Worten gemeint hatte. Gegen das Karussell in ihrem Kopf half auch die flache Comedy-Sendung nicht. Gerade sie müsste es am besten wissen, hatte er gesagt. Tat sie in Wahrheit auch. Vielleicht müsste sie einfach mehr auf ihre Gefühle hören. Nur wie konnte sie ihr Denken, ihren analytischen Verstand, den sie jahrelang trainiert hatte, ausschalten?

Valerie war um sechs zu Hause. Sie warf ihren Rucksack in eine Ecke der Diele und umarmte Michaela. Die drückte ihre Nichte an sich. »Kaum zu glauben, aber ich habe dich vermisst.«

Das Mädchen löste sich von ihr. »Hey, du hattest sturmfreie Bude. Hast du das etwa nicht ausgenützt?«

»Nur ein bisschen«, gab Michaela lächelnd zurück. »Hast du Hunger?«

Valerie schüttelte den Kopf. »Nein, ich habe mir unterwegs was gekauft.«

»Willst du irgendetwas machen? Ins Kino gehen vielleicht?«

»Ehrlich gesagt bin ich zu geschafft. Können wir einfach auf dem Sofa chillen?«

Michaela musste bei Valeries Wortwahl lächeln. Gut, dann würden sie eben chillen.

»Du warst also mit Harald aus«, sagte Valerie später. Sie saßen nebeneinander auf dem Sofa, Michaela hatte die Beine angezogen, Valerie lag mit dem Kopf auf ihrem Schoß. Bequem war anders, aber die Atmosphäre war einfach zu schön und gemütlich, um die Sitzposition zu ändern.

»Und?«, fragte ihre Nichte weiter.

»Was und?«

»Wie war's?«, wollte Valerie wissen.

»Nett«, antwortete Michaela vage.

Valerie setzte sich auf und sah sie an. »Nur nett?«

»Wir sind Kollegen, die nach der Arbeit etwas trinken gegangen sind.«

Tadelnd schüttelte Valerie den Kopf. »Tante Mika, langsam glaube ich, dass du gar keinen Mann in dein Leben lassen willst.«

»Muss ich eh nicht. Mir gefällt mein Leben, wie es ist.«

Wie es gerade ist, setzte sie in Gedanken hinzu. Nicht, wie es vor Valerie war.

Ihre Nichte ließ das Thema auf sich beruhen und wandte sich einem neuen zu, das sie bewegte. »Ich bin froh, dass ich in diesem Frauenhaus ein Praktikum machen konnte, ich habe versprochen wiederzukommen. Da gibt es einen kleinen Jungen, Zoran. In meinen Augen ist er ein Held, er wollte seine Mama beschützen, obwohl er selbst noch ein Knirps ist.«

»Es gibt sie also doch, die Helden.«

»Glaubst du, er wird mal so wie sein Vater?«

Michaela dachte über Valeries Frage nach. Viele Täter, die sie kennengelernt hatte, waren früher mal Opfer gewesen, oft schon in deren Kindheit. Es schien, als würden Gewalt, Misshandlungen und Vernachlässigung genau diese Dinge wieder nach sich ziehen. Aber nicht immer. Schlussendlich bildete die Gruppe der Straffälligen nur eine kleine Minderheit, und die meisten Menschen führten ein normales Leben.

»Nein, das glaube ich nicht«, antwortete sie daher. »Jemand, der so viel Mut aufbringt, sich schützend vor seine Mutter zu stellen, hat auch den Mut, sein Leben in die Hand zu nehmen und sich von der Vergangenheit zu lösen.«

»Das ist gut«, murmelte Valerie. »Ich wünsche es dem Kleinen so sehr.«

»Hat er mit deiner Entscheidung, ans Konservatorium zu gehen, etwas zu tun?«, fragte Michaela. Irgendwie hatte sie das Gefühl, dass diese drei Tage im Frauenhaus an Valeries Entschluss maßgeblich beteiligt waren.

»Zoran und die Dinge, die ich gesehen, die Menschen, die ich kennengelernt habe – alles zusammen.« Valerie setzte sich nun ganz auf, verschränkte ihre Beine zu einem Schneidersitz und drehte sich zu Michaela. »Vielleicht auch deshalb, weil ich erkannt habe, dass gegen Leid und Kummer, gegen Angst und Hass nur Schönes hilft, je mehr, desto besser. Ich dachte immer, Kunst wäre nur für die Privilegierten. Für Menschen, die Zeit haben, Museen, Konzerte oder Lesungen zu besuchen. Für solche, die keine anderen Probleme haben, um die sie sich kümmern müssen.«

»Und jetzt denkst du das nicht mehr?«

»Nein. Weil ich gesehen habe, wie glücklich die Kinder waren, als ich mit ihnen gemalt habe. Und wie die Frauen für eine kleine Weile ihre Sorgen vergessen haben, als ich ihnen vorgespielt habe.«

»Die haben ein Klavier?« Michaela war verblüfft. Bei ihrem Besuch hatte sie keines gesehen, aber vielleicht stand es in irgendeinem Nebenraum, vergessen und verstaubt, weil keiner darauf spielen konnte.

Valerie lachte. »Nein. Raphaela hat von irgendwoher eine elektrische Orgel aufgetrieben. Der Ton war schrecklich und eine Taste hat geklemmt, ich musste regelrecht draufhämmern. Aber das hat keinen gestört. Sie sind alle dagesessen und haben zugehört. Eine hat sogar geweint und sich nachher bei mir bedankt, weil sie schon lange nicht so etwas Schönes erlebt hat.«

Michaela drückte ihrer Nichte einen Kuss aufs Haar. »Das ist ein richtig guter Grund für deine Entscheidung. Was sagt Anna dazu?«

»Die findet es natürlich klasse. Und sie hat gemeint, sie hätte es eh gleich gewusst. Ich sei zur Pianistin geboren. Die Monate nach den Sommerferien bis zur Prüfung werden ziemlich heavy. Ich werde zusätzliche Stunden brauchen, das bedeutet, dass ich für andere Dinge kaum mehr Zeit haben werde.«

»Dann wird mir wohl nichts anderes übrig bleiben, als bis dahin doch noch kochen zu lernen«, gab Michaela zurück.

»Nee, ich fürchte, bei dir ist Hopfen und Malz verloren. Ich sag nur ›Lachsmousse‹.«

»Man kann halt nicht überall glänzen«, erwiderte sie. »Außerdem war das eine ganz eigene, neue Kreation. Bernd hat sich jedenfalls nicht beschwert.«

»Das hat er noch nie getan. Überhaupt würde er nichts tun, was dich verletzen könnte.«

Aber sie, sie tat ständig, ohne es zu wollen, Dinge, die ihn oder Harald oder andere Menschen verletzten.

»Erzähl mir noch ein wenig von deinem Praktikum«, bat Michaela, um von diesem heiklen Thema wegzukommen.

Über sich und ihre Fehler konnte sie nachdenken, wenn sie wieder alleine war. Heute wollte sie den Abend mit Valerie einfach genießen.

»Raphaela ist eine der Freiwilligen. Du hast sie ja kurz kennengelernt. Sie ist Krankenschwester in einem kleinen Spital gleich in der Nähe und fast jeden Tag hilft sie neben ihrem Job im Frauenhaus mit. Heidi und sie sind die Räder, die alles am Laufen halten. Sie organisieren Spenden und Informationsveranstaltungen, sie stützen, helfen und geben immerzu, ohne selbst etwas dafür zu verlangen. Vielleicht geht das nur, wenn man so gläubig ist wie sie. Oder vielleicht wird man es, wenn man sonst keine Quelle hat, aus der man genug Kraft schöpfen kann.«

»Ja, diese besondere Verbundenheit zu Gott ist mir auch aufgefallen«, versuchte Michaela, neutral zu bleiben.

»Es war halt gewöhnungsbedürftig für mich. Sonst habe ich ja mit Religion nicht viel am Hut. Man muss ihnen aber zugutehalten, dass sie sich niemandem aufdrängen. Jeder ist zwar in ihrer Gebetsrunde willkommen, aber es wird niemand gezwungen, daran teilzunehmen, und schon gar nicht ist es Voraussetzung, damit man dort betreut wird.«

Michaela war sich nicht ganz sicher, was die Freiwilligkeit anging. Gleich zwei ehemalige Mitbewohnerinnen – und das waren bloß die, mit denen sie gesprochen hatte, vielleicht gab es da noch wesentlich mehr – wurden erst durch ihren Aufenthalt im Frauenhaus zu gläubigen Christinnen. Aber vielleicht tat sie Heidelinde und Raphaela unrecht. Menschen in Not wandten sich häufiger der Religion zu, dieses Phänomen zeigte sich übrigens auch bei Gefängnisinsassen.

Valerie stemmte sich vom Sofa hoch. »Ich muss jetzt meine Sachen für die Klassenfahrt packen. Bringst du mich morgen mit meinem Koffer zur Schule?«

»Na klar«, antwortete Michaela. »Ich lass es mir doch nicht nehmen, dir zum Abschied hinterherzuwinken.«

Valerie verdrehte die Augen.

»War nur ein Scherz«, beeilte sich Michaela zu versichern. »Ich lass dich aussteigen und bin gleich wieder weg.«

Valerie stapfte aus dem Wohnzimmer und murmelte gerade so laut, dass Michaela es noch hören konnte: »Zugetraut hätte ich es dir aber.«

KAPITEL 40

Nach einem ausgiebigen Frühstück, sie war extra früher aufgestanden, um beim Bäcker frische Semmeln zu holen, fuhr Michaela ihre Nichte zur Schule und ließ sogar den Motor laufen, wie sie es versprochen hatte.

»Danke, Tante Mika. Und stell nichts an, während ich weg bin«, sagte Valerie zum Abschied. Dann holte sie ihr Gepäck aus dem Kofferraum, winkte ihr kurz zu und eilte zu ihren Freundinnen, die in einer Gruppe zusammenstanden und aufgeregt miteinander redeten, lachten und Blödsinn machten. Mädchen halt. Noch nicht ganz erwachsen, aber bereits auf der Schwelle dazu.

Sie warf noch einen letzten Blick in den Rückspiegel. Valerie wurde mit Küsschen begrüßt, ihr langes schwarzes Haar wehte ihr ins Gesicht und sie wischte es mit einer Handbewegung zur Seite. Viel Spaß, Kleines, schickte Michaela ihr in Gedanken. Dann setzte sie den Blinker und fuhr aus der Parklücke, weil hinter ihr schon das nächste Auto mit Eltern wartete.

Beim LKA angekommen überlegte sie kurz, in der Forensik vorbeizuschauen, ob es mittlerweile Neuigkeiten bezüglich des Seils gab. Doch nach ihrer Auseinandersetzung mit Harald war das vielleicht keine so gute Idee. Missmutig ging sie hoch in ihr Büro und hätte vor Freude am liebsten einen Jubelschrei ausgestoßen. Da saß auf seinem Stuhl, den Blick auf den Computermonitor geheftet, Vincent.

»Du bist hier?«, fragte sie überflüssigerweise.

»Siehst du doch.«

»Ich dachte, du würdest erst nächste Woche zurückkommen.«

»Da dachtest du falsch. Soll ich wieder gehen? Ein paar Urlaubstage habe ich noch.«

»Nein, um Himmels willen, wir können in den aktuellen Fällen jede Unterstützung brauchen.«

Vincent deutete auf die Tafel. »Diese hier?«

Sie nickte. »Eine echt verzwickte Sache.« Dann begann sie, ihrem Kollegen die beiden Mordfälle zu schildern. Mitten in ihren Ausführungen kam Doris hinzu. Auch sie war erstaunt über Vincents Anwesenheit. »Wer fängt schon nach dem Urlaub an einem Donnerstag zu arbeiten an?«

»Ist genauso ein Tag wie jeder andere«, gab Vincent brummig zurück, und Michaela war froh, ihn wieder bei sich zu haben.

»Und Bernd?«, deutete Vincent auf das Kärtchen.

»Den hat sie dazugeschrieben, als er gestern erzählt hat, dass er Wagenmüller begegnet ist«, kam Doris Michaela zuvor, »und danach ist er angefressen abgerauscht.«

»Kein Wunder«, kommentierte Vincent.

»Toll, zu wem haltet ihr eigentlich?« Michaela war empört. Als ob sie etwas dafür konnte, dass Bernd beide Opfer gekannt hatte! »Er wollte mir kein Alibi nennen«, rechtfertigte sie sich.

Beide starrten sie an. Schließlich meinte Doris: »Im Ernst, du hast ihn nach einem Alibi gefragt?«

Michaela fühlte sich nahe am Explodieren. Was hatten bloß alle? Sie machte ihren Job, mehr nicht. »Bei jedem anderen wäre das völlig normal, weshalb wird mir jetzt ein Strick daraus gedreht? Nur weil es sich um Bernd handelt?«

Ihre Kollegin wandte sich kopfschüttelnd ab, und auch Vincent versank in brütendes Schweigen.

»Gut, dann redet halt keiner mit mir. Aber ich habe meine Gründe. Und ihr kennt die so gut wie ich.«

Immer noch keine Antwort.

Michaela verstand ihre Kollegen nicht. Ja, sie hatte ein Tabu gebrochen, indem sie es wagte, an der Integrität eines LKA-Mitarbeiters zu kratzen. Sie wünschte, sie hätte vor einem halben Jahr den Mut dazu gehabt, dann wäre wohl vieles anders gelaufen.

Schließlich gingen sie zu dritt zur Morgenbesprechung, Vincent und Doris immer ein paar Schritte hinter Michaela. Auch im Konferenzraum setzten sie sich demonstrativ in eine andere Ecke als sie, was aber wahrscheinlich nur ihr auffiel.

Steurer kam herein, schloss die Tür und nahm vorne Platz. »Guten Morgen. Michaela, für dich habe ich nachher noch etwas«, kündigte er an. *Bitte lass es den Beschluss für Wagenmüllers Akten sein*, betete sie stumm. Irgendetwas Positives musste es schließlich nach dem gestrigen Frusttag und dem heutigen Morgen, der um keinen Deut besser war, geben.

Harald kam zu spät. Er entschuldigte sich mit der Begründung, er hätte auf einen dringenden Rückruf gewartet. Natürlich nicht zu dem Seil.

Als Michaela von ihren Ermittlungen berichtete, erwähnte sie Bernds Namen absichtlich nicht. Sie wollte sich nicht noch mehr in die Nesseln setzen.

Schließlich beendete Steurer die Sitzung, wünschte einen erfolgreichen Arbeitstag und winkte Michaela zu sich.

Dann drückte er ihr einen Zettel in die Hand. »Bitte schön. Dem Antrag wurde stattgegeben.«

Michaela strahlte ihn an. »Danke, Werner.«

»Gern geschehen.«

Sie wandte sich zum Gehen, als er ihr nachrief: »Ich hoffe wirklich, dass es sich ausgezahlt hat.«

Sie drehte sich noch einmal zu ihrem Chef um. »Wieso? Musstest du deine Seele dafür verkaufen?«

»Schlimmer. Ich bin Richter Fehringer einen Gefallen schuldig.«

Fehringers Ruf war fast noch schlimmer als der von Haubrecht, der den ersten Antrag abgelehnt hatte. Steurer hatte sich bestimmt ordentlich ins Zeug legen müssen, um den Richter zu überzeugen. »Ich mach mich gleich an die Arbeit«, sagte Michaela, winkte ihrem Chef mit dem Bescheid zu und eilte in ihr Büro, um die Abholung sämtlicher Unterlagen aus Wagenmüllers Kanzlei in die Wege zu leiten. Endlich kam Bewegung in die Sache – und wenn sie die halbe Nacht durcharbeiten musste, würde sie das in Kauf nehmen. Sonst hatte sie ja nichts anderes zu tun, jetzt, wo Valerie fort war.

Zu Mittag wurden die Akten aus Wagenmüllers Büro gebracht. Die Kollegen, die Michaela hingeschickt hatte, kamen, luden die Kisten ab, gingen und kamen mit weiteren Kisten zurück. Michaela hatte das Gefühl, es würde gar kein Ende mehr nehmen. Schließlich stellte einer der Beamten eine Box auf die übrigen, sagte: »So, das war die letzte«, und ließ sich den Empfang von ihr bestätigen. Vierunddreißig Schachteln, alle vollgestopft mit Papier. Sie würde Wochen brauchen, um sie durchzugehen. Bei dem Anblick der hohen Stapel sank ihr Mut in den Keller.

»Wow«, brach Doris endlich das Schweigen zwischen ihnen.

»Ich könnte eure Hilfe gut gebrauchen«, sagte Michaela.

Doris stand auf und hievte eine der oberen Kisten herunter. »Okay, wonach soll ich suchen?«

»Nach Wagenmüllers Verbindung zu Ferstl«, gab Michaela zurück und bemühte sich, nicht allzu erleichtert zu klingen. Vincent erhob sich und nahm ebenfalls eine Schachtel.

Michaela tat es ihren Kollegen gleich. Bald darauf hörte man nur noch das Rascheln von Papier, doch dieses Schweigen hatte nichts mit dem von vorhin gemeinsam. Sie waren wieder ein Team.

Doris verabschiedete sich um fünf. Sie musste Jonas vom Kindergarten abholen. Sie hatten ohne Pause durchgearbeitet und immer noch Berge an Unterlagen vor sich.

»Ich brauche dringend einen Kaffee. Und etwas zu essen. Du auch?«, fragte Michaela Vincent.

»Mhm«, kam als Antwort, was Michaela als Ja deutete. Da die Kantine bereits geschlossen hatte, ging sie in den nächsten Supermarkt, kaufte vier Becher Kaffee zum Mitnehmen und ein paar fertig abgepackte Sandwiches. So schnell fiel man also in alte Verhaltensmuster zurück, dachte sie, als sie ungeduldig in der Schlange stand und darauf wartete, bezahlen zu können.

Zurück im Kriminalamt traf sie auf Bernd, der gerade nach Hause fahren wollte.

»Scheinst eine lange Nacht vor dir zu haben«, sagte er und deutete auf ihre vollbepackten Arme. Er klang zwar zurückhaltend, aber nicht mehr ganz so abweisend wie gestern.

»Wir haben Wagenmüllers Unterlagen bekommen. Sind eine ganze Menge.« Er machte keine Anstalten weiterzugehen, als würde er auf etwas warten. »Bernd... ich... es tut mir leid«, brachte sie hervor. Und nachdem der Anfang gesagt war, sprudelte es aus ihr heraus: »Es sind diese Fälle und das Gefühl zu versagen, weil ich irgendwas übersehe, was ich sehen müsste. Was ich auch anfange, ich trete dabei irgendwem auf die Füße. Dabei will ich nur nicht wieder den gleichen Fehler machen wie damals, als...«

»Michaela«, unterbrach er sie, »diese Fälle haben nichts mit Valeries Entführung zu tun. Gar nichts, hörst du?«

Sie brachte ein zaghaftes Nicken zustande.

»Sieh mich an«, bat er und legte einen Finger unter ihr Kinn. Michaela hob ihren Blick und schaute ihm in die Augen. Ihre Kopfhaut begann zu kribbeln, es war nicht unangenehm.

»Ich gebe zu, dass ich sauer auf dich war«, sagte er.

»Aber jetzt bist du es nicht mehr?«

Er überging ihre Frage. »Weil ich dir mein Leben anvertrauen würde, ohne darüber nachzudenken, und ich dachte, du würdest ebenso empfinden.«

Michaela horchte in sich hinein, nur für einen Moment, denn länger brauchte sie nicht, um die Wahrheit zu erkennen. »Das tu ich«, gab sie leise zurück.

Das Klingeln ihres Handys störte diesen besonderen Moment. »Verdammt«, entfuhr es ihr, sie drückte Bernd kurzerhand den Proviant in die Hand und zog mühevoll ihr Handy aus der engen Jeans. Es war Vincent, der fragte, ob sie ihn verhungern lassen wolle. »Nein, ich musste so lange an der Kasse anstehen, ich bin gleich da.«

Bernd gab ihr die Sandwiches und Kaffeebecher zurück. »Wenn du willst, helfe ich dir beim Aktenwälzen«, bot er an. »Aber heute wird es bei mir spät.«

»Mal sehen, wie viel Vincent und ich schaffen. Ich melde mich.«

Diesmal nahm sie ausnahmsweise den Lift und ignorierte so gut es ging das flaue Gefühl im Magen.

»Gott sei Dank«, rief Vincent aus, als sie die Kaffeebecher vor ihm abstellte.

»Hühnchen oder Schinken?«, fragte sie.

»Beides«, gab Vincent zurück, und bei dem lauten Knurren, das sein Magen von sich gab, überließ Michaela ihm gerne zusätzlich eines von ihren Broten. Sie mochte diese labbrigen Dinger eh nicht.

KAPITEL 41

Drei Stunden und sechs Kisten später konnte Michaela nicht mehr. Ihr Rücken tat weh vom Sitzen, ihre Augen brannten, während das Koffein durch ihren Körper jagte und sie ganz zappelig machte.

»Hilfst du mir, ein paar von denen ins Auto zu tragen?«, fragte sie Vincent.

»Du solltest dich ausruhen«, gab er ruhig zurück.

»Nur ein paar. Bernd will mir helfen.«

Ohne ein weiteres Wort packte Vincent zwei der Boxen, sie nahm ebenfalls zwei. Damit wären sie und Bernd eine Weile beschäftigt. Die restlichen würden bis morgen warten müssen.

»Gute Nacht, Michaela«, sagte Vincent, nachdem sie die Kisten in ihrem VW verstaut hatten.

»Wünsch ich dir auch.«

Die Stille in ihrem Haus erschlug sie förmlich. Nicht nur die Küche wirkte kalt und verlassen, auch der Rest des Hauses schien ohne Valerie leblos zu sein. Bernds Auto hatte noch gar nicht vor dem Eingang gestanden. Sie fragte sich, was er gerade tat und wo er so lange blieb. Sie würde es ihm nicht verübeln, wenn er sich umentschied und lieber schlafen ging. Trotzdem holte sie die Kisten, eine nach der anderen, ins Haus und stellte sie im Wohnzimmer ab. Fast zehn. Zum Joggen war es nun zu spät, vor allem, wenn sie noch arbeiten wollte. Sie überlegte, sich mit noch mehr Kaffee für die Nacht zu dopen, stellte aber schließlich den Wasserkocher an. Lieber Tee, das wäre bekömmlicher, für ihren Magen und für den Kreislauf sowieso. Gerade als sich der Wasserkocher abschaltete, huschten Scheinwerfer an ihrem Fenster vorbei. Sie beugte sich über die Arbeitsplatte, um besser hinaussehen zu können. Das Auto blieb vor ihrem eigenen stehen. Bernd.

Schnell lief sie hinaus, um ihn abzupassen. Er wollte gerade die Haustür aufsperren, als sie ihn erreichte. »Hi«, sagte sie ein wenig atemlos. »Wenn du noch Lust hast ... ich habe ein paar von den Unterlagen dabei.«

Seine Augen funkelten im Schein der Laterne von der gegenüberliegenden Straßenseite. »Krieg ich einen Kaffee?«

»Natürlich, aber ich hatte heute schon zu viele, ich halte mich lieber an Tee.«

»Tee ist auch gut«, antwortete er, steckte den Schlüsselbund ein und folgte Michaela.

Sie schickte ihn ins Wohnzimmer, während sie den Tee aufbrühte und ihn in zwei Megasize-Teetassen, Geschenke von Valerie, füllte.

Bernd hatte es sich auf dem Boden bequem gemacht, die erste Kiste geöffnet und die Akten herausgenommen.

Michaela setzte sich ihm gegenüber. »Das Problem ist, dass die Unterlagen nicht alphabetisch, sondern nach Datum geordnet sind.«

Bernd seufzte. »Das habe ich eben gemerkt. Arbeiten wir uns nach hinten vor, okay?«

Michaela kam schneller voran als er, sie hatte schließlich den ganzen Tag nichts anderes gemacht, diese Erfahrung zahlte sich jetzt aus.

»Da!«, rief sie triumphierend, als sie Lothar Ferstls Namen entdeckte. »Ich wusste es. Wagenmüller hat Ferstl vertreten. Köperverletzung. Die Anklage wurde fallen gelassen.«

»Daniela hat mir davon erzählt. Sie hat die Anzeige zurückgenommen.«

»Wie dumm von ihr.«

»Menschen machen aus Liebe oft dumme Sachen. Willst du noch weitersuchen? Jetzt hast du ja die Bestätigung, die du wolltest.«

Die Entdeckung, dass Wagenmüller Ferstls Anwalt gewesen war, erfüllte Michaela mit neuem Elan. »Wo wir schon dabei sind, sehen wir uns auch noch die restlichen Papiere durch. Es ist ja nur mehr eine Kiste für jeden übrig.«

Bernd stand auf, holte die Teetassen und reichte Michaela eine. Mit drei großen Schlucken trank sie den mittlerweile kalt gewordenen Tee und stellte den leeren Becher neben sich auf den Boden.

»Also gut, aber danach ist Schluss«, erklärte sich Bernd einverstanden. Er nahm wieder seinen Platz ein und zog die letzte Box zu sich heran.

»Was für eine Ungerechtigkeit«, polterte Michaela los, als sie die nächste Akte überflog.

Bernd sah von den Papieren in seiner Hand auf. »Was meinst du?«

»Wir reißen uns den Hintern auf, um Verbrecher zu fangen, und dann kommt so ein windiger Anwalt daher und schwups, sprechen die eine lächerliche Haftstrafe aus, und Wagenmüller kassiert ein fettes Honorar.« Sie hielt ihm den Zettel hin. »Alexander Voigt ist ja nicht der Einzige, der ...«, fuhr sie fort, stockte aber, als sie Bernds ungläubigen Gesichtsausdruck bemerkte. »Ist was?«

»Voigt war einer meiner ersten Fälle vor dem Haftprüfungsausschuss.« Er hatte die Worte nur leise gesprochen, doch sie hallten in Michaela wie Donnerschläge nach, als sie deren Bedeutung erfasste.

Er schloss kurz die Augen, öffnete sie wieder und sah sie an. »Es könnte immer noch ein Zufall sein«, sagte sie wenig überzeugt.

»Das glaubst du ja doch nicht.«

»Worum ging es bei dem Termin?«

Bernd sammelte sich, dachte nach. »Das ist schon Monate her. Ich wurde um ein Gutachten und meine Einschätzung gebeten, ob Voigt vorzeitig aus der Haft entlassen werden könnte.«

»Und wie ist es ausgefallen?«, fragte Michaela.

»Ich habe mich für seine Entlassung ausgesprochen. Er war einsichtig, bereute seine Taten und hatte bei seiner Therapie große Fortschritte gemacht.«

»Bernd«, sie legte ihre Finger leicht auf sein Knie, »ist er danach wieder straffällig geworden?«

»Ich weiß es nicht, das ist ja jetzt auch nicht relevant. Wir sollten uns auf Wagenmüller konzentrieren. Denk mal nach. Da ist dieser Anwalt, der erfolgreich Verbrecher verteidigt und dafür sorgt, dass sie freigesprochen werden oder mit einer geringen Strafe davonkommen. Was, wenn jemand meinte, man müsste Gerechtigkeit walten lassen, wo die Justiz versagt hat? Würde doch als Motiv gut passen.«

Michaela überlegte schon die ganze Zeit. Bernd hatte einen Denkfehler in seiner Theorie, oder er wollte das Offensichtliche ausblenden: seine Verbindung zu Ferstl, Wagenmüller und nun auch Voigt.

»Lass mich nur kurz etwas überprüfen«, sagte sie, stand auf und ging in die Küche, um zu telefonieren.

Da gab es einen älteren Kollegen, mit dem sie zu Beginn ihrer LKA-Laufbahn zusammengearbeitet hatte. Mittlerweile versah er nur noch Innendienst – und das mit Leidenschaft. Sie kannte keinen im ganzen Präsidium, der ein besseres Gedächtnis besaß und auch keinen, den sie – immerhin war es bald Mitternacht – jetzt noch ohne Gewissensbisse anrufen konnte und der, egal zu welcher Tages- oder Nachtzeit man ihn erreichen wollte, abhob. »Dieter, Michaela Baltzer hier. Kannst du mir mal einen Gefallen tun?«

Als sie zehn Minuten später auflegte, fühlte sich ihr Magen an, als hätte sie einen Stein verschluckt.

Bernd war immer noch damit beschäftigt, die Akten durchzusehen. Sie setzte sich zu ihm und legte ihre Hand auf seine, die eben nach der nächsten Mappe griff. »Und, alles erledigt?«, fragte er und sah sie an.

»Ja.« Sie stieß die Luft aus. »Bernd, Voigt ist auch tot.«

»Wie bitte?«

»Kannst du dich an die Schlagzeilen erinnern, ungefähr vor drei Monaten. Ein Mann wurde bei einem Einbruch von zwei Hunden getötet.«

»Vage. Handelte es sich dabei nicht um zwei Kangals, diese riesigen türkischen Hirtenhunde?«

»Ich wusste gar nicht, dass du dich mit Hunden auskennst. Aber ja, genau solche waren es. Sie wurden nach dieser Geschichte eingeschläfert.«

»So langsam dämmert es. Es gab danach eine heftige Diskussion, wie immer, wenn es zu tödlichen Bissverletzungen kommt, dabei sind nicht die Tiere schuld, sondern immer die Halter, die …«

Michaela unterbrach seinen Redeschwall. »Dieser Mann, der gestorben ist, war Voigt. Er wurde beinahe bis zur Unkenntlichkeit zerfleischt.«

Sie ließ ihre Worte sacken. Der Stein in ihrem Magen wurde schwerer.

Bernd blinzelte ein paar Mal, dann schluckte er.

»Ich habe mit einem Kollegen gesprochen. Voigt hat seine Frau krankenhausreif geprügelt, ein paar Wochen, nachdem er aus der Haft entlassen wurde. Bernd«, ihre Lippen zitterten, weil er immer noch nicht erkennen wollte, was ihr zur Gewissheit geworden war, »du steckst da mitten drin. Gerechtigkeit, hm? Zwei Männer, die ihre Frauen misshandelt haben, sind tot. Ihr Anwalt ist tot. Du therapierst gewalttätige Männer. Und du hast dafür gesorgt, dass Voigt nach der Hälfte seiner Haftzeit entlassen wurde. Was glaubst du, wer der Nächste ist?«

Er brach in Lachen aus. Das war der Moment, in dem Michaela die Beherrschung verlor. Sie schrie ihn an: »Bist du so blind, dass du es nicht sehen willst? Oder so dumm, dass du es ignorierst? Oder vielleicht bist du Superman und unsterblich. Verdammt, Bernd. Das hier ist ernst. Und du lachst!« Nun konnte sie die Tränen nicht länger zurückhalten. »Du lachst«, wiederholte sie ungläubig und spürte etwas in ihrem Inneren auflodern. Wütend wischte sie sich die Tränen weg, die über ihre Wangen liefen.

»Was soll ich sonst tun? Mich verkriechen? Mich unter Polizeischutz stellen lassen?«

»Genau das«, rief sie aufgebracht. »Ich rede mit Steurer. Du musst deine Termine alle absagen, du …«

»Hör auf.«

Sie dachte nicht daran. »… fährst zurück nach Graz, bleibst eine Weile dort, wo du in Sicherheit bist und wenn …«

Jäh verschloss er ihre Lippen mit seinen.

In Michaela gab alles nach, der Stein in ihrem Magen glühte, setzte den Rest von ihr in Brand.

Sie erwiderte seinen Kuss, zuerst zögernd, zurückhaltend, doch als seine Zunge forscher und seine Küsse fordernder wurden, wurde sie es auch.

Für einen Moment löste er sich von ihr, sah ihr in die Augen, in seinem Blick lag eine einzige Frage. Sie nahm sein Gesicht in beide Hände und zog ihn wieder zu sich heran. Das war Antwort genug.

Später lagen sie auf ihren verstreuten Kleidungsstücken auf dem Wohnzimmerboden. Michaelas Kopf lag auf ihrem Ellbogen, mit der anderen streichelte sie seine Brust. »Bernd, ich mache mir wirklich Sorgen um dich.«

»Hey, das brauchst du nicht.« Er zog sie zu sich hinunter und küsste sie. »Ich kann auf mich aufpassen. Außerdem, wo wäre es sicherer als hier, mit einer Polizistin als Nachbarin, die noch dazu preisgekrönte Schützin ist?«

Seine Worte beruhigten sie kein bisschen. »Ich möchte dich nicht verlieren«, sagte sie. »Nicht jetzt.«

»Wirst du nicht. Sag mal, das letzte Mal, als ich bei dir geschlafen habe, hattest du ein Bett. Ein bequemes, wenn ich mich recht erinnere.«

»Das letzte Mal hast du auch nicht *mit* mir geschlafen, wenn ich mich recht erinnere«, gab Michaela zurück. »Na, komm schon.« Sie stand auf und zog ihn hoch. In ihrem Bett war es wirklich gemütlicher als auf dem Fußboden. Und so jung war sie auch nicht mehr, dass der harte Boden ihrem Rücken nichts ausgemacht hätte.

Gemeinsam gingen sie in Michaelas Schlafzimmer, sie kuschelte sich an ihn, fühlte seinen warmen Körper an ihrem. Sie legte ihren Kopf genau in die Kuhle zwischen seiner Brust und der Schulter, es war, als ob er genau dorthin gehörte. Sie küsste sein Schlüsselbein, seinen Hals und wanderte hinauf zu seinem Mund. Dieses Mal reagierte sein Körper langsamer auf ihre Liebkosungen, sie ließ ihm Zeit. Ihre Finger strichen über seinen Bauch, die Oberschenkel, über die zarte Haut seiner Leiste. Er sog scharf die Luft ein und erschauerte unter ihrer Berührung. »Was wird das hier, das zwischen uns?«, fragte er.

Sie legte sich auf ihn. »Ich denke, ein vielversprechender Anfang für einen neuen Auftakt.« Über alles andere wollte sie im Moment nicht nachdenken.

KAPITEL 42

Sie starrte mit brennenden Augen zu dem Haus hinüber, in dem er vor Stunden verschwunden war. Er würde nicht wieder rauskommen, sie wusste, was die beiden dort taten. Er fickte sie. Wie praktisch für ihn, dass sie gleich nebenan wohnte.

Für sie hingegen bedeutete das ein zusätzliches Problem.

Sie war ihm wieder einmal gefolgt, von dieser Veranstaltung bis zu seiner Haustür, in der Hoffnung, ihn irgendwo abzupassen, ihm eine herzzerreißende Geschichte aufzutischen, ihn um Hilfe anzuflehen, auf jeden Fall eine Möglichkeit zu finden, ihm nahe genug zu kommen, um ihm die Spritze zu injizieren und ihn an diesen Ort zu bringen, den sie für ihn ausgewählt hatte.

Doch da war sie aufgetaucht. Sie hatte die Polizistin sofort wiedererkannt. Der Wind hatte ihre Stimme bis zu ihr getragen. »Wenn du noch Lust hast ... ich habe ein paar von den Unterlagen dabei.« Und ob er Lust hatte!

Zunächst war sie zuversichtlich gewesen, dass die beiden wirklich nur irgendwelche Unterlagen durchgingen und dass er irgendwann herauskäme. Sie legte sich bereits die Worte zurecht, mit denen sie ihn fortlocken wollte. Doch sie irrte sich. Irgendwann ging das Licht im Wohnzimmer aus und das im Schlafzimmer an. Durch die Vorhänge konnte sie die Schemen ihrer Körper erkennen. Hand in Hand, dann dicht aneinandergepresst. Licht aus.

Da wusste sie, dass sie umsonst wartete. Und dass sie schnell handeln musste, sonst wäre ihre ganze Aktion in Gefahr.

Bernd wurde wach und registrierte im gleichen Moment Michaelas nackten Körper an seinem. Sie lag auf dem Bauch, einen Arm und ein Knie angewinkelt und nahm mehr als die Hälfte des Bettes in Beschlag. Selbst im Schlaf, mit zerzaustem Haar, sah sie wunderschön aus. Und so verletzlich, dass es ihm das Herz abschnürte.

Von irgendwoher erklang eine Melodie. Sein Handy. Verflucht, wo hatte er es gestern bloß gelassen? In seiner Hose, die immer noch im Wohnzimmer lag. Michaela regte sich, murmelte etwas. Bernd stand auf und beeilte sich, an sein Telefon zu kommen, ehe Michaela noch ganz wach wurde.

Gerade als er die Hose gefunden hatte, verstummte der Klingelton, nur um gleich darauf wieder anzufangen. Da schien ihn jemand wirklich dringend erreichen zu wollen.

»Ja, bitte?«, fragte er mit gedämpfter Stimme.

»Sie müssen mir helfen«, war das Einzige, was er zwischen den Schluchzern verstehen konnte. Und dass es sich um eine Frau handelte.

Er hörte ihrem Weinen zu, versuchte, die Anruferin so weit zu beruhigen, dass er vernünftig mit ihr reden konnte. Immerhin das gelang ihm nach ein paar Minuten guten Zusprechens.

»Sie müssen mit mir dorthin fahren, bitte. Dorthin, wo er mich eingesperrt und mich zwei Tage lang vergewaltigt hat.«

»Ich muss mich erst anziehen. Kann ich Sie zurückrufen? Ich verspreche, dass ich Sie in zehn Minuten anrufe, okay? Dann reden wir.«

»Ich habe Tabletten, eine ganze Menge Schlaftabletten. Für jede Minute, die Sie später anrufen, nehme ich eine. Wie viele braucht man, um nie wieder aufzuwachen?«

In Bernds Mund machte sich ein schaler Geschmack breit. »Zehn Minuten, ich verspreche es Ihnen.« Noch während des Redens schlüpfte er in seine Hose, raffte seine restlichen Sachen zusammen und lief hinüber in sein Haus.

So schnell er konnte, zog er frische Wäsche an, klatschte sich ein paar Handvoll Wasser ins Gesicht, fuhr ein paarmal mit der Zahnbürste über seine Zähne, doch der üble Geschmack blieb. Den konnte keine Zahnpasta der Welt vertreiben.

Drei Sekunden vor Ablauf der Zeit wählte er die Nummer. »Sehen Sie, ich habe Wort gehalten. Und Sie hoffentlich auch. Sie haben doch keine dieser Tabletten geschluckt?«

Ein tiefer Seufzer drang an sein Ohr, dann eine erstaunlich klare Stimme. »Ich halte sie in meiner Hand und ich überlege noch.«

Nun endlich war die Anruferin bereit zu reden. Ein erster Schritt, dachte Bernd.

Während sie erzählte, machte sich Bernd ein paar Notizen, weil er sich das so angewöhnt hatte. Oft waren es diese allerersten Informationen, die bei einer späteren Therapie helfen konnten. Die konnte er auch weitergeben, wenn er diese Frau an einen Kollegen verwies, denn eigentlich wollte er keine neuen Patienten mehr aufnehmen. Allerdings musste sie dazu stabilisiert werden.

»Wie heißen Sie?«, fragte er.

»Patricia.«

»Patricia, warum kommen Sie nicht einfach her, in meine Praxis, wo wir unter vier Augen über Ihre Probleme sprechen können, nicht am Telefon.«

»Ich ... ich kann nicht«, ihre Stimme überschlug sich, und sie begann zu hyperventilieren. »Ich habe Angst. Er ist immer da, überall.« Mist, verdammter, das klang nach einer akuten Psychose.

»Ganz ruhig, Patricia«, redete er auf sie ein wie auf ein panisches Tier. So wie es aussah, gab es bloß zwei Möglichkeiten. Entweder er beharrte darauf, dass sie zu ihm kam. Das wäre nichts Ungebührliches oder Außergewöhnliches. Psychologen machten in der Regel keine Hausbesuche, er brauchte sich nichts vorzuwerfen, wenn er sich dazu entschloss.

Oder er gab nach, sah zu, dass er die Situation entschärfen konnte, und sorgte dafür, dass die Frau Hilfe bekam. Und zwar stationär in einer der Akutpsychiatrien Wiens.

Sie hatte ihm vorhin erklärt, sie müsse zu diesem Ort, an dem es passiert wäre. »Ich glaube, ich habe ihn umgebracht, aber dann würde er noch dort sein und könnte mich nicht verfolgen. Verstehen Sie?«, flüsterte sie. »Verstehen Sie das?«

»Ja, das versteh ich«, versicherte er ihr. »Wo ist dieser Ort?«

Sie gab keine Antwort.

Er hatte längst beschlossen hinzufahren. Diese Frau brauchte dringend Hilfe. Manchmal verlangte sein Beruf ungewöhnliche Entscheidungen.

»Patricia, sind Sie noch da? Wohin soll ich kommen?«

KAPITEL 43

Michaela schlug die Augen auf, rekelte sich und lächelte, als ihr die angenehme Schwere ihres Körpers bewusst wurde und sie sich erinnerte, was dafür verantwortlich war. Und wer. Gleichzeitig merkte sie, dass er nicht mehr neben ihr lag. Verflucht, wie spät war es? Sie sprang aus dem Bett, rief seinen Namen. Keine Antwort.

Seine Sachen aus dem Wohnzimmer waren ebenfalls weg. Sie hielt nach irgendeiner Nachricht Ausschau, irgendetwas wie *Guten Morgen, meine Schöne! Wollte dich nicht wecken* oder *Bin Frühstück holen* oder wenigstens ein *War toll mit dir*. Doch sie fand weder eine Notiz noch eine SMS. Dafür zeigte ihr Handy 9:15 Uhr. Viel zu spät, um zu duschen. Zu spät, um einen Kaffee zu trinken oder auch nur, um sich unterwegs einen mitzunehmen, und sowieso zu spät für die Morgenbesprechung, die wahrscheinlich jetzt gerade zu Ende ging.

Sie schrieb ihren Kollegen, dass sie verschlafen hätte und sich beeilen wollte. Jetzt war es ohnehin egal, ob sie noch später ins Büro kam. Sie füllte die Kaffeemaschine und schaltete sie ein. Der Blick aus dem Küchenfenster geschah ganz automatisch. Sein Auto stand nicht mehr da. Vielleicht war er wirklich bereits ins Landeskriminalamt gefahren. Aber verdammt, weshalb hatte er sie nicht geweckt oder ihr Bescheid gegeben? Warum hatte er sie einfach ohne ein Wort zurückgelassen? *Weil diese Nacht eine Riesendummheit war,* raunte es in ihrem Kopf.

Er hatte sie gefragt, wohin diese Geschichte – *Sex, Michaela, nenn es beim Namen* –, also wohin der Sex führen sollte. Und sie hatte ihm keine Antwort geben wollen. Nicht die, die er sich erwartete.

Und wenn er sich gar nichts erwartet hat? Wenn er es bereut und nicht weiß, wie er damit umgehen soll, dass du mit ihm geschlafen hast? Mit einem Kollegen, der noch dazu dein Nachbar ist und den du jeden Tag siehst. Das kann nur Komplikationen mit sich bringen.

O ja, das war der Grund, warum sie sich so lange gegen Haralds Avancen gewehrt hatte. Und warum ihn zu küssen ein Fehler gewesen war. Und trotzdem hatte sie sich hinreißen lassen, die Nacht mit Bernd zu verbringen.

Selbst schuld!

Nein, er hatte damit angefangen. Er hatte sie überrumpelt, ihr keine Zeit zum Nachdenken gegeben.

Und du hast dich die ganze Zeit danach gesehnt, gib es zu.

Ja, sie hatte es genossen. Es war das erste Mal, dass sie den Kopf ausgeschaltet, die Vernunft ausgeblendet hatte. Und man sah ja, wohin das jetzt führte.

Natürlich ging sie doch unter die Dusche, sie konnte unmöglich so im Büro erscheinen, auch wenn es ihr beinahe wehtat, alle Spuren von Bernd abzuwaschen, als wäre nie etwas zwischen ihnen geschehen.

»Du solltest doch nicht die ganze Nacht durcharbeiten«, tadelte Vincent, als Michaela um Viertel vor elf das Büro betrat.

»Aber es hat sich gelohnt«, gab sie zurück.

»Harald hat angerufen«, sagte Doris.

»Was wollte er?«

»Er hat die Fasern endlich einer bestimmten Marke zuordnen können. Ropes & Cords«, las sie von dem Notizzettel ab.

»Danke, hoffentlich ist das nicht auch so eine Marke, die man in jedem Baumarkt findet. Vincent, könntest du …?«

»Schon geschehen.« Er drückte ihr eine Liste in die Hand. »Sind nur ein paar.«

Michaela sah sie sich an. Sieben Adressen standen darauf. An einem dieser Märkte war sie erst am Montag vorbeigefahren, als sie Valerie zu ihrem Praktikumsplatz gebracht hatte. Wieder dieses Frauenhaus – wo Daniela Ferstl ein und aus ging. Bei jedem ihrer Besuche kam sie an diesem Baumarkt vorbei. Sie hatte zumindest einen guten Grund, ihren Ehemann und auch Wagenmüller zu töten. Und was ist mit Voigt?, schoss es ihr durch den Kopf.

»Doris, such mir alles raus, was du über einen Alexander Voigt finden kannst.«

Ihre Kollegin sah sie fragend an. »Voigt? Was hat denn der mit unseren Fällen zu tun?«

Michaela trat zu ihrer Tafel und steckte eine Karte dazu. »Alexander Voigt wurde vor etwa drei Monaten von Hunden in Stücke gerissen«, erklärte sie. »Wir haben nach Unfällen gesucht, weißt du noch?«

Doris grinste schief. »Sicher, ich habe jetzt noch Schwielen auf den Fingerkuppen vom Tippen. Aber wie kommst du gerade auf den?«

Michaela sah sie und dann Vincent an. »Weil wir seinen Namen in Wagenmüllers Akten gefunden haben.«

Als sie die skeptischen Blicke ihrer Kollegen bemerkte, fügte sie hinzu: »Und weil Bernd auch Voigt gekannt hat. Er hat sogar vor einem Haftprüfungsausschuss für ihn ausgesagt, sodass er früher aus dem Gefängnis konnte.«

Vincent pfiff leise durch die Zähne. »Kein Wunder, dass du heute verschlafen hast. Das hast du seit gestern Abend alles herausgefunden?«

Und Doris sagte: »Lass mich raten, weshalb Voigt verurteilt wurde. Er hat seine Frau misshandelt.«

»Soweit ich weiß, hat er sie erst nach seiner Entlassung aus dem Knast verprügelt.«

»Und Bernd hat ihm mit seinem positiven Gutachten quasi den Freibrief dazu erteilt«, sprach Doris den Gedanken aus, der in der Luft hing.

Michaela presste die Lippen zusammen. »Zumindest könnte das unser Täter so interpretieren.«

Bernd war weder bei der Morgenbesprechung gewesen, hatte Michaela von ihren Kollegen erfahren, noch saß er in seinem Büro, von Außenterminen wusste ebenfalls niemand. Er ging nicht ans Handy, sie hatte mehrmals versucht, ihn anzurufen, obwohl es sie Überwindung gekostet hatte. Sie wollte ihm nicht nachlaufen, ihn mit Telefonanrufen oder Nachrichten bombardieren. Sie hatten eine Nacht gemeinsam verbracht, na und? Daraus ergaben sich noch keine Verpflichtungen dem anderen gegenüber.

Aber, und das war schließlich der Grund, warum sie doch zum Telefon griff, jetzt zum fünften oder sechsten Mal in der letzten Stunde, er befand sich in Gefahr. Michaela war nicht die Einzige, die das so sah, auch Doris und Vincent teilten ihre Meinung.

Die beiden blickten sie erwartungsvoll an, als sie erneut seine Nummer wählte. Sie schüttelte den Kopf. »Nichts. Er hat das verdammte Handy abgeschaltet.« Der Stein war wieder da, größer und schwerer als am Abend zuvor.

KAPITEL 44

»Patricia?«, rief Bernd und umrundete das Gebäude, das einst ein Pflegeheim gewesen war, wie er an der Schrift auf der Fassade über dem Haupteingang lesen konnte. Nun stand es leer, vermutlich schon eine ganze Weile. Das Unkraut neben den Mauern wucherte hoch, auf die Wände waren Graffitis gesprüht worden, insgesamt wirkte das ganze Gelände mitsamt dem Park verwahrlost.

Eine Rampe führte vom Garten hinab zu einer Hintertür, die einen Spalt offen stand. Ein Standaschenbecher an der Seite des Eingangs ließ Bernd vermuten, dass hier so etwas wie ein Rauchereck gewesen war. Mit ausholenden Schritten lief er die Schräge hinunter und stieß die Tür weiter auf, die in einen Gang führte. »Patricia, sind Sie da?«

Von irgendwo aus einem der Räume im Inneren drang ein Wimmern an sein Ohr.

»Wo sind Sie?« Er ging hinein, den Gang entlang und lauschte.

»Hier!« Ein Schluchzen, gepaart mit Angst, rechts vorne.

Er stieß die rote Schwingtür auf, sah eine Gestalt vor einer Trage kauern. Erleichterung durchströmte ihn bei dem Anblick. Er hatte sie gefunden. Wie ein gehetztes

Tier sah sie ihn an. Langsam ging er auf sie zu, sprach beruhigend auf sie ein. »Sehen Sie, ich bin hier.« Er streckte die Hand nach ihr aus, konnte sie fast berühren, tat es aber doch nicht, weil er nicht wusste, wie sie in ihrem Zustand auf Körperkontakt reagieren würde. Stattdessen hockte er sich neben sie. Bloß eine Armlänge trennte ihn von der Frau – und doch hatte er das Gefühl, sie wäre Kilometer weit entfernt.

»Ich bin froh, dass Sie sich nichts angetan haben«, brach Bernd das Schweigen.

»Es wäre eine große Sünde gewesen«, gab die Frau zurück. Um ihren Hals blitzte eine silberne Kette auf, als sie den Kopf zu ihm drehte. Etwas hatte sich an ihr verändert.

Die Augen, die Stimme, die ganze Körperhaltung. Nichts deutete mehr auf die panische Frau hin, die ihn angerufen hatte und die gerade noch neben ihm gesessen hatte. »Sie heißen nicht Patricia«, stellte er fest.

Im gleichen Moment sprang sie auf ihn zu. In der rechten Hand hielt sie eine Spritze. Bernd reagierte automatisch, er warf sich zur Seite, rollte sich ab, kam auf die Beine, wurde von ihr aber durch einen gezielten Tritt in seine Kniekehle wieder zu Boden gezwungen. Keuchend griff er nach einem ihrer Knöchel, um sie aus dem Gleichgewicht zu bringen, doch sie trat mit ihrem freien Fuß auf seine Hand. Er schrie vor Schmerz auf, lockerte aber nicht seinen Griff. Bis sie die Nadel in den Arm stieß und diesen gleichzeitig auf seinen Rücken drehte. Ein Knacken und ein höllischer Schmerz durchfuhren Bernds Schulter. Schwer atmend blickte sie auf ihn herab, in ihren Augen lag Triumph und noch etwas, das ihm Angst machte.

Langsam kroch Hitze von der Stelle, wo sie die Injektionsnadel in seinen Arm gerammt hatte, bis hinauf zu seiner Schulter. Der Schmerz wurde erträglich, dann spürte er ihn nicht mehr, er spürte gar nichts mehr.

Seine Lider wollten nicht offen bleiben, vor seinen Augen tanzte es, alles verschwamm zu einem impressionistischen Bild. »Wer sind Sie?«, brachte er seine Lippen dazu zu fragen.

»Ich bin Gottes rechte Hand«, drang ihre Antwort dumpf in ihn hinein, dann fiel er. In die Dunkelheit um ihn, in ihm. Ins Bodenlose.

»Ich fahre zu Bernds Haus«, sagte Michaela, entschlossen, etwas zu tun, irgendwas, um sich nicht so hilflos zu fühlen.

»Und was machen wir inzwischen?«, fragte Doris.

»Voigts Frau einen Besuch abstatten. Ruft mich an, wenn ihr mit ihr gesprochen habt.«

Sie blieb auf dem verwaisten Platz vor Bernds Eingang stehen. Auch wenn sie Nachbarn und befreundet waren, hatte er ihr nie einen Schlüssel gegeben, genauso wenig wie sie ihm. Aber sie wusste, dass er einen Zweitschlüssel in der Blumenampel neben der Tür aufbewahrte. Geradezu eine Einladung für jeden Einbrecher, hatte Michaela zu ihm gesagt, als er ihr das Versteck verriet. »Erstens gibt es bei mir eh nichts von Interesse, das sie mitnehmen könnten, und zweitens demolieren sie dann wenigstens nicht das Schloss. Ich könnte auch ein Schild aufhängen, auf dem ›Achtung, schießwütige Polizistin!‹ steht.« Valerie und sie hatten gelacht, und ihre Nichte hatte ihr zugeflüstert: »Das Schild hänge besser ich für ihn auf.«

Nun war sie froh darüber, dass er sich damals von ihr nicht abhalten ließ.

Sie tastete zwischen den Blättern und Stängeln der Fuchsie und zog schließlich einen einzelnen Schlüssel hervor. Ein eigentümliches Gefühl beschlich sie, als sie ihn ins Schloss steckte und umdrehte. Noch nie zuvor war sie ohne Bernd in seinem Haus gewesen.

Der Grundriss des Hauses war der gleiche wie bei ihrem, nur spiegelverkehrt. Dort, wo Michaelas Gästezimmer lag, das jetzt von Valerie benutzt wurde, hatte Bernd sein Schlafzimmer. Im zweiten, größeren Zimmer befand sich sein Praxisraum.

Michaelas erster Weg führte sie in die Küche, die Bernd sehr eigenwillig eingeräumt hatte, sodass es ihr anfangs schwergefallen war, dort etwas zu finden. Es hätte mit seiner Exfrau zu tun, hatte er ihr als Begründung genannt, war aber nicht näher darauf eingegangen.

Die Küche war ordentlich, bis auf eine Tasse in der Spüle. Die Kaffeereste darin waren angetrocknet und stammten definitiv nicht von diesem Morgen.

Michaela sah in jeden Raum. In Bernds Schlafzimmer lag ein Hauch seines Deos in der Luft, und ihr Magen zog sich schmerzlich zusammen, weil es sie an letzte Nacht erinnerte.

Als letzten Raum hatte sie sich die Praxis aufgehoben. Sie zögerte, ehe sie die Klinke hinunterdrückte. In diesem Zimmer war sie bisher noch nie gewesen, und es hatte etwas Verbotenes, in seinen Arbeitsbereich zu dringen, fast so, als würde sie die Privatsphäre seiner Patienten verletzen.

Mach dich nicht lächerlich, schalt sie sich. Sie wollte schließlich nicht die Therapiebögen lesen. Das Einzige, was sie interessierte, war ein Hinweis auf seinen Verbleib.

Rechts neben dem Fenster stand ein schmaler Schreibtisch mit einem Computermonitor und einer Tastatur, der dazugehörige Rechner befand sich daneben am Boden. Neben der Tür waren zwei Stühle mit Rückenlehnen und Sitzen aus Lederimitat, die Armlehnen aus dem gleichen Buchenholz wie der kleine runde Beistelltisch zwischen den beiden Stühlen. An der anderen Wand hingen zwei Bilder, eines davon ein klitzekleines bisschen schief. Darunter hatte Bernd eine Anrichte geschoben. Auf dem hüfthohen Schrank lag eine Dekoschüssel mit buntem Sand und Duftkerzen darin.

Sie ging zum Schreibtisch hinüber und überprüfte den Anrufbeantworter und das Telefon. Keine Nachrichten oder verpassten Anrufe. Dann fiel ihr Blick auf die Schreibtischunterlage. Es war ein großer Block, auf den man während des Telefonierens kritzeln konnte. Sie selbst hatte so einen in ihrem Büro. Ihrer war hauptsächlich mit Ranken und geometrischen Mustern versehen. Bernd hingegen nutzte seine Unterlage tatsächlich, um Notizen zu machen. Offenbar hatte er diese Seite erst vor Kurzem angefangen, denn noch war eine Menge Platz auf dem Blatt.

Michaela trat näher und las, was Bernd geschrieben hatte. Samstag Abendessen mit M&V. Das war noch nicht mal eine Woche her.

Er hatte ein paar Termine notiert und manche wieder durchgestrichen, dann fielen Michaela die Worte am Rand des Blockes auf. Bernd schien in Eile gewesen zu sein, seine Schrift war kaum zu entziffern. *Anruf um 8:03 Uhr. Vergewaltigungsopfer. Suizidgefahr!!! Akute Psychose?*

Ihre Narbe meldete sich mit einem Kribbeln, unangenehm, aber nicht schmerzhaft. Diese Notizen mussten nicht von heute stammen, genauso gut hätte Bernd sie an jedem anderen Tag auf die Unterlage schreiben können, sagte sie sich. Doch sie waren eine Erklärung. Dafür, dass er gegangen war. Für sein Fernbleiben im Kriminalamt, aber nicht dafür, dass er weder erreichbar war noch dass er eine Nachricht hinterlassen hatte. Und dadurch wurde Michaelas Angst um Bernd nicht kleiner.

Sie nahm ein Blatt Papier aus dem Drucker und schrieb: *Ich habe mir Sorgen gemacht. Ruf mich an! Michaela*

Dann legte sie den Zettel auf den Boden in der Diele. So musste er ihre Nachricht finden, wenn er nach Hause kam. Mehr konnte sie im Moment nicht tun.

Sie zog die Eingangstür hinter sich zu, sperrte ab und legte den Schlüssel wieder auf seinen Platz. Dann stieg sie ins Auto und fuhr los, zurück an die Arbeit. Je eher sie die Person verhaften konnten, die drei Menschen auf dem Gewissen hatte, desto eher konnte sie wieder ruhig schlafen. Und Bernd wäre nicht länger in Gefahr.

Doris rief an, kurz bevor Michaela das Präsidium erreichte. »Wir kommen gerade von Lena Voigt«, sagte sie und berichtete von ihrem Gespräch mit der Exfrau des Hundebiss-Opfers.

»Erzähl ihr von der Kette«, hörte sie Vincents Stimme im Hintergrund.

»Also, Lena Voigt hat auch so ein Kreuz wie die anderen«, kam Doris Vincents Aufforderung nach. »Schön langsam glaub ich, wir haben es hier mit irgendeiner Sekte zu tun.

Vincent hat sie gefragt, ob sie gläubig sei, und weißt du, was sie geantwortet hat?«

Doris ließ ihr keine Zeit, um zu antworten, ohnehin war ihre Frage rein rhetorisch gewesen, denn sie redete gleich weiter: »Früher nicht, aber Gott habe dafür gesorgt, dass ihr Gerechtigkeit widerfährt.«

In Michaelas Kopf rastete etwas ein. Gerechtigkeit. Ein starkes Motiv.

»Die ersten Wochen nach seiner Entlassung hat das Zusammenleben noch ganz gut geklappt, doch dann begann er sich mit seinen alten Kumpanen zu treffen, er trank wieder. Und er schlug sie, und zwar so heftig, dass sie mit einer Gehirnerschütterung ins Krankenhaus musste«, erzählte Doris weiter. »Erst dort fand sie mithilfe einer der Krankenschwestern die Kraft, ihn zu verlassen.«

Die ganze Geschichte erinnerte Michaela an die von Daniela Ferstl und Melanie Grabherr.

Und an die von Dutzenden anderen misshandelten Frauen. Ein Gedanke blitzte in ihrem Kopf auf, doch ehe sie ihn greifen konnte, kam Doris' Frage dazwischen. »Hast du etwas wegen Bernd herausgefunden?«, fragte sie.

»Offenbar ist er zu einem Notfall gerufen worden«, antwortete Michaela.

Am anderen Ende der Leitung atmete Doris erleichtert auf und gab Michaelas Worte an Vincent weiter.

»Wir sind gleich da, hoffe ich zumindest. Dann überprüfen wir als Erstes Lena Voigts Alibis«, sagte Doris, ehe sie auflegte.

KAPITEL 45

Sie ließ das Bett, auf dem der Bewusstlose lag, in das leere Becken. Ihn dort hinaufzuhieven war zwar nicht einfach gewesen, aber ihre Ausbildung und Erfahrung waren ihr zugutegekommen.

Bei dem Kampf hatte sie ihm das rechte Schultergelenk ausgekugelt, was ihr leidtat. Sie hatte nicht die Absicht gehabt, ihn zu schwächen, er sollte schließlich eine faire Chance bekommen, das Gottesurteil zu überstehen – so wie die anderen vor ihm.

Deshalb hatte sie die Schulter wieder eingerenkt. Schmerzen würde er dennoch haben, aber sie hatte ihr Bestes getan.

Gurte fixierten den Mann an den Unterschenkeln, den Hüften und der Brust, sodass er nicht wegrutschen konnte, was sich als vorausschauend erwies, weil das Bett bedenklich zur Seite kippte, als sie es mittels der Winde hinunterließ. Wahrscheinlich funktionierte der Mechanismus nicht mehr einwandfrei. Vielleicht war er auch nicht für solche Betten ausgelegt.

Sie sah auf die Uhr. Trotz des Zeitverlustes, den sie durch die Versorgung seiner Schulter in Kauf hatte nehmen müssen, lag sie im Plan. Etwa eine Viertelstunde noch, bis die Betäubung nachließ und Dalisch aufwachen würde.

Sie stieg zu ihm ins Becken, hob zuerst seinen linken Arm, dann den rechten und band beide Handgelenke zusammen mit einem Seil an die Kette der Dusche. Noch war die Kette mit einem Splint gesichert, den würde sie später, wenn die Zeit gekommen war, herausziehen.

Schneller, als sie angenommen hatte, flackerten seine Lider.

»Das nächste Mal fahr ich«, hörte Michaela Doris' Stimme auf dem Gang. Vincent brummte irgendetwas, das sie nicht verstand.

Gleich darauf kamen die beiden ins Büro, und Doris warf ihre Handtasche auf den Stuhl. Sie wirkte genervt.

»Wir wären ja früher da gewesen, wenn mich Vincent ans Steuer gelassen hätte«, empörte sich Doris mit einem Blick auf den älteren Kollegen.

»Dann wären wir gar nicht angekommen.«

Michaela musste unwillkürlich lächeln.

»Hat Bernd sich in der Zwischenzeit gemeldet?«, fragte Doris.

»Nein«, war Michaelas knappe Antwort.

Ständig wanderte ihr Blick auf die Uhr, deren Zeiger quälend langsam vorrückten. Beinahe acht Stunden seit Bernds Verschwinden, acht Stunden, in denen er sich nicht gemeldet hatte und auch nicht erreichbar war. Viel zu lange, selbst für einen Notfall. Mit jeder Minute, die verstrich, wuchs in Michaela die Gewissheit, dass ihm etwas passiert war. Und sie hatte nichts getan, um es zu verhindern.

Irgendwann zwischendurch kam ihr der Gedanke, dass sie Valerie verständigen sollte, doch ihre Nichte wäre mit Sicherheit in den nächsten Zug gestiegen und nach Hause gekommen. In dieser Situation wäre das keine Hilfe, sondern eine zusätzliche Belastung gewesen, also ließ Michaela es bleiben, auch auf die Gefahr hin, dass Valerie mit ihr kein Wort mehr sprechen würde.

Sie hatte das Gefühl, ihr Kopf würde gleich platzen. Zu viele Gedanken schwirrten in ihm herum, Brocken, Teile, die einfach nicht zueinanderpassen wollten. Das Frauenhaus, das eine zentrale Rolle zu spielen schien. Religion und Gott. Sie wünschte, Bernd wäre hier. Er hätte vielleicht Ordnung in dieses Chaos bringen können, er hätte anhand der neuen Erkenntnisse und nach einem Gespräch mit Lena Voigt ein Täterprofil erstellen können, und diesmal hätte sie seiner Meinung mehr Gewicht beigemessen. Doch er war nicht da. Und sie wusste nicht, an wen sie sich sonst wenden konnte, der kompetent und klug genug war, die Zusammenhänge zu verstehen. Einer, der Ahnung von Tätern und Opfern hatte, der wusste, was sie antrieb.

Es gibt so jemanden. Nein! Nicht in diesem Leben. Eher würde sie tot umfallen, als ihn zu fragen.

Wenn du dich weigerst, wird genau das mit Bernd passieren, wenn es nicht ohnehin zu spät für ihn ist, drängte die Stimme in ihr weiter.

»Ich muss noch mal weg«, sagte sie zu ihren Kollegen.

»Kommst du wieder zurück?«, wollte Doris wissen, und Vincent fragte: »Wohin gehst du?«

»In die Justizanstalt Josefstadt«, antwortete Michaela.

»Was willst du denn ausgerechnet dort?«

»Jemanden besuchen, von dem ich gehofft hatte, ihn nie wieder sehen zu müssen.«

Bernd kämpfte sich aus dem Nebel, der sich in seinem Kopf breitgemacht hatte. Er wollte sich aufsetzen, doch sein Körper war wie festzementiert. Seine Arme schienen hingegen zu schweben, nur der Schmerz in seiner Schulter störte dieses Gefühl und brachte ihm die Erinnerung wieder. Diese Frau, die ihn hergeholt, ihn getäuscht und überrumpelt hatte. Blindlings war er in ihre Falle getappt. Als Gottes rechte Hand hatte sie sich selbst bezeichnet, und ein Schauer lief über seinen Rücken, als er erkannte, dass Michaela recht gehabt hatte.

»Gut geschlafen?« Ihre Stimme kam von irgendwo über ihm, aber außerhalb seines Sichtbereiches. Er versuchte den Kopf zu drehen, doch sofort jagte ein Stich wie von einem brennenden Schwert durch seine verletzte Schulter.

»Du hast schwere Schuld auf dich geladen«, fuhr die Stimme fort.

»Ich bin deinem Ruf nach Hilfe gefolgt, ohne zu zögern«, setzte Bernd ihr entgegen.

»Das wird Gott dir bestimmt bei seiner Entscheidung anrechnen.«

In Bernd arbeitete es fieberhaft, er wünschte, der Rest des Nebels in seinem Kopf würde sich auch noch verziehen, damit er klar denken konnte. Er brauchte seinen Verstand und sein ganzes Können, um aus dieser Situation irgendwie wieder herauszukommen. Er zog an dem Seil, an dem seine Arme hingen, und ein jäher Schmerz jagte durch seinen Körper, sandte Blitze durch sein Gehirn. Sterne tanzten vor seinen Augen, und er unterdrückte das Stöhnen, das sich von seinen Lippen stehlen wollte. Die Flammen ausgehend von seiner Schulter erloschen langsam und zerstreuten den Dunst, der seinen Geist verschleierte.

Die Anstrengung und die eben erlittenen Qualen ließen Schweißperlen auf seiner Stirn zurück. »Du bist eine sehr gute Lügnerin«, sagte er.

»Ich habe nicht gelogen.« Sie klang aufrichtig, aber

Bernd traute seinem Gefühl nicht mehr. Er war auf ihre Show schon einmal hereingefallen.

Sie sprach weiter: »Ich gebe zu, es ist keine schöne Geschichte«, sie machte eine kurze Pause, »aber wenn ich so überlege, kenne ich gar keine schönen Geschichten. Willst du sie trotzdem hören?«

Sie wollte reden, und das war gut. Solange sie das Bedürfnis hatte, etwas loszuwerden, solange würde sie ihn am Leben lassen. Und sie würde mehr über sich preisgeben. Vielleicht halfen ihm diese Informationen, sie umzustimmen, und sie ließ ihn gehen.

»Ja«, beantwortete er ihre Frage. »Mit hässlichen Geschichten kenne ich mich aus.«

»Dann komme ich zu dir hinunter. Ich möchte dabei dein Gesicht sehen, wenn dir klar wird, was du verbrochen hast. Ich möchte sehen, ob du bereust.«

»Dann lässt du mich frei?«

Hinter sich hörte er sie die Leiter hinabsteigen, dann beugte sich ihr Gesicht über ihn. »Nein«, sagte sie nicht unfreundlich. »Das liegt nicht in meinem Ermessen. Diese Entscheidung trifft der Herr allein.«

Michaela hatte noch auf dem Weg zu ihrem Auto den Staatsanwalt angerufen und all ihre Überredungskünste angewandt, um ihn davon zu überzeugen, dass sie mit dem Häftling dringend sprechen musste – und zwar heute noch. Es ginge um Leben und Tod, und zwar im wahrsten Sinne des Wortes.

Schließlich hatte er seufzend versprochen, beim Leiter der Justizstrafanstalt anzurufen und ihr Kommen anzukündigen. Die Bewilligung würde er direkt dorthin faxen.

Nun stand sie vor dem Eingang, meldete sich an und erntete von dem Portier unfreundliche Blicke, doch das war ihr egal. Hätte sie eine Wahl gehabt, hätte sie sich für eine andere Möglichkeit entschieden.

Das Prozedere war in allen Haftanstalten ähnlich. Sie musste ihre persönlichen Dinge abgeben, die für die Dauer des Besuchs in einem Schließfach verwahrt wurden, und ihre Taschen leeren. Dieser Moment war immer ein wenig peinlich, weil es schon öfter vorgekommen war, dass sich Dinge in ihren Hosentaschen befanden, die dort nicht hingehörten und von denen sie meist gar nicht mehr wusste, dass sie sie eingesteckt hatte.

Diesmal förderte sie aber nur einige Münzen und zwei zerknüllte Taschentücher zutage.

Je näher sie an den Besucherraum kam, desto mehr wuchs ihr Unbehagen. Vor der Tür war ihr Mund so trocken, dass sie nicht einmal mehr schlucken konnte. Der Beamte, der sie bis hierhin begleitet hatte, schien ihre Nervosität zu bemerken: »Das erste Mal?«

»Wie bitte? Ach so. Nein, ich war schon öfter hier. Und auch in anderen Anstalten.« Sie atmete tief durch und straffte die Schultern. Eben, sie hatte so etwas schließlich schon öfter gemacht, und Kilian Weilmann gehörte nicht mehr zu ihnen. Er war ein Verbrecher, so wie alle anderen Insassen hier.

Sie hatten ihn schon hereingebracht. Er saß an einem Tisch, hinter ihm an der Wand hatte sich ein zweiter Justizwachbeamter postiert, jederzeit bereit, bei jedem Fehlverhalten seitens des Häftlings oder aber auch des Besuchers einzugreifen. Sie trat zwei Schritte in den Raum, und er hob den Kopf. Sein Haar war noch ein wenig länger geworden und fiel über seine Schultern, doch das Weiß leuchtete noch genauso kräftig wie früher. Als Untersuchungshäftling besaß er einige Privilegien, die bereits verurteilte Straftäter nicht hatten. Er durfte zum Beispiel seine eigene Kleidung tragen. Den obligatorischen dunklen Anzug, der sein Markenzeichen im LKA gewesen war, hatte er gegen ein dunkelblaues Polohemd und eine ebenso blaue Stoffhose getauscht. Seine Haut, sonst immer braungebrannt, als wäre er eben von einem Südseeurlaub gekommen, war um eine Spur blasser geworden, doch als er den Kopf hob, blickte er Michaela mit dem gleichen klaren, wachen Blick an wie früher. Ein leichtes Lächeln umspielte seine Lippen. »Michaela, welch Vergnügen, dich zu sehen.« Seine Stimme war schmeichelnd, leise, einfühlsam. Man konnte leicht vergessen, welches Monster hinter dieser Fassade steckte.

Er streckte ihr seine Hand zur Begrüßung hin, doch sie ignorierte sie und nahm ihm gegenüber Platz. Körperkontakt jeder Art war hier nicht gern gesehen. Sie verspürte auch kein Bedürfnis danach.

Er ließ die Hand auf den Tisch sinken. »Wie geht es Valerie?«

Sie blickte ihm in die Augen. »Wir werden nicht über sie sprechen«, sagte sie bestimmt. In ihrem Inneren brodelte es jetzt schon, und sie war gerade erst eine Minute hier. Doch sie musste sich zusammenreißen, schließlich wollte sie etwas von ihm, nicht umgekehrt.

Er lehnte sich zurück. »Weshalb bist du dann gekommen? Doch nicht nur, um mich zu sehen?«

»Ich brauche deine Hilfe«, sagte sie ruhig. »Du kennst die Regeln besser als jeder andere. Keine Sonderbehandlung, keine Zusagen, aber ich kann versuchen, mich für dich einzusetzen. Vielleicht gibt es auch etwas, das du brauchst. Bücher oder Schreibblöcke, keine Ahnung... alles, was im machbaren Bereich liegt und legal ist, kann ich dir zukommen lassen.«

»Sag mir zuerst, worum es geht.«

Sie sagte es ihm.

Er dachte eine Weile nach. »Ich brauche Zugang zu allen Ermittlungsakten.«

»Vergiss es, dafür ist keine Zeit. Du wirst dich mit mir als einzige Informationsquelle zufriedengeben müssen.«

Er schloss die Augen für einen Moment, dann sah er sie an. »Ich will meine Notizbücher. Alle.«

Michaelas Narbe sandte eine dumpfe Warnung aus. Sie ignorierte den pochenden Schmerz. »Deine Originalaufzeichnungen sind Teil des Beweismaterials, ich kann dir höchstens eine Kopie besorgen.«

Der ehemalige Kriminalpsychologe nickte einmal. »Dann eben Kopien. Und eine Pizza. Mit allem Drum und Dran. Es scheint, als würde ich das Abendessen verpassen.«

Michaela stand auf, sprach mit dem Vollzugswachbeamten, der sie hereingebracht hatte. Begeistert war der nicht gerade, den Pizzadienst für sie anzurufen und auch noch das Geld auszulegen, bis Michaela es ihm zurückgeben konnte. Aber ihrem flehenden Blick konnte er doch nicht widerstehen. »Also gut«, sagte er. »Ich kümmere mich um die verdammte Pizza. Scheint ja wirklich wichtig zu sein.«

»Ist es. Sie können sich gar nicht vorstellen, wie«, antwortete Michaela und ging zurück zu Weilmann, um ihm den ganzen Rest über ihre Fälle zu erzählen.

KAPITEL 46

»Es tut mir leid, dass du das alles durchmachen musstest«, sagte er zu ihr. Es war ihr erstaunlicherweise leichtgefallen, ihm von ihrer Vergangenheit zu erzählen. Bisher hatte sie diese Geschichte nur dem Engel erzählt. Und natürlich Gott, aber der wusste es sowieso schon, ihm blieb schließlich nichts verborgen. »Nicht, was man war, sondern was man wird, ist wichtig«, antwortete sie. Sie erhob sich vom Boden des Wasserbeckens, überprüfte noch einmal das Seil. Alles, wie es sein sollte.

»Es ist Zeit für ein Gebet«, sagte sie und begann mit den Worten, die sie aus dem Brief des Paulus an die Epheser für Bernd ausgewählt und ein wenig abgeändert hatte: »Deine Rettung ist wirklich reine Gnade, du empfängst sie allein durch den Glauben, sie ist ein Geschenk Gottes ... Vater im Himmel, sieh auf diesen Sünder, den ich dir heute übergebe«, fuhr sie fort. »Durch Wasser wird er auf die Probe gestellt und beugt sich deinem Urteil, Amen.«

Noch ein letztes Mal beugte sie sich über ihn. »So Gott will, überlebst du. Vielleicht hilft Beten, um ihn gnädig zu stimmen.«

Dann stieg sie die Leiter hoch und zog den Splint heraus, die Kette, die über das Seil mit Bernds Armen verbunden war, straffte sich. Sobald er daran zog, würde das Wasser über den Duschkopf zu laufen beginnen.

Wie lange würde er es schaffen, die Arme nicht sinken zu lassen?

Michaela beendete ihre Zusammenfassung mit Doris' und Vincents Besuch bei Alexander Voigts Witwe. »Sie könnte es getan haben«, sagte Michaela. »Wir sind dabei, ihre Alibis zu überprüfen. Aber genauso gut könnte es eine der anderen Frauen gewesen sein.«

Weilmann biss in das letzte Pizzastück. Er hatte ihr etwas angeboten, doch sie war nicht hungrig, obwohl sie nicht mal gefrühstückt hatte. Außerdem wollte sie nicht mit ihm zusammen essen. Er war kein Freund, und das hier war kein gemütliches Treffen.

Weilmann versank in Schweigen, er legte den Kopf in den Nacken und dachte nach. »Die Inszenierungen der Tatorte finde ich spannend«, sagte er schließlich. Spannend war für Michaela nicht unbedingt das richtige Wort. Sie fand sie durchtrieben. Aber gut möglich, dass ein Psychologe das anders sah.

»Ferstl war mit einem Wespenlockmittel beschmiert, Wagenmüller schien mit einem Leinenhemd bekleidet gewesen zu sein, das zuvor in Wachs getränkt worden war. Und das hat er sich mit Sicherheit nicht selbst übergezogen, genauso wenig, wie Ferstl sich selbst ein Lockmittel ins Gesicht gekleistert hat. Diese Maßnahmen dienten einzig und allein dazu sicherzustellen, dass sie sterben. In meinen Augen ist das krank.«

Weilmann setzte sich abrupt auf. »Ein Wachshemd?«

»Ja, Ferreira hat einen winzigen Teil davon auf Wagenmüllers Rücken gefunden. Und Harald meinte, das Wachs wäre eine Mischung aus vielen verschiedenen Kerzensorten ...«

»Hast du schon einmal etwas von Gottesurteilen gehört?«

Michaela musste zugeben, dass ihr dieser Begriff

nichts sagte. Weilmann schien als Dozent ganz in seinem Element, als er ihr erklärte, dass speziell im Mittelalter gerne Ordalien – so wurden Gottesurteile auch noch genannt – über Schuld und Unschuld eines Menschen entschieden. Die Feuerprobe wäre so ein Ordal gewesen. »Man hat sich auf die Unfehlbarkeit Gottes verlassen, die für Gerechtigkeit sorgen sollte. Es gab verschiedene Möglichkeiten, dem Einfallsreichtum wurden da keine Grenzen gesetzt. Eine Variante dieser Feuerprobe, bei besonders schweren Anschuldigungen, war es, dem Beklagten ein Wachshemd überzustreifen, mit dem er durch ein Feuer gehen musste.«

»Wie praktisch«, sagte Michaela trocken. »Da konnte man sich doch ausrechnen, dass niemand ohne Verletzungen davonkam. Ich werde nie verstehen, wie man jemandem so etwas antun kann, Mittelalter hin oder her.«

»Oh, Gottesurteile gab es schon viel früher. Und nicht bloß unter dem Deckmantel der katholischen Kirche«, gab er zurück.

Michaela dachte über Weilmanns Erklärung nach. Sie klang plausibel. Ein Wachshemd, der Brand. Die Mehlexplosion und diese Konstruktion, die sie ausgelöst hatte. Die einzelnen Steine schoben sich zu einem Bild zusammen. Ein Teil des großen Puzzles.

»Gibt es auch Gottesurteile mit Wespen oder mit Hunden?«

Weilmann kratzte sich am Kinn. »Ich habe von welchen gehört, bei denen Beschuldigte in ein Gefäß mit giftigen Insekten greifen mussten oder ähnlich wie die Gladiatoren in Rom mit wilden Tieren kämpfen sollten – eine Variation des Zweikampfes, der relativ häufig angewendet wurde.«

Michaela musste ihre Gedanken sortieren. Wenn es so war, wie Weilmann vermutete... und seine Ausführungen schienen sich perfekt in diese bizarren Fälle einzufügen, war Bernd auf Gedeih und Verderb einem Wahnsinnigen ausgeliefert.

»Welche gibt es noch?«, fragte sie tonlos.

»Wie gesagt, der Fantasie sind keine Beschränkungen auferlegt. Wasserprobe, Kreuzprobe, das Liegen in einem Grab unter der Erde... nicht selten erstickten die Leute daran...«, er stockte, »... ich kann mich an einen ähnlichen Fall erinnern.«

Weilmann wusste keine Details mehr, aber die würde Michaela herausfinden. Es handelte sich um einen Mann, Thomas Radner, der von Arbeitern einer großen Baufirma in der Früh tot aufgefunden worden war. Er war in der Sandgrube qualvoll erstickt. Weilmann hatte versucht, die Staatsanwaltschaft zu überzeugen, den Tod Radners näher zu untersuchen und den Ungereimtheiten auf den Grund zu gehen, doch die hörte nicht auf ihn, der Fall wurde als tragisches Unglück zu den Akten gelegt.

»Wie lange ist das her?«, wollte Michaela wissen.

Weilmann zuckte die Achseln. »Ein Jahr? Vielleicht mehr.«

»Er könnte das erste Opfer gewesen sein«, überlegte Michaela laut.

»Manchmal liegt der Anfang nicht, wo man ihn vermutet, sondern ein ganzes Stück weiter zurück.«

Michaela stand auf. In ihr hatte sich eine Unruhe breitgemacht, die sie keine Minute länger auf dem Stuhl sitzen ließ.

»Du willst gehen? Wohin zieht es dich denn so dringend?« Weilmann klang enttäuscht. Sie konnte sich vorstellen, dass er nicht sehr oft Besuch bekam, falls überhaupt. Es gab niemanden, soweit sie wusste.

»Zum Anfang«, antwortete Michaela und gab dem Wachbeamten ein Zeichen. »Mach's gut, Kilian ... und danke.«

Sie hatte nicht erwartet, dass Doris noch im Büro wäre, doch sie war es, die Michaelas Anruf entgegennahm.

»Wir haben versucht, dich zu erreichen«, sagte Michaelas Kollegin aufgeregt. »Lena Voigt hat uns angelogen. Sie hat für keinen der Morde ein Alibi.«

»Doris, ich bin in zwanzig Minuten da, kannst du für mich etwas über einen Thomas Radner herausfinden?«

»Wer ist denn das schon wieder?«, fragte Doris skeptisch.

»Ich glaube, er ist der Anfang von allem«, sagte sie und drückte auf das Gaspedal.

KAPITEL 47

Bernds Arme zitterten, sosehr er auch versuchte, den Schmerz zu ignorieren, so verbissen er sich bemühte, die Arme oben zu behalten, es gelang ihm nicht länger. Die Muskeln gaben nach, folgten ihrem eigenen Willen. Mit einem Ruck spannte sich das Seil und zog an der Kette. Wasser plätscherte aus dem Duschkopf über ihm, innerhalb von Sekunden war er klatschnass. Doch das war sein kleinstes Problem. Wie lange würde es brauchen, bis das Becken sich so weit füllte, dass das Wasser ihn bedeckte? Allenfalls ein paar Stunden. In seiner

Brust hämmerte sein Herz, als wolle es herausspringen. Ihre Stimme drang durch das stetige Rauschen des Wassers. »Du hast nicht sehr lange durchgehalten. Schade, es hätte dir mehr Zeit verschafft, vielleicht so viel, dass deine kleine Polizistenfreundin dich noch rechtzeitig findet.«

»Woher weißt du ...?« Er brach zitternd ab. Schon jetzt konnte er das Zähneklappern nicht unterdrücken. Das Wasser war eisig, seine Kleidung klebte an ihm, sog jede Wärme aus seinem Körper, von unten drang die Kälte ebenfalls zu ihm herauf. Das Plätschern war lauter geworden, der Wasserpegel stieg. Sie gab keine Antwort.

»Hilfe!«, schrie er, und sein Ruf wurde von den gekachelten Wänden zurückgeworfen.

Ihr Lachen hallte in seinem Kopf wider. »Wer könnte dich hier hören? Aber bitte, tu dir bloß keinen Zwang an. Wenn du deine Kräfte vergeuden willst ...«

Sie hatte recht. Jede noch so kleine Anstrengung würde ihn Energie kosten. Energie, die sein Körper brauchte, um nicht zu erfrieren. Oder vielleicht sollte er sich einfach seinem Schicksal ergeben, dieser Müdigkeit nachgeben, die ihn langsam umfing und ihm vorgaukelte, er brauche nur die Augen zu schließen und alles wäre gut. Es wäre so einfach gewesen einzuschlafen, sich geborgen zu fühlen ... so wie in Michaelas Armen ... Michaela. Er sah Bilder von ihr vor sich. Wie sie lächelte; wie sie die Stirn runzelte, wenn sie aufgebracht war; wie ihre Fingerspitzen zu ihrer Narbe wanderten, immer, wenn sie unter Anspannung stand; ihre Augen voller Sorge und Verzweiflung, bevor er sie küsste und danach, als sie sagte, sie wolle ihn nicht verlieren. Er hielt sich an ihrem Gesicht fest, tauchte aus der Gleichgültigkeit wie durch eine zähe Masse. Sein ganzer Körper zitterte unkontrolliert. Er wusste nicht, wie lange er das noch durchstehen konnte, aber er würde bis zum letzten Atemzug kämpfen, nur um dieses Gesicht noch einmal wiederzusehen.

Michaela flog förmlich die Treppe hoch und stürmte in das Büro. »Du siehst aus, als würdest du gleich umkippen«, sagte Vincent. Die Besorgnis in seiner Stimme rührte sie. »Mir geht's gut«, versuchte sie, ihn zu beruhigen, doch er durchschaute ihre Lüge sofort. »Hast du heute überhaupt schon etwas gegessen? Hier!« Er warf ihr zwei von seinen Müsliriegeln zu, die er in seiner Schreibtischschublade hortete und dachte, sie und Doris wüssten nichts davon.

»Um mich braucht ihr euch keine Sorgen machen«, sagte sie, riss aber einen der Riegel aus der Verpackung.

Während sie aß und versuchte, dabei nicht zu schlingen, las Doris ihr vor, was sie über Thomas Radner herausgefunden hatte. »Die Spurensicherung war am Unglücksort, sie haben ein paar Reifenabdrücke sichergestellt, die sie aber nicht zuordnen konnten. Der Firmeninhaber meinte, es kämen jeden Tag Kunden mit Autos, die Abdrücke könnten praktisch von jedem stammen. Sie haben an der Leiche noch Haare und Fasern gefunden, doch trotz aller Ungereimtheiten wurden die Ermittlungen eingestellt. Da scheint bci der Staatsanwaltschaft keiner Lust gehabt zu haben, sich näher damit zu beschäftigen, zumal der zuständige Gerichtsmediziner als Todesursache Ersticken ohne Fremdeinwirkung in seinen Bericht schrieb.«

Michaela wusste das meiste schon von Weilmann, deshalb winkte sie ungeduldig ab. »Weiter!«, bat sie Doris.

Die holte erst mal tief Luft. »Thomas Radner war verwitwet, wie ich anhand seiner Meldedaten in Erfahrung bringen konnte. Dann habe ich mir die Sterbeurkunde seiner Frau besorgt und ein wenig nachgeforscht. Cornelia Radner wurde zu Tode geprügelt. Sie starb an einem Schädel-Hirn-Trauma. Schuld daran war ihr Mann, doch er kam mit einer verhältnismäßig geringen Haftstrafe und der Auflage, eine Therapie zu beginnen, davon. Und weißt du, wer ihn vor Gericht vertreten hat?«

Michaela konnte nicht sagen, woher die Gewissheit kam. »Robert Wagenmüller.«

»Manchmal liegt der Anfang nicht, wo man ihn vermutet…«, wiederholte sie Kilian Weilmanns Worte.

»Wie bitte?«

Vielleicht lag es an dem Müsliriegel, vielleicht auch daran, dass sie endlich die Zusammenhänge begriff, aber neue Energie strömte durch ihren Körper. »Vincent, ich brauche die ganze Krankengeschichte von Cornelia Radner. Ruf bei der Versicherung an, die müssen alles gespeichert haben. Und lass dich nicht abwimmeln, egal ob sie Feierabend machen wollen oder nicht«, setzte sie nach einem Blick auf die Uhr hinzu.

»Doris, wenn du wegmusst, kann ich das verstehen, aber ich wäre froh, wenn du noch bleiben könntest.«

Ihre Kollegin lächelte sie breit an: »Wegen Jonas ist schon alles geklärt. Ich bleibe solange es nötig ist, wenn es sein muss, die ganze Nacht.«

»Danke. Euch beiden«, sagte Michaela, und eine Welle der Erleichterung durchströmte sie. Sie wusste nicht, was sie ohne ihre Kollegen gemacht hätte.

Während Vincent telefonierte, rief sie bei Harald an. »Mir ist egal, ob du noch sauer bist oder nicht, es geht um Bernd«, fing sie an. »Ich muss herausfinden, wo er steckt. Vermutlich schwebt er in Gefahr, womöglich ...«, ihre Stimme brach, doch sie hatte sich gleich wieder im Griff. »Er ist seit heute Morgen verschwunden.«

Er zögerte keine Sekunde. »Was kann ich tun?«

»Thomas Radner, ein älterer Fall, deine Leute waren auf der Baustelle, wo er starb, es gab Spuren, die damals nicht relevant waren. Heute sind sie es.«

»Ich rufe dich in spätestens zehn Minuten zurück«, sagte er und legte auf.

Vincent war hartnäckig geblieben, er schaltete auf Lautsprecher, damit Michaela und Doris mithören konnten, was die Dame bei der Krankenversicherung sagte. »Jänner 2016, Unfallkrankenhaus Lorenz Böhler wegen einer Fraktur des linken Handgelenks, nachdem sie vor dem eigenen Haus auf dem Gehsteig ausgerutscht war.

April 2016, zwei Tage Spitalsaufenthalt im SMZ Ost wegen einer Gehirnerschütterung nach Sturz vom Rad.

September 2016, Krankenhaus Zu den heiligen Schwestern Gottes, zwei gebrochene Rippen und eine Platzwunde, die genäht werden musste. Auf der Ambulanzkarte steht, sie wäre im Bad ausgerutscht, als sie aus der Dusche kam.

August 2016, Zahnambulanz, ein ausgeschlagener Zahn ... hören Sie, diese häufigen Verletzungen sind schon auffällig, oder?«

»Und trotzdem ist keiner stutzig geworden«, sagte Vincent.

»Nun, das liegt vermutlich daran, dass sie jedes Mal in ein anderes Krankenhaus ging. Wenn sie jeweils von den früheren Verletzungen nichts erzählt hat, gibt es keinen Grund, misstrauisch zu werden. Soll ich weitermachen?«

»Nicht nötig«, gab Vincent zurück.

Sie wussten alle, worauf es hinauslief. September 2016, Schädel-Hirn-Trauma nach einem angeblichen Treppensturz.

Zwei Tage lag Cornelia Radner im Koma. Am 12. September starb sie, ohne das Bewusstsein wiedererlangt zu haben, um 21:53 Uhr im Wiener AKH.

Harald rief sie wie versprochen zurück. »Michaela, du wirst es nicht glauben, diese Reifenspuren, die von der Baustelle, auf der Radner umgekommen ist, sind identisch mit denen, die wir auf dem Parkplatz der Gartensiedlung und bei der Autowerkstatt gefunden haben, wie ...?«

»Intuition«, gab Michaela kurz zurück. Sie hatte keine Zeit für lange Erklärungen. »Harald, ich muss wissen, zu welcher Automarke sie gehören.«

Er gab ein Schnauben von sich. »Das ist nicht so einfach. Für jeden Fahrzeugtyp gibt es verschiedene Reifen, die passen ...«, dann seufzte er. »Bernd ... er bedeutet dir viel, nicht wahr?«

»Ja«, antwortete sie schlicht.

»Ich tu, was ich kann.«

KAPITEL 48

Sie blickte auf das Wasser in dem Becken, das mittlerweile die Kante des Bettes erreicht hatte. Es war dunkel geworden, nur von einem der schmalen Fenster drang fahles Mondlicht durch die schmutzige Scheibe. Eine tiefe Ruhe erfüllte sie, bald war es vorbei. Sie hatte Gottes Wunsch entsprochen, hatte gegen das Böse gekämpft.

Oh, sie machte sich keine Illusionen, ihre Taten waren ein Tropfen auf dem heißen Stein. Es gab noch jede Menge solcher Ausgeburten Satans wie Lothar Ferstl, Alexander Voigt, Robert Wagenmüller oder wie Thomas Radner, der Erste, den sie dem Urteil ihres Herrn überantwortet hatte.

Sie wusste sofort, dass Cornelia log, als sie die junge Frau danach fragte, woher die Verletzungen stammten. Sie hatte diesen gehetzten Ausdruck und diesen Schmerz in ihrem Blick, der nicht von den Qualen kam, den die Rippenbrüche verursachten.

»Wir können dir helfen«, sagte sie. »Du musst ihn verlassen. Niemand hat es verdient, so behandelt zu werden.«

»Ich schon«, war die leise Antwort, und was immer sie auch versuchte, um Cornelia zu überzeugen, es drang einfach nicht durch.

»Er wird immer weitermachen«, warnte sie. »Irgendwann schlägt er dich tot.«

Sie hatte recht behalten.

Niemand scherte sich darum. Nur sie wusste die Wahrheit und sie erstattete Anzeige gegen Thomas Radner. Anonym, aber bei solch einem schweren Vorwurf mussten die Behörden reagieren. Offenbar reichten die Beweise aus, um ihn zu verurteilen. Doch die Strafe war eine Farce. Robert Wagenmüller hatte die Verteidigung übernommen, ein Anwalt, dem es ziemlich egal war, welchen Abschaum er vertrat, solange seine horrenden Geldforderungen bezahlt wurden. Leider war er einer der Besten, wie so oft. Satan suchte sich seine Jünger gewissenhaft aus.

Nach der Urteilsverkündung, sie hatte ganz hinten im

Gerichtssaal gesessen, war sie zwei Tage nicht imstande gewesen, ihre Wohnung zu verlassen. Sie hatte geweint, geschrien, sie hatte sich geschnitten, weil sie keinen anderen Weg wusste, mit dieser himmelschreienden Ungerechtigkeit zurechtzukommen.

Ihr Engel war die ganze Zeit bei ihr. Sie hatte darum gebeten, weil sie das erste Mal seit ... seit damals ... Angst hatte, den Verstand zu verlieren und die größte Todsünde zu begehen, zu der ein Christ imstande war: Selbstmord.

»Die irdischen Gerichte sind fehlbar«, sagte ihr Engel. »Nur der Herr im Himmel ist es nicht. Radner muss sich Gottes Urteil unterziehen.«

Sie hatten viel und lange diskutiert, sie hatten gemeinsam Ideen gewälzt, und je mehr sie sich damit befasste, desto weniger tat ihre Seele weh. Es war, als wolle Gott ihr damit zeigen, dass sie seinen Wunsch nach Gerechtigkeit, nach der ja auch sie sich so dringend sehnte, endlich erkannt hatte.

Sie hatte Radner eine Weile beobachtet. Von Trauer keine Spur. Er amüsierte sich in Bars, schleppte jeden Abend eine andere Frau, zumeist Prostituierte, ab, während seine Frau in ihrem Grab unter der Erde verfaulte. Deshalb fand sie das Gottesurteil, das sie für ihn auswählte, auch so passend.

An ihn ranzukommen war nicht schwer gewesen. Sie hatte sich aufreizend gekleidet, die Perücke aufgesetzt, die, die sie auch bei Ferstl verwendet hatte – es wäre schade gewesen, sie wegzuwerfen, bei dem Preis, den sie gekostet hatte –, ihre weiblichen Reize ein wenig spielen lassen, und er hatte angebissen und war ihr in der

Hoffnung auf eine schnelle Nummer in ihr Auto gefolgt. Noch ehe er sich lüstern über sie beugen konnte, hatte sie ihm die Nadel mit dem Midazolam in den Oberschenkelmuskel gestoßen.

Die Fahrt zu dem Bauunternehmen dauerte zwanzig Minuten, weitere fünfzehn wartete sie darauf, dass das Mittel nachließ. Im Umkreis von drei Kilometern war hier nichts. Niemand hörte seine Hilferufe, nachdem sie ihn in die Grube hinabgerollt hatte, gleich nach den ersten Anzeichen seines Wachwerdens. Sand ist tückisch. Wenn er in Bewegung gerät, rieselt er unaufhörlich, ein kleines Sandkorn reibt an dem anderen, nimmt es mit. So entsteht eine Kettenreaktion, ähnlich wie bei einer Lawine. Er hätte einfach regungslos liegen bleiben müssen. Sie hatte es ihm gesagt, aber das hatte er ja nicht aushalten können.

Je mehr er versuchte, sich zu befreien, sich aus dem Sand zu graben, desto mehr Sand rutschte nach. Bald konnte er nicht einmal mehr schreien, und sie hatte sich umgedreht und Gott gedankt. Endlich war Gerechtigkeit geschehen. Die Welt war ein kleines bisschen besser geworden.

Bernd spürte die Kälte des Wassers nicht mehr, er merkte nur, dass es seine Hüfte erreicht hatte. Das Kopfende des Bettes, auf dem er lag, war ein Stück hochgestellt, daher konnte er, wenn er alle seine Kräfte mobilisierte und sich anstrengte, das Wasser glitzern sehen. Um nicht einfach aufzugeben, versuchte er, sich in seine Erinnerungen zu flüchten. Alles Schöne, was er erlebt hatte, rief er in sein Gedächtnis. Diese Momente des Glücks wärmten ihn von innen. Dankbar nahm er das nächste Bild, das ihm einfiel. Valerie, als er sie das erste Mal getroffen hatte. Er wollte sein Praxisschild montieren und war an der Aufgabe beinahe verzweifelt, weil ständig der Bohrer abgebrochen war. Und dann kam sie, diese Sechzehnjährige, nahm einen Schraubenzieher und ein paar Dübel, und mit ein paar Handgriffen war das Schild an der Hauswand festgemacht. »Sie sind Tante Mikas neuer Nachbar…« Ihre Stimme klang ganz nah. »Ja, und du bist…?«, fragte er. »Valerie«, sie hatte ihm die Hand gereicht. »Auf eine gute Nachbarschaft.«

Es war ihm nicht mehr kalt, im Gegenteil. Angenehme Wärme durchströmte seinen Körper. Paradox, wenn man eigentlich am Erfrieren war, oder?

Michaela trommelte nervös mit den Fingern auf der Tischplatte. Ihre Gedanken rasten, sie versuchte, alles, was sie inzwischen wusste, zusammenzubringen, die Informationen zu einem logischen Ganzen zu verbinden. Und wenn mit ihm alles begonnen hatte…

»Vincent, wie hieß noch mal das Krankenhaus, wo sie wegen der Rippenbrüche in Behandlung war?« Plötzlich lag die Lösung ganz klar vor ihr. Nicht im Frauenhaus hatte die Täterin die Frauen der Opfer (wie höhnisch das klang!) kennengelernt, sondern schon davor. Der Anfang liegt manchmal nicht dort, wo man ihn vermutet…

Sie hatte es die ganze Zeit vor Augen gehabt und hatte es doch nicht gesehen. Das Midazolam, mit dem die Opfer betäubt wurden, ein Mittel, das vorwiegend Krankenhäuser verwendeten. Die Frauen, die sich in Krankenhäusern ihre Verletzungen behandeln ließen. Eine Krankenschwester, die jeden Tag mit furchtbarem Leid konfrontiert war…

»Das Krankenhaus zu den heiligen Schwestern Gottes«, sagte Vincent.

»Gab es von dort eine Rückmeldung auf meine Anfrage wegen des fehlenden Midazolams?«

Ihr Kollege machte ein paar Klicks mit der Maus. »Ja, sie schrieben, sie hätten keine Fehlbestände.«

»Wer hat diese Mail geschrieben?«

Vincent beugte sich näher zum Bildschirm vor: »Raphaela Moosbacher«, las er vor.

»Verdammt!«, rief Doris und sprang auf. Auch Michaela war schon an der Tür.

Vincent starrte sie verständnislos an. »Was …?«

»Such ihre Adresse raus und schick einen Streifenwagen hin«, bat Michaela. »Doris, du fährst.«

»Wohin?«

»Dorthin, wo Raphaela am ehesten zu finden ist.«

Zwei Minuten, nachdem sie im Auto saßen, rief Harald an: »An der Automarke bin ich noch dran, aber was anderes, was vielleicht hilft: An den Reifenspuren, die von der Baustelle stammen, gab es kleine Abnutzungsmerkmale. Liegt wahrscheinlich daran, dass das Auto mal in einen leichten Unfall verwickelt war, manchmal reicht es auch, wenn man bloß zu schnell über einen Bordstein fährt, damit sich die Spur verstellt. Nichts Dramatisches, aber an den Reifen sieht man's.«

Während Doris' Fuß auf dem Gaspedal klebte, gab Michaela Vincent die Informationen durch. »Überprüfe bei der Zulassungsstelle, welches Fahrzeug auf Raphaela Moosbacher angemeldet ist und danach, ob ihr Auto in einen Unfall verwickelt war. Lass das Auto zur Fahndung ausschreiben. Und besorg einen Haftbefehl.«

Doris hielt mit einer abrupten Bremsung vor dem Tor des Frauenhauses. Michaela sprang aus dem Wagen und drückte mehrmals auf den Klingelknopf.

Es dauerte endlose Minuten, bis sich das Tor langsam in Bewegung setzte. Sie wartete nicht, bis es ganz offen war, sondern schlüpfte, sobald der Spalt groß genug war, hindurch und lief in den Hof.

An der Eingangstür wartete Heidelinde Aumann. »Hören Sie, viele der Bewohnerinnen schlafen schon. Sie können doch nicht alle aus dem Bett klingeln …«

»Ich kann. Wo ist Raphaela?«

Heidelinde schlug die Weste enger um ihren fülligen Oberkörper. »Zu Hause, nehme ich an.«

»Nein, wir haben Kollegen zu ihrer Wohnung geschickt, dort ist sie nicht.«

Die Leiterin zuckte mit den Schultern. »Tja, dann weiß es nur der liebe Gott.«

Michaela musste sich zusammenreißen, um die Frau nicht zu schütteln. »In weniger als zehn Minuten werden hier ein paar Dutzend Kollegen auftauchen und jeden Winkel durchsuchen. Sie werden jede einzelne Person in diesem Haus befragen, alle Sachen durchwühlen.«

»Das dürfen Sie nicht«, antwortete Heidelinde Aumann, doch ihre überlegene Fassade begann zu bröckeln. Ihre Wangen hatten jede Farbe verloren. »Diese Frauen sind traumatisiert genug.«

»Dann sagen Sie mir, wo Raphaela ist.«

»Ich habe keine Ahnung«, sagte die Frau leise. »Seit Mittwochabend habe ich sie nicht mehr gesehen. Sie geht auch nicht ans Telefon. Aber das ist nicht ungewöhnlich. Manchmal braucht sie Ruhe von all dem hier. Um neue Kraft zu tanken und für den Dialog mit Gott.«

»Welches Auto fährt sie?«

»Einen weißen Opel Corsa. Vielleicht arbeitet sie, das Krankenhaus zu den heiligen Schwestern Gottes ist ganz in der Nähe.«

Michaela drehte sich um und ging ohne ein Wort des Abschieds. Gerade in diesem Augenblick wurde das Krankenhaus von Kollegen der Sondereinheit WEGA durchsucht. Wenn Raphaela Bernd dort gefangen hielt, würden sie ihn finden.

KAPITEL 49

Bernd kam sich beinahe schwerelos vor. Er fühlte weder Schmerzen noch Kälte. Schier durch Willenskraft zwang er sich, seinen Brustkorb zu bewegen, Sauerstoff einzuatmen. Er befahl seinem Herzen weiterzuschlagen. Noch gehorchte es ihm, aber jeden Schlag führte es immer widerwilliger aus. Es war ein Machtkampf, bei dem der Sieger bereits feststand. Und der würde nicht er sein, so viel war klar. Das Wasser umspülte bereits seinen Mund, als hätte er eine Decke bis über sein Kinn gezogen. Trügerische Geborgenheit, die ihm vorgegaukelt wurde. Er presste die Lippen zusammen, atmete nur mehr durch die Nase ein. Bis zum letzten Atemzug, hatte er sich geschworen. Viele blieben ihm nicht mehr.

»Was tun wir jetzt?«, fragte Doris.

»Warten«, antwortete Michaela. Allein das Wort auszusprechen bereitete ihr beinahe körperliche Schmerzen.

»Vielleicht findet die WEGA ihn.«

»Ja«, sagte sie, aber sie glaubte nicht daran.

Gefühlt vergingen Stunden, die Uhr zeigte acht Minuten bis zu dem Anruf des Einsatzleiters der Sondereinheit, die Michaela angefordert hatte. Steurer gegenüber musste sie diese Maßnahme auch noch irgendwie rechtfertigen, aber das war im Moment ihre geringste Sorge. »Tut mir leid, Frau Baltzer, Ihr Kollege ist nicht in dem Gebäude, wir haben alles durchsucht.«

Die Verzweiflung überrollte Michaela wie eine Welle. Seit Bernds Verschwinden waren fünfzehn Stunden vergangen. Wie lange dauerte so ein Gottesurteil? Ein Schluchzer stieg tief aus ihrem Inneren.

Es blieb keine Zeit für Hoffnungslosigkeit. Vincents Anruf mit der Nachricht, ein Streifenwagen hätte Raphaelas Opel Corsa gefunden, gab ihr neuen Mut. »Wir fahren da hin.«

»Michaela, sie wird nicht so dumm gewesen sein, ihren Wagen direkt vor die Haustür zu stellen.«

»Sie vielleicht nicht. Aber Bernd hatte keinen Grund, weiter entfernt zu parken. Lass die Streife nach seinem Wagen suchen.«

»Mach ich.«

Die Bilder von den anderen Tatorten drängten sich ihr auf. Jeder war abgelegen gewesen. Eine Baufirma im Süden Wiens, der Autohändler an der Stadtgrenze. Die Gartenhaussiedlung, wo es nur wenig Zeugen gab, weil nur wenige der Hausbesitzer ganzjährig dort lebten, Wagenmüller in der aufgelassenen Autoreparaturwerkstatt in Simmering…

»Vincent, sucht nach verlassenen Gebäuden in dieser Gegend. Ein verfallenes Haus, ein stillgelegtes Hotel, so was in der Art.«

Sie legte auf, gab ihrer Kollegin die Adresse durch, wo Raphaelas Opel entdeckt worden war, und begann zu beten. Sie hatte nie an Gott geglaubt, aber er schien hier eine zentrale Rolle zu spielen. Vielleicht nützte es nichts, aber schaden konnte es auch nicht.

Das erste Mal in ihrem Leben war sie froh, dass Doris sich um keine Geschwindigkeitsbeschränkungen kümmerte.

»Hier muss es sein«, sagte Doris schließlich und verringerte ihr Tempo auf Schrittgeschwindigkeit. Langsam fuhr sie die Reihe der parkenden Autos entlang, bis sie den weißen Corsa fand. Michaela blickte sich um. Auf der einen Seite ein Beisel, das wenig einladend wirkte und aus dem lautes Gelächter auf die Straße drang, daneben ein Institut für Entwicklungsdiagnostik, ein Geschäft für Kinderschuhe, das seine beste Zeit schon lange hinter sich hatte, wenn man sich die Auslagengestaltung ansah … auf der anderen Seite verliefen Straßenbahnschienen und dahinter ein Park. Weiter konnten ihre Augen nicht sehen.

Das Handyklingeln ließ sie zusammenzucken. »Wir haben Raphaelas Auto gefunden«, sagte sie zu ihrem Kollegen. »Gibt es was Neues von dem Streifenwagen?«

»Die bemühen sich und klappern alle Straßen ab, bisher ohne Erfolg. Michaela, es gibt nur ein einziges Gebäude, das deinen Kriterien entspricht. Aber das liegt noch etwa drei Kilometer nördlich von euch. Ein ehemaliges Pflegeheim. Vor drei Jahren wurde es aufgelassen, seither steht es leer.«

»Das klingt genau nach dem, was wir suchen.« Sie ließ sich von ihm die Adresse durchgeben.

»Und … Michaela, finde ihn!«

Für eine Strecke von drei Kilometern braucht man zu Fuß etwa dreißig bis fünfunddreißig Minuten. Mit dem Fahrrad sind es etwa fünfzehn. Sie erreichten das alte Pflegeheim nur acht Minuten später. Doris hielt sich nicht mit Einparken auf, sie ließ das Auto einfach auf der Straße stehen, die genauso verlassen war wie das Haus vor ihnen.

Die Vordertür war abgesperrt. »Wir brauchen die WEGA, um hier reinzukommen«, wisperte Doris, doch Michaela war schon weitergegangen und befand sich auf der Rückseite des Gebäudes. Links von ihr waren Bäume, das hörte sie am Rascheln, als der Wind durch die Blätter fuhr. Sie strengte ihre Augen an, um die Dunkelheit zu durchdringen. Für einen kurzen Moment tauchte der Mond aus der Wolkendecke auf, und Michaela konnte den Zaun am Ende des Parks erkennen. Und hinter dem Zaun einen dunklen Wagen, dessen markante Dachform genau Bernds Audi entsprach.

Ihr Puls begann zu rasen.

Sie wandte sich um, bemerkte die Rampe, die zum Hintereingang führte, und die Tür, die einen kleinen Spalt offen stand. Dann schob sich wieder eine Wolkendecke vor den Mond, und sie musste ihr Handy zu Hilfe nehmen, um auf dem Weg nicht über irgendwelche Hindernisse zu stolpern.

Doris war nun neben ihr. »Ich habe Verstärkung angefordert«, sagte sie. »Sie werden gleich da sein.«

Michaelas Blick wanderte zu dem Türspalt, von ihrer Narbe drangen Stiche, wie von feinen Nadeln, in ihre Schläfe. »So lange warte ich nicht«, sagte sie. Doris blieb nichts anderes übrig, als ihr zu folgen.

Bernds Lunge schrie nach Sauerstoff, er hatte das Gefühl zu bersten. Schon lange war es vor seinen Augen schwarz, die Bilder, die ihn gewärmt, die ihn am Leben gehalten hatten, an denen er sich festklammern konnte, waren irgendwann verbraucht gewesen, ungefähr zu dem Zeitpunkt, als das Wasser seine Nase erreichte und er die Luft anhielt. Bis zum letzten Atemzug. Der lag nun bereits hinter ihm. Er hatte den Nullpunkt auf dem Zahlenstrahl seines Lebens erreicht, jetzt wanderte der Zeiger von Sekunde zu Sekunde nach links, dorthin, wo die Minuszahlen waren.

Er fühlte sich nur einen Moment voller Panik, als er nach Luft schnappte und statt Sauerstoff eisiges Wasser seine Lungen füllte. Ein letztes Mal riss er die Augen auf, dann fügte er sich dem Unvermeidlichen, er hatte gekämpft und er hatte verloren.

Michaela lief getrieben vor Angst dem Geräusch des Wassers nach. Sie warf sich gegen die rote Tür, die unter ihrem Gewicht nachgab und mit einem lauten Knall gegen die Wand schlug. Da war Bernd, bedeckt mit Wasser, das seine Züge verschwimmen ließ. Neben dem Becken stand Raphaela Moosbacher, ihre Lippen zu einem entrückten Lächeln verzogen.

Sie sprang. Die Kälte drückte ihren Brustkorb zusammen, ließ ihr Herz stolpern, das Wasser raubte ihr den Atem. Dann war sie bei ihm. Wertvolle Sekunden verlor sie, weil die Finger ihr nicht gehorchen wollten, als sie die Gurte zu lösen versuchte, mit denen er an dieses verdammte Bett gefesselt war. Endlich hatte sie es geschafft, die Riemen aufzumachen. Ihre Arme zitterten von der Anstrengung, seinen bewusstlosen Körper zu stützen, seinen Kopf an ihre Schultern zu lehnen und ihn über Wasser zu halten. »Er atmet nicht mehr!«, schrie sie ihre Panik laut heraus. Über ihre Wangen lief Wasser, oder waren es ihre Tränen? Egal. Sie ignorierte die Schwäche in ihren Gliedern, die Taubheit, die ihre Arme ergriff. Sie hielt Bernd weiterhin umklammert, sie würde ihn nicht loslassen, komme was wolle. Nie mehr.

»Sie können ihn jetzt loslassen«, drang eine Stimme zu ihr durch.

»Nein!«

»Wir übernehmen jetzt für Sie, lassen Sie uns helfen.« Sanfte Finger lösten ihn aus ihren Händen, es war, als würde er ihr für immer entgleiten.

»Schaffen Sie es alleine heraus?«, fragte eine andere Stimme.

»Es geht schon.« Michaela wusste nicht, ob man die Worte durch ihr Zähneklappern hindurch verstand. Sie watete zur Leiter, jeder Schritt fiel ihr unendlich schwer.

Jemand legte eine Decke um ihre Schultern, doch es wurde ihr nicht warm.

Bernd lag auf einer Trage, die Notärztin und die Sanitäter versperrten ihr den Blick.

»Kammerflimmern. Defibrillator laden auf 200«, ordnete die Ärztin an.

Es war Doris, die den Notruf verständigt hatte. Michaelas Kollegin war es auch, die Raphaela Moosbacher Handschellen angelegt und diese an die Kollegen übergeben hatte, die nur wenige Minuten nach Michaela und Doris eintrafen.

»Sie hat nur dagestanden und ließ sich widerstandslos festnehmen«, sagte Doris später, als Michaela im Untersuchungsraum der Ambulanz darauf wartete, gehen zu dürfen. Allen Protesten zum Trotz hatten die Sanitäter darauf bestanden, sie ins Krankenhaus zu bringen. Schließlich hatte sie sich einverstanden erklärt, weil sie keine Kraft mehr besaß, sich dagegen zu wehren, sie hatte aber erreicht, ins gleiche Spital gebracht zu werden wie Bernd.

Der behandelnde Arzt kam, untersuchte sie gründlich. »Sie sind etwas unterkühlt. Sie sollten sich schonen«, sagte er.

»Wie geht es ihm?«

»Ihr Freund ist stabil. Er hatte im Ambulanzwagen einen Herzstillstand, aber die Kollegen konnten ihn zurückholen. Wir haben ihn in einen künstlichen Tiefschlaf versetzt, damit sich sein Körper erholen kann.«

Michaela blickte auf. »Kann ich zu ihm?«

»Für ein paar Minuten.«

Doris begleitete sie bis zur Tür. »Ich warte draußen, okay?«

Sie nickte nur.

Langsam trat sie in das Zimmer. Bernd lag auf dem Rücken, er hatte die Augen geschlossen, sein Gesicht sah furchtbar schmal aus, und dass er noch lebte, konnte sie nur an dem regelmäßigen Piepsen des Herzmonitors erkennen.

Sie nahm seine Hand in ihre, strich über seinen Daumen. Mit der anderen streichelte sie die eingefallenen Wangen. Dann beugte sie sich zu ihm hinunter und legte ihre Lippen auf seine. Warm auf kalt. »Du hast es mir versprochen«, flüsterte sie. »Nicht jetzt.«

Eine Schwester kam in das Zimmer. Mit sanfter Stimme forderte sie Michaela zum Gehen auf. »Er braucht Ruhe. Und Sie auch.«

»Wird er durchkommen?«

»Das liegt in Gottes Hand«, sagte die Schwester. Sie griff an ihren Hals, nahm ihre Kette ab und drückte sie Michaela in die Hand. »Hier, vielleicht hilft Ihnen das.«

Als Michaela die Handflächen öffnete, blickte sie auf ein kleines Kreuz. Es war anders als das der Frauen aus Heidelindes Gebetskreis, zierlicher, mit Schnörkeln, aber ebenfalls aus Silber.

»Danke«, sagte sie und umschloss den Anhänger mit ihrer Faust.

Draußen bat sie Doris, ihr die Kette umzuhängen. Die sah sie einen Moment lang verwundert an, stellte aber keine Fragen, sondern tat ihr den Gefallen.

Die Ärzte hatten gesagt, sie solle nach Hause gehen, und hatten versprochen, sie zu verständigen, sobald sich Bernds Zustand verändern würde.

Irgendwann war Vincent aufgetaucht, wahrscheinlich hatte Doris ihn hergebeten, nachdem es ihr nicht gelungen war, Michaela zum Heimfahren zu bewegen.

»Komm, du musst ein paar Stunden schlafen.«

»Aber ich kann ihn doch nicht allein lassen.«

»Doris bringt dich heim. Ich bleibe einstweilen hier. Bis du morgen wiederkommst.«

An den Weg nach Hause konnte sich Michaela nicht mehr erinnern, nur mehr daran, dass Doris sie ins Bett gesteckt, ihr Tee gekocht und sich neben sie gesetzt hatte.

»Ich bleibe noch ein bisschen, bis du eingeschlafen bist.«

Michaela rollte sich zusammen. »Ich muss Valerie anrufen«, sagte sie.

»Jetzt nicht, es ist mitten in der Nacht.«

Michaelas Lider wurden schwer, ihr Kopf sank immer weiter in das Kissen. Irgendwann hörte sie Doris telefonieren, kurz darauf fiel die Eingangstür ins Schloss, danach glitt sie in einen erschöpften Schlaf.

In der Früh bekam sie die Augen kaum auf, weil ihre Lider verklebt waren. Vielleicht hatte sie geweint.

Die Erinnerung an Bernd erwischte sie mit voller Wucht. Das Erste, was sie tat, nachdem sie sich aus dem Bett gequält hatte, war der Anruf im Krankenhaus. Keine Veränderung, hieß es. Und: Sein Gehirn wäre lange ohne Sauerstoff gewesen, man könne keine Prognosen abgeben. Klang nicht gut. Aber, erklärte man ihr, durch die starke Unterkühlung seien seine Körperfunktionen so verlangsamt worden, dass eine reelle Chance bestand, dass er keine bleibenden Schäden davontrug. Sie dürfe die Hoffnung nicht aufgeben.

Der zweite Anruf galt Valerie. Sie versuchte, ihrer Nichte die Nachricht so schonend wie möglich beizubringen. »Du hast mich darüber nicht informiert!«, schrie Valerie. Im Hintergrund hörte Michaela das Klappern von Besteck und Gemurmel. Wahrscheinlich war Valerie gerade beim Frühstück.

»Dafür war keine Zeit, ich habe nämlich jede verdammte Sekunde damit verbracht, Bernd zu finden«, gab Michaela genauso aufgebracht zurück.

»Ich setze mich in den Zug«, sagte Valerie entschlossen.

»Er liegt im Tiefschlaf, du kannst überhaupt nichts ausrichten.«

»Ich kann bei dir sein. Und bei ihm.«

Doris hatte in weiser Voraussicht Michaelas Wagen vor dem Haus stehen lassen und sich offenbar ein Taxi gerufen, um heimzukommen. Michaela war froh, dass sie sich jetzt nicht auch noch darum sorgen musste, wie sie zu ihrem Auto kam.

Im Krankenhaus saß Vincent im Besucherbereich der Station. Michaela ging zu ihm. »Du hast tatsächlich gewartet.«

Er tätschelte ihren Rücken. »Was dachtest du denn?«

Michaela nahm seinen Platz ein. Eine der Schwestern brachte ihr einen Kaffee, den sie dankbar annahm. Sie spazierte den Flur auf und ab, holte sich einen zweiten Kaffee aus dem Automaten, setzte sich, wanderte ruhelos zwischen Bernds Krankenzimmer und dem Warteraum hin und her.

Irgendwann am späten Nachmittag bekam sie von Valerie eine SMS. *Bin gerade am Hauptbahnhof angekommen. Fahre gleich weiter ins Krankenhaus. V*

Noch eine Tasse Kaffee, noch mehr Schritte, jeweils dreiunddreißig von ihrem Stuhl bis zu Bernds Zimmer. Und dreiunddreißig wieder zurück. Sie hatte aufgehört zu zählen, wie oft sie diese dreiunddreißig Schritte gegangen war.

Valerie kam und warf sich in ihre Arme. »Er muss einfach wieder gesund werden.«

Michaela rang sich ein Lächeln ab. »Wenn ihn meine Kochkünste nicht umgebracht haben, dann überlebt er das auch.«

Sie durften für eine halbe Stunde zu ihm, dann wurden sie wieder heimgeschickt. Im Auto blickte Valerie zum Seitenfenster hinaus, schließlich sagte sie: »Wir müssen auch nicht nach Lesotho fliegen.«

Michaela musterte ihre Nichte von der Seite. »Doch, du fliegst auf jeden Fall.«

»Nur wenn es bis dahin Bernd wieder besser geht.« Damit war das Thema für Valerie erledigt.

EPILOG

Die letzten zwei Wochen waren für Michaela schrecklich gewesen, sie war ständig zwischen dem Krankenhaus, dem Landeskriminalamt und zu Hause hin- und hergefahren. Steurers Strafpredigt war weniger schlimm ausgefallen, als sie erwartet hatte, er drängte sie, sich ein paar Tage Auszeit zu nehmen, aber sie lehnte ab. Das Herumsitzen und Nichtstun hätte sie noch weniger ausgehalten. So waren wenigstens Vincent und Doris da, die sie moralisch unterstützen konnten, und Valerie, die sich geweigert hatte, ihre Koffer zu packen, bis Bernd aus der Intensiv- in die normale Station verlegt worden war.

Es hatte vier Tage gedauert, bis der Anruf aus dem Krankenhaus kam, dass er ansprechbar sei. Michaela ließ alles stehen und liegen und eilte zu ihm.

Er wirkte noch schlapp, und die Augen fielen ihm immer wieder zu, aber er konnte sie anlächeln. »Ich habe dein Gesicht vor mir gesehen, dort in dem Wasser«, sagte er zwischen zwei Minuten des Schweigens.

»Ich dachte, du wärst einfach gegangen.«

»Das hast du von mir geglaubt?«

Sie zuckte die Schultern.

Er zog ihre Hand zu sich heran. »Ich habe dir doch versprochen, dich nicht zu verlassen.«

Sie küsste seine Fingerspitzen. »Und du hast Wort gehalten.«

Seither war es jeden Tag ein Stück bergauf mit ihm gegangen. Er würde noch mindestens eine Woche im Krankenhaus bleiben müssen, besser zehn Tage. Danach würde er in ein Rehazentrum verlegt, es kamen Therapien und Behandlungen auf ihn zu, Teile seines Gedächtnisses waren wie ausgelöscht. An die unmittelbaren Ereignisse nach dem Telefonanruf an jenem Morgen konnte er sich nicht mehr erinnern.

Bernd hatte darauf bestanden, dass sie Valerie begleitete. »Du sollst dich wegen mir nicht einschränken, du musst dich zu nichts verpflichtet fühlen.«

Der Gedanke, dass Bernd hätte sterben können, war schrecklich, aber es war einer, an den sie sich gewöhnen musste, wenn sie und er zusammenbleiben wollten. Und sie wusste nicht, ob sie das konnte. Das war es, was sie für sich herausfinden musste, und da war ein bisschen Abstand vielleicht gut.

Eben hatten sie das Gepäck aufgegeben, Valerie strebte der Sicherheitskontrolle zu, als Michaela sie bat, kurz zu warten. Sie hätte noch etwas zu erledigen.

»Hat das mit diesem Paket zu tun, das du die ganze Zeit schon mit dir herumschleppst?«

Sie nickte. »Das möchte ich noch abschicken, bevor wir losfliegen.«

»Was ist drin?«, fragte Valerie neugierig.

»Nur Kopien von ein paar Notizbüchern. Ich bin gleich wieder da.«

Eineinhalb Stunden später hoben sie nach Addis Abeba ab. Von da ging ein Flug nach Johannesburg. Erst dort konnten sie dann in ein Flugzeug nach Maseru, der Hauptstadt von Lesotho, steigen. Valerie hatte sich den Platz neben dem Fenster gesichert, Michaela saß neben ihr und beugte sich über ihre Nichte, um die Wolkendecke zu bewundern, über die sie hinwegflogen. Jedes Mal war sie fasziniert von diesem Feld aus weißer Watte.

»Richtig schön«, sagte Valerie.

»Ja.« Michaela lehnte sich zurück. Es würde ein langer Flug werden. Und eine noch längere Reise lag vor ihr, von der sie nicht einmal genau wusste, wohin sie führen sollte. Doch um das herauszufinden, war sie hier.

DANK

Zum Schluss noch ein paar Worte, die man nicht zwingend lesen muss. Allerdings hoffe ich, dass Sie sich auch noch für die letzten Sätze Zeit nehmen.

Zunächst möchte ich an dieser Stelle allen danken, die mich bei diesem Buch unterstützt haben:

- meiner Schwester Katalin, der besten Plotpartnerin ever.
- meinen Freunden und Kollegen vom schreib-projekt Forum. Ich wüsste nicht, was ich ohne euch machen würde.
- meinem Agenten Bastian Schlück, der sich seit nunmehr acht Jahren für mich ins Zeug legt.
- meiner Lektorin Barbara Heinzius, die mich mit ihren Rückmeldungen immer beflügelt und mich mit ihren Mails zum Lächeln bringt.
- Frau Christina Riemann, die wieder dafür gesorgt hat, dass die ganze Geschichte rund und fehlerfrei wurde.
- meinen Lesern und Leserinnen, die mir mit ihrem Lob und mit ihrer Kritik zum ersten Band »Das Böse in euch« wieder bewusst gemacht haben, warum und für wen ich die monatelange Schreiberei und die langwierige, oft mühsame Recherchearbeit auf mich nehme (von den Rückenschmerzen und den Schwielen auf den Fingerkuppen will ich gar nicht erst reden) – und das gerne.

– und nicht zuletzt denen, die dieses Buch gekauft und gelesen haben. In unserer Gesellschaft ist Zeit zu einem kostbaren Gut geworden. Danke, dass ihr euch die Zeit genommen habt, ein – mein – Buch zu lesen. Ich hoffe, ich konnte euch ein paar spannende Stunden schenken.

NACHWORT

Und zum Abschluss noch ein paar Zahlen und Fakten:

Mit dem Thema häusliche Gewalt habe ich mich auf ein schwieriges und sehr ernüchterndes Feld begeben, doch es war auch eines, das mir unter den Nägeln gebrannt hat.

In Österreich ist jede fünfte in einer Beziehung lebende Frau Opfer von häuslicher Gewalt (Bernard & Schlaffer 1991, Studie im Auftrag des Bundesministeriums für Umwelt, Jugend und Familie).

Laut einer EU-weiten Erhebung von 2014 waren 43 Prozent der Frauen entweder durch den aktuellen oder durch den früheren Partner psychischer Gewalt ausgesetzt (FRA-Studie. Gewalt gegen Frauen. Eine EU-weite Erhebung. 2014).

Erschreckend fand ich auch die Tatsache, dass häusliche Gewalt in der EU-Statistik die Hauptursache für Tod oder Gesundheitsschädigung bei Frauen zwischen 16 und 44 Jahren ist und damit noch vor Krebs oder Verkehrsunfällen liegt (Parlamentarische Versammlung des Europarates, Häusliche Gewalt gegen Frauen, Empfehlung 1582, angenommen am 27.9.2002) und last but not least: Fast 70 Prozent der weiblichen Mordopfer weltweit werden von ihren männlichen Partnern ermordet (Weltgesundheitsorganisation, Genf 2002, Weltbericht Gewalt & Gesundheit).

Die Dunkelziffer ist wesentlich höher.

Quelle:

https://www.wien.gv.at/menschen/frauen/stichwort/gewalt/zahlen.html#oesterreich

https://www.wien.gv.at/menschen/frauen/stichwort/gewalt/zahlen.html#international

Betonen möchte ich aber auch, dass nicht ausschließlich Frauen Opfer von häuslicher Gewalt sind, es betrifft auch eine nicht ganz unbeträchtliche Anzahl Männer. Für die möchte ich auf die Männerberatungsstellen hinweisen, die Hilfe anbieten. http://www.gewaltinfo.at/betroffene/maenner/

Angesichts der oben genannten Zahlen ist die Arbeit der Frauenhäuser umso wichtiger und für viele betroffene Frauen oft der einzige Weg, aus der gewaltbeherrschten Beziehung auszubrechen. Aber im Grunde kann jeder etwas tun: Nicht wegsehen, sondern Hinsehen hilft schon.

Rhena Weiss

Rhena Weiss,

geboren 1969, hat das Schreiben schon früh für sich entdeckt – schon immer schlug ihr Herz besonders für Krimis und Thriller. Neben dem Schreiben von Romanen arbeitet sie als diplomierte Sozialpädagogin mit Kindern und Jugendlichen in Wien. Sie lebt mit ihrer Familie in Niederösterreich. Im Mittelpunkt ihrer Psychothriller-Reihe, die mit dem furiosen Auftakt »Das Böse in euch« begann, steht die Wiener LKA-Ermittlerin Michaela Baltzer. Weitere Bände sind bei Goldmann in Vorbereitung.

Mehr von Rhena Weiss:
Das Böse in euch. Psychothriller
(Auch als E-Book erhältlich)